D1713568

Date: 3/17/22

SP FIC MOORE
Moore, Liz,
El largo río de las almas /

El largo río de las almas

Liz Moore

EL LARGO RÍO DE LAS ALMAS

Traducido del inglés por Javier Calvo

AdN Alianza de Novelas

Título original: *Long Bright River*

Diseño de colección: Estudio Pep Carrió

PAPEL DE FIBRA
CERTIFICADO

Copyright © 2020 by Liz Moore, Inc.
© de la traducción: Javier Calvo Perales, 2020
© AdN Alianza de Novelas (Alianza Editorial, S. A.)
Madrid, 2020
Calle Juan Ignacio Luca de Tena, 15
28027 Madrid
www.AdNovelas.com

ISBN: 978-84-9181-827-4
Depósito legal: M. 18.761-2020
Printed in Spain

Para M. A. C.

¿Qué se puede decir del Kensington de hoy en día, con su larga sucesión de calles comerciales, sus residencias palaciegas y sus hermosas casas, que no sepamos ya? Una ciudad dentro de la ciudad, acurrucada en el seno del plácido Delaware, rebosante de espíritu emprendedor, salpicada de tantas fábricas que el humo que se eleva de ellas oculta el cielo. Hasta en el último confín de su enorme superficie se oye el runrún de la industria. Una población feliz y satisfecha que disfruta enormemente en una tierra de abundancia. Compuesta de hombres valientes, de bellas mujeres y de una robusta generación de sangre joven que tomará las riendas cuando ya no estén sus padres. ¡Salve, Kensington! Motivo de orgullo para el continente y logro excelso de esta ciudad.

Kensington: ciudad dentro de una ciudad (1891)

¿Habrá confusión en la isleta?
Que lo roto así permanezca.
No es fácil reconciliar a los dioses
ni es fácil reconstruir el orden.
Hay peores confusiones que la muerte,
tribulación sobre tribulación, dolor sobre dolor,
larga labor hasta la senectud,
aciago trabajo para unos corazones fatigados por muchas guerras
y unos ojos nublados de tanto mirar a las estrellas viajeras.

Pero yaciendo en lechos de amarantos y mandrágoras,
¡qué dulce (mientras nos acuna la cálida brisa que sopla por lo bajo),
con los párpados todavía a medio abrir,
bajo unos cielos oscuros y sagrados,
sería mirar cómo fluye con pausa el largo río de las almas
desde el seno de la purpúrea colina,
oír los húmedos ecos que llaman
de cueva en cueva por entre los enmarañados sarmientos,
ver caer las aguas esmeraldinas
por entre la plétora de divinas guirnaldas de acantos;
oír tan solo y ver el centelleo lejano del mar,
oír tan solo, qué dulce sería, yaciendo bajo los pinos!

ALFRED, LORD TENNYSON, *Los lotófagos*

LISTA

Sean Geoghehan; Kimberly Gummer; Kimberly Brewer, la madre y el tío de Kimberly Brewer; Britt-Anne Conover; Jeremy Haskill; dos de los hijos menores de la familia DiPaolantonio; Chuck Bierce; Maureen Howard; Kaylee Zanella; Chris Carter y John Marks (con un día de diferencia, víctimas de la misma remesa en mal estado, dijo alguien); Carlo, de cuyo apellido nunca me acuerdo; el novio de Taylor Bowes y la propia Taylor Bowes un año más tarde; Pete Stockton; la nieta de nuestros antiguos vecinos; Hayley Driscoll; Shayna Pietrewski; Dooney Jacobs y su madre; Melissa Gill; Meghan Morrow; Meghan Hanover; Meghan Chisholm; Meghan Greene; Hank Chambliss; Tim y Paul Flores; Robby Symons; Ricky Todd; Brian Aldrich; Mike Ashman; Cheryl Sokol; Sandra Broach; Ken y Chris Lowery; Lisa Morales; Mary Lynch; Mary Bridges y su sobrina, que tenía su edad y era su amiga; Jim; el padre y el tío de Mikey Hughes; dos tíos abuelos a los que casi nunca vemos. Nuestro antiguo maestro, el señor Paules. El sargento Davies del distrito 23. Nuestra prima Tracy. Nuestra prima Shannon. Nuestro padre. Nuestra madre.

AHORA

Hay un cadáver en las vías de la calle Gurney. Mujer, edad imprecisa, probable sobredosis, dice Centralita.

«Kacey», pienso. Es un tic, un reflejo, algo brusco e inconsciente que vive dentro de mí y que me manda el mismo mensaje a toda velocidad a la misma parte primitiva del cerebro cada vez que se nos comunica que han encontrado a una mujer. Luego, mi parte más racional llega con pesadez, letárgica, sin inspiración, un soldado gris y diligente que viene a recordarme las probabilidades y las estadísticas: el año pasado hubo novecientas víctimas de sobredosis en Kensington. Y ninguna era Kacey. Y, lo que es más, me reprende ese centinela, parece que te has olvidado de lo importante que es mostrar profesionalidad. Pon la espalda recta. Sonríe un poco. Mantén la cara relajada, no frunzas el ceño, no hundas el mentón. Haz tu trabajo.

Llevo todo el día haciendo que Lafferty conteste a las llamadas para darle algo de práctica. Adelante, le indico con la cabeza, y él carraspea y se seca la boca, nervioso.

—2613 —dice.

Nuestro número de vehículo. Correcto.

Centralita continúa con su mensaje. La información del hallazgo es anónima. La llamada se ha hecho desde una cabina, una de las varias que quedan en la avenida Kensington y, que yo sepa, la única que todavía funciona.

Lafferty me mira. Yo lo miro a él. Le hago una señal. «Más. Pregunta más».

—Entendido —continúa Lafferty por su radio—. Cambio.

Incorrecto. Me llevo la mía a la boca. Hablo con claridad.

—¿Más datos sobre la ubicación? —pregunto.

Después de terminar la llamada, le doy a Lafferty un par de consejos y le recuerdo que no tenga miedo de hablar con Centralita —muchos agentes hombres tienen la costumbre de hablar en una especie de tono envarado y masculino que seguramente se les ha pegado de las películas o las series—, y que le saque siempre todos los detalles que pueda.

Pero antes de que termine de hablar, Lafferty me vuelve a decir:

—Entendido.

Lo miro.

—Excelente. Me alegro.

Solo hace una hora que lo conozco, pero ya me he formado una impresión de él. Le gusta hablar —ya sé más de él de lo que él sabrá nunca de mí— y también fingir. Es un quiero-y-no-puedo. En otras palabras, un farsante. Alguien tan aterrado de que lo consideren pobre o débil o tonto que ni siquiera es capaz de admitir los déficits que tiene en esos terrenos. Yo, en cambio, soy muy consciente de ser pobre. Y ahora que han dejado de llegarme los cheques de Simon, más que nunca. ¿Soy débil? Seguramente para algunas cosas: testaruda, quizás, obstinada, cabezota, reacia a aceptar ayuda incluso cuando me serviría. También soy físicamente cobarde: nunca seré la primera agente que se ponga delante de una bala para salvar a un amigo; nunca seré la primera agente que se meta por entre el tráfico para perseguir a un criminal que se está escapando. Pobre: sí. Débil: también. Tonta: no. No soy tonta.

Esta mañana he llegado tarde al orden del día. Otra vez. Me da vergüenza admitir que es la tercera vez en lo que va de mes, y eso que odio llegar tarde. Una buena agente de policía tiene que ser puntual, por lo menos. Cuando he entrado en la sala común —un recinto anodino y luminoso, sin muebles, sin más adornos que los pósteres policiales medio arrancados de las paredes— el sargento Ahearn me estaba esperando con los brazos cruzados.

—Fitpatrick —me ha dicho—. Bienvenida a la fiesta. Hoy vas con Lafferty en el 2613.

—¿Quién es Lafferty? —le he preguntado antes de pensármelo mejor. No era mi intención ir de graciosa. Szebowski, en el rincón, ha soltado una risotada.

—Ese es Lafferty —ha dicho Ahearn. Señalándolo.

Y allí estaba, Eddie Lafferty, en su segundo día en el distrito. Lo he visto hacerse el ocupado al otro lado de la sala mirando su registro de actividad en blanco. Me ha echado un vistazo rápido y aprensivo. Luego se ha inclinado, como si acabara de verse algo en las botas, que estaban recién bruñidas y relucían un poco. Ha fruncido los labios. Ha silbado por lo bajo. En aquel momento casi he sentido lástima por él.

Hasta que se ha sentado en el asiento del copiloto.

Cosas que ya sé de Eddie Laffery después de conocernos durante una hora: tiene cuarenta y tres años, es decir, once más que yo. Ingresó ya mayor en el DPF. Trabajaba en la construcción hasta el año pasado, que es cuando hizo el examen. (La espalda, dice Eddie Lafferty. A veces todavía me da molestias. No se lo cuentes a nadie). Acaba de salir del programa de formación. Tiene tres exmujeres y tres hijos casi adultos. Tiene una casa en los montes Pocono. Hace pesas. (Soy una rata de gimnasio, asegura Eddie Lafferty). Sufre reflujo gastroesofágico. De vez en cuando tiene estreñimiento. Creció al sur de Filadelfia y ahora vive en Mayfair. Comparte un pase de temporada de los Eagles con seis amigos. Su exmujer más reciente era veinteañera. (Quizás ese fuera el problema, comenta Lafferty, que era una inmadura). Juega al golf. Tiene dos pitbulls mestizos rescatados de la perrera que se llaman Jimbo y Jennie. Jugaba al béisbol en el instituto. De hecho, uno de sus compañeros de equipo era nuestro sargento de pelotón, Kevin Ahearn, y fue el mismo sargento Ahearn quien le sugirió que probara a trabajar en la policía. (Le veo cierta lógica a esto).

Cosas que ya sabe Eddie Lafferty de mí después de conocernos durante una hora: que me gusta el helado de pistacho.

Durante los escasos momentos de la mañana en los que Eddie Lafferty se ha callado, he hecho lo que he podido para transmitirle los fundamentos mínimos de lo que necesita saber del barrio.

Kensington es uno de los barrios más recientes de la que es, para los estándares de Estados Unidos, la antiquísima ciudad de Filadelfia. Lo fundó en la década de 1730 el inglés Anthony Palmer, que adquirió una pequeña extensión de tierra anodina y le puso el nombre de un vecindario regio, el que por entonces constituía la residencia preferida de la monarquía británica. (Quizás Palmer también fuera un farsante. O para ser más amables, un optimista). El borde oriental del actual Kensington queda a una milla del río Delaware, pero en los viejos tiempos lindaba directamente con el río. Por consiguiente, sus primeras industrias fueron la construcción naval y la pesca, pero a mediados del siglo XIX ya había empezado su largo periodo como núcleo fabril. En su momento álgido producía hierro, acero, productos textiles y —cómo no— farmacéuticos. Pero, cuando un siglo más tarde las fábricas de todo el país murieron en masa, Kensington también inició un deterioro económico: primero, lento, y después, veloz. Muchos residentes se mudaron al centro de la ciudad, o bien fuera de ella, en busca de otros trabajos; otros se quedaron, persuadidos por la lealtad o el autoengaño de que la situación cambiaría. Hoy en día Kensington se compone a partes casi iguales de los irlandeses estadounidenses que vinieron aquí en los siglos XIX y XX y de una población más reciente de familias de ascendencia puertorriqueña y latina en general, junto con otros grupos que representan porciones cada vez más pequeñas de la tarta demográfica de Kensington: afroamericanos, asiáticos orientales, caribeños.

Al Kensington de hoy en día lo atraviesan dos arterias principales: la calle Front, que sube hacia el norte por el margen oriental de la ciudad, y la avenida Kensington —que se suele llamar simplemente la Avenida, un apelativo amigable o bien despectivo, dependiendo de quién lo use—, que arranca de Front y luego vira al nordeste. El tren elevado de Market-Frankford —o, como se lo llamaba comúnmente, el Ele, porque una ciudad llamada *Fili* no podía dejar ninguna de sus infraestructuras sin abreviar— circula por encima tanto de Front como de Kensington, lo cual significa que ambas avenidas pasan la mayor parte del día a la sombra. La vía férrea se sostiene sobre unas vigas enormes de acero y unos pilares azules espaciados cada diez metros, lo cual le da a todo el armatoste el aspecto de una oruga gigante y amenazadora suspendida por encima del barrio. La mayoría de las transacciones (de narcóticos y de sexo) que tienen lugar en Kensington empiezan en una de esas dos avenidas y terminan en alguna de las calles más pequeñas que se cruzan con ellas, o, más a menudo, en alguna de las casas abandonadas o solares vacíos que pueblan los callejones y las calles secundarias del barrio. Los comercios que se pueden encontrar en ambas avenidas son salones de manicura, establecimientos de comida para llevar, tiendas de móviles, colmados, tiendas de a un dólar, tiendas de electrodomésticos, casas de empeños, comedores sociales, otras organizaciones benéficas y bares. Más o menos un tercio de los locales comerciales están clausurados.

Y, sin embargo, el barrio está en alza, tal y como demuestran los pisos de lujo que están brotando ahora mismo de un solar vacío que está a nuestra izquierda y que lleva en barbecho desde que una bola de demolición se llevó por delante la fábrica que albergaba. No paran de aparecer nuevos bares y tiendas en la periferia, hacia Fishtown, donde crecí yo. Y se trata de negocios poblados de caras nuevas y jóvenes: gente seria, rica, ingenua, víctimas fáciles. De forma que al alcalde le empiezan a preocupar las apariencias. *Más tropas,* dice el alcalde. Más tropas, más tropas, más tropas.

Hoy llueve mucho, y eso me fuerza a conducir más despacio de lo que normalmente lo haría cuando contesto a una llamada. Nombro los negocios frente a los que pasamos y a sus propietarios. Describo crímenes recientes de los que creo que Lafferty debería estar al tanto (cada vez que le cuento uno, Lafferty silba y niega con la cabeza). Le hago una lista de aliados. Al otro lado de nuestras ventanillas se aprecia la habitual mezcla de gente en busca de una dosis y de gente que se acaba de meter una. La mitad de los ocupantes de las aceras se están desmoronando lentamente hacia el suelo, con las piernas incapaces de darles sostén. La joroba de Kensington, lo llama la gente que hace chistes sobre esas cosas. Yo no los hago nunca.

Por culpa del mal tiempo, algunas de las mujeres con las que nos cruzamos llevan paraguas. Llevan gorros de invierno y anoraks, vaqueros y deportivas sucias. Las hay de todas las edades, desde adolescentes hasta ancianas. La gran mayoría son caucasianas, aunque la adicción no discrimina, y aquí se pueden encontrar todas las razas y credos. Las mujeres no llevan maquillaje, o bien solo un círculo tosco y negro de delineador en torno a los ojos. Las que trabajan en la Avenida no llevan ropa que muestre que están trabajando, pero todo el mundo lo sabe: es la mirada la que lo indica, una mirada larga e intensa a todos los conductores que pasan, a todos los hombres que pasan. Conozco a la mayoría de esas mujeres, y la mayoría de ellas me conocen a mí.

—Esa es Jamie —le digo a Lafferty cuando pasamos a su lado—. Esa es Amanda. Esa es Rose.

Considero que es parte de su formación conocer a esas mujeres.

Manzana abajo, en el cruce de Kensington con Cambria, veo a Paula Mulroney. Hoy va con muletas, se aguanta lamentablemente sobre una sola pierna y se está mojando porque no puede aguantar también el paraguas. Se le ha puesto la chaqueta de tela vaquera de un azul tristemente oscuro. Me gustaría que se pusiera a cubierto.

Echo un vistazo rápido en busca de Kacey. Esta es la esquina en la que normalmente se las puede encontrar a Paula y a ella. De vez en cuando se meten en una trifulca, o se pelean entre ellas y una de las dos se muda unos días a otra parte, pero al cabo de una semana ya las vuelvo a ver juntas allí, la una pasándole jovialmente el brazo por los hombros a la otra. Kacey, con un cigarrillo colgando de la boca; Paula, con un agua o un zumo o una cerveza en una bolsa de papel.

Hoy no veo a Kacey por ninguna parte. Se me ocurre, de hecho, que hace tiempo que no la veo.

Paula ve nuestro coche mientras nos acercamos a ella y entrecierra los ojos en nuestra dirección para ver quién va dentro. Levanto dos dedos del volante a modo de saludo. Paula me mira a mí y luego a Lafferty y gira la cara un poco hacia arriba, en dirección al cielo.

—Esa es Paula —le aclaro a Lafferty.

Se me ocurre añadir algo. «Fui a la escuela con ella —le podría decir—. Es una amiga de la familia. Es la amiga de mi hermana».

Pero Lafferty ya ha cambiado de tema: ahora está hablando de la acidez de estómago que lleva casi un año atormentándolo.

No se me ocurre qué contestar.

—¿Siempre eres igual de callada? —me dice de pronto. Es la primera pregunta que me hace desde que averiguó mis preferencias en materia de helados.

—Solo estoy cansada.

—¿Has tenido muchos compañeros antes de mí? —pregunta, y se ríe, como si hubiera hecho un chiste—. Ha sonado fatal. Lo siento.

Me quedo callada un momento lo bastante largo.

Luego, le digo:

—Solo uno.

—¿Y cuánto tiempo trabajasteis juntos?

—Diez años.

—¿Y qué le pasó?

—Se hizo daño en la rodilla la primavera pasada. Está de baja médica una temporada.

—¿Cómo se hizo daño?

No sé si es asunto suyo, pero se lo digo de todos modos:

—Trabajando.

Si Truman quiere que la gente se entere de todo lo que pasó, que lo cuente él.

—¿Tienes hijos? ¿Tienes marido? —Lafferty continúa con su interrogatorio.

Preferiría que volviera a hablar de sí mismo.

—Un hijo —le contesto—. Marido no.

—Ah, ¿sí? ¿De cuántos años?

—De cuatro años. Casi cinco.

—Buena edad —asiente Lafferty—. Echo de menos la época en que los míos tenían esa edad.

Cuando paro el coche en la entrada de las vías que nos ha indicado Centralita —un agujero en una verja que alguien abrió a patadas hace años y que nunca se ha reparado—, veo que hemos llegado a la escena antes que la unidad médica.

Miro a Lafferty, evaluándolo. Siento una punzada inesperada de compasión por él, por lo que estamos a punto de ver. Hizo el programa de formación en el distrito 23, que está al lado del nuestro pero tiene mucho menos crimen. Además, seguramente habrá estado haciendo patrullas a pie, control de multitudes, esas cosas. No estoy segura de que haya respondido nunca a esta clase de llamada. No hay muchas maneras de preguntarle a alguien a cuántos muertos ha visto en su vida, así que, finalmente, decido dejarlo en el aire.

—¿Has hecho esto alguna vez? —le pregunto.

Él niega con la cabeza.

—Pues no —dice.

—Bueno, pues allá vamos —lo animo.

No sé qué otra cosa decir. Es imposible preparar lo bastante a alguien para esto.

Hace trece años, cuando entré en la policía, sucedía unas cuantas veces al año: recibíamos el mensaje de que alguien había sufrido una sobredosis mortal y llevaba tanto tiempo fallecido que ya no hacía falta intervención médica. Eran más habituales las llamadas para avisar de una sobredosis en curso, y lo normal era que a aquellos individuos se los pudiera revivir. Hoy en día pasa a menudo. Solo este año, la ciudad ya se acerca a los mil doscientos casos, la gran mayoría en nuestro distrito. Casi todos son sobredosis relativamente recientes. Otras veces, los cuerpos ya se han empezado a descomponer. A veces los han escondido de forma inexperta amigos o amantes que han presenciado su muerte, pero no quieren pasar por los trámites de informar de ella; no quieren tener que explicarle a nadie cómo ha pasado. Más a menudo están a la vista, después de haberse quedado adormilados para siempre en un sitio recogido. A veces, su familia es la primera en encontrarlos. A veces, sus hijos. A veces, nosotros. Estando de patrulla los vemos allí, despatarrados o encorvados, y, cuando les comprobamos las constantes vitales, no tienen pulso. Cuando los tocamos, están fríos. Incluso en verano.

Desde el agujero de la verja, Lafferty y yo bajamos la cuesta hasta un pequeño barranco. He entrado por aquí docenas de veces, quizás cientos, en los años que llevo en la fuerza. Forma parte de nuestra patrulla, en teoría, esta zona invadida de maleza. Cada vez que entramos, encontramos algo o a alguien. Cuando tenía de compañero a Truman, él siempre entraba primero: era el más veterano de los dos. Hoy entro primero yo, agachando la cabeza inútilmente, como si eso me fuera a proteger de mojarme. Pero la lluvia no amaina. Me tamborilea tanto en la gorra que apenas me oigo hablar. Las botas me resbalan en el barro.

Como muchas partes de Kensington, el viaducto de Lehigh —que hoy en día casi todo el mundo llama las Vías— es una franja de terrenos que ha perdido su propósito. Antaño circulaban por aquí trenes de carga que desempeñaban un rol esencial en el apogeo del Kensington industrial, pero ahora la zona está en desuso y la ha invadido la naturaleza. Las hierbas, hojas y ramas cubren las agujas y las bolsitas que hay desperdigadas por el suelo. Las arboledas ocultan la actividad. Últimamente, el Ayuntamiento y la Conrail están hablando de pavimentarlo, pero todavía no ha pasado. Soy escéptica: no consigo imaginarme este sitio como nada más que lo que es: un escondrijo para gente que necesita un chute, para las mujeres que trabajan en la Avenida y sus clientes. Si lo pavimentan, brotarán enclaves nuevos por todo el barrio. Lo he visto otras veces.

Oigo un pequeño susurro a nuestra izquierda: emerge un hombre de los matorrales. Se queda quieto, con las manos pegadas a los costados e hilillos de agua cayéndole por la cara. De hecho, resulta imposible saber si está llorando. Me dirijo a él:

—Caballero. ¿Ha visto algo por aquí que debamos saber?

No dice nada. Se nos queda mirando un momento más. Se relame. Tiene esa mirada perdida y hambrienta de quien necesita una dosis. Tiene los ojos de un azul inexplicablemente claro. «Quizás haya quedado aquí con un amigo —pienso—, o con un camello. Con alguien que lo va a ayudar». Por fin, niega con la cabeza, despacio.

—No debería estar usted aquí, ya sabe —le recuerdo.

Hay ciertos agentes que no se molestarían con este formalismo por considerarlo inútil. Es como cortar mala hierba, dicen algunos: siempre vuelve a crecer, en otras palabras. Pero yo siempre lo hago.

—Lo siento —dice el hombre, pero no parece que se vaya a marchar, y tampoco tengo tiempo para regatear con él.

Seguimos adelante. Se han formado charcos grandes a ambos lados de nuestro camino. Centralita ha indicado que el cadáver estaba a unos cien metros de la entrada que hemos usado, un poco a la derecha. Detrás de un tronco, ha dicho. El informante, ha añadido, ha dejado un periódico en el tronco para ayudarnos a encontrar el cuerpo. Y eso es lo que buscamos mientras nos alejamos más y más de la verja.

Es Lafferty quien ve primero el tronco y se desvía del sendero, que en realidad no es un sendero, sino la parte de las Vías por donde la gente ha tendido a caminar más a lo largo de los años. Lo sigo. Como siempre, me pregunto si conoceré a la mujer, si la reconoceré de recogerla o de pasar con el coche a su lado mil veces por la calle. Y luego, sin que yo pueda impedirlo, regresa el cántico familiar: *O Kacey. O Kacey. O Kacey*.

Lafferty, a diez pasos por delante de mí, se asoma por encima del tronco para examinar el otro lado. No dice nada: se limita a quedarse así, con la cabeza un poco ladeada, contemplando.

Cuando llego, hago lo mismo.

No es Kacey.

Es lo primero que pienso: «Gracias a Dios, no la conozco». «Hace poco que ha muerto» es lo segundo. No lleva mucho rato aquí tirada. No tiene nada blando ni flácido. Está rígida, tumbada bocarriba, con un brazo contraído hacia arriba de tal manera que la mano se le ha convertido en una garra. Tiene la cara contorsionada y angulosa; los ojos, desagradablemente abiertos. Normalmente, en las sobredosis están cerrados, lo cual siempre me genera cierto alivio. «Por lo menos han muerto en paz», pienso. Pero esta mujer parece asombrada, incapaz de creerse el destino que le ha caído encima. Está tumbada en un lecho de hojas. A excepción del brazo derecho, está recta como un soldado de plomo. Es joven. Veintitantos. Lleva el pelo, o lo llevaba, recogido en una coleta, pero también engominado. Se le han escapado unos cuantos mechones de la goma elástica que se lo recoge. Lleva camiseta de tirantes y falda vaquera. Hace demasiado frío como para ir vestida así. La lluvia le cae directamente sobre el cuerpo y la cara, lo cual también va mal para la preservación de las pruebas. Por puro instinto, quiero cubrirla, envolverla en algo de abrigo. ¿Dónde tiene la chaqueta? Quizás se la hayan robado después de muerta. Como era de prever, tiene una jeringuilla y un torniquete de fabricación casera en el suelo, a su lado. ¿Estaba sola cuando murió? Las mujeres no suelen estarlo; suelen estar con novios o con clientes que las abandonan cuando se mueren por miedo a verse implicados, por miedo a verse enredados en unos asuntos de los que no quieren formar parte.

Se supone que tenemos que comprobar las constantes vitales nada más llegar. Normalmente no lo haría en un caso tan obvio como este, pero Lafferty me está mirando, de manera que sigo el reglamento. Me armo de valor, paso por encima del tronco y estiro el brazo hacia ella. Estoy a punto de tomarle el pulso cuando oigo pasos y voces cerca. «Mierda —están diciendo las voces—. Mierda. Mierda». La lluvia ha arreciado todavía más.

Nos ha encontrado la unidad médica. Son dos hombres jóvenes. Van sin prisa. Ya saben que a esta no la van a poder salvar. Está muerta, lleva rato así. No necesitan que se lo diga el forense.

—¿Reciente? —me pregunta uno de ellos, levantando la voz.

Asiento con la cabeza, despacio. A veces no me gusta cómo hablan, cómo hablamos, de los muertos.

Los dos jóvenes se acercan con paso tranquilo al tronco y miran por encima con indiferencia.

—Carajo —le suelta uno, que según su acreditación se apellida Saab, al otro, Jackson.

—Por lo menos no pesará —observa Jackson, lo cual me sienta como una patada en el estómago. Luego pasan los dos juntos por encima del tronco, rodean el cuerpo y se arrodillan a su lado.

Jackson estira el brazo para ponerle los dedos encima. Intenta encontrarle el pulso unas cuantas veces, oficiosamente, y por fin se pone de pie. Se mira el reloj.

—A las 11:21, se certifica el fallecimiento de mujer no identificada.

—Regístralo —le ordeno a Lafferty. Una ventaja de volver a tener compañero es que el registro de actividad lo puede rellenar otro. Lafferty ha llevado el suyo guardado dentro de la chaqueta para protegerlo de la lluvia. Ahora lo saca y se inclina sobre él para impedir que se moje.

—Espera un segundo —lo paro.

Me agacho entre Jackson y Saab para examinar con atención la cara de la víctima, que tiene los ojos abiertos ya nublados, casi opacos, y las mandíbulas cerradas con una fuerza angustiosa.

Justo debajo de las cejas, y salpicándole la parte superior de los pómulos, tiene una serie de puntitos de color rosado.

De lejos, simplemente la hacían parecer ruborizada; de cerca se ven nítidos, como pequitas o como las marcas que deja el bolígrafo en una página.

Saab y Jackson se agachan también.

—Oh, sí —comenta Saab.

—¿Qué? —pregunta Lafferty.

Me llevo la radio a la boca.

—Posible homicidio —digo.

—¿Por qué? —sigue Lafferty.

Jackson y Saab no le hacen caso. Siguen agachados, examinando el cuerpo.

Bajo la radio. Me giro hacia Lafferty. Su formación, su formación.

—Petequias. —Señalo los puntitos.

—¿Eso qué es?

—Capilares rotos. Un indicio de estrangulamiento.

Poco después llegan la Unidad de Escenas de Crimen, Homicidios y el sargento Ahearn.

ANTES

La primera vez que la encontré muerta, mi hermana tenía dieciséis años. Corría el verano de 2002. Cuarenta y ocho horas antes, el viernes por la tarde, salió de la escuela con sus amigos y me dijo que llegaría a la hora de cenar.

Y no llegó.

El sábado, yo estaba aterrada, llamando por teléfono a los amigos de Kacey, preguntándoles si sabían dónde estaba. Pero nadie lo sabía o, por lo menos, nadie me lo quería decir. Yo tenía diecisiete años, era muy tímida y ya estaba encasillada en el rol que desempeñaría durante mi vida entera: la hermana responsable.

—Una viejecita —decía mi abuela Gee—. Demasiado seria, la pobre.

Estaba claro que los amigos de Kacey me consideraban una especie de madre, una figura de autoridad, alguien a quien ocultarle información. Uno tras otro, se disculparon inexpresivamente y negaron saber nada.

En aquella época, Kacey era una chica bulliciosa y chillona. Cuando estaba en casa, algo que pasaba cada vez con menos frecuencia, la vida era mejor, la casa era más cálida y feliz. Su peculiar risa —un temblor silencioso y con la boca abierta, seguido de una serie de inhalaciones vocales bruscas y agudas que la doblaban por la mitad como si le causaran dolor— arrancaba ecos de las paredes. Sin aquella risa, la ausencia de Kacey era llamativa; el silencio de la casa resultaba ominoso y extraño. Sus sonidos se habían marchado, y también su olor, un perfume espantoso que sus amigas y ella habían empezado a usar —seguramente para ocultar lo que estaban fumando— llamado *Patchouli Musk*.

Tardé un fin de semana entero en convencer a Gee para que llamara a la policía. Siempre era reacia a involucrar a gente de fuera, por miedo, creo, a que miraran con lupa su forma de cuidar de nosotras y la consideraran inadecuada por alguna razón.

Cuando por fin accedió, marcó mal el número y tuvo que llamar dos veces con su teléfono de disco de color verde oliva. Yo nunca la había visto tan asustada, ni tampoco tan furiosa. Cuando colgó, algo la hacía temblar: la rabia, la pena o la vergüenza. La cara alargada y rubicunda se le movía de formas inquietantes y novedosas. Hablaba en voz baja consigo misma, con frases indistintas que sonaban como una maldición o una plegaria.

El hecho de que Kacey hubiera desaparecido de aquella manera era sorprendente, y al mismo tiempo no lo era. Siempre había sido una persona sociable, y hacía poco se había juntado con una panda de amistades benévolas pero perezosas que caían bien, pero a quienes nadie tomaba nunca en serio. En octavo curso tuvo una breve fase *hippy*, seguida de varios años de vestirse estilo punk: se tiñó el pelo con Manic Panic y se hizo un *piercing* en la nariz y un tatuaje bastante desafortunado de una señora araña en su red. Ella tenía novios y yo no. Ella era popular, pero, en general, usaba aquella popularidad para hacer el bien. En la escuela intermedia prácticamente adoptó a una chica tristona llamada Gina Brickhouse, con quien todo el mundo se metía tantísimo por su peso, su higiene, su pobreza y su desafortunado apellido que dejó de hablar a los once años. Fue entonces cuando Kacey se interesó por ella. Y, bajo la protección de Kacey, la chica se abrió. Al terminar la secundaria, Gina Brickhouse fue nombrada Inclasificable de la Clase, un galardón reservado para los iconoclastas excéntricos pero respetados.

Más adelante, sin embargo, la vida social de Kacey dio un giro. No paraba de meterse en líos graves que amenazaban con su expulsión. Bebía mucho, incluso en la escuela, y consumía varios fármacos que por entonces nadie sabía que eran peligrosos. Fue la primera etapa de su vida que Kacey intentó esconderme. Antes de aquel año siempre me lo había contado todo, a menudo en tono suplicante y apremiante, como si estuviera buscando absolución. Pero su nueva estrategia secretista no funcionó. Me di cuenta, claro que me di cuenta. Percibí que le cambiaban la conducta, el comportamiento físico, la mirada. Kacey y yo habíamos compartido habitación y cama durante toda nuestra infancia. Llegó un punto en el que nos conocíamos tan bien que podíamos predecir lo que iba a decir la otra antes de que lo dijera. Nuestras conversaciones eran rápidas e indescifrables para los demás, frases abandonadas a medias, largas negociaciones realizadas exclusivamente con miradas y gestos. De manera que se puede decir que me sentí alarmada cuando mi hermana empezó a quedarse cada vez más a dormir con sus amigas, o a llegar a casa en plena madrugada oliendo a cosas que por entonces yo no podía identificar.

Y cuando pasé dos días sin saber de ella, no fue su desaparición lo sorprendente, ni siquiera la idea de que le hubiera pasado algo terrible. Lo único que me sorprendió fue la idea de que Kacey me hubiera dejado tan completamente fuera de su vida, que hubiera conseguido esconder de aquella manera —incluso ante mí— sus secretos más importantes.

Poco después de que Gee llamara por teléfono a la policía, Paula Mulroney me mandó un mensaje con el busca y le devolví la llamada. Paula era una gran amiga de Kacey del instituto, y la única, de hecho, que me mostraba alguna deferencia, que entendía y respetaba la primacía de nuestro vínculo familiar. Me dijo que se había enterado de lo de Kacey y que creía saber dónde estaba.

—Pero no se lo digas a tu abuela —dijo Paula—. Por si acaso me estoy equivocando.

Paula era una chica guapa, fuerte y alta y dura. En cierto sentido, me recordaba a una amazona —una tribu que yo me había encontrado, primero, al leer *La Eneida* en la clase de literatura de noveno, y después, en los cómics de DC de los que me enamoré a los quince—, aunque la única vez que le mencioné el parecido a Kacey, con intención de hacerle un cumplido a Paula, me contestó:

—Mick. No le digas eso nunca a nadie.

En cualquier caso, aunque me caía bien Paula, y todavía me cae bien, también soy consciente de que seguramente fue una mala influencia para Kacey. Su hermano Fran era camello, y todo el mundo sabía que Paula trabajaba para él.

Aquel día quedé con Paula en la esquina de Kensington con Allegheny.

—Ven conmigo —me dijo.

Mientras caminábamos, me contó que Kacey y ella habían ido juntas hacía dos días a una casa de aquel vecindario que había sido de un amigo del hermano de Paula. Yo sabía lo que significaba aquello.

—Me tuve que ir —me contó Paula—. Pero Kacey quería quedarse un rato más.

Paula me llevó por la avenida Kensington hasta una callejuela lateral cuyo nombre no recuerdo, y luego hasta una casa adosada ruinosa con una contrapuerta blanca. En la contrapuerta había una silueta metálica negra de un caballo y un carruaje, aunque al caballo le faltaban las patas de delante: le pude echar un buen vistazo porque me pasé cinco minutos llamando para que abrieran.

—Confía en mí, están dentro —me aseguró Paula—. Siempre están.

Cuando por fin se abrió la puerta, al otro lado había una mujer fantasmagórica, la persona más flaca que yo había visto nunca, con el pelo negro, la cara ruborizada y unos ojos entrecerrados que más adelante llegaría a asociar con Kacey. Por entonces no sabía qué significaban.

—Fran no está —dijo la mujer. Estaba hablando del hermano de Paula. Debía de tener diez años más que nosotras, aunque costaba saberlo—. ¿Quién es esta? —continuó antes de que Paula pudiera contestar.

—Mi amiga. Está buscando a su hermana —respondió ella.

—Aquí no hay hermanas.

—¿Puedo ver a Jim? —preguntó Paula, cambiando de tema.

El mes de julio suele ser brutal en Filadelfia; la casa estaba incubando el calor, cociéndose bajo su tejado de asfalto negro. Dentro apestaba a cigarrillos y a algo más dulzón. Me resultaba muy triste imaginarme aquella casa tal como había sido cuando la construyeron: quizás el hogar de una familia funcional, de un operario de fábrica con mujer e hijos. De alguien que iba a trabajar a diario a uno de los colosales edificios de ladrillo, ya abandonados, que todavía flanquean las calles de Kensington. De alguien que volvía a casa al final de cada jornada de trabajo y bendecía la mesa antes de la cena. En aquel momento estábamos plantadas en lo que quizás hubiera sido el comedor de la casa. Ahora no tenía más muebles que unas cuantas sillas plegables metálicas apoyadas en la pared. Por respeto a la casa, intenté imaginármela tal como había sido hacía una generación: una mesa ovalada cubierta con un mantel de encaje. Moqueta en el suelo. Sillas tapizadas. En las ventanas, las cortinas que hizo la abuela. En la pared, una pintura de un cuenco de frutas.

Jim, que supongo que era el dueño de la casa, entró en la sala en camiseta negra y vaqueros cortos y se quedó allí, mirándonos con los brazos colgando a los costados.

—¿Buscas a Kacey? —me dijo. En aquel momento me pregunté cómo lo sabía. Seguramente se me veía inocente, con pinta de rescatadora, de guardiana, de alguien que busca en vez de huir. He tenido ese aspecto toda la vida. De hecho, aun después de hacerme policía, tardé un tiempo en desarrollar ciertos hábitos y manierismos que consiguieran convencer a los individuos a los que arrestaba de que tenían que tomarme en serio.

Dije que sí con la cabeza.

—Está arriba —dijo Jim—. No se encuentra bien estos días.

Es lo que me pareció que decía, aunque no lo oí bien del todo, y podría haber dicho muchas cosas distintas. Yo ya me había marchado.

Todas las puertas del pasillo vacío estaban cerradas, y me dio la sensación de que tras ellas habitaban horrores desconocidos. Admito que tenía miedo. Me quedé allí unos instantes, sin moverme. Más tarde, desearía no haberlo hecho.

—Kacey —dije en voz baja, confiando en que simplemente saldría—. Kacey —repetí, y una cabeza asomó de detrás de una puerta y volvió a desaparecer.

El pasillo estaba oscuro. Oí a Paula hablar de cosas triviales en el piso de abajo: de su hermano, de los vecinos, de la cantidad enorme de policías que había últimamente patrullando la Avenida, para consternación de todos.

Por fin, reuní todo mi valor y llamé débilmente a la puerta que tenía más cerca. Después de esperar un momento, la abrí.

Allí estaba mi hermana. La reconocí primero por el pelo, que se había teñido hacía poco de rosa fluorescente y que ahora tenía desparramado tras de sí sobre un colchón desnudo. Estaba de costado, de espaldas a mí, y al carecer de almohada tenía la cabeza ladeada en un ángulo extraño.

No llevaba ropa suficiente.

Supe que estaba muerta ya antes de acercarme. Su postura me resultaba conocida después de una infancia entera durmiendo con ella en la misma cama, pero aquel día su cuerpo mostraba una flaccidez distinta. Se le veían las extremidades demasiado pesadas.

Le tiré del hombro para ponerla bocarriba. El brazo izquierdo se le cayó pesadamente sobre la cama. Alrededor de la parte baja del bíceps le colgaba un jirón suelto de una camiseta de algodón. Debajo de aquel torniquete improvisado, le corría la vena como un largo río luminoso. Tenía la cara distendida y azul, la boca abierta y los ojos cerrados, salvo por un resquicio blanco que le asomaba por debajo de las pestañas.

La zarandeé. Grité su nombre. La jeringuilla estaba a su lado, en la cama. Volví a gritar su nombre. Olía a excrementos. Le di una bofetada en la cara, fuerte. Por entonces, yo nunca había visto la heroína. Nunca había visto a nadie colocado de heroína.

—Llamad al 911 —me puse a chillar, lo cual, ahora que lo pienso, tiene bastante gracia. No había posibilidad alguna de que en aquella casa nadie fuera a llamar a las autoridades. Pero todavía lo estaba chillando cuando Paula llegó a la habitación y me tapó la boca con la mano.

—Oh, mierda —dijo Paula mirando a Kacey, y a continuación (ahora me maravillo de su valentía, de su serenidad, de la rapidez y la seguridad de sus movimientos) le pasó un brazo a Kacey por debajo de las rodillas y otro por debajo de los hombros. La levantó de la cama. En el instituto, Kacey estaba rellenita, pero Paula ni se inmutó. La cogió atléticamente en brazos y bajó trotando las escaleras con ella a cuestas, de espaldas a la pared, con cuidado de no tropezarse, hasta que salió por la puerta. La seguí.

—No llaméis desde aquí cerca —dijo la mujer que nos había abierto la puerta.

«Está muerta —pensé—. Está muerta, mi hermana está muerta». En aquella cama, había visto con mis propios ojos la cara muerta de Kacey. Aunque ni Paula ni yo habíamos comprobado si Kacey respiraba, yo estaba convencida de haberla perdido, y mi mente avanzó rápidamente por un futuro sin mi hermana: mi graduación, sin Kacey. Mi boda. El nacimiento de mis hijos. La muerte de Gee. Y fue de autocompasión que rompí a llorar. Por haber perdido a la única otra persona capaz de sobrellevar la carga que nos había sido asignada al nacer. La carga de nuestros padres muertos. La carga de Gee, a cuya amabilidad ocasional nos aferrábamos, pero cuya crueldad también era rutinaria. La carga de nuestra pobreza. Los ojos se me llenaron de lágrimas. Perdí el suelo de vista. Tropecé con un trozo de acera que había levantado una raíz aventurada.

En cuestión de segundos nos vio un joven policía, nuevo en aquella zona: un integrante de la oleada de agentes de los que se habían estado quejando Jim y Paula. En cuestión de minutos llegó una ambulancia, me subí con mi hermana en la parte de atrás y presencié cómo le daban Narcan y la resucitaban de entre los muertos, con violencia, milagrosamente, llorando de dolor y de náuseas y de desesperación, rogándonos que la dejáramos volver.

Ese fue el secreto que aprendí aquel día: que ninguno quiere que lo salves. Todos quieren hundirse de nuevo en la tierra, que el suelo se los trague, seguir durmiendo. Cuando los sacas de entre los muertos, tienen cara de odio. Es una expresión que he visto docenas de veces en mi trabajo actual: de pie junto a algún pobre paramédico de urgencias cuyo trabajo es pescarlos y traerlos de vuelta del otro lado. Y era la expresión que tenía en la cara Kacey aquel día, cuando se le abrieron los ojos mientras soltaba palabrotas y lloraba. Y estaba dirigida a mí.

AHORA

A Lafferty y a mí nos hacen irnos de la escena del crimen. Ahora le toca al sargento Ahearn cerrarla y supervisar al médico forense, a la División Este de Detectives y a la Unidad de Escenas de Crimen.

Sentado a mi lado en el coche, Lafferty por fin se ha quedado callado. Me relajo un poco, escucho el golpeteo de los limpiaparabrisas y el chisporroteo bajo de la radio.

—¿Todo bien? —le pregunto.

Asiente.

—¿Alguna pregunta?

Niega con la cabeza.

Volvemos a quedarnos callados.

Me planteo las clases distintas de silencio que existen: este es incómodo, tenso; el silencio de dos desconocidos que tienen algo que decirse y no lo hacen. Me hace echar de menos a la señorita Truman, cuyos silencios eran apacibles, cuya respiración regular siempre me recordaba que tenía que echar el freno.

Pasan cinco minutos. Y por fin me habla.

—Días mejores.

—¿Cómo?

Lafferty señala a nuestro alrededor.

—Digo que este barrio ha visto días mejores, ¿no? Cuando yo era un chaval era un sitio decente. Venía a jugar al béisbol.

Frunzo el ceño.

—No está tan mal. Tiene partes buenas y partes malas, supongo. Como la mayoría de los barrios.

Lafferty se encoge de hombros, nada convencido. Lleva menos de un año trabajando de esto y ya se está quejando. Hay agentes que tienen la fea y destructiva costumbre de criticar sin parar los distritos que patrullan. He oído a muchos agentes —entre ellos, lamento decirlo, al sargento Ahearn— que se refieren a Kensington en unos términos indignos para alguien cuyo rol es proteger y dar aliento a una comunidad. *Villamierda,* dice a veces el sargento Ahearn cuando da el orden del día. *Villajeringas. Yonquilandia, EE. UU.*

—Necesito un café —le digo ahora a Eddie Lafferty.

Normalmente voy a por café a una tiendecita de barrio, de esas que tienen cafeteras de cristal en un fogón y las paredes impregnadas de olor a arena de gato y sándwich de huevo. Alonzo, el dueño, ya es amigo mío. Pero hay un sitio nuevo al que le tengo el ojo puesto, el Bomber Coffee, parte de una ola de comercios que han abierto hace poco en la calle Front, y supongo que es el desdén de Lafferty hacia el barrio lo que me lleva a sugerirlo.

Estos sitios nuevos, y el Bomber en particular, tienen algo que me atrae cada vez que paso por delante. Algo en sus interiores, hechos de acero frío o de madera cálida y resonante. Algo en la gente de dentro, que parece haber aterrizado en nuestro sector procedente de un planeta distinto. Solo puedo imaginar en qué estarán pensando y de qué estarán hablando y escribiendo: de libros y de ropa y de música y de qué plantas pueden poner en sus casas. Sacando ideas de nombres para sus perros. Pidiendo bebidas de nombres impronunciables. A veces solo quiero entrar un momento en algún sitio y rodearme de gente con preocupaciones como esas.

Cuando paro el coche delante del Bomber Coffee, Lafferty me mira, escéptico.

—¿Seguro, Mike? —dice. Es una referencia a *El padrino*. Seguramente no se espera que yo la reconozca. Lo que no sabe es que he visto la trilogía entera varias veces, no por voluntad propia, y que siempre la he odiado profundamente.

—¿Estás dispuesta a pagar cuatro dólares por un café? —continúa.

—No tengo problema en invitarte.

Cuando entramos, me siento nerviosa y molesta conmigo misma por sentirme así. Al unísono, todos los de dentro hacen una pausa breve para mirar nuestros uniformes y nuestras armas. Una mirada de arriba abajo a la que ya estoy muy acostumbrada. Luego vuelven a sus portátiles.

La chica de detrás del mostrador es flaca y tiene un flequillo recto de lado a lado de la frente y una especie de gorro de invierno que lo mantiene en su sitio. El chico que está a su lado tiene el pelo oscuro en las raíces y las puntas teñidas de un color platino descolorido. Lleva unas gafas grandes y estrigiformes.

—¿Qué desean? —dice el chico.

—Dos cafés medianos, por favor —contesto. (Veo con satisfacción que solo cuestan dos dólares con cincuenta).

—¿Algo más? —El chico está ahora de espaldas a nosotros, sirviendo el café.

—Sí —dice Lafferty—. Échale un poco de *whisky* ya que estás ahí.

Lo dice sonriendo, esperando complicidad. Es una modalidad particular de humor que conozco por mis tíos: sin gracia, previsible, inofensiva. Lafferty es alto y medio apuesto;

seguramente está acostumbrado a caer bien. Todavía está sonriendo cuando el chico se gira.

—No vendemos alcohol.

—Era una broma —aclara Lafferty.

El chico nos entrega los cafés con solemnidad.

—¿Tenéis lavabo? —pregunta Lafferty. Ya ha perdido el talante amigable.

—No funciona.

Pero lo estoy viendo ahí mismo: una puerta en la pared del fondo, más clara que el agua, sin letrero ni nada que indique que el baño está averiado. La otra empleada, la chica, evita nuestras miradas.

—¿No hay otro? —insiste Lafferty. Con muchos establecimientos, los miembros del DPF tenemos un acuerdo tácito: no tenemos oficina y nos pasamos el día en nuestros vehículos. Los lavabos públicos son una parte importante de nuestra rutina.

—Pues no. —El chico nos entrega los vasos—. ¿Algo más?

Le entrego el dinero en silencio. Me marcho. A tomar el café de la tarde iremos a la tiendecita de Alonzo. Alonzo nos deja usar su lavabo diminuto y oscuro, aunque no le compremos nada. Nos sonríe. Conoce a Kacey. Sabe cómo se llama mi hijo y pregunta por él.

—Qué chavales tan majos —comenta Lafferty fuera—. Encantadores.

Su tono es amargo. Se ha molestado. Por primera vez, me cae bien.

«Bienvenido a Kensington —pienso—. No finjas todavía que sabes algo de este sitio».

Al acabarse nuestro turno dejo nuestro vehículo en el aparcamiento —lo inspecciono con más exhaustividad de lo normal para asegurarme de que Lafferty me vea— y entramos lo dos en comisaría para entregar el registro de actividad.

El sargento Ahearn ya está de vuelta en su despacho, un cuartucho diminuto con paredes de cemento que se humedecen cada vez que está encendido el aire acondicionado. En la puerta tiene un letrero que dice: «Llamar antes de entrar».

Llamamos.

—Adelante. —Está sentado a su mesa, mirando la pantalla del ordenador. Acepta el registro sin decir ni una palabra y sin mirarnos.

—Buenas noches, Eddie —dice cuando Lafferty se marcha.

Me espero un momento en la puerta.

—Buenas noches, Mickey —me responde. Con énfasis.

Vacilo un momento. Luego le pregunto:

—¿Me puede decir algo de nuestra víctima?

Suspira. Levanta la vista de la pantalla. Niega con la cabeza.

—Todavía no. No hay noticias.

Ahearn es un hombre bajito y liviano de pelo gris y ojos azules. No es feo, pero su estatura le produce inseguridad.

Mide metro setenta, o sea, que le saco cinco centímetros largos. A veces, la diferencia le hace ponerse de puntillas y quedarse así mientras habla conmigo. Hoy, el hecho de estar sentado a su mesa lo salva de esa humillación.

—¿Nada? ¿No la han identificado?

Ahearn vuelve a negar. No estoy segura de si creerlo. Ahearn es un tipo extraño: le gusta no enseñar sus cartas, aunque no tenga razones para ello. Una costumbre destinada principalmente a subrayar la cantidad relativamente insignificante de poder que tiene sobre nosotros, creo. Nunca le he caído bien. Lo atribuyo a una equivocación que cometí una vez, poco después de que lo transfirieran a este distrito: durante un orden del día, dio una información errónea sobre un criminal al que estábamos buscando, y yo levanté la mano para corregir el registro. Fue una maniobra tonta e irreflexiva por mi parte —la típica cosa que más tarde entendí que le tendría que haber dicho después, para respetar su rango—, pero la mayoría de los sargentos habrían pasado por alto aquella pequeña infracción; habrían dado las gracias y quizás habrían hecho algún chiste al respecto. Ahearn, en cambio, me dedicó una mirada que no tardaré en olvidar. Truman y yo solíamos decir en broma que Ahearn me la tenía jurada. Fuera de la despreocupación de aquellas conversaciones, creo que estábamos los dos preocupados.

—Nunca la había visto trabajando —le digo ahora a Ahearn—. En caso de que se lo estuviera preguntando usted.

—No me lo estaba preguntando.

«Pues debería», tengo ganas de decirle. Es información importante. Quizás signifique que, o bien era nueva en nuestro distrito, o bien simplemente estaba de paso. Los agentes de patrulla somos quienes mejor conocemos nuestro distrito: somos los que estamos en las calles, los que conocemos todas las tiendas y residencias y a los ciudadanos que las pueblan.

Los detectives de la División Este que han venido a la escena sí me han hecho esa pregunta, y también otras lo bastante específicas como para tranquilizarme.

No digo nada de esto. Doy un golpecito en el marco de su puerta y me giro.

Ahearn habla antes de que pueda salir. Mirando su ordenador, no a mí.

—¿Cómo está Truman?

Me detengo. Me ha cogido por sorpresa.

—Supongo que bien.

—¿No has sabido nada de él últimamente?

Me encojo de hombros. A veces cuesta saber qué tiene Ahearn en mente, pero la experiencia me ha demostrado que siempre tiene algo.

—Qué raro —dice Ahearn—. Pensaba que teníais una relación estrecha.

Me aguanta la mirada un momento más largo de lo que me gustaría.

De camino a casa, llamo a Gee. Últimamente hablamos muy poco. Y nos vemos todavía menos. Al nacer Thomas, tomé la decisión de criarlo de forma completamente distinta de como me criaron a mí, y eso implicaba evitar a Gee —evitar a todos los O'Brien, vamos— en la medida de lo posible. A regañadientes, movida por un sentido de obligación familiar que no me puedo quitar de encima, llevo a cabo el ritual puramente mecánico de visitar a Gee por Navidad con Thomas, y la llamo por teléfono de vez en cuando para asegurarme de que sigue viva. Aunque a veces se queja, creo que en realidad nuestra ausencia no la molesta. Nunca me llama. Nunca me ofrece ayuda con Thomas, aunque físicamente está lo bastante bien como para hacer su trabajo de *catering* y también para ayudar por horas en Thriftway. Cada día tengo más claro que, si yo dejara de mantener el contacto, ya no volveríamos a hablar.

—Dime —dice Gee después de varios timbrazos. Es como contesta siempre al teléfono.

—Soy yo.

—¿Quién?

—Mickey.

—Ah. No te he reconocido la voz.

Hago una pausa, asimilando las implicaciones de su comentario. La recriminación perpetua. Ahí está.

—Quería saber si has tenido noticias de Kacey últimamente.

—¿Por qué quieres saberlo? —pregunta Gee con recelo.

—Por nada.

—Pues no. Ya sabes que la evito. Ya sabes que no me gustan sus rollos. La evito —repite, solo para darse énfasis.

—Muy bien. ¿Me podrás avisar si sabes algo de ella?

—¿Qué estás tramando? —Gee sigue recelosa.

—Nada.

—Si sabes lo que te conviene, tú también la tendrías que evitar.

—Ya lo hago.

Al cabo de una breve pausa, Gee dice:

—Ya lo sé.

Tranquilizada.

—¿Cómo está mi nene? —pregunta Gee, cambiando de tema. Siempre ha sido más amable con Thomas de lo que fue nunca con nosotras. Siempre que lo ve, lo malcría, se saca del bolso montañas de caramelos vetustos y a medio derretir y se los da con las manos. En esos pequeños actos de caridad, veo un eco de como debió de comportarse con su hija, nuestra madre, Lisa.

—Anda muy descarado últimamente —le digo. Aunque no lo pienso.

—Calla, anda. —Por fin, muy por lo bajo, le oigo una sonrisa en la voz—. Calla. No hables de mi nene así.

—Es verdad.

Espero. Hay una parte de mí que todavía espera que Gee sea la primera en ceder, que me pida que le lleve a Thomas a su casa, que se ofrezca para hacerme de canguro, que me pida si puede venir a ver nuestra casa nueva.

—¿Algo más? —pregunta Gee finalmente.

—No. Creo que eso es todo.

Antes de que le pueda decir nada más, ya me ha colgado.

La casera, la señora Mahon, está rastrillando el jardín de delante cuando aparco el coche en la entrada. La señora Mahon vive en una vieja casa colonial de dos plantas con un apartamento construido encima de cualquier manera, a modo de tercera planta añadida. Al apartamento, donde llevamos viviendo más de medio año, se accede por una escalera destartalada que sube por detrás del edificio. La parcela es pequeña, pero tiene un jardín alargado en la parte trasera que Thomas puede usar, y un vetusto columpio de neumático que cuelga de un árbol. Aparte del jardín, el principal atractivo del apartamento es el precio: quinientos dólares al mes, gastos incluidos. Lo encontré gracias a la recomendación del hermano de otro agente, que lo quería dejar.

—No es gran cosa —me dijo el hermano en cuestión—, pero es barato y la casera arregla las cosas deprisa.

—Me lo quedo.

Aquel mismo día puse en venta mi casa de Port Richmond. Me dolió; me encantaba aquella casa. Pero no tenía alternativa.

Desde la ventanilla del conductor, saludo brevemente con la mano a la señora Mahon, que se detiene al verme y se queda allí de pie con un codo apoyado en el mango de madera del rastrillo.

Salgo. La vuelvo a saludar con la mano. Traigo comida de la tienda en el asiento de atrás y ocupo las manos en recogerla, gruñendo por lo bajo para indicar mi enorme y perpetua prisa. Siempre he notado en la señora Mahon una necesidad de atención que no me siento preparada para atender. Para empezar, siempre está en el jardín de delante, intentando hablar con cualquiera que pase (me he fijado en que el cartero también pone cara de circunstancias cuando se acerca); y siempre la veo preocupada y esperanzada al mismo tiempo, como si quisiera que le preguntaras qué la preocupa para poder explayarse un rato sobre el tema. Te da consejos sin que se los pidas —sobre el apartamento, sobre el coche y sobre la ropa que llevamos, que casi nunca es la correcta para el tiempo que hace, según la señora Mahon— con esa urgencia que normalmente uno reservaría para las emergencias médicas. Tiene el pelo blanco y corto, y unas tiras de carne blanda entre la barbilla y las clavículas que se le bambolean cuando mueve la cabeza. Lleva jerséis con motivos navideños y vaqueros de color azul claro. Los vecinos de al lado me han contado que estuvo casada, pero —de ser así— nadie sabe qué le pasó a su marido. Cuando me siento poco amable, me imagino que se murió de puro incordio. Cada vez que Thomas tiene un momento de portarse mal al entrar o salir del coche, puedo contar con que la señora Mahon estará mirándonos desde su ventana, como un árbitro observando una jugada. De vez en cuando, hasta sale para ver mejor, con los brazos cruzados, disgustada.

Hoy, cuando me incorporo después de recoger las bolsas de comida del asiento de atrás, la señora Mahon me dice:

—Ha pasado un hombre a verte.

Frunzo el ceño.

—¿Quién?

Ella parece muy contenta de que se lo haya preguntado.

—No me ha dejado su nombre. Solo me ha dicho que volverá otro día.

—¿Qué aspecto tenía?

—Alto. Pelo oscuro. Muy guapo —añade en tono conspiratorio.

Simon. Una pequeña punzada en el abdomen. No le digo nada.

—¿Qué le ha dicho usted?

—Pues que no estabas en casa.

—¿Y él ha dicho algo más? ¿Lo ha visto Thomas?

—No —dice la señora Mahon—. Me ha llamado al timbre. Estaba confundido. Se creía que vivías en mi casa.

—¿Y lo ha corregido usted? ¿Le ha dicho que vivimos en el apartamento de arriba?

—No —dice la señora Mahon. Frunce el ceño—. No lo conocía. No le he dicho nada.

Vacilo. Va en contra de todos mis instintos revelar nada de mi vida a la señora Mahon, pero, en este caso, no tengo alternativa.

—Si vuelve a venir —le indico—, dígale que nos hemos marchado. Que ya no vivimos aquí. Lo que quiera usted.

La señora Mahon pone la espalda recta. Orgullosa de que le hayan encomendado una tarea, quizás.

—Espero que no estés trayéndome problemas por aquí. No quiero problemas en mi vida.

—No es peligroso. Simplemente no me hablo con él. Por eso nos vinimos a vivir aquí.

La señora Mahon asiente. Me sorprende ver algo parecido a la aprobación en su mirada.

—Muy bien. Pues eso haré.

—Gracias, señora Mahon.

La señora Mahon hace un gesto, quitándole importancia.

Luego, incapaz de refrenarse un momento más, me dice:

—Se te va a romper la bolsa.

—¿Cómo?

—La bolsa. —Señala mi compra—. Pesa demasiado y se te va a romper. Por eso yo siempre le pido a la chica que me ponga dos.

—Lo haré siempre a partir de ahora.

Cuando volví a trabajar después de que Thomas naciera, hacia el final de cada jornada sentía un ansia física de estar con él. Era una especie de hambre. Mientras corría a recogerlo de la guardería, me imaginaba un cordel que nos conectaba y que se retraía como un yoyó al acercarme a mi hijo. A medida que Thomas crecía, el sentimiento se aligeró y se transformó en una versión más leve, pero todavía hoy subo los escalones de dos en dos, imaginándome su cara, su amplia sonrisa y sus brazos extendidos hacia mí.

Abro la puerta. Ahí está mi hijo, brincando hacia mí seguido de la canguro, Bethany.

—Te he echado de menos —me dice, con la cara a dos dedos de la mía y poniéndome las manos en las mejillas.

—¿Te has portado bien con Bethany?

—Sí.

Miro a Bethany en busca de confirmación, pero ya está mirando su teléfono, deseando marcharse. Hace meses que tengo claro que necesito encontrar a una canguro distinta, y mejor. A Thomas no le cae bien. Todos los días me habla de su vieja escuela de Fishtown, de los amigos que tenía allí y de sus antiguos maestros. Pero es casi imposible encontrar a alguien que pueda cambiar de días a noches como yo cada dos semanas, y Bethany —veintiún años, maquilladora a tiempo parcial— es barata y está disponible casi a cualquier hora. Lo que ofrece en flexibilidad, sin embargo, te lo quita en fiabilidad, y últimamente me ha cancelado el canguro tantas veces por estar enferma que ya he usado todos los días de fiesta que tenía. Los días que sí aparece, suele llegar tarde, lo cual me hace llegar tarde a mí, lo cual provoca que el sargento Ahearn se muestre más y más hostil conmigo cada vez que nos cruzamos en la comisaría.

Le doy las gracias a Bethany y le pago. Ella se marcha sin decir nada. Y al instante la casa parece más feliz.

Thomas me mira.

—¿Cuándo puedo volver a mi escuela?

—Thomas. Ya sabes que tu antigua escuela está demasiado lejos. Y en septiembre empiezas el parvulario, ¿te acuerdas?

Suspira.

—Solo falta un poquito —continúo—. Menos de un año. —Otro suspiro—. ¿Tan mal estás?

Pero, por supuesto, me siento culpable. Cada noche, después del turno A, y a menudo también por las mañanas, intento compensarlo: me siento en el suelo a su lado y juego con él hasta que se cansa, intentando enseñarle todo lo que le hace falta saber del mundo, intentando atiborrarlo de conocimiento y de fortaleza y de curiosidad para que esas cualidades lo sustenten durante las largas horas que paso lejos de él, las interminables semanas del turno B, durante las cuales ni siquiera puedo llevarlo a dormir.

Ahora me enseña emocionado lo que ha construido en mi ausencia: una ciudad entera de vías de tren, de un juego de madera que le compré de segunda mano, con bolas de cartulina que representan rocas, montañas y casas, y latas y botellas que ha sacado del reciclaje para que hagan de árboles.

—¿Te ha ayudado a hacerlo Bethany? —le pregunto, esperanzada.

—No. Lo he hecho yo solo.

Lo dice con orgullo. No se da cuenta —¿cómo iba a hacerlo?— de que habría deseado que me dijera que sí.

Thomas, con casi cinco años, es alto y fuerte y corpulento, y ya es más listo de lo que le conviene. Y también guapo. Igual de listo y de guapo que Simon. Pero, de momento, y a diferencia de su padre, es amable.

Homicidios no se pone en contacto con nosotros al día siguiente, ni al siguiente, ni al otro.

Pasan dos semanas. Ahearn me sigue asignando de compañero a Eddie Lafferty. Echo de menos a Truman. Incluso echo de menos las patrullas en solitario que hice después de que se cogiera la baja. Hoy en día es poco habitual que te pongan compañeros a largo plazo —hay poco presupuesto y cada vez son más habituales los coches individuales—, pero Truman y yo hacíamos una pareja tremenda. Trabajábamos tan bien juntos que nuestras reacciones estaban prácticamente coreografiadas; nadie alcanzaba nuestra productividad en todo el distrito. Dudo mucho que Eddie Lafferty y yo podamos llegar a ese entendimiento. Ahora lo escucho a diario hablar de sus preferencias alimentarias, de sus preferencias musicales y de sus afiliaciones políticas. Lo escucho despotricar sobre su exesposa número tres, y luego sobre los mileniales, y luego sobre la gente mayor. Todavía estoy más callada que al principio, si es que cabe esa posibilidad.

Cambiamos al turno B, que va de las cuatro de la tarde a medianoche, cansados todo el tiempo.

Echo de menos a mi hijo.

Le pregunto varias veces —quizás demasiadas— al sargento Ahearn por la mujer a la que encontramos en las Vías.

Le pregunto si la han identificado. Si se ha declarado la causa de la muerte. ¿No quiere hablar Homicidios con nosotros?

Y una y otra vez se me quita de encima.

Un lunes de mediados de noviembre —ya hace casi un mes que descubrimos el cadáver— voy a hablar con Ahearn al principio de mi turno. Está metiendo papel en la fotocopiadora. Antes de que pueda decirle nada, se gira de golpe y me dice:

—No.

—¿Cómo?

—No hay noticias.

Hago una pausa.

—¿No hay resultados de la autopsia? ¿No hay nada?

—¿Por qué te interesa tanto?

Me está mirando con expresión rara, casi con una sonrisa. Como si me estuviera provocando, como si supiera algún secreto sobre mí. Es muy irritante. Nunca hablo de Kacey en el trabajo, salvo con Truman, y no tengo intención de empezar a hacerlo hoy.

—Simplemente me parece extraño —le respondo—. Hace mucho que encontramos el cuerpo. Es muy raro que no haya nada sobre ella, ¿no le parece?

Ahearn suelta un suspiro. Pone la mano sobre la fotocopiadora.

—Mira, Mickey. Esto es territorio de Homicidios, no mío. Pero sí que oí que los resultados de la autopsia habían salido no concluyentes. Y como la víctima sigue sin identificar, me imagino que no debe de estar entre sus prioridades.

—Está de broma —le suelto antes de poder refrenarme.

—Nunca bromearía con estas cosas —contesta. Una frase que le gusta y que usa a menudo.

Ahearn se queda callado. Sé que lo estoy presionando. No le gusta que lo presionen. Se queda así un rato, de espaldas a mí, con los brazos en jarras, esperando a que termine la copiadora. Sin decir nada.

Truman me diría, llegado este punto, que lo dejara correr. «Política —me diría—. Es todo política, Mick. Encuentra a la persona indicada y hazte amiga suya. Hazte amiga de Ahearn si lo necesitas. Pero protégete».

Pero nunca he sido capaz de hacerlo, aunque lo he intentado bastantes veces a mi manera: sé que a Ahearn le encanta el café, así que un par de veces le he llevado un café, por ejemplo; y una vez, por Navidad, le regalé un paquete de café en grano de una tienda local que había al lado de la antigua guardería de Thomas.

—¿Qué es esto? —preguntó Ahearn.

—Café en grano.

—¿O sea, que ahora te hacen molerlo a ti?

—Sí.

—No tengo máquina de moler.

—Ah. Bueno, pues quizás para la Navidad que viene.

Él sonrió con frialdad, me dijo que no me preocupara y me dio las gracias cortésmente.

Por desgracia, aquellos esfuerzos no parecieron deshelar nuestra relación. Y Ahearn es el líder de mi pelotón y, como tal, hace conmigo la rotación del turno A al turno B y viceversa, y suele ser el sargento al que presento los informes nueve veces de cada diez. Los agentes que le caen bien son los que le hacen la pelota, casi todos hombres que le piden su opinión o consejo y luego escuchan con atención y asienten mientras él se lo suministra. He visto hacer eso mismo a Eddie Lafferty. Me los imagino a ambos en el equipo de béisbol del instituto:

Ahearn, el líder, y Lafferty, el seguidor. En el trabajo es una dinámica que parece irles bien a ambos. Así que quizás Lafferty sea más listo de lo que parece.

Cuando se terminan las fotocopias, Ahearn las saca y da varios golpecitos con el borde del fajo de folios contra la fotocopiadora, para igualarlo.

Sigo allí plantada, en silencio, esperando respuesta. «Lárgate, Mick», oigo que me dice Truman al oído.

Ahearn se gira de golpe hacia mí. Su expresión no transmite contento.

—Habla con Homicidios si tienes más preguntas —me espeta. Y se aleja de mí dando zancadas.

Pero sé qué pasará si lo hago. Si no hay padres preocupados que luzcan bien por la tele, no hay cobertura mediática. Y si no hay cobertura mediática, no hay caso. Solo una yonqui muerta más de la avenida Kensington. Nada que pueda preocupar mucho a la gente de la plaza Rittenhouse.

Estoy todo el turno de mal humor y más callada que nunca.

Hasta Lafferty se da cuenta de que algo va mal. Se está bebiendo un café en el asiento del copiloto. No deja de echarme vistazos con el rabillo del ojo.

—¿Todo bien? —me dice al final.

Miro al frente. No quiero hablarle mal del sargento Ahearn. Todavía no estoy segura de cómo de estrecha es su relación, pero el hecho de que tengan un pasado en común me convierte en una tumba en lo tocante a mis sentimientos. Decido plantear la situación de forma más general.

—Un poco frustrada.

—¿Qué pasa?

—La mujer que encontramos en las Vías el mes pasado.

—¿Sí?

—Han salido los resultados de la autopsia.

Lafferty da un sorbo de café. Tuerce la boca de lo caliente que está.

—Me he enterado, sí.

—No concluyentes.

No dice nada.

—¿Te lo puedes creer? —le insisto.

Lafferty se encoge de hombros.

—Supongo que no entiendo lo bastante.

Lo miro.

—Tú también la viste. Viste lo mismo que yo.

Lafferty se queda callado por una vez y mira por la ventanilla. Pasan dos minutos de silencio.

—Quizás no sea malo —dice entonces.

No digo nada. Quiero asegurarme de que lo entiendo correctamente.

—Entiéndeme —continúa—. Es una lástima que muera cualquiera. Pero ¿qué clase de vida es esa?

Me quedo helada. No confío todavía en mi capacidad para responder. Me concentro de momento en el trozo de calle que tengo delante.

Me planteo brevemente hablarle de Kacey. Para avergonzarlo, quizás. Para hacer que se sienta mal. Pero antes de poder decirle yo nada, se pone a negar lentamente con la cabeza.

—Esas chicas… —Me mira, se lleva un dedo a la sien y se da un par de golpecitos. «Estúpidas —quiere decir—. No tienen juicio».

Aprieto las mandíbulas.

—¿Qué quieres decir con eso? —le pregunto en voz baja.

Lafferty me mira con las cejas enarcadas. Le devuelvo la mirada. Noto que se me calienta la cara. Es un problema que he tenido toda la vida. Se me pone la cara toda roja cuando estoy furiosa o avergonzada o, a veces, incluso contenta. Es un rasgo desafortunado en una agente de policía.

—¿Qué quieres decir con eso? —repito—. *Esas chicas*, has dicho. ¿Qué significa eso?

—No lo sé —contesta Lafferty—. Solo…

Señala alrededor con las manos, abarcando el paisaje.

—Me siento mal por ellas, nada más.

—No creo que fuera eso lo que querías decir. Pero no pasa nada.

—Eh —dice Laffery—. No quería ofender a nadie.

ANTES

Cuando éramos pequeñas, salimos de excursión un grupo de alumnos de cuarto y de quinto para ver *El cascanueces* en el Center City. Yo tenía once años, era mayor para mi curso, y Kacey tenía nueve.

En aquellos tiempos, yo casi no hablaba en la escuela. Y cuando hablaba, era muy flojito, hasta el punto de que Gee me solía decir con frecuencia que hablara más alto, igual que la mayoría de mis profesores. Tenía pocos amigos. En el recreo, leía. Me alegraba cuando el mal tiempo nos impedía salir al patio.

Kacey, en cambio, hacía amigos allá donde iba. Por entonces era pequeña e intensa, tenía el pelo claro, los brazos y las piernas fuertes y un ceño que mantenía fruncido la mayor parte del tiempo. Tenía unos dientes de conejo que se esforzaba para tapar con el labio superior. Con sus amigas era afable y graciosa. Por lo general, la gente de nuestra edad se sentía atraída por ella. Pero también hacía enemigos: aquellos que ponían a los débiles en su punto de mira, que intercambiaban crueldad hacia los demás por caché social, un trato que Kacey ya despreciaba desde pequeña. Tenía la costumbre, por consiguiente, de señalar aquellas injusticias cada vez que tenían lugar, y luego, de alzarse con ardor y a menudo con violencia en defensa de aquella gente de su clase que ocupaba la base de la jerarquía social. Según sus profesores, lo hacía incluso cuando la situación no lo pedía, o cuando aquellos compañeros de clase no querían o no necesitaban la protección de Kacey. Fue por esta razón por la que hacía poco que habían echado a Kacey de la escuela parroquial del Santísimo Redentor (ya entonces, yo era consciente de la ironía del nombre), lo cual comportó que nos echaran a los dos, ya que Gee no nos quería tener en escuelas distintas.

Aquello fue un revés para mí. Me había gustado la Santísimo Redentor. Allí tenía defensores: dos profesores, uno laico y una monja, que se habían tomado un interés especial en mí y en mis capacidades, que habían traspasado mi timidez y habían visto en mí algo que se habían dedicado a extraer con esfuerzo a lo largo de varios años. Y los dos, cada uno por separado y de forma voluntaria, le habían dicho a Gee que pensaban que yo era inteligente. Aunque aquello me gratificaba —pese a justificar la ligera vanidad que yo ya sentía por mi inteligencia—, por entonces también había una parte de mí que desearía que no lo hubieran dicho. Porque, para Gee, inteligente significaba *estirada,* y aunque no me castigó por ello, en fin, durante una temporada sí que me estuvo poniendo mala cara.

Cuando Kacey se metió en su última pelea, la que provocó que nos expulsaran, Gee hizo que nos sentáramos en el sofá y se plantó delante de nosotras echando chispas por los ojos.

—*Tú* —dijo, señalándome a mí con la cabeza—, tienes que vigilarla a *ella* —indicó, señalando con la cabeza a Kacey. Así que acabamos en la escuela pública del vecindario, que estaba en Frankford, con todos los demás niños cuyos padres eran demasiado pobres o disfuncionales como para llevarlos a las escuelas parroquiales. Quizás, supuse, eso quería decir que Gee también lo era.

En nuestra nueva escuela primaria, la Hanover, Kacey fue adoptada de inmediato y de forma previsible por un grupo de otros alumnos extrovertidos y yo caí de inmediato en el olvido. Allí los niños tímidos pasaban sus días sin que nadie se fijara en ellos. Cualquier alumno que no le complicara la vida todavía más al maestro solía recibir un par de elogios por su buena conducta, y después se le permitía que se perdiera discretamente en el fondo de la clase. Está claro que no era del todo culpa de nuestros maestros. Nuestras aulas estaban llenas al máximo: treinta alumnos generalmente alborotadores en un espacio pequeño. Era lo único que podían hacer para sobrevivir.

Aun así, estar en la Hanover fue la única razón de que fuéramos a ver *El cascanueces*. A veces, las escuelas públicas de Filadelfia recibían ventajas que no tenían las escuelas parroquiales. El Ayuntamiento concedía a sus escuelas públicas diversos tipos de caridades: abrigos para cobijarnos en invierno, excursiones culturales destinadas a concedernos unas cuantas horas para reflexionar sobre esas grandes preguntas de la vida que normalmente están reservadas a la clase rica ociosa. En aquel caso, la excursión era un premio que se concedía a los alumnos que habían vendido más papel de embalar durante una campaña anual para recaudar fondos, un desafío que Kacey y yo nos habíamos tomado tan en serio que nos habíamos pasado todos los fines de semana de otoño yendo de puerta en puerta. De hecho, habíamos quedado en primer y segundo lugar.

Yo, por mi parte, estaba encantada.

Aquel día me puse un vestido, el único que tenía, que Gee había traído a casa del Village Thrift en uno de sus escasos momentos de frivolidad. A mí me parecía un vestido precioso; un vestido de algodón azul con flores blancas en el torso. Pero ya hacía dos años que lo tenía y me venía muy pequeño, y encima

Gee me había obligado a llevar una parka azul de niño que había sido de Bobby, un primo nuestro por parte de madre. A aquella chaqueta no la habían lavado nunca. Tenía manchas de sal y un olor un poco acre, igual que el mismo Bobby. Debajo de aquello, el vestido quedaba estúpido: ya por entonces me daba cuenta. Pero era la primera vez que iba a un *ballet,* y no sé por qué, pero quería demostrar mi respeto, reconocer de alguna manera la solemnidad de la ocasión. De manera que me lo puse, y me puse la parka azul encima, y después del almuerzo esperé en un pasillo largo de la escuela a que llegaran los autobuses, haciendo cola con todo el mundo y leyendo mi libro.

Justo delante de mí, Kacey estaba rodeada de sus amigas, como siempre.

Cuando llegó el momento de subir al autobús, subí los peldaños del vehículo detrás de mi hermana, luego la seguí hasta el fondo y ocupé el asiento contiguo al de ella. Era una elección destinada a declararle a los demás mi independencia y a tranquilizarme a mí misma con la proximidad de Kacey. Su presencia en cualquier situación, familiar o educativa, solía tranquilizarme.

Aquel año había un profesor de música brillante y divertido, el señor Johns, que era quien lo había organizado todo. Era joven —seguramente no llegaba a la edad que tengo yo ahora— y al año siguiente se lo llevaría una escuela mejor de una zona residencial. Mientras los autobuses se acercaban a City Hall, se plantó delante de nosotros, dio un par de palmadas y luego puso la mano derecha en alto con dos dedos extendidos, la señal que supuestamente significaba *silencio.* Era una señal que todo el mundo estaba obligado a devolver. Como de costumbre, esperé a que otra persona lo hiciera primero y entonces levanté la mano, aliviada.

—A ver —dijo el señor Johns—. ¿Cuáles son las reglas que comentamos en clase?

—¡No hablar! —gritó alguien.

—Una —dijo el señor Johns, levantando un pulgar.

—¡No pegar patadas en el asiento de delante! —dijo la misma persona.

—Vale —corroboró el profesor—. No está entre las que dijimos, pero es verdad.

Levantó un segundo dedo a medias.

—¿Alguien más?

Yo sabía una respuesta. Era «esperar para aplaudir hasta que oigas aplaudir a otros».

—Esperar para aplaudir hasta que oigas aplaudir a otros —dijo el señor Johns—. Número cuatro, estar quietos —continuó—. Número cinco, no cuchichear con los amigos. Nada de risitas. Y nada de moverse en la butaca como niños de parvulario.

En la clase de música de la semana anterior, nos había contado el argumento del *ballet*. Nos contó que había una niña que vivía en una mansión. La historia pasaba en los viejos tiempos, o sea, que todo el mundo en el escenario llevaría ropa antigua.

Se detuvo para pensar.

—Además, los hombres llevan leotardos, así que id haciéndoos a la idea ya. Los padres de la niña montan una fiesta de Navidad e invitan al siniestro tío de la niña, que en realidad es buen tipo y le regala un muñeco. El muñeco se llama Cascanueces, así que, adelante, haceos también a la idea ya. Esa noche, la niña se queda dormida y tiene un largo sueño que dura el resto del *ballet*. El muñeco Cascanueces cobra vida, se convierte en príncipe, lucha contra unos ratones gigantes y se lleva a la niña a una tierra donde nieva, y luego se la lleva a otro sitio que no me acuerdo de cómo se llama. Como el País de las Golosinas. La niña y el príncipe miran unos cuantos bailes. Y fin.

—¿Y después la niña vuelve al mundo real? —preguntó un niño de mi clase.

—No me acuerdo —dijo el señor Johns—. Creo que sí.

Habíamos crecido a menos de cinco kilómetros del centro de Filadelfia, pero solo íbamos allí una vez al año: por Año Nuevo, para ver desfilar en el Carnaval de Año Nuevo a una docena de primos y tíos nuestros, y a jefes y amigos de nuestros tíos. Es posible, por tanto, que yo ya hubiera visto alguna vez la Academia de Música —está en Broad Street, por donde pasa el desfile—, pero ciertamente nunca había estado dentro. Es un bonito edificio de ladrillo con ventanas altas en arco y unos fanales anticuados que arden incansablemente junto a las puertas de entrada.

Mientras nos bajábamos del autobús, nuestros maestros formaron una fila a lo largo del borde de la acera, insertándose entre los estudiantes y el tráfico y haciéndonos señas con las manos enfundadas en mitones para que nos metiéramos en el vestíbulo.

Volví a ir detrás de Kacey, que me fijé en que se estaba raspando los zapatos; lo podía oír sobre la acera. Más tarde, Gee se enfadaría con ella. Kacey siempre era así: hacía lo que no debía, exigía que la regañaran, desafiaba a los adultos de su vida para que fueran más y más duros con ella, ponía a prueba los límites de su furia. Cada vez que podía, yo la intentaba distraer de aquel empeño, porque odiaba ver los castigos que recibía inevitablemente.

Entramos en el vestíbulo y nos detuvo la multitud. Lo que más recuerdo es la cantidad de niñas que había allí con sus madres en pleno día de escuela. Eran de la misma edad que nosotros o más pequeñas. Todas blancas. A su lado, el grupo de nuestra escuela parecía las Naciones Unidas. Venían de la Main Line: ya por entonces yo lo sabía. Llevaban unos abrigos preciosos de colores vivos hasta las rodillas y, debajo, unos vestidos que parecían hechos para muñecas: con volantes, de satén, de seda, de terciopelo, con acabados de encaje y mangas abombadas. Con aquellos vestidos, parecían joyas, o flores, o estrellas. Llevaban medias blancas y mercedidas de charol relucientes, todas, como si estuvieran siguiendo una norma que solo conocían ellas. Muchas tenían el pelo recogido en moños, como el que más tarde yo vería que llevaban las bailarinas.

Éramos sesenta u ochenta alumnos de primaria de la Hanover en el vestíbulo. Lo estábamos embotellando. No sabíamos adónde ir.

—Seguid adelante —nos indicó el señor Johns, pero tampoco parecía seguro del camino. Por fin se le acercó un acomodador a preguntarle si eran de la escuela primaria Hanover; él pareció aliviado y dijo que sí.

—Por aquí —dijo el acomodador.

Pasamos junto a aquellas niñas y sus madres, que se nos quedaron mirando boquiabiertas, incluso las adultas. Se nos quedaron mirando los anoraks de borreguillo, las deportivas y el pelo. Se me ocurrió que las madres debían de haberse cogido el día libre del trabajo. Lo que ni se me pasó por la cabeza entonces fue la posibilidad de que no trabajaran. Todas las mujeres adultas que yo conocía tenían trabajo. O, a menudo, varios trabajos. Y la mitad de los hombres, también.

Nunca olvidaré el momento en que se levantó el telón. Me quedé absorta desde el principio. Caía nieve —nieve de verdad, me parecía a mí— sobre el escenario. Nada me podría haber preparado para aquello. Se nos mostró primero el exterior de una casa enorme y preciosa, y después el interior, y dentro de la casa había niñas bien vestidas atendidas por adultos bien vestidos. Las niñas recibían regalos preciosos y después eran entretenidas por una serie de bailarines-muñecos de tamaño real. Cuando las niñas se peleaban, las separaban con cariño y cuidado unos padres más perplejos que furiosos. Había una orquesta de verdad tocando en el foso. Sentí en mi propio cuerpo los movimientos hermosos y extraños de los bailarines del escenario, y en la música oí compases de melodías que me revelaban secretos sobre el mundo que yo nunca había conocido. De hecho, estaba tan conmovida que me puse a llorar, intentando ocultárselo a los niños que me rodeaban. Dejé que las lágrimas me cayeran en silencio por la cara en el teatro a oscuras. Intenté no sorberme la nariz.

Pronto, sin embargo, empezó a resultar difícil concentrarse, porque en las filas de butacas llenas de alumnos de la Hanover estaba estallando un motín.

Para ser justos, a ninguno de nosotros nos habían enseñado a pasar tanto rato sentados. Hasta en la escuela había interrupciones, y muchas, de los ratos en que teníamos que estar quietos. Los demás alumnos de la Hanover sabían que tenían que sentirse agradecidos y querían portarse bien para el señor Johns, pero no sabían cómo. Se movían y cuchicheaban y rompían todas las normas. El señor Johns y los otros siete maestros se inclinaban a menudo hacia delante para girarse y fulminarnos con la mirada. Se señalaban los ojos y después señalaban a los alumnos: «Te estoy viendo». A todos nos lo habían enseñado muchas veces en la vida: a obedecer, a entretenernos solos, a callarnos, a estar ausentes. Pero nunca a sentarnos en un mismo sitio y mirar algo lento y abstracto durante tres horas. Era una habilidad que la mayoría no teníamos.

Kacey, a mi lado, estaba perdiendo la cabeza. No paraba de moverse. En un momento dado se abrazaba las rodillas y, al siguiente, dejaba caer las piernas de golpe contra la butaca con un golpe sordo. Mecía la cabeza de lado a lado. Me daba golpecitos ociosos en el hombro y yo le daba codazos.

—Ay —susurró Kacey.

Bostezó con vigor. Fingió que se quedaba dormida y que se despertaba varias veces seguidas.

Delante de Kacey había una niña de nuestra edad, una de las que habíamos visto en el vestíbulo, con el pelo bien recogidito en un moño y el abrigo de vestir rojo doblado pulcramente sobre el respaldo de la silla. Nos había llegado el perfume de su madre cuando habíamos ocupado nuestras butacas. Después de un movimiento particularmente violento de Kacey, la niña se giró para echarle un vistazo, uno solo, y luego volvió la cabeza bruscamente hacia el escenario.

Kacey se inclinó hacia delante.

—¿Tú qué miras? —le susurró a la niña al oído. Me quedé paralizada, viendo cómo la niña se acercaba nerviosamente a su madre, fingiendo que no había oído nada; y luego mirando cómo Kacey, detrás de ella, cerraba la mano y levantaba el puño. Y durante un momento extraño y perfecto, pensé que iba a golpearla: me lo imaginé perfectamente, la mano de mi hermana impactando en los músculos tensos de la nuca de la niña. Levanté rápidamente la mano para detenerla. Pero, en aquel momento, la madre de la niña se giró y, al ver la pose de Kacey, abrió la boca en una mueca de horror; Kacey, avergonzada, bajó la mano. Por fin se reclinó otra vez en su butaca, cansada, impotente. Resignada a algo que hasta aquel día ninguna de las dos había entendido.

No estoy segura de si fue la madre de aquella niña la que hizo que nos echaran, o si decidieron sacarnos de allí de forma colectiva nuestros maestros. Lo único que sé es que, en el intermedio, nos llevaron de vuelta por el vestíbulo abarrotado, pasando otra vez junto a aquellas niñas y sus madres, que ahora estaban haciendo cola para comprar golosinas, de regreso a nuestros autobuses amarillos, con nuestros furiosos profesores metiéndonos prisa.

Todo aquel tiempo había llevado puesta la chaqueta de mi primo Bobby, pero, en el último momento, me la quité. De adulta, me doy cuenta de que aquello no tenía ningún sentido: estábamos saliendo al frío de la calle. Pero creo que, de niña, quería indicarles a los demás asistentes al *ballet* presentes en el vestíbulo que lo entendía, que me había vestido para la ocasión, que aquel era mi sitio. Que era una de ellas. «Volveré —les estaba diciendo con mi vestido de algodón varias tallas pequeño—. Algún día volveré».

Pero aquel pequeño acto de disculpa no consiguió alcanzar su objetivo, sino que lo pisotearon dos alumnos de cuarto de la Hanover, un niño y una niña, que estallaron en una risotada.

—¿Por qué lleva ese asco de vestido? —dijo el niño en voz muy alta, obteniendo las risas chabacanas de varios alumnos más que nos rodeaban. Y como un resorte, Kacey, que iba un poco por delante de mí, se giró hacia él.

Había estado esperando una excusa. Tenía una sonrisa angustiosa en la cara, casi como si estuviera aliviada de encontrar un sitio obvio al que propinar el puñetazo que ahora lanzó rápido y certero en dirección al chico. Llevaba mucho tiempo aguantándose las ganas. Quizás la mayor parte de su vida.

—Kacey, no —le dije, pero era demasiado tarde.

AHORA

Después de que Lafferty haya dicho lo de *esas chicas,* creo que no me queda más remedio que pedirle al sargento Ahearn que no me ponga más con él. Estoy dispuesta a explicarme; hasta he preparado un discurso sobre nuestros distintos estilos que nos dejaría a los dos en buen lugar, equilibrados. Pero antes de que yo pueda seguir, Ahearn suelta un largo suspiro.

—Vale, Mickey —dice. Sin levantar siquiera la vista del teléfono.

Me paso una semana trabajando en solitario. Me alivia volver a estar sola. Me alivia poder parar donde quiera y cuando quiera y elegir a qué llamadas respondo. Y me alivia sobre todo, ahora, poder llamar a Bethany, la canguro, y pedirle que me deje hablar con Thomas. En el curso de mis largas llamadas, le narro historias, o le describo los sitios por los que paso, o le cuento mis planes de futuro. Y me digo a mí misma que, aunque no sea lo mismo que mi presencia física, de esta forma por lo menos le puedo proporcionar cierto estímulo intelectual. Además, se está volviendo muy buen conversador. Casi me recuerda a cuando tenía a Truman a mi lado en el coche.

Una mañana, al principio de un turno A, entro en la sala común donde se lleva a cabo el orden del día y me fijo en que hay un desconocido. Es joven y va muy elegante con un traje gris. De aspecto serio. Me cae bien de inmediato. Tiene un brazo cruzado en torno a su cintura insustancial. En la otra mano lleva un sobre de papel Manila. Detective, imagino. No le dice nada a nadie. Está esperando a que llegue un sargento.

Ahearn nos pide a todos que prestemos atención cuando llega y el joven se presenta. Es David Nguyen, dice, de la División Este de Detectives. Tiene noticias.

—De la noche a la mañana —nos cuenta Nguyen— hemos tenido dos homicidios en el Distrito.

Me alivia saber que ya han identificado a las víctimas. Una es Katie Conway, de Delco, diecisiete años, blanca, cuya desaparición se había denunciado hacía una semana. La otra es Anabel Castillo, asistenta sanitaria a domicilio de dieciocho años, latina.

A las dos las han encontrado en ubicaciones parecidas y colocadas de formas parecidas: a Conway, en un solar al lado de Tioga, al descubierto y visible desde la calle; a Castillo, en un solar al lado de Hart Lane, con las piernas ocultas debajo de un coche quemado, la cabeza y los hombros al descubierto y a la vista de todos los transeúntes.

Las dos se dedicaban probablemente al trabajo sexual. A las dos las habían estrangulado, probablemente. Y nadie ha informado de la presencia de ninguno de los cuerpos durante varias horas. (En Kensington es tan común ver a gente inconsciente que a menudo nadie se fija en ella).

Nguyen pone fotos de Katie y Anabel en el monitor de la pared. Durante unos segundos largos, la sala entera se queda quieta, mirando cómo las víctimas nos sonríen desde unos tiempos más felices. Ahí está la joven Katie, en una fiesta, quizás la fiesta de su dieciséis cumpleaños, de pie junto a una piscina. Anabel está abrazando a una criatura que espero que no sea su hijo.

—Toda esta información —prosigue Nguyen— es confidencial. No hemos hecho públicos los nombres ni las descripciones a los medios de comunicación, aunque sí hemos informado a las familias.

Al cabo de un momento, continúa:

—Además, hemos reabierto el caso de una joven a la que encontraron en octubre en las vías de la calle Gurney, aunque de entrada su autopsia no fue concluyente.

Echo un vistazo a Ahearn. Rehúye mi mirada.

Nguyen sigue hablando.

—Sigue sin identificar. Pero teniendo en cuenta lo sucedido anoche, tenemos razones para replantearnos ese resultado.

Ahearn no levanta la vista. Sigue con su teléfono.

—Lo que esto significa —añade el detective— es que podría haber un perpetrador único de múltiples homicidios suelto en vuestro distrito.

Nadie habla.

—Si oís cualquier cosa, presentad un informe o mandádnoslo directamente a nosotros. Tenemos un par de pistas, pero nada creíble. Os estamos pidiendo ayuda.

Al terminarse el orden del día, me paso un rato sentada en mi vehículo contemplando mi teléfono móvil. Un viento que se ha levantado de repente mueve frenéticamente las ramas de los robles que cuelgan por encima del asfalto del aparcamiento. El árbol favorito de Thomas.

Desde que encontramos a la mujer en las Vías, se ha ido amasando lentamente dentro de mí una sensación de intranquilidad. La verdad es que llevo desde entonces sin ver a Kacey por el barrio. Y, si he de ser sincera, supongo que he estado mirando por si la veo. No es raro que pase un mes sin ver para nada a mi hermana —de hecho, a veces eso significa que está intentando recuperarse activamente—, pero me inquieta un poco el momento que ha elegido para desaparecer de la Avenida; me provoca el mismo murmullo bajo de ansiedad que sentía siendo una niña muy pequeña, cuando nuestra madre se ausentaba demasiado tiempo de casa.

Oficialmente, Kacey y yo ya no nos hablamos. Ya hace cinco años. Desde entonces, ha habido ocasiones contadas —tres, para ser exactos— en las que me ha tocado interactuar con ella en el trabajo: yo, en calidad de agente, y ella, en calidad de sospechosa. En todas esas ocasiones me he comportado con dignidad, como haría cualquier profesional, o bien procesándola o bien soltándola, como haría con cualquier delincuente. Hay que reconocerle que ella también se ha comportado de forma respetuosa. Cuando es necesario, le pongo a mi hermana con gentileza las esposas y le notifico el delito en concreto por el cual se la detiene (normalmente, prostitución y posesión de narcóticos, una vez con intención de venderlos) y luego le hago la lista de sus derechos y le pongo una mano con suavidad en la coronilla para asegurarme de que no se lesione al entrar en el asiento de atrás de nuestro vehículo. Por fin, cierro la portezuela sin hacer ruido, la llevo en el coche hasta la comisaría, la ficho y las dos nos quedamos sentadas en silencio la una delante de la otra en la celda, sin hablar, sin mirarnos siquiera.

Truman estaba conmigo las tres veces y las tres veces también guardó silencio, observándonos con cautela, echándonos vistazos alternativamente a mí y a Kacey y luego otra vez a mí, esperando a ver qué pasaba.

—Ha sido lo más extraño que he visto en mi vida —me dijo mientras nos alejábamos con el coche después del primero de aquellos episodios.

Me encogí de hombros y no contesté. Supongo que era normal que le pareciera «extraño» a cualquiera que no entendiera los detalles de nuestra historia ni el acuerdo tácito que habíamos alcanzado en los últimos años. Nunca se lo he intentado explicar a Truman, ni tampoco a nadie más.

—Estás cuidando de ella —me indicó en otra ocasión. Como me hice la sueca, continuó—: Ya habrías dejado las patrullas hace años si no estuvieras aquí fuera vigilando a tu hermana. Ya habrías hecho el examen de detective.

Le dije que, de hecho, no era así: era simplemente que le había cogido cariño al barrio, y ahora me importaba mucho su bienestar, y también me resultaba interesante su historia y me gustaba ver cómo crecía y cambiaba. Y, por último, nunca se hacía aburrido. Al contrario: era excitante. Había gente que tenía problemas con Kensington, pero para mí el barrio en sí se había vuelto un poco como un pariente: ligeramente problemático pero querido, en el sentido anticuado que se le daba a veces a la palabra, apreciado, valioso para mí. En otras palabras, estaba comprometida con él.

—¿Por qué no has hecho *tú* el examen? —le pregunté a Truman aquella vez. Truman era una de las personas más inteligentes que conocía. Podrían haberlo ascendido fácilmente, y, si hubiera querido, también podría haber pedido fácilmente el traslado a otra parte. Cuando le dije esto, se rio.

—Por lo mismo que tú, supongo. No soportaría perderme toda esta acción.

Han pasado diez minutos. Todavía estoy mirando mi teléfono cuando me doy cuenta de que soy el único coche que queda en el aparcamiento. Dios no quiera que salga el sargento Ahearn y me vea aquí sin hacer nada. En el último año, entre mudarme a Bensalem, cambiar la fiable guardería de Thomas por la nada fiable Bethany y perder a mi compañero de patrulla de tanto tiempo, mi productividad ha bajado dramáticamente, un hecho que a Ahearn le gusta recordarme de forma regular.

Salgo marcha atrás y conduzco hacia mi zona de patrulla.

De camino, sin embargo, me desvío hacia Kensington con Cambria. Si no puedo encontrar a Kacey, por lo menos quizás encuentre allí a Paula Mulroney.

Cuando llego al cruce de calles, no se ve a Paula por ninguna parte. El colmado de Alonzo está en la misma esquina, sin embargo, de manera que paso a ver a Alonzo y a su gato favorito, Romero, bautizado en honor a un lanzador de los Phillies de antaño. Desde el escaparate de la tienda se suele ver a Paula y a Kacey.

Por esa razón, Alonzo conoce bastante bien a mi hermana. Ella es cliente habitual de su tienda, igual que yo, y lo ha sido desde que dejamos de hablar. Me sé de memoria lo que pide siempre: té helado Rosenberger, pastelitos Tastykake Krimpets y cigarrillos; las mismas chucherías que le han gustado desde niña, salvo los cigarrillos. En las ocasiones en las que coincidimos por accidente en la tienda de Alonzo, fingimos con diligencia que no nos vemos. Alonzo nos mira a la una y a la otra, con curiosidad. Sabe que es mi hermana, porque, para ser sinceros, le pregunto a menudo a Alonzo cómo ha visto a Kacey últimamente, o si desde su perspectiva ventajosa de detrás de la caja registradora se ha fijado en algo que crea que debo saber. No lo hago tanto por preocupación por ella como por preocupación profesional por el barrio y por el propio Alonzo.

—Si alguna vez quieres que se larguen de tu esquina —le digo a menudo a Alonzo refiriéndome a Kacey y Paula—, tú dímelo y me aseguraré de sacártelas de aquí.

Pero Alonzo siempre me dice que no, que no le molestan, que le caen bien.

—Son buenas clientas. No me causan problemas.

A veces, en el pasado, tenía la costumbre de quedarme un rato dentro de la tienda con mi café, mirando cómo Kacey y Paula trabajaban o, a veces, cómo rezaban pidiendo trabajo a medida que empezaban a verse más y más enfermas de la abstinencia, a medida que se iban sintiendo desesperadas. Desde aquí también alcanzo a ver a sus clientes. En cada turno, veo pasar lentamente con sus coches a toda clase de hombres, siempre mirando al frente, al asfalto, cuando reparan en mí o en mi vehículo. Y mirando a las mujeres y chicas de la acera cuando no. Hay algo lobuno en esos hombres, algo bajo y mezquino, algo de depredador. No hay un tipo fijo de cliente, o, si lo hay, hay las suficientes excepciones como para complicarlo. Veo a hombres con niños en el asiento trasero, conduciendo lentamente por la avenida Kensington. He visto a cabrones que vienen de la Main Line en sus Audis. He visto venir a la Avenida a hombres de todas las edades y razas: octogenarios y adolescentes en grupo. He visto a parejas heterosexuales buscando a una tercera. Un par de veces he visto a mujeres solas; en escasas ocasiones, las clientas también son mujeres. No me caen mejor, aunque me imagino que quizás a Kacey y a sus amigas sí. O por lo menos les tienen menos miedo.

Puedo encontrar compasión para cualquier tipo de delincuentes, pero no para los puteros. En lo tocante a los puteros, no soy ni imparcial ni objetiva. Simplemente los odio: me repugna su carnalidad, su codicia, su disposición a aprovecharse, su incapacidad de controlar sus instintos más bajos. La frecuencia con la que se muestran violentos o deshonestos. ¿Está mal por mi parte? Quizás sea mi debilidad como agente de policía. Pero creo que hay una diferencia entre dos adultos que consienten hacer una transacción meditada y la clase de tratos

que tienen lugar en la Avenida, donde hay mujeres que harían cualquier cosa para cualquiera, donde hay mujeres que necesitan tanto una dosis que no pueden decir ni sí ni no. La gente que se ceba con esas mujeres me pone tan furiosa, y tan deprisa, que me resulta difícil mirarla a los ojos cuando tengo que interactuar con ella. En muchas ocasiones he sido más dura de lo necesario cuando los tengo que esposar. Lo admito.

Pero es difícil mantener la serenidad cuando has visto lo que he visto yo.

Una vez me encontré a una mujer pelirroja, de cincuenta y tantos, llorando en la entrada de una casa y sin zapatos. No estaba escondiendo la cara; al contrario, la tenía vuelta hacia arriba, hacia el sol, con los ojos y la boca abiertos, y estaba llorando desconsoladamente. Era cuando yo trabajaba con Truman, y nos paramos a ver qué le pasaba. Fue idea de él. Siempre era así de amable.

Cuando nos acercamos a ella, sin embargo, apoyó la cabeza en los brazos para que no le viéramos la cara y otra voz nos llamó desde un portal cercano:

—No quiere hablar con vosotros.

—¿Está bien? —preguntó Truman.

—La han asaltado —dijo la voz del portal, de mujer, cavernosa. No podíamos ver a su propietaria; el interior de la casa estaba a oscuras.

Aquello quería decir cosas distintas. Normalmente, que la habían violado.

—Eran cuatro —prosiguió la voz—. Uno la ha llevado para una casa y allí había tres más.

—Cállate, cállate —dijo la mujer pelirroja. La primera vez que abría la boca salvo para sollozar.

—¿Podemos hacer un informe? —le preguntó Truman. Con voz amable. Se le daba bien aquello, interrogar a mujeres. A veces mejor que a mí, lo admito.

Pero la mujer pelirroja volvió a apoyar la cabeza en los brazos y ya no dijo nada más. Estaba llorando tanto que le faltaba el aliento.

Especulé con lo que les podía haber pasado a sus zapatos. Me imaginé que quizás hubiera llevado tacones y los había abandonado para poder huir. Tenía las uñas de los pies rotas y sucias y daba angustia mirarlas. Había una manchita de sangre en la acera, justo al lado de su empeine derecho, como si se hubiera hecho un corte.

—Señora —dijo Truman—. Le voy a dejar mi número aquí, ¿de acuerdo? Por si cambia de opinión.

Le dio su tarjeta.

Calle abajo, otro coche aminoró la marcha para coger a otra mujer.

He visto a Kacey tratar con sus clientes a través del escaparate de Alonzo. La he visto acercarse cuando se detiene uno de esos coches que avanzan despacio. He visto a esos coches meterse por callejuelas laterales y he visto a mi hermana seguirlos y desaparecer por el costado de un edificio en dirección a una serie de resultados posibles. «Es elección suya —me digo—. Es la vida que ha elegido tener».

A veces me miro el reloj y me doy cuenta de que llevo diez o quince minutos allí plantada, sin moverme, esperando a que vuelva.

Alonzo no se queja: me deja en paz, me deja mirar, me deja beber despacio de mi vaso de poliestireno. Hoy está ocupado con otro cliente, de manera que ocupo mi posición habitual delante del escaparate frío, mirando a través, esperando a que Alonzo se quede libre.

Sigo perdida en mis pensamientos cuando los demás clientes de la tienda abren la puerta delantera y se marchan, haciendo sonar los tres cascabeles plateados que Alonzo ha colgado encima.

En cuanto se vacía la tienda, me acerco al mostrador para pagar mi café, y es entonces cuando Alonzo dice:

—Eh, siento lo de tu hermana.

Lo miro.

—¿Cómo dices?

Alonzo hace una pausa. Una expresión le ocupa la cara: la expresión inconfundible de quien acaba de revelar demasiado.

—¿Qué has dicho? —le pregunto a Alonzo por segunda vez.

Se pone a negar con la cabeza.

—No estoy seguro. Seguramente no es verdad lo que me han contado.

—¿Y qué te han contado exactamente?

Alonzo estira el cuello a la derecha, mirando más allá de mí, hacia el sitio donde suele ponerse Paula. Reparando en su ausencia, sigue hablando:

—Seguramente no sea nada, pero Paula entró el otro día y me dijo que Kacey había desaparecido. Me dijo que hacía un mes que no había señales de ella, quizás más. Nadie sabe dónde está.

Asiento con la boca recta y la espalda erguida. Me aseguro de tener las manos ligeramente apoyadas en mi cinturón de servicio y de que mi expresión proyecte un aire de serenidad.

—Ya veo. —Espero—. ¿Te dijo algo más? —pregunto yo esta vez.

Alonzo niega de nuevo con la cabeza.

—Sinceramente, Paula se podría estar equivocando. No ha estado bien últimamente. Desbarra sin parar. Loca —dice

Alonzo, cuya cara ahora denota compasión. Parece estar planteándose hacer algo desastroso, como darme unos golpecitos en el hombro para consolarme. Por suerte, ninguno de nosotros se mueve.

—Sí —le digo—. Se podría estar equivocando.

ANTES

Hay gente que atribuye su sufrimiento a la causa particular de una infancia difícil. Kacey, por ejemplo, una de las últimas veces que hablamos, me dijo que había llegado recientemente a la conclusión de que sus problemas habían empezado con nuestros padres, que la habían abandonado, y luego con Gee, que según ella nunca la había querido y, de hecho, quizás la hubiera odiado.

La miré, parpadeando, y le dije con toda la serenidad que pude que yo había crecido en la misma casa que ella. Lo que estaba diciéndole de forma implícita, claro, era que lo que había determinado mi camino en la vida eran las decisiones que había tomado. No el azar, sino las decisiones. Y que, aunque quizás nuestra infancia no había sido idílica, sí que nos había preparado lo bastante como para tener una vida productiva, al menos a una de nosotras.

Pero cuando le dije aquello, se tapó la cara con las manos y me dijo:

—Es distinto, Mickey, las cosas siempre han sido muy distintas para ti.

Nunca he sabido qué quiso decir con aquello.

De hecho, estoy convencida de que se podría afirmar —si nos pusiéramos a evaluar quién había tenido la infancia más *difícil,* que tampoco tengo claro qué significa— que quizás la balanza se decantaría hacia mí.

Lo digo porque, de las dos, soy la única que tiene recuerdos de mi madre, y recuerdos muy gratos. Por tanto, la pérdida de nuestra madre fue difícil para mí de una forma en la que no debió de serlo para Kacey, que era demasiado pequeña cuando nuestra madre estaba viva como para recordarla.

Era joven, nuestra madre. Tenía dieciocho años cuando se quedó embarazada de mí. Iba al último curso del instituto —era buena estudiante, contaba siempre Gee, buena chica— y solo hacía unos meses que salía con mi padre cuando pasó. Por lo que se dice, la noticia cogió a todo el mundo por sorpresa, y a nadie más que a Gee, que todavía hoy cuenta con agitación y pena la conmoción que tuvo.

—Nadie se lo creyó. Cuando yo se lo contaba, todos decían: «Lisa no».

Gee era lo bastante religiosa como para descartar un aborto. Pero también era lo bastante religiosa como para que la enfureciera el embarazo, para que la avergonzara y para que lo viera como algo que esconder. Corría el año 1984. La propia Gee se había casado a los diecinueve años y había tenido a Lisa a los veinte.

—Pero aquello era una época distinta —le gustaba decir a Gee.

A Gee se le había muerto el marido muy joven en un accidente de coche —hoy en día me pregunto si habría estado borracho, porque Gee menciona a menudo que bebía mucho— y no se había vuelto a casar.

Antes solía imaginarme que todo habría sido muy distinto para Gee si no se hubiera muerto su marido, nuestro abuelo.

Gran parte de su vida había estado gobernada por la simple necesidad de sobrevivir, de poner comida en la mesa, de pagar las facturas, de liquidar las deudas en las que incurría constantemente. Si hubiera tenido un compañero en todo eso —alguien que hubiera añadido un sueldo y que hubiera llorado con ella al morirse su única hija— quizás su vida, y también la nuestra, habría sido mejor. Pero esta clase de especulación ociosa quizás fuera puro sentimentalismo, porque Gee se ha pasado la vida entera diciendo que no quiere saber nada de los hombres, que solo los considera obstáculos en su camino, molestias necesarias solo de forma ocasional para propagar la vida humana. Desconfía de ellos por sistema. Los evita siempre que puede.

Lo único que sacó de su unión, al parecer, fue poder decir que había estado casada al concebir a su hija: *casada*, explicaba a menudo, señalando un pecho invisible con el dedo. Había hecho las cosas correctamente.

Cuando Lisa le comunicó la noticia de su embarazo, por tanto, Gee le insistió en que se casara. Gee solo había visto una vez antes al tal Daniel Fitzpatrick (*el tal* Daniel Fitzpatrick era la forma en la que Gee se refería siempre a nuestro padre), pero entonces los hizo sentarse a los dos en su sofá e insistió en que fueran a ver al sacerdote de su parroquia y formalizaran sus votos. Nuestro padre también era hijo de una madre soltera, famosa por su irresponsabilidad: una buscona, la llamaba a menudo Gee, que *no* había estado casada al concebir a su hijo, lo cual certificaba para siempre en la mente de Gee la firme línea que las separaba en materia de respetabilidad. Peor, en opinión de Gee: al hijo lo habían acogido en la escuela por caridad. Era alguien que hacía subir las matrículas de las demás familias trabajadoras, se lamentaba Gee. Lo que la madre de nuestro padre pensaba de todo esto —el bebé, el matrimonio, la propia Gee— se ha perdido en el tiempo. De hecho, ni siquiera recuerdo haberla conocido. No asistió al funeral de nuestra madre: una ofensa que Gee se llevará a la tumba.

En la versión que cuenta Gee —la única versión de los hechos que he oído—, Lisa y Daniel, nuestros padres, se casaron en una ceremonia privada en la parroquia del Santísimo Redentor una tarde de miércoles, con Gee y el diácono en calidad de testigos. Luego Gee acogió a Dan en su casa, les dio a su hija y a su nuevo yerno el dormitorio del medio de la casa, les cobró el alquiler cuando la joven pareja pudo pagarlo y le comunicó la noticia al resto de la familia tan despacio como pudo. Con la cabeza bien alta. Desafiante.

Cinco meses más tarde, nací yo. Kacey, un año y medio después.

Cuatro años más tarde, nuestra madre estaba muerta.

De los años que pasaron entre mi nacimiento y la muerte de mi madre todavía tengo recuerdos si dejo la mente lo bastante en silencio. Últimamente, cada vez lo consigo menos a menudo. A veces, en pleno turno de trabajo, dentro del coche patrulla, recuerdo ir en el asiento de atrás de un coche que conducía mi madre. Sin sillita de coche, en aquellos tiempos. Ni tampoco cinturón de seguridad. Mi madre iba cantando en el asiento de delante.

De vez en cuando también me pasa cuando estoy delante de la nevera, cualquier nevera, la de casa o la del trabajo: una visión fugaz de mi joven madre quejándose a Gee, en la cocina de Gee, de que no había nada dentro.

—¿En serio? —decía Gee desde otra habitación—. Entonces, ¿por qué no pones algo dentro tú?

Y una piscina. La piscina de una casa. Qué raro estar en una piscina. Y en el vestíbulo de un cine, aunque no estoy segura de dónde estaba, y es que ahora todos los cines que quedan están en Center City; los demás han cerrado o se han convertido en salas de conciertos.

Me acuerdo de lo joven que era mi madre, de que ella también parecía una niña, alguien de mi quinta, con la piel clara y lisa y un pelo que todavía era el pelo brillante de una jovencita. También me acuerdo de cómo Gee se ablandaba cuando estaba con ella: se quedaba más quieta, dejaba de moverse por una vez en su vida. Se reía a pesar de sí misma, se tapaba la boca con la mano ante las payasadas de su hija y negaba con incredulidad.

—Estás chiflada. Está chiflada. Esto debe de ser el manicomio —decía Gee, mirándome, sonriendo, orgullosa.

En aquella época, Gee era más amable y se dejaba encandilar por aquella hija graciosa e irreverente que tenía, inconsciente del destino que la aguardaba, que nos aguardaba a todos.

Todavía son más difíciles de evocar los recuerdos que me vienen en la oscuridad silenciosa de mi dormitorio. Cuando estoy muy cerca de Thomas, cuando tengo su cabecita de niño al lado, siempre que estoy lo bastante cerca de su piel como para inhalar su aroma, ahí, justo ahí, hay un destello de mi madre a mi lado en mi cama de infancia. La cara de mi madre, una cara joven; el cuerpo de mi madre, un cuerpo joven cubierto con una camiseta negra con algo escrito que no puedo leer. Los brazos de mi madre rodeándome. Los ojos cerrados de mi madre. La boca abierta de mi madre. Un aliento que es el aliento dulce de un animal rumiante. Tengo cuatro años y le pongo una mano en la mejilla.

—Hola —me saluda mi madre y me pone la boca en la mejilla. Me habla al lado de la cara, y ahí están los dientes y los labios de mi madre—. Mi nena —dice mi madre, una y otra vez, la expresión que más usaba del mundo.

Si me esfuerzo mucho, todavía la oigo decirlo con su voz aguda y feliz, que a veces llevaba dentro una nota de sorpresa. Sorpresa por el hecho de que ella, Lisa O'Brien, tuviera un bebé.

Lo que no recuerdo es nada que tenga que ver con la adicción de mi madre. Quizás lo haya reprimido; o quizás simplemente no sabía lo que era, lo que significaba; no reconocía los signos de la adicción ni sus accesorios. Los recuerdos que conservo de mi madre son cálidos y cariñosos, y el hecho de que sean felices los hace todavía más dolorosos.

Asimismo, no recuerdo la muerte de mi madre, ni tampoco que me informaran de ella. Solo he retenido lo que vino después: Gee caminando por nuestra casa como una leona, tirándose del pelo y de la camisa. Gee pegándose en la cabeza con la palma de la mano mientras hablaba por teléfono y luego mordiéndose el dorso de la muñeca, como para ahogar un grito. Gente hablando en voz baja. Gente embutiéndonos a las dos, a Kacey y a mí, en vestidos almidonados y medias y zapatos que nos venían pequeños. Una reunión en una iglesia: diminuta, callada. Gee arrodillándose en el banco. Gee agarrando a Kacey del brazo para impedirle que hiciera ruido. Nuestro padre, al otro lado de nosotras, inútil. Callado. Una reunión en nuestra casa. Una vergüenza enorme. Rodillas y muslos y zapatos y chaquetas de traje de adultos. Susurro de tela. Ningún niño. Ningún primo. No dejaban venir a los primos. Un invierno largo. Ausencia. Ausencia. Gente que se olvidaba de nosotras, que se olvidaba de hablar con nosotras. Gente que se olvidaba de abrazarnos. Gente que se olvidaba de bañarnos. De darnos de comer. Y luego: ir en busca de comida. Alimentarme sola. Alimentar a mi hermana. Encontrar y oler lo que mi madre había dejado tras de sí (su camiseta negra, todavía ilegible para mí; las sábanas de la cama de la habitación de nuestros padres, donde todavía dormía nuestro padre; un refresco a medio beber en la nevera; el interior de sus zapatos) hasta que Gee tuvo un arranque y se pasó un día entero encontrando y purgando sus cosas. Luego, encontrar y oler sus cepillos para el pelo, olvidados al fondo de un cajón. Enredarme los cabellos sueltos de mi madre en torno a los dedos hasta que las yemas se me ponían moradas.

Todos estos recuerdos se están desvayendo. Hoy en día solo los evoco de uno en uno y muy de vez en cuando y luego los vuelvo a guardar en su cajón. Los raciono. Los conservo. Cada año se vuelven más livianos, más traslúcidos; esquirlas fugaces de sabor dulce en la lengua. Si consigo mantenerlos lo bastante intactos, me digo a mí misma, quizás un día se los pueda legar a Thomas.

Kacey era un bebé cuando se murió nuestra madre. Tenía dos años. Todavía llevaba pañales, que a menudo se pasaban demasiadas horas sin cambiar. Deambulaba por la casa, perdida; subía escaleras que no debería subir; se escondía demasiado rato en sitios pequeños, en los armarios, debajo de las camas. Abría cajones que tenían dentro cosas peligrosas. Parecía gustarle estar a la misma altura que los adultos, y a menudo yo doblaba una esquina para encontrármela sentada en una encimera de la cocina o del baño: diminuta, sola, sin supervisión. Tenía una muñeca de trapo llamada Muffin y dos chupetes, que nadie lavaba nunca y que ella guardaba meticulosamente en escondrijos donde nadie más pudiera encontrarlos. En cuanto se perdieron los dos, se acabó todo: Gee no los quiso reemplazar y Kacey se pasó días llorando, echándolos de menos, chupándose frenéticamente los dedos y chupando el aire.

No fue una decisión intencionada por mi parte empezar a cuidar de mi hermana. Quizás, consciente de que nadie más se iba a ofrecer para hacerlo, me presenté voluntaria sin decir nada. Por entonces todavía dormía en una cuna en mi habitación. Pero no tardó en aprender a escapar de ella, y pronto empezó a hacerlo todas las noches. Con sigilo, con la pericia y la coordinación de una niña mayor, Kacey se escabullía de la cuna de madera y se metía con pasitos torpes en la cama conmigo. Era yo quien recordaba a los adultos que había que cambiarle el pañal a Kacey. Fui yo quien finalmente enseñó a Kacey a usar el retrete. Me tomé en serio mi rol de protectora. Llevé aquella carga con orgullo.

Mientras crecíamos, Kacey me suplicaba que le contara historias de nuestra madre. Cada noche, en la cama que compartíamos, yo era Scheherezade y le volvía a contar todos los episodios que recordaba, inventándome el resto.

—¿Te acuerdas de cuando nos llevó de viaje a la playa? —le decía, y Kacey asentía entusiasta con la cabeza—. ¿Te acuerdas de los helados que nos compraba? ¿Te acuerdas de cuando nos leía cuentos para ir a dormir? —Irónicamente, aquella última se trataba de una actividad parental que se mencionaba muy a menudo en los libros que leíamos por nuestra cuenta.

Le contaba todas estas historias y más. Mentía. Y cuando Kacey escuchaba, los ojos se le cerraban un poco, como los ojos de un gato bajo el sol.

Sí que admito, con gran vergüenza, que aquello de ser la portadora de la historia familiar también me otorgaba un poder terrible sobre mi hermana, un arma que solo esgrimí una vez. Fue al final de un largo día y de una larga discusión, y Kacey me había estado hostigando con algo que ya no recuerdo. Por fin le solté, en un arranque de ira, una atrocidad de la que me arrepentí al instante.

—Me dijo que me quería más a mí —le dije a Kacey.

Sigue siendo la peor mentira que he dicho nunca. La retiré de inmediato, pero ya era demasiado tarde. Ya había visto cómo a Kacey se le ponía roja la carita y se le descomponía. La había visto abrir la boca, como si fuera a responder. Y en vez de hacerlo, dejó escapar un lamento. Era dolor puro. Era el lamento de una persona mucho mayor, de alguien que ya había visto demasiado. Todavía lo oigo si lo intento.

Después del funeral se habló de que nuestro padre se nos llevara a vivir a alguna parte. Pero nunca parecía tener ni el dinero ni la iniciativa para ponerlo en práctica, de manera que nos quedamos allí, los tres, todos juntos bajo el techo de Gee.

Y fue una equivocación.

Nuestro padre y Gee nunca se habían llevado bien, pero entonces se peleaban todo el tiempo. A veces, las peleas tenían que ver con la sospecha por parte de Gee de que su yerno estaba tomando drogas en su casa —sobre esta cuestión supongo que a Gee no le fallaba el instinto—, pero, sobre todo, se peleaban porque él siempre le pagaba el alquiler con retraso. Todavía me acuerdo de alguna de aquellas peleas, aunque Kacey, la última vez que hablé con ella, no se acordaba.

Pronto la tensión entre ambos se hizo insoportable y nuestro padre terminó por marcharse de casa. De golpe, nos convertimos en responsabilidad de Gee. Y a Gee aquello no la hizo feliz.

—Pensaba que ya había terminado con todo esto —nos decía a menudo, sobre todo cuando Kacey se metía en algún lío.

Cuando veo mentalmente su cara, me acuerdo, sobre todo, de que siempre tenía la mirada en otra parte: nunca nos miraba a nosotras, sino que lo hacía por encima o por debajo de nosotras, fugazmente, igual que uno puede mirar el sol. Ya de adulta, en los momentos más generosos, me he preguntado si fue la pérdida de su hija, a quien claramente amaba con fervor, lo que provocó que nunca se acercara a nosotras. Para ella, debíamos de ser pequeños recordatorios tanto de Lisa como de nuestra propia mortalidad, del potencial que teníamos para infligir más dolor y más pérdida.

Aunque a menudo Gee parecía molesta con nosotras, la mayoría de sus emociones estaban de hecho dirigidas a otra parte, a nuestro padre, para quien reservaba una modalidad de cólera incrédula y poderosa, un asombro ante lo bajo que podía caer cuando se trataba de rehuir sus responsabilidades familiares.

—Lo supe nada más verlo —nos decía, un monólogo que recitaba todos los meses cuando no le llegaba el pago de nuestra manutención—. Ya le decía yo a Lisa que en mi vida había visto a un personaje más turbio.

La otra cosa que yo sabía de mi padre también venía de Gee.

—Fue *él* quien la enganchó a esa mierda —decía Gee. Nunca directamente a nosotras, pero sí con frecuencia por teléfono, lo bastante fuerte como para asegurarse de que la oyéramos—. *Fue él quien la echó a perder.*

Después de que muriera nuestra madre, *el tal Daniel Fitzpatrick* se convirtió simplemente en *él*. El único *él* de nuestras vidas, aparte de unos cuantos tíos y de Dios. Cuando lo veíamos, lo llamábamos *papá*, lo cual ahora me resulta impensable, casi como si lo estuviera diciendo una persona distinta. Ya por entonces se me hacía raro usar la palabra si hacía tiempo que él no pasaba por casa. Pero él también se llamaba así.

—Soy su padre. —Lo oíamos decirle a Gee, a menudo, en las discusiones.

Y Gee le contestaba:

—Pues actúa como tal.

Al final desapareció del todo. Nos pasamos una década sin verlo. Luego, cuando yo tenía veinte años, un antiguo amigo suyo me dijo como quien no quiere la cosa que se había muerto de la misma forma en que se muere todo el mundo en el cuadrante nordeste de Filadelfia. Igual que yo pensaba que se había muerto Kacey la primera vez que la encontré. Y la segunda vez. Y la tercera.

Al ver mi reacción, el amigo de mi padre dijo que creía que yo ya lo sabía.

Pero no lo sabía.

En cuanto a nuestra madre, después de su muerte, Gee aludía a ella muy de higos a brevas. Pero a veces yo la sorprendía mirando el retrato de nuestra madre en la escuela primaria, con su sonrisa de dientes separados —el único retazo de ella que quedaba en la casa y que sigue viviendo en la pared de la sala de estar—, durante más tiempo del que lo miraría si supiera que la estaba observando. Otras veces, en plena noche, me parecía oír llorar a Gee: un lamento hueco y extraño, un plañido infantil entrecortado, el ruido de un dolor interminable. Pero, de día, Gee no daba indicios de sentir nada, aparte de resignación y resentimiento.

—Se fue por el mal camino —decía Gee de nuestra madre—. No caigáis en la misma mierda.

En ausencia de nuestros padres, crecimos.

Gee todavía era joven al morirse nuestra madre: solo tenía cuarenta y dos años, pero nos parecía mucho mayor. Trabajaba todo el tiempo, a menudo en varios empleos: en *catering,* de dependienta de tiendas o limpiando casas. En invierno hacía un frío permanente en su casa. Tenía la calefacción siempre a trece grados, lo justo para impedir que se congelaran las tuberías. Llevábamos las chaquetas y los gorros en casa. Y cuando nos quejábamos, Gee nos preguntaba:

—¿Vais a pagar la factura vosotras?

Cuando ella no estaba, aquello parecía una casa fantasma. Llevaba siendo de su familia desde 1923, cuando la había comprado su abuelo irlandés. Luego la había heredado su padre, y luego, Gee. Era una adosada pequeña, de dos plantas, con tres dormitorios diminutos que salían en fila de un pasillo de arriba y una planta baja que iba de la fachada a la parte de atrás. Sala de estar, comedor y cocina. Sin puertas entre ellas. Unos umbrales, no demasiado firmes aquí y allá, estaban destinados a indicar los supuestos límites de las habitaciones.

De una punta a otra y vuelta a empezar, del frente de la casa a la parte de atrás, nos íbamos moviendo, generalmente las dos en tándem. Si Kacey estaba en el piso de arriba, yo también; si yo estaba abajo, Kacey también. *McKacey*, nos llamaba a menudo Gee, o *KaMickey*. En aquella época éramos inseparables, sombras la una de la otra, una más alta y flaca y morena y la otra más pequeña, redonda y rubia. Nos escribíamos notas la una a la otra que escondíamos en mochilas y bolsillos.

En una esquina de nuestro dormitorio descubrimos que la moqueta se podía levantar para dejar al descubierto un tablón suelto, y que debajo había una cavidad. En ella dejábamos mensajes secretos para la otra, objetos y dibujos. Urdíamos planes elaborados para nuestras vidas adultas, para cuando escapáramos de la casa: yo iría a la universidad, pensaba, y conseguiría un trabajo bueno y práctico. Luego me casaría, tendría hijos y me retiraría a un sitio donde hiciera calor, aunque solo después de ver tanto mundo como pudiera. Las ambiciones de Kacey eran menos reservadas. Se uniría a una banda, decía a veces, aunque nunca llegó a tocar ningún instrumento. Sería actriz. Chef. Modelo. Otros días también hablaba de ir a la universidad, pero cuando yo le preguntaba a qué universidad quería ir, me nombraba universidades en las que no tenía ninguna posibilidad de entrar jamás, universidades que había oído mencionar en televisión. Universidades para gente rica. Yo no tenía ánimos para desilusionarla. Ahora me pregunto si debería haberlo hecho.

En aquellos años, yo cuidaba de Kacey como lo haría una madre, intentando sin éxito protegerla de los peligros. A su vez, Kacey me cuidaba como lo haría una amiga, haciéndome salir socialmente y empujándome hacia otros chicos y chicas.

Por las noches, en la cama que compartíamos, juntábamos las coronillas y nos cogíamos las manos, un enredo de pelo suelto y brazos y piernas en forma de A, y nos quejábamos de las humillaciones de nuestras vidas en la escuela y decíamos los nombres de todos los chicos que nos gustaban.

Seguimos compartiendo el dormitorio de atrás, por costumbre, hasta la adolescencia. En algún momento podríamos haber cogido cada una nuestro dormitorio, ya que éramos tres en la casa. Pero el del medio —la habitación de mamá, tal como la seguíamos llamando mucho después de que muriera— parecía rondado por su recuerdo, así que ninguna de nosotras lo quiso. Además, con frecuencia estaba ocupado por alguien de paso: algún tío o primo itinerante que necesitaba un sitio donde quedarse y que estaba dispuesto a pagar a Gee una suma exigua a modo de alquiler mensual. Gee también se mudó a ella un tiempo después de que se le cayera el cristal de la ventana del dormitorio de delante al sacar la unidad de aire acondicionado. En vez de pagar a alguien para que se la arreglara, pegó un plástico con cinta adhesiva sobre la ventana y después cerró la puerta y la selló también con cinta adhesiva, pero la corriente de aire que entraba en diciembre por aquella ventana bastaba para hacernos ir a todas por la casa llevando mantas como si fueran togas.

El problema de encontrar donde dejar a las niñas siempre fue acuciante para Gee. En la escuela primaria Hanover no se podía dejar a los alumnos después de la escuela, lo cual la ponía en un aprieto.

Al final Gee se enteró de la existencia de un programa gratuito y cercano gestionado por la Liga Atlética Policial y nos matriculó en él. Allí —en dos salas grandes y llenas de ecos y un campo de deporte al aire libre que nadie más quería usar— jugábamos al fútbol, al voleibol y al baloncesto, animadas desde un lado del campo por la agente Rose Zalecki, que de joven había destacado en los deportes. Allí escuchábamos una exhortación tras otra para que no dejáramos la escuela, para que nos abstuviéramos del sexo y para que no nos acercáramos a las drogas ni al alcohol. (Pasaban por allí personas que habían estado encarceladas, con cierta frecuencia, para recalcarnos estas ideas con pases de diapositivas que terminaban con galletas y limonada).

Todos los agentes de la Liga Atlética que había en las instalaciones eran una agradable combinación de personas autoritarias, graciosas y amables. Nada que ver con el resto de los adultos de nuestras vidas, en cuya compañía se esperaba que básicamente nos mantuviéramos callados. Cada niño tenía a un agente favorito, un mentor, y a menudo se veían pequeñas hileras de niños siguiendo a su ídolo elegido como si fueran patitos. La de Kacey era la agente Almood, una mujer pequeña y perpetuamente socarrona cuyo sentido del humor irreverente y descabellado —centrado benévolamente en los bobos que la rodeaban, en lo bobo que era el mundo y en lo puñeteramente bobos que eran aquellos críos— provocaba ataques de risa paralizadores en todos los que la podían oír. A Kacey se le contagiaron sus maneras y su estilo de hablar y su risa escandalosa, y se llevó todo aquello a casa para probarlo, hasta que Gee la reprendió para que bajara el volumen.

Mi favorito era más callado.

El agente Cleare era joven cuando llegó a la Liga Atlética Policial, veintisiete años, pero a mí su edad me parecía muy adulta, una edad buena y sólida, una edad que conllevaba una responsabilidad implícita. Ya tenía un hijo pequeño, del que hablaba con cariño, pero no llevaba alianza y nunca mencionaba el hecho de tener esposa o novia. En un rincón de la sala enorme con aspecto de cafetería en la que hacíamos los deberes, el agente Cleare leía libros, levantando la vista ocasionalmente hacia sus pupilos para asegurarse de que no nos distrajéramos, y después regresaba a su lectura, con las piernas estiradas y cruzadas a la altura de los tobillos. De vez en cuando, se ponía de pie y hacía la ronda, inclinándose junto a cada niño, preguntándonos en qué estábamos trabajando, señalando errores en nuestro razonamiento. Era más estricto que los demás agentes. Menos divertido. Más contemplativo. Por todo eso, a Kacey no le caía bien.

Pero yo me veía poderosamente atraída por él. Para empezar, el agente Cleare te escuchaba con atención cuando hablabas con él, mirándote a los ojos, asintiendo suavemente para mostrarte que te entendía. Y además era guapo: tenía el pelo negro y peinado hacia atrás y unas patillas ligeramente más largas que el resto de los agentes hombres, lo cual estaba bastante de moda en 1997, y unas cejas oscuras que se le juntaban una pizca cuando leía algo que le resultaba particularmente interesante. Era alto y fornido y tenía un aire que por entonces me resultaba un poco anticuado, como si lo hubieran trasladado desde otra época, desde una película antigua. Era extremadamente cortés. Usaba palabras como *diligente* y *trascendente,* y una vez, mientras me sostenía una puerta abierta, me dijo «después de ti», haciendo un gesto con la mano hacia fuera e inclinando un poco la cabeza, lo cual por entonces me resultó increíblemente galante. Todos los días me posicionaba en mesas cada vez más próximas a él, hasta que por fin empecé a sentarme directamente a su lado. Nunca hablaba con él: me limitaba a hacer mis deberes cada vez más callada y seria, con la esperanza de que algún día se fijara en mi dedicación e hiciera algún comentario.

Y, por fin, lo hizo.

Fue un día en el que nos estaba enseñando ajedrez. Yo tenía catorce años y estaba en mi fase más socialmente torpe: casi siempre callada, en plena lucha contra los granos, a menudo sin duchar, vestida con ropa raída, siempre dos tallas por encima o por debajo de la mía, que heredaba de otras niñas o encontraba en tiendas de caridad.

Pero, aunque mi aspecto me cohibía, estaba orgullosa de mi inteligencia, que secretamente me parecía algo que esperaba en silencio dentro de mí: un dragón dormido que protegía un tesoro que nadie podía robar, ni siquiera Gee. Un arma que algún día emplearía para salvarnos a las dos: a mi hermana y a mí.

Aquel día, me concentré mucho en cada partida que tenía delante, hasta que al final de la tarde yo era uno de los cuatro jugadores que quedaban en el torneo improvisado que había montado el agente Cleare. Pronto había una multitud mirándonos, y Cleare estaba entre ellos. Yo era consciente de él, aunque lo tenía detrás y no podía verlo: podía sentir su tamaño, su altura. Sentía su respiración. Gané la partida.

—Buen trabajo —dijo, y se me encogieron los hombros de placer y los volví a bajar sin decir nada.

Mi siguiente partida, y la última, fue contra un chico mayor, que era el otro finalista que quedaba.

El chico era bueno: llevaba años jugando. Me liquidó enseguida.

Pero el agente Cleare se quedó un momento con los brazos en jarras, escrutándome, aun después de que se marchara todo el mundo. Bajo su mirada, me ruboricé. No levanté la vista.

Lentamente, volvió a incorporar mi rey derribado y se puso de rodillas junto a la larga mesa de cafetería a la que yo todavía estaba sentada.

—¿Habías jugado alguna vez, Michaela? —me preguntó en voz baja. Siempre me llamaba así: era otra cosa que me gustaba de él. El apodo Mickey me lo había puesto Gee y nunca me había parecido demasiado digno, pero de alguna manera se me había quedado. En los recuerdos que tengo de mi madre, ella también me llamaba siempre por mi nombre completo.

Negué con la cabeza. No. No podía hablar.

Asintió una vez.

—Impresionante.

Empezó a enseñarme. Todas las tardes se pasaba veinte minutos aparte conmigo, instruyéndome, primero, sobre gambitos, y luego, sobre estrategias de partida.

—Eres muy lista —dijo en tono calculador—. ¿Cómo te va en la escuela?

Me encogí de hombros, ruborizada otra vez. En compañía del agente Cleare, estaba perpetuamente sonrojada y el corazón me bombeaba la sangre por el cuerpo de una forma que me recordaba que estaba viva.

—Normal —dije.

—Pues mejora —me contestó.

Me dijo que a él le había enseñado a jugar al ajedrez su padre, que también había sido agente de policía. Pero había muerto joven.

—Cuando yo tenía ocho años —me aclaró, adelantando un peón y devolviéndolo a su sitio.

Al oír aquello, le eché un vistazo rápido y después volví a mirar el tablero. «O sea, que lo entiende», pensé.

Empezó a traerme libros para que los leyera. Al principio, novelas de detectives y libros sobre crímenes reales. Todos los libros que le habían encantado a su padre. *A sangre fría.* Raymond Chandler, Agatha Christie, Dashiell Hammet. Me hablaba de películas: su favorita era *Serpico,* pero también le gustaban la trilogía de *El padrino* («Todo el mundo dice que la mejor es la segunda —me informó—, pero en realidad la mejor es la primera») y *Uno de los nuestros* y también otras más antiguas. *El halcón maltés* («Todavía mejor que el libro») y *Casablanca* y todos los *thrillers* de Hitchcock.

Yo leía todos los libros y veía todas las películas que me recomendaba. Un día, cogí el Ele hasta el Tower Records de Broad Street y, usando el dinero que tanto me costaba ganar haciendo de canguro, me compré dos cedés de las bandas que le gustaban: Flogging Molly y Dropkick Murphys. Me las había descrito como bandas irlandesas, o sea, que me imaginaba canciones llenas de violines y tambores, pero, cuando los puse, me sorprendió oír a tipos gritando sobre un fondo de guitarras agresivas. Me quedaba hasta tarde por la noche escuchando aquellas canciones en mi Discman, o leyendo con una linterna los libros que me había mencionado, o sentada en el sofá de la sala de estar, viendo cine clásico por televisión.

—¿Qué te ha parecido? —me preguntaba el agente Cleare de cada recomendación que me hacía. Y yo le decía que me había encantado, siempre, aunque no fuera verdad.

El agente Cleare quería ser detective. Y lo sería algún día, me decía, pero mientras su hijo fuera pequeño había pedido que lo asignaran a la Liga Atlética para poder tener un horario más regular. Se trajo a su chaval varias veces. Se llamaba Gabriel y por entonces tenía cuatro o cinco años. Era un reflejo a pequeña escala de su padre: larguirucho y de pelo oscuro, con unos pantalones demasiado cortos de los que le asomaban los tobillos. Su padre lo cogía en brazos y lo llevaba de un lado para otro, presentándolo, orgulloso de él. Perversamente y sin quererlo, yo miraba a padre e hijo y sentía una punzada de celos. No estaba segura de qué quería, pero sabía que estaba conectado de alguna manera con aquellos dos.

Luego el agente Cleare dejó al niño a mi lado.

—Esta es mi amiga Michaela —le dijo a su hijo. Y yo levanté la vista despacio hasta el padre, asombrada, y la frase me estuvo resonando varios días en la cabeza. *Mi amiga. Mi amiga. Mi amiga.*

Fue sobre aquella época, por desgracia, cuando Kacey empezó a meterse en problemas graves. Hoy en día, me inquieta la posibilidad de que esto estuviera vinculado de forma directa o indirecta con el hecho de que yo estaba distraída. Porque antes de que entrara en mi vida el agente Cleare, yo vivía completamente dedicada a mi hermana: le echaba una mano con los deberes; la aconsejaba con sus problemas de conducta —los que conocía, por lo menos— y la ayudaba a comunicarse mejor con Gee; la peinaba y le arreglaba el pelo por las mañanas y preparaba nuestros almuerzos de la escuela todas las noches. A su vez, Kacey me revelaba las partes de sí misma que no compartía con los demás: las pequeñas injusticias que sufría todos los días en la escuela, la profunda tristeza que a veces la abrumaba con tanta fuerza que estaba segura de que nunca se retiraría. Pero, a medida que mi relación con el agente Cleare se fue estrechando, imagino que me fui volviendo nostálgica y distante, y que mis pensamientos y mi mirada se fueron apartando de mi hermana.

Kacey, a su vez, se retrajo. Con trece años, empezó a saltarse de forma habitual el programa extraescolar de la Liga Atlética. Cada vez que no se presentaba, Gee recibía una llamada telefónica, y durante un tiempo intentó sin éxito casti gar a Kacey, pero pronto los castigos se empezaron a amontonar y al final Gee cejó en sus empeños.

—Ya es mayorcita para cuidar de sí misma, supongo —dijo con tono de no tenerlo muy claro.

Yo ya tenía quince, y unos años antes Gee me había dado a mí la misma opción que tenía Kacey ahora, que era entretenerme yo sola todos los días después de la escuela o, mejor todavía, buscar un trabajo fijo. Lo que hice, en cambio, fue apuntarme a un grupo de adolescentes de la Liga Atlética Policial destinado a dar orientación y supervisión a estudiantes más pequeños.

Mi decisión —aunque no lo habría admitido ante nadie— estaba motivada en gran medida por mi deseo de seguir cerca del agente Cleare.

En noveno curso, Kacey pasaba la mayoría de las tardes con un grupo de amigas liderado por Paula Mulroney.

Las amigas ya la estaban distrayendo de sus deberes. Llevaban mucha ropa negra, fumaban cigarrillos, se teñían el pelo y escuchaban a bandas como Green Day y Something Corporate. Una música que Kacey empezó a poner a todo trapo en casa siempre que Gee no estaba para impedírselo, aunque yo no la soportaba y tampoco me dejaba estudiar. También empezó a fumar, tanto cigarrillos como marihuana, y tenía un pequeño alijo de ambas cosas en el hueco de debajo de los tablones del suelo de nuestra habitación; el mismo lugar que antes habíamos usado con fines más inocentes.

Aquello me sentó como una bofetada.

Me acuerdo con claridad de la primera vez que encontré pastillas en aquel espacio. Debía de haber unas seis, pequeñas y azules, metidas en una bolsita con autocierre. Lo increíble es que recuerdo sostenerlas y sentir cierto grado de alivio, porque parecían fabricadas de forma profesional, con dos letritas grabadas en un lado y un número en el otro, bien hechas y de aspecto honesto. Cuando le pregunté a Kacey por ellas, me quiso tranquilizar: me dijo que eran una especie de analgésico extrafuerte. Muy seguro. El padre de un chaval llamado Albie tenía receta para comprarlos. Los tenían muchos padres de nuestro barrio: eran trabajadores de la construcción, o exestibadores, u obreros de otras clases que habían usado el cuerpo con dureza toda su vida, tenían los huesos desgastados y los músculos agarrotados en forma de nudos dolorosos. Corría el año 2000. El OxyContin llevaba cuatro años en el mercado, los médicos lo recetaban con generosidad y los pacientes lo recibían con gratitud. Por increíble que parezca, se decía que era menos adictivo que otras generaciones anteriores de fármacos opiáceos.

—¿Pero para qué lo quieres? —recuerdo que le pregunté a Kacey.

Y ella me dijo:

—No sé. Para divertirme.

Lo que no me dijo era que lo estaban esnifando.

La otra actividad en la que Kacey se estaba iniciando por entonces era el sexo. De esto me enteré por terceros, por un alumno de décimo bastante cruel al que oí jactarse de ello delante de sus amigos. Cuando se lo eché en cara a mi hermana, Kacey se limitó a quitarle importancia y me dijo en tono despreocupado que el chico estaba diciendo la verdad.

Por entonces, a mí nadie me había dado ni un beso.

Las dos nos fuimos distanciando más y más. Sin ella, mi soledad se volvió atroz: un zumbido grave, una extremidad de más, un bote que arrastraba tras de mí allá donde fuera. Echaba de menos a Kacey, echaba de menos su presencia en la casa. De forma egoísta, también echaba de menos los esfuerzos que hacía Kacey para hacerme salir con otra gente. Para llevarme a fiestas. Para invitarme a que la acompañara a casas de amigas. «Mickey estaba diciendo…», solía empezar Kacey cuando éramos pequeñas, y luego me atribuía algún comentario ingenioso u observación que en realidad se le había ocurrido a ella. Ahora, cuando Kacey me veía en la escuela, se limitaba a saludarme con la cabeza. Y a menudo no estaba en la escuela.

En diversas ocasiones le puse esperanzadamente mensajes a mi hermana en el escondrijo. Sabía que era infantil, incluso mientras lo hacía, y, sin embargo, persistía. Notitas que contenían anécdotas sobre mi jornada, sobre Gee, sobre algún otro miembro de nuestra familia que había hecho algo que me parecía lo bastante divertido o molesto como para contarlo. Ansiaba que mi hermana me prestara atención, que volviera, que invirtiera su rumbo y regresara a las actividades de infancia que antaño habíamos disfrutado juntas.

Pero jamás me devolvía las notas que le dejaba.

Las únicas ocasiones en las que Kacey parecía fijarse realmente en mí durante aquellos días eran cuando le hablaba del agente Cleare.

A Kacey no le caía bien.

—Es un engreído —expresaba, o a veces lo llamaba *estirado*.

Pero yo ya sabía por entonces que su verdadera crítica era más oscura, que mi hermana notaba en él algo que no podía o no quería nombrar.

—Puaj —decía Kacey cuando yo le hablaba de él o de algo que a él le gustaba. Yo parloteaba sobre él con cierta frecuencia.

De hecho, empezaba tantas frases con «el agente Cleare ha dicho…» que, al final, Gee y Kacey eliminaron la frase de mi vocabulario a base de imitarme tan despiadadamente que me cohibí. Mi fascinación por él nos provocó a mi hermana y a mí una breve inversión de roles. Por una vez en nuestras vidas, me parecía que era Kacey quien estaba preocupada por mí y no al revés.

La primera vez que Kacey tuvo una sobredosis, a los dieciséis años, en aquella casa llena de desconocidos de Kensington, fue al agente Cleare a quien acudí en busca de ayuda y consejo.

Era el verano de entre mi tercer y cuarto curso del instituto. Yo tenía diecisiete años y, para entonces, ya habíamos fraguado una relación muy estrecha. Nuestras conversaciones se habían ampliado: además de hacerme recomendaciones y de instruirme de diversas maneras, ahora también me confiaba problemas que había afrontado de chaval, problemas que tenía en el departamento, colegas que le estaban causando dificultades y problemas que tenía con su familia. Le daba miedo que su madre hubiera desarrollado un problema de alcoholismo después de la muerte de su padre, y, además, hacía poco que se había caído y se había roto la cadera. Su hermana era una metomentodo que siempre le estaba dando consejos sobre la vida. Yo escuchaba con atención, asintiendo, y básicamente me quedaba callada. Todavía no le había contado gran cosa de mi familia. Todavía prefería escuchar antes que hablar. A diferencia de a Gee, a Cleare parecía gustarle lo seria y lo reflexiva que era yo. Me elogiaba a menudo por mi inteligencia, por lo observadora y espabilada que era.

Acababa de pasar de ser empleada sin cobrar del programa para adolescentes a orientadora con sueldo del programa de verano que tenía la organización para los niños del barrio, lo cual me ponía —me decía yo— al mismo nivel que los agentes, por lo menos en ciertos sentidos. Junto con una docena de otros empleados, yo pastoreaba a los niños que pasaban el día allí de sala en sala, planeaba actividades, los instruía sin demasiado aplomo en deportes de los que no sabía gran cosa. La realidad, sin embargo, era que usaba el tiempo para hablar con el agente Cleare.

El día después del episodio en cuestión, me sentía preocupada. Deambulaba por el edificio de la Liga Atlética, pálida y abstraída, sin saber si debería estar allí. «Quizás —pensaba— debería estar en casa con Kacey, que se ha metido en un lío grave con Gee y que seguramente está pasando por el síndrome de abstinencia».

Estaba plantada en la sala más grande de la Liga Atlética, con los brazos cruzados, perdida en mis pensamientos, cuando vi que el agente Cleare me miraba desde el otro lado de una docena de mesas de cafetería. Aquella tarde se había impuesto silencio obligatorio por exceso de infracciones de conducta, y se había mandado a todo el mundo que leyera o dibujara sin levantar la voz.

Se me acercó lentamente, mirando de reojo a los niños que levantaban la cabeza y mandándoles que volvieran a sus tareas.

Cuando llegó a mi lado, inclinó la cabeza hacia mí, inquisitivamente. Me miró desde debajo de su apuesta frente inclinada.

—¿Qué pasa, Michaela? —dijo, con tanta ternura que me sorprendió.

De forma tan rápida como inesperada, se me llenaron los ojos de lágrimas. Era la primera vez en muchos años que alguien me preguntaba aquello. Se abrió algo en mí, un abismo de añoranza que me iba a costar volver a cerrar. Me recordaba a las manos suaves de mi madre sobre mi cara.

—Eh —me dijo.

Mantuve la vista en el suelo. Me cayeron por las mejillas dos lágrimas calientes y me las sequé furiosamente. Casi nunca lloraba, y evitaba especialmente llorar delante de adultos. Cuando éramos más pequeñas, si llorábamos, a menudo Gee nos avisaba de que nos iba a dar una razón para llorar. Y a veces, antes de que fuéramos más altas que ella, cumplía con aquella amenaza.

—Sal por detrás —me dijo el agente Cleare, demasiado bajo como para que lo oyera nadie más—. Y quédate ahí.

Aquel día estábamos a treinta y pico grados. La zona abierta de detrás del edificio consistía en una pista de baloncesto con las gradas destartaladas y un campo medio muerto que se podía usar para jugar al fútbol o al fútbol americano. Las calles circundantes estaban igual de muertas. No había transeúntes ni espectadores ni ventanas al interior del edificio. Me zumbaban perezosamente las moscas en torno a la cabeza y yo las iba apartando a manotazos mientras caminaba.

Encontré un sitio a la sombra y me apoyé en el edificio de ladrillo que albergaba la Liga Atlética Policial. Me iba a cien el corazón. No estaba segura de por qué.

Estaba pensando en Kacey: en la cama hospitalaria donde la había dejado después de llegar al Hospital Episcopal. Del silencio que reinaba entre nosotras.

—No entiendo esto —le había dicho yo.

Y Kacey respondió:

—Ya sé que no.

Y eso fue todo.

Daba la impresión de que Kacey sentía dolor. Tenía los ojos cerrados. La tez muy muy pálida. Luego se abrieron de golpe las puertas de la unidad y por ellas entró en tromba nuestra abuela, con la cara sombría y los puños cerrados. Gee siempre había sido una mujer flaca, llena de energía nerviosa, la típica persona que no deja nunca de moverse. Aquel día, sin embargo, se quedó aterradoramente quieta mientras le susurraba a Kacey entre dientes:

—Abre los ojos —le dijo—. Mírame. Que abras los ojos, hostia.

Al cabo de un momento, Kacey obedeció, entrecerrando los párpados, apartando la cara de las lámparas fluorescentes del techo.

Gee esperó a que Kacey se centrara en ella.

Y luego le dijo:

—Escúchame: ya pasé por esto una vez con tu madre. No volveré a pasarlo nunca más.

Tenía un dedo rígido extendido hacia Kacey. La cogió del codo y la sacó a rastras de la cama, arrancándole dolorosamente el suero que tenía puesto en el brazo, y yo la seguí. Ninguna de nosotras se detuvo cuando oímos que una enfermera nos gritaba desde detrás que Kacey no estaba lista para el alta.

En casa, Gee le dio una bofetada a Kacey, una sola, fuerte y en toda la cara. Y Kacey subió corriendo a nuestra habitación y cerró la puerta, primero, de un golpe, y después, con llave.

Al cabo de un rato, la seguí, golpeé la puerta suavemente con los nudillos y llamé a mi hermana por su nombre una y otra vez. Pero no me contestó.

Los ladrillos del edificio de la Liga Atlética estaban tan calientes que era incómodo apoyarse en ellos, de manera que me volví a erguir. Estaba de espaldas a la puerta por la que había salido, y cuando la oí abrirse y cerrarse con discreción detrás de mí, no me giré. El aire estaba cargado de humedad. Me caían hilos de sudor por los costados, debajo de la camisa. Miré al frente mientras se me acercaba el agente Cleare. Noté que se detenía y esperaba un momento allí, quizás para pensar. Oí su respiración. Luego, rápidamente, me rodeó con los brazos. Yo ya había alcanzado mi altura de adulta hacía unos años y no había muchos chicos de mi escuela que me sacaran tanta altura como él. Pero cuando me abrazó, me cubrió tan completamente que pudo apoyar la barbilla en mi coronilla.

Cerré los ojos. Sentí los latidos de su corazón en mi espalda. Desde la muerte de mi madre, yo había tenido el mismo sueño recurrente: una figura sin cara me rodeaba con un brazo por detrás de la espalda y con el otro por debajo de las piernas; me daba la sensación de que estaba acurrucada dentro de una cajita. Y, con el brazo, aquella figura me acunaba. Hace años que no tengo ese sueño, pero todavía recuerdo la sensación que me producía cada vez que me despertaba de él: me sentía reconfortada. Pacificada. Arrullada.

Envuelta de aquella manera por Simon Cleare, abrí los ojos. «Aquí está», pensé.

—¿Qué pasa? —repitió Simon.

Y esa vez sí se lo dije.

AHORA

Siento decir que, después de mi conversación con Alonzo, tardo un rato en recuperar la compostura. Me siento diez minutos en el coche y empiezo a patrullar distraídamente mi sector asignado. Las gentes de la acera son manchas borrosas para mí. De vez en cuando me parece ver a mi hermana, solo para descubrir que no es ella y que, en realidad, no se le parece en nada. Aunque fuera hace mucho frío, bajo la ventanilla para que el aire me refresque la cara.

Me llegan varias llamadas, pero soy demasiado lenta como para responderlas.

«Ya basta», me digo por fin, y vuelvo a parar en el arcén —demasiado bruscamente; un coche se ve obligado a frenar de golpe detrás de mí— y me pregunto cómo abordaría el caso de una persona desaparecida si fuera detective.

Sin tenerlas todas conmigo, toco el terminal de datos móvil que hay en el centro del salpicadero de mi vehículo. Se parece un poco a un portátil, y los ordenadores se me dan bastante bien, pero todos sabemos que estos sistemas son terribles y que a veces incluso se averían. Hoy, el que tengo en mi vehículo asignado funciona, aunque muy despacio.

Voy a buscar el nombre de Kacey en la base de datos del Centro de Información Criminal de Filadelfia.

En teoría, no debería. Técnicamente, necesitamos una razón válida para buscar a un individuo, y las credenciales con las que me conecto le revelarán lo que he hecho a cualquiera a quien le importe. No me gusta violar así el protocolo, pero hoy cuento con que a nadie le importe. En nuestro distrito nadie tiene tiempo.

Aun así, el corazón se me acelera un poco cuando tecleo.

Fitzpatrick, Kacey Marie, confirmo. *Nacida el 16/3/1986.*

Se despliega un expediente de detenciones de una milla de largo. La primera que veo —las anteriores, presumiblemente, se eliminaron al cometerlas mi hermana cuando tenía estatus de delincuente juvenil— es de hace trece años, cuando Kacey tenía dieciocho. Embriaguez pública. Ahora casi parece una falta leve, casi graciosa, la típica travesura que tiene mucha gente en su expediente.

Pero, después de la primera, no tardó en meterse en líos más graves. Una detención por posesión, una detención por asalto (un exnovio, si recuerdo correctamente, que le pegaba y que luego llamó a la policía la primera vez que ella se lo devolvió). Luego, prostitución, prostitución, prostitución. La entrada más reciente del expediente de Kacey es de hace un año y medio. Por hurto. La encerraron; se pasó un mes en la cárcel. Su tercera pena de prisión.

Lo que no encuentro —y esperaba encontrarlo— es algún indicio de que haya pasado por comisaría más recientemente. Cualquier indicio, supongo, de que sigue con vida.

Hay un siguiente paso natural. Cualquier detective que trabaje el caso de una persona desaparecida sabe que ha de interrogar lo antes posible a los miembros de la familia de esa persona, por supuesto.

Y, sin embargo, mientras le doy vueltas al teléfono que tengo en la mano, me detiene la misma sensación de incomodidad nerviosa que se adueña de mí cada vez que me planteo ponerme en contacto con los O'Brien.

La explicación más simple es esta: no les caigo bien, y ellos tampoco me caen particularmente bien a mí. Me he pasado la vida entera teniendo la sensación incómoda de que, en cierta manera, soy una oveja negra en la familia, igual que lo es, tengo que añadirlo, cualquiera que muestre señales de querer participar de forma productiva en la sociedad. Solo en la familia O'Brien se contemplaría con recelo que una niña sacara buenas notas, o que tuviera el hábito de leer, o que terminara decidiendo entrar en la fuerza policial. Nunca he querido que Thomas experimente esa soledad tan grande que produce ser un paria en tu propia tribu, ni que lo influyan de ninguna manera los O'Brien, que, además de sus pinitos con la pequeña delincuencia, también tienen tendencia al racismo y a otras formas de prejuicios. Así pues, después de que naciera, tomé la decisión de no exponerlo a los O'Brien y a sus extraños valores morales. Mi regla no es inflexible —de vez en cuando vemos a uno de ellos en nuestra visita anual o bianual a Gee—, pero, por norma general, los evito.

Thomas todavía no entiende por qué. Como no quiero asustarlo ni abrumarlo con una información que a su edad es incapaz de procesar, le he dicho a mi hijo que nuestro contacto limitado con la familia se debe principalmente a mi horario de trabajo. A falta de una razón mejor, a veces pregunta por ellos, pide ver a los que ya conoce y conocer a lo demás. Una vez, cuando asistía a su última escuela, les asignaron a todos los niños la tarea de construir un árbol genealógico. Cuando Thomas me pidió —un poco agitado— que le diera fotos de varios miembros de nuestra familia, me vi obligada a confesarle que no tenía ninguna. Así pues, terminó dibujando ilustraciones del aspecto que se imaginaba que debían de tener: caritas tristemente sonrientes con matas de pelo rizado de colores diversos. Ahora tiene ese diagrama colgado en la pared de su dormitorio.

Sentada en mi coche patrulla, me preparo para dejar de lado mi orgullo y firmar la paz con mi clan.

Primero hago una lista de gente a la que llamar. Esta vez sí que saco mi cuaderno, encuentro una página en blanco al final del todo y la arranco. Apunto en ella los nombres siguientes:

Gee (otra vez).

Ashley (una prima, de nuestra edad más o menos, con quien nos veíamos mucho de niñas).

Bobby (otro primo, menos simpático, que también anda involucrado en el negocio y solía venderle droga a Kacey hasta que un día lo descubrí y lo amenacé con detenerle, y cosas peores, si lo volvía a pillar).

Luego paso a otros nombres:

Martha Lewis (la que antes era la agente de la condicional de Kacey, aunque creo que desde entonces le han puesto otra).

Luego, unos cuantos conocidos del autobús. Luego, algunas de nuestras amistades del barrio. Luego, unas cuantas de sus amistades de la escuela primaria. Luego, unas cuantas de la secundaria. Luego, unas cuantas de sus amistades actuales, que a estas alturas podrían ser perfectamente enemistades. Nunca se sabe.

Todavía sentada en el coche patrulla 2885, los llamo uno por uno.

Llamo a Gee: no contesta. Tampoco salta ningún contestador. Cuando éramos pequeñas, seguramente no lo tenía para evitar a los acreedores. Ahora ya es por costumbre, y seguramente también por cierta cantidad de misantropía.

—Si la gente me quiere encontrar —dice Gee—, que lo siga intentando.

Llamo a Ashley. Dejo mensaje.

Llamo a Bobby. Dejo mensaje.

Llamo a Martha Lewis. Dejo mensaje.

Por fin se me ocurre que ya casi nadie escucha los mensajes de voz, así que me pongo a mandarles mensajes de texto a todos.

«¿Has sabido algo de Kacey últimamente?», tecleo. «Lleva un tiempo desaparecida. Si tienes alguna información, dímelo, por favor».

Observo mi teléfono. Espero.

Martha Lewis es la primera en contestar. «Hola, Mickey, siento las malas noticias. Es una pena. Déjame que indague un poco».

Luego mi prima Ashley. «No, lo siento».

El único que no me devuelve los mensajes es nuestro primo Bobby. Lo pruebo una vez más y luego escribo otra vez a Ashley para asegurarme de que tengo el número correcto.

«Sí, ese es», me contesta.

Luego, de repente, se me ocurre una idea. Hoy es lunes 20 de noviembre, lo cual quiere decir que el jueves es Acción de Gracias.

Todos los años, desde que yo era pequeña, los O'Brien —el lado de Gee de la familia— se han juntado para Acción de

Gracias. Durante mi infancia, se celebraba en casa de la tía Lynn, la hermana pequeña de Gee. Últimamente, la anfitriona suele ser la hija de Lynn, Ashley, pero hace muchos años que no voy; desde antes de que naciera Thomas.

Una y otra vez he puesto la misma excusa para perderme la fiesta de Acción de Gracias de los O'Brien: que tengo que trabajar. Lo que no le cuento a nadie es que, incluso los años en los que tengo la opción de no hacerlo, elijo trabajar por la paga extra.

Este es uno de los pocos años en los que se da la casualidad de que tengo libre en Acción de Gracias. Iba a comprar boniatos de lata, puré de patatas instantáneo y un pollo de asador. Iba a encender una vela en medio de la mesa y contarle a mi hijo la verdadera historia del primer día de Acción de Gracias, que me contó por primera vez mi profesora favorita de la secundaria, la señora Powell, y que es muy distinta de la versión que se suele contar en las escuelas.

Pero ahora se me ocurre que asistir a la celebración de Acción de Gracias de la familia O'Brien podría ser una manera de preguntar por Kacey, y más concretamente, de preguntarle por ella a mi primo Bobby, que todavía no ha contestado a mis mensajes de texto.

Vuelvo a llamar a Gee. Esta vez sí me contesta.

—Gee, soy Mickey. ¿Vas a ir a casa de Ashley por Acción de Gracias?

—No —responde—. Trabajo.

—¿Pero va a hacer celebración?

—Según Lynn, sí. ¿Por qué?

—Por saberlo, nada más.

—No me digas que estás pensando en ir. —Su voz transmite incredulidad.

—Quizás. Todavía no lo sé seguro.

Gee guarda silencio un momento.

—Vaya. Me has matado.

—Simplemente tengo el día libre por una vez. Eso es todo. No se lo digas a Ashley todavía —le indico—. Por si acaso al final no puedo. —Antes de colgar, le vuelvo a preguntar—: No has sabido nada de Kacey, ¿verdad?

—Joder, Mickey. Sabes que ya no hablo con ella. ¿Pero qué te pasa?

—Nada de nada.

Me paso el resto del día observando sin éxito las aceras, en busca de alguien con quien pueda hablar. Miro el teléfono compulsivamente. Me las apaño para contestar solo a un puñado de avisos, seleccionando aquellos que sé que van a ser sencillos.

Esa noche, cuando vuelvo a casa, Thomas parece preocupado por mí. De hecho, me pregunta si pasa algo.

Me dan ganas de decirle: «Todo va mal, salvo tú. Últimamente eres el único gran placer de mi vida: tu pequeña presencia; tu carita observadora; esa inteligencia que tienes dentro y que crece sin cesar; cada palabra o expresión nueva que entra en tu vocabulario, en la que me fijo, que guardo como si fuera oro para tu futuro. Por lo menos, te tengo a ti».

Pero no le digo nada de esto, claro. Le digo: «No pasa nada. ¿Por qué?».

Pero le veo en la cara que no se lo cree.

—Thomas. ¿Te gustaría pasar Acción de Gracias en casa de la prima Ashley?

Thomas se pone de pie de un salto con las manos pegadas al pecho en gesto dramático. Tiene manos de niño, con las cutículas mordidas, los dedos fuertes y unas palmas que siempre huelen a tierra por mucho que ese día no haya estado cavando en el parque.

—La he echado mucho de menos.

Sonrío a mi pesar. Creo que la última vez que vimos a Ashley fue hace dos años, en casa de Gee, cuando pasó de visita por Navidad; por tanto, dudo que en realidad se acuerde de ella. Sabe de su existencia por el dibujo del árbol genealógico de su habitación, que a veces resigue con el dedo canturreando todos los nombres. Sabe que la prima Ashley está casada con el primo Ron y que es la madre de otros primos suyos: Jeremy, Chelsea, Patrick y Dominic. Y sabe que la madre de la prima Ashley es la tía Lynn.

Ahora, Thomas levanta los brazos con gesto triunfal y me pregunta cuántos días faltan para que vayamos.

Lo pongo a dormir. Las semanas en que estoy en casa a la hora de acostarlo, nuestra rutina no cambia nunca: baño, libros y cama. Siempre frecuentamos las bibliotecas de los barrios donde vivimos, primero la de Port Richmond y ahora la de Bensalem. Todos los bibliotecarios conocen a Thomas por su nombre. Cada semana elegimos un montón de libros para disfrutarlos juntos, y todas las noches dejo que Thomas elija todos los que quiere leer. Luego, leemos en voz alta las palabras los dos y describimos las imágenes, inventándonos situaciones y especulando con lo que va a pasar después.

Las semanas que me toca el turno B, cuando Bethany pone a Thomas a dormir, me da la impresión de que no le lee gran cosa, si es que le lee algo.

Cuando ya lo he metido en cama, me quedo un rato en su habitación oscura y plácida, pensando en lo agradable que sería permitirme a mí misma poner la cabeza al lado de la suya en la almohada y quedarme dormida allí, solo un rato.

Pero tengo cosas que hacer, de manera que me levanto, le doy un beso en la frente y cierro la puerta sin hacer ruido.

En la sala de estar, abro el portátil —uno viejo de Simon que me regaló hace años, cuando se compró uno nuevo— y abro un navegador de internet.

Siempre me he resistido a las «redes sociales». No me gusta estar conectada con nadie en todo momento, y mucho menos con gente relativamente desconocida, con gente de mi pasado con la que no tengo razón para seguir en contacto. Pero sé que Kacey las usa —o, por lo menos, las usaba en algún momento— con frecuencia. De manera que tecleo «Facebook» en la barra de búsqueda, hago clic en el enlace y trato de encontrarla ahí.

Y la encuentro: *Kacey Marie*. La fotografía principal de la página muestra a mi hermana con una flor en la mano y sonriente. Lleva el pelo igual que la última vez que la vi en la calle, así que por lo menos no debe de ser una foto muy antigua.

Debajo, en la página en sí, no espero ver gran cosa. Supongo que actualizar su página de Facebook no debe de contarse entre las tareas diarias prioritarias de Kacey. Pero me sorprende ver que tiene la página llena de *posts*. Muchos son fotos de gatos y perros. Algunos son fotos de bebés. Bebés de desconocidos, supongo. Algunos son vagas diatribas sobre la lealtad o la falsedad o la traición, que tienen pinta de haber sido creadas por otra gente para hacer márketing de masas. (Cuando las leo, me vuelvo a dar cuenta, una y otra vez, de lo poco que sé hoy en día de mi hermana).

Algunos de los *posts* —los importantes— son de la propia Kacey, y son los que leo con más avidez, en busca de pistas.

«Si no triunfas de entrada…», dice uno del verano pasado.

«¿Alguien tiene un trabajo para mí?».

«¡Quiero ver *Escuadrón suicida*!».

«¡¡¡Rita's!!!» (y aquí una foto de Kacey sonriente y aguantando un vaso de agua con hielo).

«Amo el amor», dice uno de agosto. Adjunta al *post,* hay una foto de Kacey con un hombre al que no reconozco, un tipo flaco, blanco, de pelo corto y con tatuajes en los antebrazos. Kacey y él están mirando un espejo. Él tiene a Kacey rodeada con los brazos.

Y viene etiquetado en la foto: *Connor Dock Famisall.* Debajo, alguien ha escrito: «Se te ve bien, doctor».

Lo miro con los ojos entrecerrados. Hago clic en su nombre. A diferencia de la página de Kacey, la suya es privada. Se me ocurre mandarle una petición de amistad, pero luego decido que no.

Introduzco Connor Famisall en Google, pero hay cero resultados. Mañana haré una búsqueda de su nombre en la base de datos del CICF, cuando vuelva a estar en un vehículo policial.

Por fin navego de vuelta a la página de Kacey.

El último *post,* del 28 de octubre, es de una tal Sheila McGuire.

«Kace, ponte en contacto conmigo».

Y debajo no hay comentarios. De hecho, la última vez que Kacey parece haber subido algo fue hace un mes, el 2 de octubre. «Estoy haciendo una cosa que me da miedo».

Hago clic en el botón de *Mensaje.* Y, por primera vez en cinco años, me pongo en contacto con mi hermana.

«Kacey —escribo—. Estoy preocupada por ti. ¿Dónde estás?».

A la mañana siguiente, Bethany llega temprano por una vez. Últimamente he recurrido a sobornar a Thomas para que me deje marcharme por las mañanas sin montarme una escena: le voy dando unos adhesivos que, cuando llega a los diez, le permiten obtener el libro de colorear que él elija. Hoy, por tanto, llego temprano al trabajo y me dirijo a los vestuarios. Me estoy limpiando las botas con una toallita de papel cuando me llama la atención algo que están dando por el pequeño televisor instalado en la esquina.

—Oleada de violencia en Kensington —dice el presentador con solemnidad, y me yergo un poco.

Parece que por fin los medios de comunicación se han enterado de la historia. Si los mismos asesinatos hubieran tenido lugar en Center City, ya hace un mes que nos habríamos enterado todos del primero.

Solo hay otra agente en el vestuario, una mujer joven que empezó hace poco. Ahora está saliendo del turno C. No me acuerdo de cómo se llama.

—Se han encontrado los cuerpos de cuatro mujeres muertas, en incidentes separados, que inicialmente se había creído que eran víctimas de sobredosis. Sin embargo, está llegando información nueva que ha hecho cuestionarse a la policía si no habrá habido juego sucio de por medio.

Cuatro.

Solo estoy al corriente de tres: la mujer a la que encontramos en las Vías, todavía sin identificar; Katie Conway, de diecisiete años, y la asistenta sanitaria de dieciocho, Anabel Castillo.

Me siento en uno de los bancos de madera que hay entre los casilleros. Me quedo a la espera, cierro los ojos e imagino de pronto que mi vida se divide bruscamente en dos: antes de este momento y después. Es como suelo sentirme cada vez que recibo una mala noticia. El tiempo se ralentiza en el instante de pausa que hace la gente después de decirme: «Te tengo que contar una cosa».

Dan los nombres, empezando por Katie Conway. Entrevistan a su madre, afligida, devastada, casi seguro drogada. Habla con voz demasiado lenta.

—Era buena chica —dice su madre sobre Katie—. Siempre fue buena chica.

Espero, sin aliento. «No puede ser Kacey —pienso—. No puede ser: alguien me lo habría dicho, está claro. No hablo de ella en el trabajo, pero tenemos el mismo apellido: Fitzpatrick, el de nuestro padre. Eso está claro».

Miro mi teléfono móvil. No me ha entrado ninguna llamada.

A continuación, el presentador pasa a Anabel Castillo, la asistenta sanitaria a domicilio, y luego a la mujer sin identificar que Eddie Lafferty y yo localizamos en las Vías. Por supuesto, no hay foto disponible de ella. Pero me acuerdo claramente de su cara. La he estado viendo con los ojos cerrados todas las noches antes de quedarme dormida.

Sé que a continuación pasarán a hablar de la cuarta víctima, de la que todavía no tengo noticia. Lentamente, y después deprisa, se me atenúa la visión.

—Esta mañana —continúa el presentador— se ha encontrado en Kensington a una cuarta víctima posiblemente relacionada con las demás. Ya ha sido identificada, dice la policía, pero se está esperando para hacer público su nombre a que se le notifique la muerte a la familia.

—¿Estás bien? —me pregunta mi compañera de vestuario, y le digo que sí con la cabeza, pero no es verdad.

De niña solía tener episodios. Un médico me dijo una vez que eran «ataques de pánico», aunque no me gusta ese término. Consistían en varios minutos u horas en los que me parecía que me estaba muriendo, en los que contaba hasta mi última palpitación, segura de que sería la última. Hace años que no tengo ningún episodio así, desde la secundaria. Pero, de pronto, en el vestuario, reconozco las señales de que se me acerca uno. Se oscurecen los bordes del mundo. Noto que no veo, que la información que recibo con los ojos ya no tiene sentido para mi mente. Intento respirar más despacio.

Tengo plantado frente a mí al sargento Ahearn, rubicundo e impasible. A su lado está la joven agente. Tiene el pelo rubio y constitución liviana. Me está echando un hilillo de agua en la frente.

—Mi madre me dijo una vez que hiciera esto —le está comentando la novata al sargento Ahearn—. Es paramédica —añade, para darse énfasis.

Me abruma una vergüenza profunda. Me siento como si se hubiera revelado un secreto de mí. Me seco el agua de la frente. Intento incorporarme demasiado deprisa hasta sentarme, reírme y quitarle hierro a lo que ha pasado. Pero acierto a verme en el espejo y tengo la cara gris y sombría y aterradora. Me vuelvo a sentir mareada.

Aunque intento convencerle de que estoy bien, el sargento Ahearn insiste en que me tome el día de baja por enfermedad. Estoy sentada en una silla delante de él, intentando obligarme a encontrarme mejor.

—No puedo tenerte desmayándote en el trabajo. Vete a casa y descansa.

Desmayándote. Una palabra vergonzosa, y que Ahearn parece disfrutar diciéndome en voz alta. ¿Está escondiendo una sonrisa? Me lo imagino contando el episodio al dar el orden del día y me estremezco.

Luego, recobro la compostura y me levanto de la silla. Antes de marcharme, sin embargo, hago acopio de dignidad y aplomo y se lo pregunto:

—He oído que han encontrado otro cadáver en el distrito.

Me mira.

—¿Solo uno? Qué suerte.

—No de sobredosis. Otra mujer. Estrangulamiento.

No dice nada. Yo insisto:

—Lo han dado en las noticias.

Asiente.

—¿Tenemos una descripción?

Suspira.

—¿Por qué, Mickey?

—Simplemente me estaba preguntando si la conocía. Si alguna vez la había traído detenida, quiero decir.

Coge su teléfono. Busca algo. Me lo lee en voz alta.

—Identificada como Christina Walker. Afroamericana, veinte años de edad, metro sesenta y dos, sesenta y ocho kilos.

No es Kacey.

Es la Kacey de otra persona.

—Gracias.

A través de su ventana, me quedo mirando durante un momento largo varios robles que ya casi se han quedado desnudos de hojas. Recuerdo un curso que hice en el instituto en el que aprendí que la mayor parte de Pensilvania está cubierta de bosques de robles de los Apalaches, lo cual por entonces me resultó extraño, ya que *Apalaches* era una palabra que yo asociaba con el sur, y *Pensilvania,* con el norte.

—Mickey —me dice Ahearn, y solo entonces me doy cuenta de que llevo demasiado tiempo quieta—. ¿Estás segura de que hace tiempo que no hablas con Truman?

No le contesto de inmediato.

—¿Por qué? —le digo al cabo de un momento.

Vuelve a sonreír con malicia.

—En el vestuario estabas llamándolo.

Truman Dawes.

Una vez fuera, encuentro su número. Me quedo un momento largo mirando el teléfono, contemplando el nombre, imaginando cuántas veces en la última década lo habré dicho en voz alta.

Truman Dawes. Mi mentor más importante. Y, durante unos años, mi único amigo. Truman, a cuyo lado trabajé casi una década. Truman, que me enseñó todo lo que sé del trabajo policial; que me enseñó que el respeto a una comunidad genera respeto; que ponía mala cara cada vez que alguien hablaba mal de su distrito o lo insultaba; que siempre tenía a mano una palabra de consuelo o un chiste cuando la ocasión lo requería, incluso en mitad de una detención. Truman, a quien echo de menos todos los días. No hay nadie cuyo consejo necesite más en estos momentos.

La verdad es que lo he estado evitando.

Desde niña he tenido un vicio: cuando me falta valor para reconocer algo, agacho la cabeza, huyo de todo lo que me provoque vergüenza, me escapo de las cosas en vez de hacerles frente. En este sentido soy una cobarde.

En el instituto tenía una profesora favorita —profesora de Historia—, la señora Powell. No era mayor, aunque por entonces me lo parecía. No era popular entre los demás alumnos. No intentaba ganarse la admiración de nadie de forma fácil ni barata, a diferencia de algunos profesores —pienso, sobre todo, en profesores hombres, jóvenes y blancos que habían practicado deporte también en el instituto y que bromeaban con sus alumnos como si fueran de su edad—, no. La señora Powell era distinta. Debía de tener unos treinta y cinco años, era afroamericana y madre de dos hijos pequeños. Llevaba vaqueros a diario, y también gafas, y en líneas generales no intentaba hacerse la graciosa, lo cual significaba que los estudiantes a los que atraía eran más serios. Se dirigía a aquellos estudiantes con gravedad verdadera, y para ellos —para nosotros— tenía ambiciones verdaderas. Recuerdo que nos dio su número de teléfono, el de su casa, y que nos invitó a llamarla en cualquier momento para pedir ayuda extra. Aunque solo acepté el ofrecimiento una vez, me gustaba saber que tenía esa opción, que tenía una forma de ponerme en contacto por lo menos con un adulto responsable fuera del horario de clases. Me tranquilizaba.

Se suponía que la señora Powell nos tenía que impartir dos años de Historia de América enfocada a obtener créditos preuniversitarios, con énfasis en la historia de Pensilvania, pero a los alumnos que prestaban atención les enseñaba mucho más. En su clase aprendí los fundamentos de la filosofía y del debate y alguna información general sobre geología y sobre dendrología —el roble era uno de sus árboles favoritos, y ahora es uno de los míos y de los de Thomas—. También escuchaba a la señora Powell salirse del guion para explicarnos los desequilibrios de poder que dieron como resultado formas de prejuicios institucionalizadas en nuestro país. Cuando se adentraba en este territorio, lo hacía con delicadeza, siempre consciente de los grupos de chicos y chicas polacos, irlandeses o italianos del fondo de la clase que, si se quejaban a sus padres, podían dificultarle mucho la vida y el trabajo.

Tan dedicada estaba yo a la señora Powell y a sus enseñanzas que hubo un tiempo, de hecho, en que creía que quería seguir sus pasos y hacerme también profesora de Historia de instituto. Todavía hoy me pregunto cómo habría sido esa otra vida. Thomas ha empezado a preguntarme cómo han llegado ciertas cosas a ser como son, y me descubro a mí misma escarbando en mi memoria, intentando acordarme de lo que me enseñaba la señora Powell hace tantos años. Cuando no lo consigo, investigo por mi cuenta las cuestiones por las que pregunta Thomas y luego le presento las respuestas de una forma que confío en que le resulte interesante. Al igual que lo era la señora Powell.

Si cuento todo esto es para transmitir que me caía tan bien la señora Powell, me gustaba tanto lo que me enseñaba y le tenía tanta admiración, que cuando hace unos años me la encontré en el supermercado, de uniforme, me quedé petrificada.

Hacía mucho tiempo que no la veía. Lo último que ella había sabido de mí era que estaba pidiendo plaza en varias universidades.

Estaba sosteniendo una caja de cereales por encima de un carro de la compra hasta los topes. Tenía canas nuevas en el pelo.

Abrió la boca. Contempló mi atuendo (me acordé al instante de una charla especial que había dedicado a los disturbios de Los Ángeles y de la expresión de su cara cuando explicaba lo que los había causado). Vaciló. Entonces vi que desplazaba la mirada a mi placa identificativa, *M. Fitzpatrick,* que pareció confirmarle la verdad.

—¿Michaela? —dijo en tono vacilante—. ¿Eres tú?

El tiempo se ralentizó.

Al cabo de una pausa, contesté:

—No.

Como he dicho: una cobarde. Reacia a dar explicaciones, a defender mis propias decisiones. Nunca me había avergonzado de ser policía. Pero en aquel momento, por razones que me cuesta explicar, me avergoncé.

La señora Powell vaciló un momento, como si estuviera decidiendo qué hacer. Luego dijo:

—Perdone.

Pero le oí el escepticismo en la voz.

En el aparcamiento, ahora, acordándome de aquel pequeño momento de indignidad, de aquella muestra de flaqueza por mi parte, reúno agallas y vuelvo a coger el teléfono para llamar a Truman.

Suenan cinco timbrazos antes de que me conteste.

—Dawes —dice.

De pronto descubro que no sé cómo empezar.

—¿Mick? —me llama al cabo de un momento.

—Sí.

Tengo un nudo en la garganta, y eso me avergüenza. Hace años que no lloro, y ciertamente no delante de Truman. Abro la boca y me sale una especie de cloqueo espantoso. Carraspeo. La sensación se me pasa.

—¿Qué pasa? —insiste Truman.

—¿Estás ocupado?

—No.

—¿Puedo ir a verte?

—Pues claro.

Me da su dirección nueva.

Conduzco hacia él.

Así es como pasó. El ataque. Salió de la nada y pareció inmotivado, a menos que la motivación fuera el simple hecho de nuestros uniformes y nuestro trabajo. Unos segundos antes, Truman y yo habíamos estado el uno frente al otro, al lado de nuestro vehículo asignado, en la acera. De fondo, por detrás de Truman, vi que se acercaba alguien. Un hombre joven. Llevaba una chaqueta ligera que, con la cremallera subida hasta arriba del todo, le tapaba parcialmente la cara y una gorra de béisbol calada sobre la frente. Era un día frío de abril y no me extrañó su atuendo, no me provocó alarma. Llevaba pantalones de chándal y un bate de béisbol echado al hombro como quien no quiere la cosa, como si estuviera volviendo a casa a pie de entrenar.

Apenas le eché un vistazo. Me estaba riendo de algo que me estaba diciendo Truman, y Truman también se estaba riendo.

Sin desviarse, casi con elegancia, el joven asestó un golpe con el bate metálico al pasar junto a Truman y le impactó con fuerza en la rodilla derecha. Truman se desplomó en el suelo. Con la misma rapidez, el joven le saltó encima de la misma rodilla y salió corriendo.

Creo que grité «eh», o «alto», o «no se mueva».

Pero la sensación que se impuso sobre mí fue la de no poder moverme: mi compañero estaba en el suelo, retorciéndose de dolor, y de pronto mis instintos me estaban fallando de una forma en que no me fallaban desde que era novata. Odié verlo de aquella manera: sin control, muerto de dolor. Él siempre tenía el control.

Di un par de pasos vacilantes; primero en persecución del perpetrador y después de vuelta a Truman, reacia a dejarlo allí sin ayuda.

—*Ve*, Mickey —dijo Truman, rechinando los dientes, y por fin eché a correr en dirección del prófugo.

Dobló una esquina. Lo seguí.

Al otro lado de la esquina me esperaba el cañón de una pistola pequeña —una pistola de bolsillo, una Beretta con empuñadura de madera—, y detrás de ella la mirada del joven que había atacado a Truman. Ahora tenía la cara entera tapada menos los ojos, que eran azules.

—Largo de aquí —dijo el joven en voz baja.

Obedecí sin dudarlo. Di varios pasos atrás y luego volví a doblar el recodo del edificio, ahora respirando con agitación.

Miré a mi derecha: Truman en el suelo.

Eché un vistazo al otro lado de la esquina: el perpetrador ya no estaba.

No participé en la detención del joven. Se pasó un mes de angustia suelto en las calles. Durante ese tiempo, Truman pasó por la primera y la segunda de las diversas operaciones que ha tenido mientras estaba de baja médica. Cuando por fin se detuvo al perpetrador, no fue por nada útil que yo hiciera, sino gracias al descubrimiento de las imágenes de seguridad de una tienda situada a unas cuantas manzanas de distancia, que revelaron la cara de un delincuente conocido.

Me alegré de saber que estaba a buen recaudo y durante una larga temporada.

Pero su detención no me reconfortó demasiado, porque no hizo nada para aliviar mi culpa, ni tampoco mi vergüenza. Mi convencimiento de que, por el hecho de no actuar lo bastante deprisa —de retirarme cuando me lo había mandado el hombre en cuestión—, le había fallado a mi compañero.

Solo visité a Truman una vez en el hospital. Mantuve la cabeza gacha. Le dije someramente que lo sentía.

No le pude mirar a la cara.

La casa nueva de Truman está en Mount Airy. Nunca he estado allí. Me equivoco de dirección varias veces por el camino, lo cual se añade a mis nervios.

Nunca fui mucho a su casa anterior, la de East Falls —con unas cuantas excepciones, mi relación con Truman se limitaba al trabajo—, pero, por lo menos, la conocía. A lo largo de los años lo dejé allí muchas veces y lo recogí, y también asistí a un par de encuentros sociales. Las fiestas de graduación del instituto de sus hijas y el cumpleaños de su mujer. Cosas así. Hace dos años, sin embargo, me anunció con forzada despreocupación que se iba a divorciar de Sheila después de más de dos décadas de matrimonio y que se marchaba de casa. Las chicas estaban en la universidad, me dijo, y ya no tenía sentido fingir que Sheila y él compartían algo. Si yo lo hubiera presionado, creo que habría admitido ante mí que el divorcio había sido idea de ella, no de él —de esto me convenció una tristeza particular, una ausencia inusual de emociones, además de todos los años que se había pasado hasta entonces en los que se le iluminaba la cara al hablar de ella—, pero ni una sola vez presioné a Truman para que me diera detalles que él no me ofreciera de forma voluntaria. Y él me devolvía el favor. (Creo que esta era una de las razones principales de que siempre nos lleváramos tan bien).

Mount Airy representa una parte de la ciudad que no conozco. Durante mi infancia, era como si el noroeste de la ciudad estuviera en un estado distinto al del nordeste. No es que el noroeste no tenga problemas, hay unos cuantos reductos de criminalidad alta, pero también alberga dentro de sus fronteras grandes mansiones de piedra con largas tapias, también de piedra, y jardines amplios. Las típicas casas por las que Filadelfia era conocida en los tiempos en que el nombre de la ciudad evocaba a Katharine Hepburn y no a una serie de estadísticas de crímenes. Casi todo lo que sé de la historia del noroeste lo aprendí de la señora Powell: empezó como asentamiento de una veintena de familias de colonos alemanes, y, por consiguiente, bautizaron el lugar como Germantown.

Por fin encuentro la calle de Truman. Doblo por ella.

Desde fuera, la casa se ve encantadora: ligeramente separada de la de sus vecinos por un pequeño trecho de hierba a cada lado. Tiene la fachada estrecha, pero se ve profunda, con un jardín delantero corto que baja en una pendiente abrupta hasta la acera, un columpio en el porche y una entrada para coches que sube por el costado. Allí está aparcado el coche de Truman. También hay sitio suficiente para el mío, pero no lo veo claro y aparco en la calle.

Truman me abre la puerta cuando todavía estoy subiendo las escaleras del porche. En la universidad corría campo a través y después hizo maratones. Según me ha contado, su padre era una estrella del atletismo de competición en Jamaica antes de emigrar a Estados Unidos, colgar las zapatillas de correr, sacarse un máster en Educación y por fin, desgraciadamente, morir joven. Antes de fallecer, sin embargo, le legó todo lo que sabía de velocidad y resistencia a Truman, y en su hijo todavía se ven los vestigios de aquella carrera en el atletismo: es alto, delgado y correoso. Siempre camina de puntillas, como si estuviera a punto de echar a correr. En las muchas ocasiones en que lo he visto salir corriendo en persecución de algún delincuente, casi me ha dado lástima el perseguido. Truman ya lo tiene en el suelo antes de que pueda dar cinco pasos. Ahora lleva una rodillera ortopédica en la pierna derecha. Me pregunto si volverá a correr algún día.

No me saluda más que con un gesto de la cabeza.

Reina la tranquilidad en la casa, de paredes claras, limpia hasta un extremo absurdo. Su casa anterior también estaba limpia, pero aun así contenía las galas de la vida familiar: espinilleras en el vestíbulo y notas garabateadas en un tablón de anuncios. Aquí, un radiador antiguo cubierto de una gruesa capa de pintura blanca ocupa un espacio próximo a una pared interior. Una lámpara ilumina una esquina de la sala, que por lo demás está en penumbra. La casa es oscura: en la parte de delante, el tejado saliente del porche bloquea la luz, y los costados de la casa no tienen ventanas. Como si también él se acabara de fijar en esto, Truman camina a una esquina y enciende el interruptor de la lámpara del techo. Hay estanterías de obra para libros en todas partes, lo cual le va perfecto a Truman. Uno de los principales temas de conversación que teníamos era siempre lo que estábamos leyendo. A Truman, a diferencia de mí, lo criaron en una casa funcional y llena de afecto. Sin embargo, fue un hijo único tímido, y un problema del habla que consiguió superar con el tiempo provocó que le fuera difícil comunicarse sin que se rieran de él. Los libros, por tanto, fueron unos grandes amigos para él. Hoy tiene uno abierto sobre la mesilla de la sala de estar: *El arte de la guerra*, de Sun Tzu. Hace un año, quizás le habría tomado un poco el pelo por esto, le habría preguntado con quién estaba planeando luchar. Ahora, el silencio entre nosotros es espeso, tangible.

—¿Cómo has estado? —le pregunto.

—Bastante bien.

No hace el gesto de sentarse ni tampoco me ofrece asiento.

Todavía llevo el uniforme que me he puesto antes, en el vestuario, y ahora me gustaría no haber dejado el cinturón de servicio en el coche. Sin él, no sé qué hacer con las manos. Me rasco la frente.

—¿Cómo va la rodilla?

—Bien. —Se la mira. La pone recta.

Hago un gesto débil en dirección a la sala, a la casa.

—Me gusta.

—Gracias.

—¿A qué te dedicas últimamente?

—A esto y aquello. Tengo mi jardín en la parte de atrás. Leo. Estoy en la cooperativa.

No sé qué es eso. No se lo pregunto.

—Es una verdulería cooperativa —me explica Truman, leyéndome la mente. Era una de las cosas por las que me solía regañar: mi reticencia ocasional a admitir mis déficits en materia de conocimiento.

—¿Están bien las chicas? —Hay un pequeño retrato familiar enmarcado de pie en una rinconera, de cuando sus hijas eran pequeñas.

Me fijo en que su exmujer, Sheila, está en el retrato. Me da un poco de vergüenza. Resulta poco digno. Quizás se haya sentido solo. Quizás la eche de menos. No me gusta pensar en ello.

—Sí —dice Truman, y después de eso ya no sé qué decir—. ¿Té? —me pregunta por fin.

Lo sigo a la cocina. Es más reciente que el resto de la casa; la ha reformado. Quizás, me imagino, la reforma la haya hecho él mismo. Siempre ha sido bastante manitas. Aprende él solo a hacer cosas nuevas con regularidad. Justo antes de su lesión, se compró y restauró una cámara Nikon antigua.

Me quedo de pie y lo veo sacar una bolsita vacía y meter en ella una medida de hojas sueltas de té.

Si no me está mirando directamente, me resulta más fácil pensar.

Carraspeo.

—¿Qué pasa, Mickey? —Truman no se gira.

—Te debo una disculpa.

Las palabras resuenan demasiado fuerte en la cocina. Demasiado formales. A menudo calculo mal esas cosas.

Truman hace una pausa momentánea y continúa llenando la tetera de agua hirviendo.

—¿Por qué?

—Lo tendría que haber cogido. No actué lo bastante deprisa. Vacilé.

Pero Truman está negando con la cabeza.

—No, Mickey.

—¿No?

—Disculpa incorrecta. —Se gira para mirarme. Apenas le puedo mirar a los ojos. Espero—. Se escapó —continúa Truman—. Eso pasa. A mí me ha pasado tantas veces que ni me acuerdo.

Me mira a mí y luego a la infusión.

—Tendrías que haber venido a verme antes. Esa es la disculpa.

—Pero me eché atrás.

—Y me alegro. No tiene sentido provocar que te disparen. Y he sobrevivido.

Me quedo un momento callada.

—Tendría que haber venido antes —me disculpo finalmente—. Lo siento.

Truman asiente. Cambia la atmósfera de la habitación.
Truman sirve el té.

—¿Vas a volver?

Mi pregunta suena ansiosa.

Truman tiene cincuenta y dos años. Aparenta unos cuarenta. Tiene una pose tranquila y libre de agobios que de alguna forma ha cristalizado su juventud y la ha preservado.
Solo hace un par de años que me enteré, en una fiesta por su
cincuenta cumpleaños que le montaron unos compañeros.
Con la edad que tiene, si se quisiera jubilar ahora, ya podría.
Ya cobraría pensión.

Pero él se limita a encogerse de hombros.

—Quizás sí. Quizás no. Tengo que pensarme unas cuantas
cosas. El mundo es raro.

Por fin se gira y me mira fijamente un momento largo.

—Sé que no has venido solo a disculparte. —No protesto.
Bajo la vista—. ¿A qué más has venido? —me pregunta.

Cuando termino de hablar, Truman camina hasta la puerta trasera que tiene en la cocina. Contempla su jardín, que está hibernando.

—¿Cuánto tiempo hace que nadie sabe de ella?

—Paula Mulroney dice que hace un mes, pero no estoy segura de que tenga una noción muy clara del tiempo.

—Vale —dice Truman. Tiene una expresión en la cara que le he visto antes: la que se le solía poner antes de pasar a la acción, de echar a correr detrás de un prófugo. Una mirada agazapada—. ¿Sabes algo más, llegado este punto?

—Sé que su última actividad en Facebook fue el 2 de octubre. Y también que quizás esté saliendo con un tipo llamado Dock. D-O-C-K. Vi a alguien con ese nombre en su página de Facebook.

Truman parece escéptico.

—Dock.

—Ya sé. ¿Conoces a alguien con ese apodo en Kensington?

Truman piensa. Niega con la cabeza.

—¿Y Connor Famisall? Creo que es su nombre real.

—¿Cómo se escribe? —pregunta Truman. Y oigo que le entra en la voz algo burlón. Una sonrisa.

Se lo deletreo a regañadientes. No me gusta quedarme fuera de los chistes ajenos. Es algo que me ha quedado de la infancia.

—Mick. ¿Eso lo has sacado de Facebook?

Asiento.

Truman se está riendo.

—*Fam is all*, Mickey —dice—. «La familia lo es todo».

Algo en su forma de decirlo —sonrisa amable, mirada amable— distiende el nudo que tengo en el esternón. Como si alguien hubiera girado un botón ahí dentro. Y, de pronto, yo también me estoy riendo.

—Muy bien, Truman. Vale, eres más listo que yo, lo pillo.

Luego Truman se pone serio.

—¿Has denunciado ya su desaparición?

—No.

—¿Por qué no?

Vacilo. La verdad es que me da vergüenza. No quiero que todo el mundo se entere de mis asuntos.

—Van a echar un vistazo rápido a su expediente y lo van a meter al fondo de la pila.

—Haz la denuncia, Mick. ¿Quieres que se lo diga a Mike DiPaolo?

DiPaolo es un amigo que tiene en la División Este de Detectives, amigo de juventud del Juniata College. A diferencia de mí, Truman tiene amigos en el departamento, aliados. Siempre ha sido Truman quien me obligaba a hacer las cosas, quien me enseñaba a conseguir lo que necesitaba.

Pero niego con la cabeza.

—Pues díselo a Ahearn —insiste Truman.

Frunzo el ceño. La idea de contarle a Ahearn cualquier cosa de mi vida personal me ofusca. Sobre todo, después de mi episodio de hoy. Lo último que quiero es que se imagine falsamente que estoy teniendo una especie de colapso.

—Truman. Si no la puedo encontrar yo, ¿quién va a poder?

Y es verdad: los agentes de patrulla son los ojos. Más que los detectives, ciertamente más que los sargentos, los cabos o los tenientes. En las calles de Kensington, es a los agentes de patrulla a quienes las familias piden que encuentren a sus hijos desaparecidos. Y es a nosotros a quienes los hijos piden que encontremos a sus madres desaparecidas.

Truman se encoge de hombros.

—Ya lo sé, Mick. Pero díselo. No puede hacer ningún daño.

—Vale.

Puede que esté mintiendo. No estoy segura.

—Estás mintiendo —corrobora Truman.

Sonrío.

Truman mira el suelo.

—Tengo a alguien a quien puedo preguntar sobre ese tal Dock.

—¿A quién?

—No importa. Déjame asegurarme. Es un sitio donde podemos empezar, en cualquier caso.

—¿Podemos?

—Ahora mismo tengo tiempo —dice, mirándose la rodillera.

Pero sé que también tiene otra razón.

Igual que a mí, a Truman le gustan los buenos casos.

Intento seguir el consejo de Truman. Lo intento.

A Ahearn no le gusta que lo molesten antes del orden del día, pero, a la mañana siguiente, llego temprano al trabajo y le doy unos golpecitos suaves en el marco de la puerta.

Levanta la vista, molesto de entrada. Le cambia un poco la cara cuando me ve. Incluso sonríe.

—Agente Fitzpatrick. ¿Cómo te encuentras?

—Muy bien. Mucho mejor. No estoy segura de qué pasó ayer. Creo que estaba deshidratada.

—¿Qué hiciste? ¿Salir de fiesta la noche antes?

—Algo así —le digo. Me dan ganas de añadir: «Yo sola con mi hijo de cuatro años». Pero no me sorprendería que el sargento Ahearn se hubiera olvidado de que tengo un hijo.

—Me diste un buen susto. ¿Te había pasado antes?

—Nunca. —Solo es un poco mentira.

—Muy bien. —Mira sus papeles. Luego levanta otra vez la vista—. ¿Algo más?

—Me estaba preguntando si podría hablar un momento con usted.

—Muy deprisa. Tengo el orden del día en cinco minutos. Y todavía me queda una docena de fuegos que apagar.

—Muy bien. Pues mire... —De pronto no me salen las palabras. Nunca he sabido cómo contar la historia de Kacey. Y mucho menos, deprisa—. ¿Sabe qué? Ya le mandaré un email.

El sargento Ahearn me mira con cara impávida.

—Como tú quieras —me dice. Aliviado.

Mientras salgo de su oficina, sé que no lo haré nunca.

Me paso la mañana entera agitada. El cerebro le sigue mandando señales a mi cuerpo. *Algo va mal. Algo va mal. Algo va mal.* Me dedico a esperar inconscientemente que Centralita mande aviso de otro cadáver. Y, hasta cierto punto, estoy esperando que ese cadáver sea Kacey. De hecho, cuando pienso en Kacey, me cuesta *no* imaginármela sin vida: la he visto muchas veces al borde de la muerte.

Por tanto, cada vez que la radio crepita, doy un respingo. Y bajo un poco el volumen.

La buena noticia es que hoy hace un frío que hiela en las calles, y eso significa menos actividad. Me paro a comprarle un café a Alonzo en la tienda de la esquina. Hojeo el *Inquirer* en su expositor, perdiendo el tiempo, pero no veo ni rastro de Kacey ni de Paula.

Por alguna razón Alonzo tiene la música apagada, y por un momento me dejo arrullar por la calma del interior de la tienda: el murmullo de la lámpara fluorescente, el zumbido de las neveras, los maullidos de Romero, el gato.

Está todo tan silencioso que, cuando me suena el móvil, me llevo un buen susto.

Miro el identificador de llamada antes de contestar. Es Truman.

—¿Estás trabajando? —me pregunta.

—Sí.

—Escucha. Estoy en la esquina de K con A. Estoy con alguien que dice que conoce a Dock.

Le digo que estaré ahí en diez minutos y rezo para que no me llegue nada de Centralita.

Cuando llego a Kensington con Allegheny, me encuentro a Truman en la acera con un café y una pinta de lo más despreocupada. Me lo quedo mirando un momento. Las mujeres que pasan a su lado se paran a hablar con él, ofreciéndosele, sin duda. Truman es un hombre apuesto, y sé que la gente le toma el pelo por lo mucho que gusta a las mujeres —una cuestión de la que evita hablar con asiduidad—, pero nunca me ha importado su aspecto. Siempre lo he visto principalmente como a un profesor al que respeto. Y siempre he ido con mucho cuidado de evitar cualquier sugerencia de que Truman y yo seamos nada más que compañeros de trabajo. Aun así, siempre que asignan juntos a un agente hombre y a una mujer, es inevitable que corra algún que otro rumor inmaduro. Es triste decir que nuestro caso no ha sido una excepción, a pesar de que, durante años, Truman estuvo casado. De hecho, al menos en una ocasión he oído que alguien hacía un chiste a expensas de nosotros. Pero, en general, creo que nuestra profesionalidad ha descartado cualquier idea ridícula de lo que denominaré «actividades extramaritales».

Salgo del vehículo y me acerco a él. Levanta una mano a modo de saludo. Luego, sin decir nada, señala con la cabeza un portal que queda a unas cuantas tiendas de distancia y lo sigo.

La tienda no tiene letrero. Es una especie de bazar cajón de sastre: en el escaparate tienen de todo, desde utensilios de cocina hasta muñecas o papel de pared. Delante de todos estos objetos hay una plaquita polvorienta que dice: «SUMINISTROS», como si eso lo explicara todo. Debo de haber pasado por delante miles de veces, pero, por alguna razón, no me he fijado en ella.

Dentro de la tienda hace calor. Pisoteo un felpudo mugriento para sacudirles a mis botas la humedad que se les ha acumulado. Los estantes de la tienda están tan atiborrados de productos que apenas se ven los pasillos. En la parte de delante, detrás del mostrador, hay un viejo con un gorro de invierno leyendo un libro. No levanta la vista.

—Aquí está —dice Truman.

El viejo deja lentamente su libro. Tiene los ojos húmedos y ancianos. Le tiemblan un poco las manos. No dice nada.

—La hermana de Kacey —continúa Truman—. Mickey.

El viejo me mira un momento largo, hasta que me doy cuenta de que lo que está mirando es mi uniforme.

—No hablo con la policía —sentencia el viejo. Podría tener noventa años. Su voz tiene un tenue vestigio de acento: jamaicano, quizás. El padre de Truman es jamaicano. Miro a Truman con los ojos entrecerrados.

—Oh, venga ya, señor Wright —dice Truman, en tono de lisonja—. Pero si ya sabe usted que yo también soy policía.

El señor Wright echa un vistazo a Truman.

—Pero tú eres distinto.

—El señor Wright conoce al tal Dock —me comenta Truman—. Conoce a todo el mundo del barrio. ¿Verdad que sí, señor Wright? —Truman levanta la voz. El viejo no parece convencido.

Me acerco a él y yergue la espalda en su silla, a la defensiva. No me gusta nada esta parte: la incomodidad que le aparece a la gente en la cara cuando me acerco.

—Señor Wright —le digo—. Me gustaría haberme cambiado de ropa antes de venir a verlo. Le quiero pedir un favor personal que no tiene nada que ver con mi trabajo. ¿Sabe dónde puedo encontrar a ese hombre? ¿A Dock?

El señor Wright se lo piensa un momento.

—Por favor —le ruego—. Cualquier información sería útil.

—No te conviene encontrarlo —responde el señor Wright—. No es una buena persona.

Me viene un escalofrío. No me gusta cómo suena eso, pero tampoco me sorprende. Las parejas de Kacey nunca han sido precisamente monaguillos.

—Señor Wright, estoy buscando a mi hermana. La información más reciente que tengo de ella es que estaba saliendo con ese hombre. Así que, por desgracia, sí que me conviene encontrarlo.

—Muy bien. Muy bien. —Echa un vistazo a un lado y a otro, como para asegurarse de que no hay nadie escuchando a hurtadillas. Luego, se inclina hacia delante—. Vuelve sobre las dos y media. A esa hora suele estar en la trastienda. Viene a quitarse el frío.

—¿En la trastienda? —le pregunto. Pero Truman ya está dando las gracias al señor Wright y sacándome de allí.

—Y no lleves uniforme —dice el señor Wright.

Truman me acompaña al coche.

—¿Quién coño...? —empiezo a hablar, pero Truman me hace callar hasta que estamos dentro.

—Arranca —me ordena, y me alejo de la acera.

—Es el primo de mi padre —dice Truman al cabo de un momento.

Lo miro, escéptica.

—¿Sí?

—Sí.

—¿El padre de tu primo, el bueno del señor Wright?

Truman se ríe.

—Tenemos un trato formal.

—No sabía que tuvieras un primo con una tienda en la Avenida.

Truman se encoge de hombros. La inferencia es clara: «Hay muchas cosas que no sabes de mí».

Conducimos un rato más. Empieza a nevar y enciendo los limpiaparabrisas.

—¿Qué hay en la trastienda? —le pregunto por fin, y Truman suspira.

—¿Entre nosotros?

—Entre nosotros.

El señor Wright deja que vaya gente a chutarse.

Asiento. Hay, ciertamente, sitios así en Kensington. Conozco la mayoría. La única razón de que no conozca ese, seguramente, es que Truman lo debe de haber estado protegiendo.

—Es buena persona —continúa él—. De verdad. Ha perdido a dos hijos por este tema. Ahora tiene Narcan y agujas limpias detrás del mostrador. Tiene una cámara en la parte de delante que le enseña todo lo que está pasando. Siempre está metiéndose en la trastienda para rescatar a algún pobre desgraciado. Lo hace gratis. Nadie le paga.

Es un centro improvisado de inyección segura. Todavía no son legales en Filadelfia, aunque se rumorea que lo serán pronto. Me pregunto si Kacey también ha estado en la tienda del señor Wright.

Llega una llamada, nos sobresalta: hacen falta dos agentes para una simple agresión doméstica.

Contesto.

—¿Te quieres venir? —le propongo a Truman cuando termino, pero me dice que no con la cabeza.

—Tengo la invalidez, acuérdate. Estoy oficialmente de baja. Nadie me puede ver aquí.

—¿Y qué vas a hacer ahora?

Truman señala un edificio que tenemos delante.

—Déjame ahí al lado de la biblioteca. Tengo el coche cerca. Llámame, ¿vale? Cuéntame cómo te ha ido.

Guardo silencio un momento.

—¿No quieres venir conmigo? ¿A la tienda del señor Wright?

Supongo que, hasta cierto punto, confiaba en que vendría.

Truman niega con la cabeza.

—Es mejor que no.

Debe de verme la expresión de decepción de la cara, porque me dice:

—Mickey, quizás necesites que haga algo por ti más adelante. Y quizás no quieras que ese tipo me reconozca.

—Bien pensado. —Asiento y lo dejo en la biblioteca, tal como me ha pedido.

Lo veo alejarse. Y pienso en todas las cosas que he echado de menos de él durante su ausencia: su risa generosa, baja y contagiosa, que a veces termina en una ese; y su presencia serena cuando respondíamos a las llamadas, que a su vez me serenaba a mí; y el amor que les tenía a sus hijas, y el orgullo que le producían, y que me aconsejara sobre preocupaciones de madre que yo tenía; y su interés por Thomas, a quien le traía de vez en cuando regalos llenos de consideración, sobre todo libros; y su reserva y discreción, y el respeto que tenía por las mías; y su gusto sofisticado —esnob, le decía yo— en materia de comida y de bebida, las cosas descabelladas que compraba en tiendas de comida sana: *kombucha*, kéfir, *arame*, bayas de Goji; y su costumbre de meterse amablemente conmigo por mis malos hábitos alimenticios, y por mi testarudez, y que me calificara de «difícil» y de «rara», dos etiquetas que no me gustaría oír de labios de nadie más. Pero yo sentía que Truman apreciaba aquellos rasgos míos; sentía que me entendía de una forma que, si he de decir la verdad, llevaba sin sentir desde que Kacey y yo éramos aliadas, de pequeñas.

Todavía no me acostumbro a ver a Truman sin el uniforme. En la forma vacilante en que camina ahora, en su forma de escrutar la Avenida mirando a un lado y al otro; de pronto veo al niño tímido que una vez me contó que había sido cuando hablamos de su pasado. Hasta los veinte años, apenas hablaba, me contó una vez.

—Yo tampoco —le dije.

La otra agente, Gloria Peters, ya está allí cuando llego a la casa donde se ha denunciado la agresión doméstica. De momento, la situación es tranquila. Dejo a Gloria hablando con la denunciante mientras yo me reúno en la cocina con el perpetrador: un hombre de aspecto borracho, blanco, treinta y tantos años. Me mira con odio.

—¿Quiere usted contarme lo que ha pasado aquí, caballero? —le pregunto.

Siempre soy muy educada con la gente a la que interrogo, incluso con la peor. Fue Truman quien inspiró en mí esa conducta, y he descubierto que funciona bien.

Pero en cuanto lo miro me doy cuenta, por la sonrisita que tiene en la cara, de que este caballero va a ser intratable.

—Pues no.

No lleva camisa. Tiene los brazos cruzados sobre el abdomen. También es probablemente adicto a alguna que otra sustancia, aunque su borrachera hace que sea difícil averiguar qué clase de combinación se ha tomado.

—¿No quiere hacer una declaración? —le digo, pero él se ríe por lo bajo. Conoce el sistema. Sabe que no le conviene hablar.

Intenta apoyar la mano en la encimera de la cocina, mojada de algún incidente previo, pero resbala y le hace perder el equilibrio. Se tambalea un poco y lo recupera.

«¿Hay niños?», me pregunto. Escucho. Se oyen movimientos tenues en el piso de arriba.

—¿Tienen hijos? —Pero no me contesta.

Después de tantos años trabajando en esto, ya no hay mucha gente que me alarme. Este tipo, sin embargo, tiene algo que no me gusta. Evito mirarlo a los ojos igual que evitaría mirar a los ojos a un perro agresivo. No quiero que se sienta arrinconado. Escruto los cajones de la cocina y me pregunto cuál de ellos debe de contener cuchillos que se puedan usar como armas. Está lo bastante borracho como para que, si se me echara encima, yo pudiera apartarlo y, quizás, incluso derribarlo.

Se me ocurre de pronto que me resulta familiar. Lo miro con los ojos entrecerrados, intentando acordarme.

—¿Le conozco?

—No lo sé. ¿Me conoces?

Es posible simplemente que lo haya visto por el barrio; pasa a menudo. De hecho, la mayoría de las caras que veo en un turno cualquiera me resultan familiares.

Al cabo de un rato, Gloria Peters vuelve a entrar en la cocina y me mira negando un poco con la cabeza. Parece ser que la denunciante ha cambiado de opinión y ya no quiere que detengamos a su marido.

—Quédese aquí —le digo al hombre.

Ya he examinado la casa: no hay puerta de atrás, o sea que, para escaparse, tendría que pasar por nosotras. Entramos en la salita de estar y hablamos en voz baja.

—¿Tiene algo en la cara? —pregunto.

—Creo que sí. Se le ve roja. Es demasiado pronto para saberlo, pero creo que mañana la tendrá bastante magullada.

—Podemos llevárnoslo de todas maneras.

Pero, sin pruebas físicas y sin declaración de la víctima, apenas podemos hacer nada.

Al final, un niño baja las escaleras de puntillas y, en cuanto nos ve, las vuelve a subir correteando. No es mucho mayor que Thomas. Pero para nosotras ya es suficiente: nos vamos a llevar al tipo a comisaría. Me presto voluntaria; de esa manera, la agente Peters se puede quedar aquí y asegurarse de que alguien se ocupa de la criatura o criaturas, y quizás hacer venir a alguien de Servicios Sociales para que haga un interrogatorio.

El marido no aparta la vista mientras entra en mi vehículo. Me observa directamente a mí, con una mirada inexpresiva y terrible que me provoca escalofríos.

Y no dice nada hasta que llegamos a comisaría. A eso ya estoy acostumbrada; normalmente, los únicos que hablan son los primerizos: hablan o despotrican, o lloran, o se lamentan de la injusticia de lo que les está pasando. Los veteranos del sistema de justicia criminal saben que han de quedarse callados. Lo distinto que tiene este es la sensación que me produce de estar siendo observada, de que alguien me está mirando la nuca.

En contra de mi voluntad, le echo un vistazo, uno solo, por el retrovisor, nuevamente intentando averiguar si lo conozco. Y veo que me está sonriendo. Se me pone la piel de gallina por los brazos y el cuello.

Tengo que esperar con él en una celda hasta que lo procesan. Miro mi teléfono y no hablo con él. Y, durante todo ese tiempo, no aparta la mirada de mí.

Por fin, mientras se lo llevan de la celda, habla:

—¿Sabes? Creo que sí que te conozco.

—Ah, ¿sí?

—Sí. Creo que sí.

El agente que se lo está llevando me mira con una interrogación en la cara, preguntándose si debería llevarse a ese imbécil por el pasillo y alejarlo de mí.

—Deme una pista. —Intento incluir cierta inflexión sarcástica en mi voz, pero me temo que me sale bastante distinto.

El hombre vuelve a sonreír. Se llama Robert Mulvey Junior. Antes se ha negado a presentar un documento de identidad. La agente Peters se ha enterado de su nombre por su mujer.

Se pasa un momento largo sin hablar.

Y luego dice:

—No me apetece.

Antes de que termine de hablar, el oficial que lo tiene cogido del brazo lo aparta de un tirón violento.

Un buen agente de policía nunca deja que lo gobiernen sus emociones. Debe esforzarse por ser igual de imparcial que un juez, igual de discreto que un sacerdote. Por tanto, me siento decepcionada cuando descubro que me resulta difícil quitarme de encima la incomodidad que se ha adueñado de mí después de mi encuentro con Robert Mulvey Junior. Sigo imaginándome su cara, sus ojos muy claros y su sonrisa durante el resto de mi turno, que es más ajetreado de lo que me imaginé que iba a ser cuando vi el parte meteorológico.

Normalmente, cuando hace tanto frío, la gente se queda en casa.

Después de escoltar a Mulvey a comisaría, contesto un aviso de atropello con fuga en Spring Garden, y allí me encuentro a un ciclista herido en el suelo y a una pequeña multitud congregada a su alrededor.

El día continúa así. A falta de una hora para volver a la tienda del señor Wright, empiezo a ralentizar intencionadamente mi respuesta a los avisos.

A las 14:15 aparco en la calle cerca de la tienda de Alfonzo, a pocas manzanas de la tienda del señor Wright.

«No lleves uniforme». La única instrucción que me ha dado el señor Wright. Pero es más difícil de lo que parece. No puedo volver a comisaría y ponerme ropa de paisano en mitad de un turno.

Así que decido comprarme algo de ropa en la tienda de descuentos que hay calle abajo.

Antes de salir del coche, contemplo mi radio y mi arma. Si las llevo conmigo, ¿qué sentido tiene ponerme ropa de paisano? Si dejo la radio en el coche, me arriesgo a no enterarme de algo importante, de alguna llamada prioritaria, lo cual me podría meter en líos graves. En todos los años que llevo en la policía, nunca me he separado de mi radio durante un turno.

Al final, decido dejarla. Sin ninguna razón lógica en concreto, la meto en el maletero. Simplemente parece más segura ahí, donde no la ve nadie.

Examino los estantes de la tienda de descuentos en busca de algo que comprar. En un pasillo hay camisetas negras gigantes al lado de pantalones de chándal negros de hombre. Me van a quedar enormes, pero los compro de todas maneras. Camino hasta la tienda de Alonzo y le pido permiso para usar el baño.

—No hay problema —asiente, como siempre. Cuando salgo, vestida con mis compras de la tienda de descuentos y con el uniforme dentro de la bolsa en la que venían, se me queda mirando un momento.

—Alonzo —le digo—, siento mucho molestarte, pero me estaba preguntando si te puedo pedir un favor. ¿Te puedo dejar aquí esta bolsa un rato nada más?

—No hay problema —repite.

Vacilo y le dejo un billete de diez dólares en el mostrador. Intenta devolvérmelo, pero no lo recojo.

—Propina.

Fuera estamos a ocho grados bajo cero. En cualquier otro barrio, se me vería ridícula corriendo varias manzanas hasta la tienda del señor Wright en camiseta. Aquí, en cambio, nadie se inmuta.

Cuando llego a la tienda del señor Wright a las 14:40, abro la puerta y doy gracias por el calor de dentro. Suena una campanilla. No parece que haya nadie.

Me quedo un momento dentro, sin decir nada, hasta que oigo que se cierra suavemente una puerta en el fondo de la tienda.

El señor Wright vuelve a su sitio de detrás del mostrador sin prisa alguna y se sienta con dificultad en un taburete alto.

Por fin, habla:

—Todavía no ha llegado.

—¿Quién? ¿Dock?

—¿De quién creías que estaba hablando?

—Vale. —Ahora no estoy segura de cómo proceder.

Me miro el reloj. Son las 14:50. Estoy poniendo en peligro mi trabajo, creo, por estar aquí, sin uniforme y lejos de mi radio. Me pregunto si, de darse el caso, podría alegar que la radio no funcionaba bien.

—¿Le puedo hacer una pregunta? —le digo al señor Wright.

—Me puedes preguntar lo que quieras. Quizás no te conteste.

Pero, por primera vez, le veo un centelleo en la mirada.

—¿Ese hombre viene todos los días? ¿Cómo de seguro está usted de que...?

Entonces se abre la puerta y el señor Wright enarca las cejas y señala con el mentón, muy sutilmente, hacia el hombre que entra.

Me giro.

El hombre es de mi altura, quizás, y flaco. Lo reconozco por la foto que vi en Facebook. Lleva una chaqueta de color naranja chillón, con la cremallera cerrada, y vaqueros. Ahora el pelo le llega a la barbilla, y lo tiene tan sucio que cuesta ver cuál es su color natural. Castaño claro, probablemente. Es muy guapo. La heroína tiene muchos efectos en los cuerpos, pero uno que puede tener es adelgazarlo y perfilarlo, eliminar peso y destacar poderosamente los rasgos en ausencia de carne. Ojos luminosos, ojos húmedos, un rubor de sangre en la cara que altera su color.

El hombre no dice nada, pero me mira de reojo mientras se acerca al mostrador del señor Wright.

Luego se gira.

—¿Estabas esperando? —No me conoce. Quiere que me marche de la tienda antes de hacer el trato que ha venido a hacer.

Espero a ver si el señor Wright nos presenta, pero se mantiene al margen.

—No, no estaba esperando —le digo. Y añado—: ¿Es posible que te llames Dock?

—No.

—¿No?

Normalmente se me da mejor esto.

—Qué va.

El hombre me mira. Se cruza de brazos. Da unos golpecitos con la puntera del zapato en el suelo, para dejar claro que está esperando.

—Vale. Es que te pareces a una foto suya que vi.

Dock cambia de postura.

—¿Qué foto?

De vez en cuando, le echa un vistazo al señor Wright. Ahora mismo soy lo único que se interpone entre él y la llave que le va a dar una dosis. Está claro que necesita una con urgencia. Empieza a apoyarse alternativamente en un pie y en el otro.

Pruebo una táctica distinta:

—Escucha. Estoy buscando a Kacey Fitzpatrick.

Por fin, Dock se detiene y pone una mano en el mostrador.

—Aaaaah —dice en voz baja—. Ah. ¿Eres su hermana?

Me viene de golpe el recuerdo de todas las veces en que he sacado a Kacey de casas en las que no debería haber estado, cuando éramos jóvenes. De todos los hombres que me han echado un vistazo mientras me hacían esa pregunta. Y me pregunto si la decisión que he tomado, hacerlo una vez más, es correcta.

—Pues sí.

No hay forma de esconderlo. Aparte de las demás diferencias físicas, Kacey y yo tenemos casi la misma cara. Cuando éramos más jóvenes, la gente solía comentarlo con frecuencia.

—¿Mickey?

—Sí.

El señor Wright mantiene la cabeza gacha.

—Siempre hablaba de ti —El cuerpo se me enfría un instante. *Hablaba* suena a alguien que ha muerto.

—¿Sabes dónde está? —le pregunto de golpe.

Niega con la cabeza.

—Qué va. Me dejó hace un par de meses. Desde entonces, no he sabido de ella.

—O sea, que estabais… —Me mira como si fuera tonta—. ¿Estabais juntos?

—Sí —afirma. Y añade—: Tengo un asunto del que ocuparme aquí. Ya me dirás si has sabido algo de Kacey.

—¿Me das tu número?

—Claro —dice. Y me lo da.

Para asegurarme de que me ha dado su número de verdad, lo llamo de inmediato. Le suena el móvil dentro del bolsillo: la melodía de una canción que reconozco vagamente, una canción popular de mi infancia. Ya por entonces no sabía cómo se llamaba, y sigo sin saberlo.

—Muy bien. Gracias.

De camino a la salida, oigo la voz de Dock:

—Eh. Eres poli, ¿verdad?

Vacilo. Le digo que sí.

No dice nada. El señor Wright no dice nada.

—¿Algo más? —le pregunto.

—No.

Y no me quita la vista de encima hasta que salgo de la tienda.

—Eh —dice Truman al otro lado de la línea.

—Eh —le digo yo.

Voy medio caminando y medio correteando hacia la tienda de Alonzo. Me falta el aliento. Me castañetean los dientes. Con el otro brazo me voy rodeando con fuerza el abdomen. Quiero llegar a mi radio y mi arma. Las siento como si fueran criaturas que he abandonado: igual que sentía a Thomas cuando volví al trabajo después de tenerlo. Ahora me gustaría poder hacer un *sprint*.

—¿Qué ha pasado? —me pregunta.

Se lo cuento.

—¿Y qué te ha parecido el tipo?

—Me parece deshonesto —digo después de pensarlo—. No es de fiar.

Truman no dice nada.

—¿Qué estás pensando? —le pregunto.

—Supongo que tienes razón —dice Truman. Y vacila. Sé por qué: mostrarse de acuerdo conmigo con demasiada firmeza significa cosas malas para Kacey—. O sea, quién sabe —añade.

—Gracias otra vez por tu ayuda.

—Para ya con eso, anda.

Vuelvo a la tienda de Alonzo, me devuelve la bolsa, me meto en el baño y me vuelvo a poner el uniforme tan deprisa como puedo. Miro el teléfono compulsivamente, medio esperando que haya mensajes de otros agentes: «¿Dónde coño te has metido? Ahearn te está buscando». Pero no me llega nada. Vuelvo a dar gracias a Alonzo y ya estoy yendo a la salida cuando me viene una idea. Sopeso la bolsa, ahora llena de mi ropa de paisano.

—Alonzo. ¿Sería posible dejarte esto aquí por ahora? ¿Hay algún sitio donde pueda guardarlo sin que moleste?

Mientras corro al coche, no me puedo quitar de la cabeza la idea de que, en cuanto doble el recodo de la callecita donde he aparcado, me voy a encontrar al sargento Ahearn esperándome, mirándose el reloj de pulsera.

Pero no hay nadie. Respiro. Abro el maletero y recupero mis posesiones. Llega una llamada por la radio. Robo en un automóvil: nada urgente.

Agradecida, respondo.

De camino a casa, se me asienta sobre los hombros la gravedad de lo que acabo de hacer. Y, de pronto, me acomete una sensación de rabia, como la que solía sentir con regularidad, la misma rabia que me hizo dejar de hablarme con Kacey. Cuando tomé aquella decisión, mi vida mejoró al instante. Lo cierto es que tengo mal genio. Simon solía decirme que era la persona más tranquila que él conocía hasta que dejaba de serlo.

Y lo que me está poniendo más furiosa ahora mismo es el hecho de que el episodio de hoy ha puesto en peligro mi carrera, que me gusta en términos generales, así como mi sustento y mi capacidad de ganar un salario con beneficios para mí y para mi hijo. «Imagina que hoy te hubieran pillado y te hubieran expulsado por tu conducta —pienso—. Imagina que hubieras puesto en jaque todo lo que has construido para Thomas, la vida modesta pero respetable que has creado para los dos. ¿Y por qué? Pues por alguien que seguramente no quiere que la encuentres, que quizás haya desaparecido de forma intencionada; por alguien cuyas decisiones siempre han sido egoístas, que ha rechazado de plano cualquier intento que hayan hecho los demás de llevarla por un camino mejor».

«Ya basta de esto —juro—. Basta. Se acabó. Que Kacey proteja su vida. No es cosa mía».

Y luego, igual de deprisa, me llega una visión de la mujer que encontramos en las Vías. Sus labios azules. El pelo pegado a la cabeza. La ropa traslúcida. Los ojos muy abiertos, inocentes, expuestos a la lluvia.

Cuando llego a Bensalem, me meto por la entrada para coches de mi casa. Mientras voy hasta la parte de atrás, levanto la vista: últimamente, Thomas ha estado montando guardia para verme llegar desde la ventana de mi dormitorio. Sí, ahí está, con las dos manos apoyadas en la ventana, la cara pegada al frío cristal y la expresión distorsionada. Sonríe y sale disparado para recibirme en la puerta.

Una vez dentro, pago a una Bethany de aspecto aburrido y le pregunto cómo ha estado hoy Thomas.

—Bien —me dice, sin más.

Cuando los dejé esta mañana, le di dinero a Bethany para que fueran los dos a una librería y le dejara escoger un libro al niño. Le compré una sillita de niño para usarla en el coche, pero no la he visto instalarla ni una sola vez.

—¿Qué habéis hecho?

—Mmm… Hemos leído libros.

—¿Cómo ha ido en la librería? —le pregunto a Thomas.

—No hemos ido —dice Thomas en tono sombrío.

Miro a Bethany, que replica enseguida.

—Hacía mucho frío fuera. Hemos leído libros aquí.

—Uno —especifica Thomas—. Hemos leído un libro.

Su voz ha adoptado un matiz petulante.

—Thomas —le digo, en tono de advertencia; por obligación, no por convicción.

Pero me quedo abatida.

Cuando se marcha Bethany, Thomas me mira con los ojos muy abiertos y las manitas en los costados con las palmas hacia delante. «¡Mira lo que me has hecho!», parece estar diciendo con esa expresión.

Thomas es muy inteligente. Me doy cuenta de que es incorrecto decir eso de tu propio hijo, pero me baso en las pruebas: empezó a hablar muy pequeño y ya estaba haciendo puzles con un año y medio, sabía decir todas las letras y los números antes de cumplir los dos, y mucho más. A veces raya en el perfeccionismo, una tendencia que superviso para asegurarme de que no degenere en conducta compulsiva o, peor todavía, en adicción. (Pensando en nuestra familia, a menudo me planteo con miedo la idea de que pueda haber tendencias adictivas escondidas en alguna parte de sus genes). En líneas generales, sin embargo, creo que simplemente es, en fin, *inteligente*. Esa palabra que Gee desdeñó tanto cuando alguien la usó una vez para referirse a mí.

Cuando Thomas ya tenía dos años, hice un poco de investigación para asegurarme de que no me equivocaba en mi estimación de que estaba adelantado para su edad, y en cuanto lo confirmé, convencí a Simon para que me ayudara a matricularlo en la guardería Spring Garden, que quedaba cerca de mi comisaría, tenía muy buena fama y estaba claro que era demasiado cara. Básicamente sirve a los vecindarios aburguesados de Fishtown y Northern Liberties, y cuesta tanto que todos los cheques de la manutención de Simon iban a parar a las mensualidades de la guardería. Pero me convencí a mí misma de que me lo podía permitir. Thomas no tardó en hacer amigos allí —de los que ahora habla con añoranza— y me consolé con la idea de que estaba aprendiendo cosas que lo iban a preparar para una carrera educativa larga y exitosa que solo concluiría, en mi fantasía, cuando se sacara un título de posgrado. En Medicina, quizás, o Derecho. Yo lo había bautizado en honor de Thomas Holme, el primer director del Servicio Cartográfico del Estado de Pensilvania durante el gobierno de William Penn y responsable del hermoso y racional diseño de la ciudad de Filadelfia. A veces me venía la fantasía de que mi hijo acabaría siendo urbanista o arquitecto. Holme era una de las figuras predilectas de mi profesora de Historia en el instituto, la señora Powell.

Cuando hace un año dejaron de llegar de golpe y misteriosamente los cheques de Simon, durante un tiempo seguí luchando como pude para mantener a Thomas en su guardería, para seguir pagando a la antigua canguro a jornada partida que se quedaba con él las semanas del turno B, para seguir pagando la hipoteca de la casa de Port Richmond y para seguir comiendo. Y conseguimos aguantar durante un periodo breve y tenso —viviendo de atún en lata y espaguetis y sin comprar nada de ropa—, hasta que, por fin, en diciembre sufrimos un escape de aguas residuales del sótano a la calle que costó diez mil dólares reparar, y el equilibrio se deshizo y todo se derrumbó.

Fue el mismo día en que fui con el coche a la División Sur de Detectives para exigirle una respuesta a Simon, que no solo había dejado de mandar cheques, sino que tampoco se había presentado a recoger a Thomas en dos ocasiones distintas, se había cambiado de número de teléfono y, al parecer, hasta se había mudado. Esto lo descubrí después de conducir hasta su casa del sur de Filadelfia y llamar al timbre en uno de aquellos días en los que no se había presentado. Thomas, que amaba a su padre, estaba desolado. El día del escape de aguas negras, cuando todo se estaba derrumbando, decidí que no tenía otro recurso que ir a ver a Simon al trabajo. Dejé a Thomas con su canguro de entonces y me fui a la sede de la División Sur de Detectives. Aquello fue muy poco propio de mí. Ni Simon ni yo queríamos ser objeto de chismes. Nunca hablábamos de nuestra relación en el trabajo, seguramente debido a la forma bastante poco convencional en que había empezado. Y aunque mis colegas del 24 saben que tengo un hijo, no saben quién es el padre. Y supongo que siempre he dejado claro que es una pregunta que considero inapropiada.

El día en que fui al edificio de Simon, por tanto, busqué como pude el anonimato: llevaba gafas de sol y una sudadera con la capucha puesta.

Reconocí su coche aparcado en la calle, a cincuenta metros: un Cadillac sedán negro que había comprado de segunda mano y luego había restaurado. Dejé mi coche cerca. Luego, esperé a que terminara su jornada de trabajo.

No voy a contar en su totalidad la fea conversación que tuvimos cuando por fin emergió, me divisó e intentó dar la vuelta hacia la comisaría. En resumen, me puse furiosa y seguramente grité, y Simon extendió las manos hacia delante en gesto defensivo y le dije que como no me mandara un cheque en menos de una semana lo llevaría a juicio. Y él me dijo que no me atrevería y me preguntó si sabía cuántos amigos tenía en el sistema, y me dijo que, si lo llevaba a juicio, él me quitaría a Thomas así —y chasqueó los dedos—, y que en cualquier caso estaba siendo una insensata por tener a Thomas en una guardería tan cara. ¿Quién me creía que era?, me preguntaba. ¿Quién me creía que éramos?

Fue entonces cuando tomé una decisión, para mis adentros. Me quedé muy callada, y hasta es posible que sonriera un poco, y no le dije nada más y me alejé. Entré en mi coche y conduje hacia el norte, sin mirar ni una vez por el retrovisor. Luego llamé al agente inmobiliario que me había vendido la casa de Port Richmond y le dije que tenía intención de ponerla en el mercado. A continuación, llamé al director de la guardería Spring Garden y le dije que, sintiéndolo mucho, iba a tener que sacar a Thomas de la escuela. Aquello iba a ser desolador para Thomas y para mí.

Al día siguiente, hablé con aquel colega mío cuyo hermano estaba marchándose del apartamento de encima de la casa de la señora Mahon —había oído al colega en cuestión quejarse de que tenía que ayudar con la mudanza— y también puse un anuncio en una página web de puericultura buscando una canguro por la zona de Bensalem que tuviera mucha flexibilidad.

Nunca le dije a Simon adónde me mudaba.

Si tenía algo nuevo que decirme, pensé, me podía localizar en comisaría. Y si quería volver a ver a Thomas, podía empezar a mandarme los cheques.

Así fue como empecé nuestra vida desde cero.

Desde entonces he hecho grandes sacrificios a fin de conservar mi independencia y de proteger a Thomas. En líneas generales, creo que he tomado la decisión correcta.

Pero, al final de cada jornada de trabajo, cuando miro a mi hijo a los ojos y veo en su expresión sombría que ha pasado otro día de aburrimiento y soledad mientras Bethany se dedicaba incesantemente a pasar el rato con su teléfono, debo admitir que me falla mi certidumbre.

Ahora desaparece por el pasillo mientras empiezo a hacer la cena.

Cuando llega la hora de cenar, lo encuentro en su cuarto y veo que está dibujando algo grande y de colores vivos en la parte de atrás de una cartulina que se trajo a casa de la escuela el año pasado.

Lo veo trabajar en silencio un momento.

—¿Qué estás haciendo? —le pregunto al final, y él contempla su trabajo.

—Un dibujo para Ashley.

—¿Para Ashley?

—Para la prima Ashley. Para mañana.

Palidezco.

Mañana es Acción de Gracias. Se me había ido de la cabeza.

Thomas, quizás notando cierta vacilación por mi parte, levanta la vista para mirarme, preocupado.

—Todavía vamos. —No es una pregunta, sino una afirmación.

Decido que su dibujo representa un pavo y una lata de algo, quizás de alubias o de maíz. Me avergüenza decir que, últimamente, la mayor parte de nuestro consumo diario de verduras viene de latas.

—Pues claro —le digo.

Me falla la voz y me pregunto si Thomas puede notar mi incomodidad.

Pero mi hijo está asintiendo, satisfecho.

—Bien. —Ya está contento. Vuelve a su trabajo, relajado por una vez, encantado de tener algo por lo que ilusionarse.

Luego vuelve a levantar la vista. Sé lo que me va a preguntar antes de que lo diga.

—¿Estará papá?

La atmósfera de la habitación cambia al instante. Y durante lo que parece la milésima vez en lo que va de año, debo decirle que no.

A lo largo de la mañana siguiente, descubro que estoy muy nerviosa. Me cuesta una cantidad extraordinaria de aguante emocional ir a cualquier evento de la familia O'Brien, ya no digamos a uno en el que no se me espera. Anoche me planteé llamar por teléfono a Ashley para avisarla de que Thomas y yo íbamos a ir, pero creo que el elemento de sorpresa me resultará útil; sobre todo cuando se trate de hablar con mi primo Bobby. Ya he decidido, después de por lo menos cinco mensajes de texto sin contestar, que me está evitando. Mi meta es hacer una ronda breve por entre los invitados, preguntarle a todo el que pueda por Kacey y marcharme sin incidentes.

—¿Qué te pasa, mamá? —dice Thomas mientras voy y vengo a toda prisa por la cocina.

—No encuentro el batidor de huevos.

Últimamente he estado teniendo momentos en los que me da la sensación de que la infancia de Thomas está pasando demasiado deprisa y de que debería ser mejor que la mía en todos los sentidos. «Hacer pasteles —pienso frenéticamente—. Thomas nunca ha hecho un pastel». Y me voy corriendo a la tienda.

Hoy estamos haciendo *brownies,* pero el problema es que nunca he hecho *brownies,* y la primera hornada ya me sale echada a perder, completamente quemada. (Con diligencia y lealtad, Thomas parte uno con los dientes y lo declara bueno).

La segunda hornada sale mejor.

Pero el fiasco de los *brownies* provoca que lleguemos tarde, y nos meto prisa para ir al coche y luego conduzco a Olney más deprisa de lo que debería.

De niñas, Kacey y yo teníamos una relación muy estrecha con nuestra prima Ashley. Su madre, Lynn, es la hermana pequeña de Gee, que nació casi dos décadas después de Gee y, por tanto, es más próxima en edad a nuestra madre que a nuestra abuela. Lynn y Ashley vivían en la misma calle que nosotros, y Ashley iba a la misma escuela parroquial, la Santísimo Redentor, hasta que Kacey hizo que nos echaran a las dos. Ashley tuvo a su primer bebé joven, a los diecinueve, lo cual no sorprendió a nadie excepto a su madre, Lynn, que era ciega en lo tocante a las tonterías en las que se estaba metiendo su hija. Pero se lo tengo que reconocer a Ashley: después de aquello, puso su vida en orden. Empezó a ir a la academia nocturna mientras su madre le cuidaba al bebé y se sacó la carrera de Enfermería. Alrededor de los veinticinco, conoció a un hombre llamado Ron que trabaja en la construcción, tuvieron tres bebés más a lo largo de tres años seguidos y luego se mudaron a Olney, a una casa más grande con un jardín diminuto.

No tengo nada contra Ashley. En ciertos sentidos, incluso la veo como una versión de cómo le podría haber ido la vida a Kacey: tienen la misma edad, el mismo gusto en música y en moda y el mismo sentido del humor malvado. De pequeñas estaban en el mismo grupo. De todos los O'Brien, seguramente es a quien más echo de menos, y hasta he intentado ponerme en contacto con ella varias veces. Pero Ashley está igual de ocupada que yo con los niños y el trabajo; casi todas mis llamadas han quedado sin respuesta.

Cuesta encontrar aparcamiento. Cuando por fin llegamos a la casa, oigo desde el porche un bullicio de voces. Me imagino al otro lado de la puerta una sala de estar llena de gente a la que hace años que no veo.

Hay un insulto especial que los O'Brien usan para describir a la gente que les cae mal: «Se cree mejor que nosotros». A lo largo de los años, me he temido que lo hayan usado para referirse a mí.

Plantada allí en el umbral de la casa de Ashley, regresa a mí la timidez de mi infancia. Thomas lo nota y me agarra la pierna. Detrás de su espalda lleva el dibujo enrollado que ha hecho para Ashley. Me tiembla la bandeja de *brownies* en las manos.

Abro la puerta.

Dentro están los O'Brien, hablando, gritando, comiendo en platos de plástico rojos. Los que beben tienen cervezas en la mano. Los que han dejado la bebida tienen Coca-Colas y Sprites. La casa huele a canela y a pavo.

Todo el mundo se detiene para mirarnos. Algunos nos saludan con la cabeza, casi formalmente; dos valientes, primos mayores, se acercan y nos abrazan. Está el hermano pequeño de Gee, mi tío Rich, que me ve y me saluda con la mano. Lo acompaña una esposa o una novia a la que no conozco. Están mi primo Lennie y la hija de Lennie, que tiene unos diez años menos que yo. Pasa un grupito de niños corriendo frente a la puerta y Thomas los mira con anhelo, pero se queda pegado a mi pierna.

Ashley, que está subiendo del sótano, me ve y se para en seco.

—¿Mickey? —dice desde el otro lado de la sala. Lleva dos cervezas en las manos.

—Hola. Espero que no pase nada porque hayamos venido. Me he enterado en el último momento de que no tenía que trabajar hoy.

Le tiendo los *brownies*. Una ofrenda.

Ashley recupera los buenos modales.

—Pues claro. Entrad.

Tengo las manos llenas. Con la rodilla le doy un empujoncito suave a Thomas hacia delante, para que entre en la casa. Él cruza el umbral y yo lo sigo.

Ashley cruza la habitación y se planta delante de mí. Mira a Thomas.

—Cuánto has crecido —le dice.

Thomas no dice nada. Lo veo empezar a ofrecer la cartulina que tiene en la mano, pero cambia de opinión y se la vuelve a guardar.

—¿En qué puedo ayudar? —le pregunto a Ashley al mismo tiempo que ella dice:

—¿Viene tu abuela?

—Creo que no.

Ashley señala la cocina con la cabeza.

—No hace falta nada. Ve a por comida. Vuelvo en un momentito.

Un niño de cinco o seis años se acerca a Thomas y le pregunta si le gustan los soldados de juguete, y Thomas dice que sí, aunque no estoy segura de que sepa qué son.

Luego se marchan al sótano, donde, a juzgar por los ruidos que llegan, se está librando una guerra.

Todo el mundo ha vuelto a hablar.

Como siempre en los eventos de la familia O'Brien, estoy sola.

Me paso un rato deambulando por la casa de Ashley, intentando aparentar despreocupación. Ya entiendo por qué se mudaron a Olney: las casas de aquí son más antiguas y más grandes, más o menos el doble de anchas que la adosada en la que me crie. No es que sea una casa de lujo, y tampoco está en una calle bonita, pero entiendo por qué una familia de seis personas querría una casa como esta. Los muebles están destartalados y las paredes casi vacías, con la excepción sorprendente de los crucifijos que cuelgan encima del umbral de cada habitación, como si esto fuera una escuela primaria católica. Parece que, en los últimos años, Ashley se ha vuelto religiosa.

Saludo con la cabeza a algunas personas y digo «hola» a otras. Devuelvo con incomodidad los abrazos que me ofrecen. No me gusta especialmente que me abracen. De niñas, era Kacey quien me mantenía cuerda durante estas celebraciones. Yo me pegaba a su lado mientras ella se movía con habilidad por la fiesta que fuera, eludiendo las provocaciones y los insultos o bien devolviéndolos con elegancia, aunque siempre con una risa. De adolescentes, normalmente encontrábamos un rincón donde sentarnos juntas a comernos nuestra comida, nos mirábamos a los ojos cada vez que algún miembro de nuestra familia hacía o decía algo absurdo y luego nos carcajeábamos en secreto. Hacíamos acopio de anécdotas para intercambiarlas durante los días siguientes y clasificábamos a nuestros parientes con esa crueldad y creatividad que solo pueden tener las chicas adolescentes.

Mientras voy doblando esquinas, no consigo quitarme de la cabeza una imagen en particular: la de cómo sería hoy en día mi hermana si su vida hubiera sido distinta. Me la imagino tal como ha sido en las escasas ocasiones de su vida adulta en que ha estado bien: bebiendo un refresco, cogiendo en brazos al bebé de alguien, agachándose en el suelo junto a algún primito. Acariciando a un perro. Jugando con una criatura.

Salgo por una puerta trasera a un jardín helado bordeado por una cerca de madera que lo separa de las propiedades vecinas.

Y ahí está: mi primo Bobby, fumándose un cigarrillo, de pie entre su hermano y otro de nuestros primos.

Cuando me ve, parpadea.

—Eh, mira quién hay aquí —dice Bobby mientras me acerco.

Ha ganado peso desde la última vez que lo vi, y eso que ya medía metro noventa. Tiene cuatro años más que yo. Siempre me ha intimidado. Cuando éramos pequeños, solía perseguirnos a Kacey y a mí por los sótanos de las casas de los O'Brien esgrimiendo objetos diversos como si fueran armas, para placer de Kacey y para terror mío.

Hoy tiene barba y lleva una gorra de los Phillies torcida hacia un lado. Su hermano John, a su derecha, y nuestro primo Louie, a su izquierda, me contemplan sin demasiada emoción. De hecho, me pregunto si me reconocen.

Esta mañana me he planteado con cuidado qué ponerme, preguntándome si me convenía más ir un poco elegante para demostrar mi respeto por la ocasión o si eso convencería todavía más a los O'Brien de que soy una esnob o una tía rara. Al final me he decidido por el uniforme estándar que llevo cuando no estoy de servicio: pantalones grises entallados pero no ajustados, camisa blanca de botones y zapatos planos para caminar. Me he recogido el pelo en una coleta y me he puesto unos pendientes pequeños de plata en forma de medias lunas. Me los regaló Simon para mi veintiún cumpleaños; he sentido la tentación de tirarlos a la basura muchas veces, pero son tan bonitos que nunca lo he hecho. Creo que sería una lástima tirar algo que me parece precioso por una simple cuestión de despecho.

—¿Cómo te va, cielo? —me pregunta Bobby cuando termino de cruzar el jardincito. Con voz acaramelada.

—No va mal. ¿Y a ti?

—Me va muy bien —responde Bobby, y los otros dos murmuran algo parecido.

Están los tres dando caladas a sus cigarrillos.

—¿Me podéis dar uno? —Llevo años sin fumarme un cigarrillo, desde que estaba con Simon, que era fumador social. Y, de vez en cuando, yo también fumaba con él.

Bobby hurga en su paquete con torpeza. Vigilo todos sus movimientos. ¿Está respirando más deprisa de lo que debería? Quizás solo sea el frío. No sé qué razones puede tener Bobby para evitar mis mensajes sobre Kacey, pero ahora veo algo en su conducta que me parece nerviosismo.

Me planteo preguntarle si puedo hablar con él un momento en privado, pero me temo que eso lo va a poner en guardia. Lo que hago, en el tono más ligero que puedo, es decirle:

—Te he estado escribiendo, ¿sabes?

—Lo sé. —Me ofrece el paquete con un cigarrillo suelto. Lo cojo—. Lo sé. Perdona que no te haya contestado. He estado preguntando por ahí.

Me ofrece un encendedor y me planto delante de él, inhalando hasta que prende.

—Gracias. ¿Has sabido algo de ella?

Bobby niega con la cabeza.

—Qué va.

John y Louie lo miran.

—Su hermana está desaparecida. —Ladea la cabeza en mi dirección—. Kacey.

—Mierda —dice John. Es mayor que Bobby y más bajito. Nunca lo he conocido bien. Cuando éramos niñas, me parecía un adulto. He oído por el barrio que John forma parte de la misma movida chunga que Bobby.

—Tía, lo siento —añade. Lo examino.

—Gracias —repito—. ¿Cuándo fue la última vez que hablaste con ella? —le digo a Bobby.

Bobby mira al cielo, haciendo ver que piensa.

—Seguramente… Caray, Mickey, no lo sé. Seguramente la habré visto alguna vez por el barrio, quizás el mes pasado mismo. Pero la última vez que hablé con ella debió de ser hace más de un año.

—Ajá.

Todos fumamos. Hace frío aquí fuera. Todos tenemos la nariz roja.

Históricamente, en las reuniones de la familia O'Brien no se menciona el tema de la adicción. Mucha gente de nuestra familia consume drogas. Kacey es un caso extremo, pero otros miembros de la familia también las toman en grados distintos. Aunque se habla del tema —«He oído que a Jackie le va mejor». «Pues sí, es verdad»—, se considera de mala educación usar lenguaje específico o hacer referencia a problemas o episodios específicos. Hoy me salto esas reglas.

—¿Quién le ha estado vendiendo últimamente? —le pregunto a Bobby.

Frunce el ceño. Por un momento, parece genuinamente dolido.

—Oh, venga ya, Mick.

—¿Qué?

—Ya sabes que ya no ando metido en esos temas.

—Ah, ¿no?

John y Louie se mueven incómodamente.

—¿Cómo puedo estar segura? —prosigo.

—Solo tienes que confiar en mí.

Le doy una calada al cigarrillo.

—Podría. O también podría confiar en tu expediente de detenciones. Lo puedo abrir en mi teléfono ahora mismo si quieres.

Yo misma estoy sorprendida. Estoy rompiendo reglas a mansalva. Siendo temeraria. A Bobby se le ensombrece la cara. No es verdad que tenga acceso a su expediente de detenciones con el teléfono. Pero él no lo sabe.

—Mira. —Antes de que pueda seguir, oímos una voz que reconozco de inmediato. Gee solía decir que sonaba como una sirena de niebla.

—¿Esa es Mickey? —pegunta mi tía Lynn, la madre de Ashley—. ¿Eres tú, Mickey?

Y eso hace descarrilar momentáneamente la conversación. Me giro hacia Lynn y finjo que la escucho mientras me pregunta dónde he estado todos estos años y me dice que el mundo está loco y que confía en que esté a salvo en mi trabajo.

—¿Cómo está tu abuela? —pregunta Lynn. Antes de que pueda contestarle, sigue hablando—: La vi hace un par de semanas. Vino a la fiesta de cumpleaños que me montó Ashley. Fue muy bien. Tengo cincuenta y cinco años, ¿te lo puedes creer?

Voy asintiendo mientras Lynn me habla de Ashley y me cuenta que aquel día su hija hizo pastel de zanahoria y que, como a mi tía no le gusta el glaseado de queso cremoso, le puso vainilla. Pero todos mis sentidos están dirigidos a mi izquierda, donde mis tres primos siguen de pie, moviéndose intranquilos, intercambiando miradas que no sé interpretar. Louie susurra algo que no oigo y Bobby asiente muy ligeramente.

Simon solía reírse de mí: siempre sabía cuando yo no estaba escuchando lo que él me decía porque me distraía otra conversación que estaba teniendo lugar cerca. «Mira que eres fisgona», me decía, y yo nunca discrepaba. Mi eficaz visión periférica y mi capacidad para escuchar a hurtadillas son talentos que me han servido bien en las calles.

Alguien pasa llevando una bandeja y Lynn se marcha tan de golpe como ha llegado, sin despedirse.

—Déjame que te la lleve yo —dice con su voz estridente, y desaparece.

Me vuelvo a girar lentamente hacia mis primos, que han pasado a un tema nuevo de conversación, el favorito de todo el mundo en Filadelfia: la racha inesperada de victorias de los Eagles y sus posibilidades de llegar este año a la Super Bowl. Cuando los miro, se vuelven a quedar callados.

—Una pregunta más. Antes de desaparecer, Kacey estaba saliendo con un tal Connor. No sé su apellido, pero creo que su apodo es Dock.

La forma en que cambian las expresiones de todos no es nada sutil.

—No jodas —dice Louie, por lo bajo.

—¿Sabéis quién es? —los interrogo, pero la pregunta se ha vuelto retórica, porque está más claro que el agua que lo saben.

Ahora Bobby me está mirando con cara muy seria.

—¿Cuándo se juntaron? ¿Y cuánto tiempo estuvieron juntos?

—No estoy segura. No sé cómo de en serio salieron. Sé que en agosto estaban juntos.

Bobby está negando con la cabeza.

—Ese tío es una mala pieza. Es muy chungo.

Mis otros primos emiten un murmullo de acuerdo. Hago una pausa.

—¿En qué sentido?

Bobby se encoge de hombros.

—¿Tú qué crees? —Y luego, añade—: Mira. Voy a intentar averiguarte más cosas, ¿vale? Ya sabes que ya no ando metido en esos rollos. Pero todavía tengo a mi gente.

Asiento. Veo en su expresión que se va a tomar en serio su misión; que, en su mente, Kacey es familia, y protegerla, su nuevo objetivo.

—Gracias.

—De nada.

Me aguanta la mirada con gravedad. Luego se da la vuelta.

Cuando vuelvo a entrar, me paso un rato muy largo buscando a Thomas. Tanto rato, de hecho, que me empiezo a preocupar. Ashley me pasa al lado y le toco el hombro, haciéndola girarse tan de golpe que derrama su vino.

—Perdona, pero no encuentro a Thomas. ¿Lo has visto?

—Está arriba.

Subo las escaleras cubiertas de moqueta fina y me quedo un momento en el pasillo. Voy abriendo todas las puertas una a una: un cuarto de baño, un trastero, una habitación con dos camas individuales que deben de compartir los dos hijos pequeños de Ashley. Otra, decorada en tonos de violeta, con una C cursiva en la pared, es la de Chelsea, la única hija de Ashley. Y la tercera parece ser la del hijo mayor.

La última habitación en la que entro es la de Ashley y Ron. En la esquina tintinea un radiador que suelta un olor no del todo desagradable a polvo caliente. En el centro de la habitación hay una cama con dosel, y en la pared de al lado, un cuadro. En él, Jesucristo coge las manos de dos niñitos. Las tres figuras están en un camino que lleva a un lago resplandeciente.

«Caminad conmigo», pone debajo de los pies de Jesucristo.

Todavía estoy contemplando el cuadro cuando oigo un susurro minúsculo procedente del armario que tengo a mi derecha.

Camino hasta allí y abro la puerta. Y ahí está mi hijo, escondido con otros dos niños, jugando a las sardinas, al parecer.

—Chiiiiiis —me dicen al unísono.

«Vale», articulo en silencio. Cierro la puerta y me retiro sin hacer ruido de la habitación.

De vuelta en el piso de abajo, me lleno hasta arriba un plato de comida de la mesa del bufet. Luego me planto sola en la sala de estar y me pongo a comer desgarbadamente y con culpa, echando un vistazo de vez en cuando a una tele que hay en el rincón y que muestra el desfile de Acción de Gracias de los almacenes Macy's. A mi alrededor hay un barullo de voces que llevo sin oír desde la infancia, todas subiendo y bajando juntas. Estamos emparentados lejanamente, conectados por las ramas de un árbol genealógico que en los últimos años se ha atrofiado y podrido. Cerca de mí, un primo mayor, Shane, está contando cuánto dinero ganó anoche en el casino SugarHouse. Tiene una tos espantosa. Se pasa la mano por encima del hombro para rascarse la espalda.

Ashley entra en la sala de estar con Ron. Sus cuatro hijos entran arrastrando los pies detrás de ella, claramente siguiendo órdenes.

—¡A ver, todos! ¡Eh!

Nadie se calla, así que Ron se mete dos dedos en la boca y silba.

Estaba en pleno momento de llevarme el tenedor a la boca. Cohibida, lo bajo.

—Uf, ya estamos otra vez —refunfuña Shane—. Hora de ir a la iglesia.

Ashley lo fulmina con la mirada.

—Escuchad —nos dice—. No os vamos a entretener mucho, pero nos gustaría deciros que os queremos. Y también nos gustaría dar gracias por que todos nos hayamos podido reunir hoy.

Ron le coge la mano, y sus hijos, detrás de él, hacen otro tanto entre ellos.

—Si no os importa —dice Ron—, vamos a bendecir la cena.

Miro a mi alrededor. Todo el mundo parece escéptico. Los O'Brien somos católicos, si es que somos algo. Cada cual es religioso a su manera: algunas de mis tías van a misa varias veces por semana; muchos de mis primos más jóvenes no van nunca; yo normalmente llevo a Thomas a la iglesia en Semana Santa, en Navidad y cuando me siento abatida. Y no recuerdo que en ninguna celebración de Acción de Gracias de mi infancia los O'Brien bendijeran la cena.

Ahora Ron está rezando con la cabeza calva gacha. La sala entera guarda silencio. El sentimiento le tensa los músculos prominentes de los brazos. Da gracias por la comida que estamos a punto de consumir y por toda la familia que está hoy aquí con nosotros, y por los miembros de la familia que ya han fallecido. Da gracias por su casa, por sus trabajos y por sus hijos. Da gracias por los líderes del país y reza para que puedan seguir haciendo su trabajo lo mejor que puedan. No conozco bien a Ron —lo debo de haber visto cuatro veces en los años que Ashley y él llevan casados, una de ellas en su boda—, pero me parece una persona firme, trabajadora y sin tonterías; un hombre con opiniones muy firmes acerca de todo y que te expone su punto de vista en cuanto le das oportunidad. Es de Delco, lo cual —aunque Delco solo está al otro lado de la frontera del suroeste de Filadelfia— lo convierte en forastero y le da un aire exótico que hace que los

O'Brien le otorguen cierto grado de respeto, pero también, imagino, que desconfíen un poco de él.

Ron termina por fin y se oye un coro de voces diciendo «amén» por lo bajo y a un primo listillo que dice: «Arriba, abajo, al centro y para adentro».

De pronto, el hermano de Gee, Rich, me aparece al lado con una cerveza en la mano. No sé de dónde ha salido.

—No esperaba verte por aquí —dice. Lleva vaqueros y un jersey de los Eagles. Se parece a Gee, pero es más grande. Como muchos de mis parientes mayores varones, es un charlatán y un bromista, el típico que te da un codazo para que te rías de sus chistes.

Asiento.

—Pues ya ves.

—Parece que tienes hambre —dice Rich, mirándome el plato—. Yo estoy haciendo dieta. —Me guiña el ojo.

Me río débilmente.

—¿Cómo va tu casa nueva? —continúa Rich—. Me ha contado tu abuela que te has mudado. Ahora estás en Bensalem, ¿verdad?

Asiento.

—Con algún hombre misterioso, seguro. ¿Verdad? Seguro que tienes algún novio allí. La familia se entera de todo.

Me está tomando el pelo amablemente. Lo sé. No digo nada.

—Tráelo algún día.

—No estoy saliendo con nadie.

—Te estaba tomando el pelo. Eh. Ya encontrarás a alguien.

—No quiero encontrar a nadie.

Vuelvo a mi comida. Selecciono con cuidado un trocito pequeño de cada cosa para tener siempre un bocado perfecto en el tenedor. Tardo un buen rato, porque de repente descubro que me cuesta concentrarme en mi plato.

Por primera vez en su vida, mi tío Rich no dice nada más.

ANTES

Después de confiarle a Simon Cleare las dificultades que estaba teniendo mi hermana, empezamos a vernos también fuera de la Liga Atlética.

Aquel verano, al terminarse la jornada de trabajo, iba a bibliotecas, parques o restaurantes, a cualquier lugar donde Simon creyera que no nos iba a ver nadie, y él se juntaba conmigo. Yo tenía diecisiete años. («No queremos que nadie se haga una idea equivocada», me dijo, y por entonces aquello me provocó cierta excitación). A veces íbamos a ver una película a alguno de los cines independientes de Center City, y al terminarse, me acompañaba hasta la parada del Ele de la Segunda con Market, hablándome durante todo el trayecto de los puntos fuertes artísticos y de los puntos débiles del guion y de los actores. A veces íbamos a un muelle que se adentraba en el río Delaware. Llevaba décadas en desuso, y para entonces ya estaba decrépito y seguramente era peligroso, pero estaba abandonado casi del todo y nos podíamos sentar a solas en la punta y contemplar Camden. Yo era la primera en llegar a todos aquellos sitios. Simon se reunía conmigo poco después. Lo sabía todo de Kacey, escuchaba con atención todas y cada una de las novedades al ritmo que iban ocurriendo.

Menos de una semana después de su primera sobredosis, Kacey empezó a escabullirse de casa con regularidad. Como todavía compartíamos cama, yo me enteraba cada vez que se iba. Siempre intentaba convencerla para que no se marchara. A veces la amenazaba con contárselo a Gee. Pero me daba más miedo lo que Gee le pudiera hacer a Kacey que lo que Kacey se estaba haciendo a sí misma. Me daba miedo, sobre todo, que Gee echara a Kacey de casa. Si aquello pasaba, yo no sabía qué iba a ser de ninguna de las dos.

—Quédate aquí —le susurraba.

—Necesito un cigarrillo —decía Kacey. Y se marchaba varias horas.

No paraba de hacerlo. Kacey empeoró enseguida. Ahora parecía permanentemente embotada, con los ojos vidriosos, las mejillas ruborizadas, el habla lenta, la lengua inflada y aquella risa preciosa casi desaparecida. Cuando la veía así, a menudo me entraban ganas de darle una palmada bien fuerte delante de la cara. De abrazarla con fuerza y estrujarla hasta sacarle de dentro aquella oscuridad que le infundía el deseo de apagar su vida tan completamente. Echaba de menos a mi brillante hermana pequeña, a la ingeniosa Kacey, siempre corriendo de aquí para allá, siempre llena de energía; la ardiente y apasionada versión más pequeña de la adolescente que ahora parecía existir en un mundo de crepúsculo interminable e implacable.

Aunque intenté como pude evitar que Gee se enterara de lo que estaba haciendo Kacey, nuestra abuela era lista. Se dedicó a hurgar entre las cosas de Kacey una y otra vez hasta que, por fin, Kacey bajó la guardia. Y entonces Gee encontró un fajo de billetes de cien dólares —Kacey había empezado a hacer un poco de camello para sacarse un extra con Fran y Paula Mulroney— y aquello fue prueba suficiente para Gee. Tal como yo me había temido, echó a Kacey de casa.

—¿Adónde va a ir? —le pregunté.

—¿Crees que me importa? —dijo Gee, con la mirada desafiante y un poco enloquecida—. ¿Crees que es problema mío?

—Tiene dieciséis años.

—Exacto. Ya tiene edad para saber lo que hace.

Al cabo de una semana ya había vuelto, claro. Pero la dinámica continuó y Kacey empeoró en vez de mejorar.

Todas estas novedades se las contaba yo a Simon cada vez que lo veía. Y aquello me proporcionaba un cierto alivio: saber que había una persona en el mundo, aparte de mí, que llevaba dentro los detalles del descenso de Kacey a la adicción, que iba siguiendo su historia, que escuchaba bien y dispensaba consejos que parecían razonables y adultos.

—Te está poniendo a prueba —decía en tono firme—. Simplemente es inmadura. Se le pasará.

Y luego, inclinando su cabeza un poco hacia mí, me confesó:

—Yo también pasé por una fase así.

Ahora estaba limpio, me contó. Se subió la pernera del pantalón para enseñarme, en la parte de atrás de su fuerte pantorrilla derecha, un tatuaje de una equis de gran tamaño que representaba que estaba desintoxicado. Para entonces ya había dejado de ir a reuniones, pero nunca había dejado de mostrarse cauteloso, consciente de que recaer no era imposible.

—No se puede dejar de estar en guardia —dijo—. Es lo peor que tiene: estar siempre preocupado.

Si tengo que ser sincera, aquella conversación me reconfortó. Saber que alguien tan funcional como Simon, tan listo y recto, y tan vivido y buen padre...; saber que alguien así había sido en algún momento como Kacey. Y había terminado bien.

En aquellos días, nadie, ni siquiera Kacey, sabía que yo estaba pasando tanto tiempo con Simon Cleare. En las noches en que Kacey estaba en casa, las dos yacíamos en la misma cama, cada una con su secreto. Una línea trazada entre ambas, una distancia que crecía todas las semanas.

Kacey dejó de ir al instituto. No se lo dijo a Gee. Y nuestro instituto sin fondos y lleno a rebosar de alumnos con dificultades tampoco mandó aviso a casa.

Tampoco yo dije nada. Como siempre, mi prioridad era mantener a Kacey bajo el tejado de Gee, de manera que le escondí a Gee lo que sabía. Sigo sin saber si fue una decisión correcta.

Pero es que yo la quería. Y entre nosotras todavía había momentos de verdadera ternura. Cuando Kacey estaba deprimida, o cuando iba colocada, venía a casa en busca de un abrazo. Entraba en casa con ganas de sentarse a mi lado y apoyarse en mí, con la cabeza en mi hombro, mientras veíamos juntas la tele. Me acuerdo de que solía pedirme que le recogiera el pelo en dos trenzas. Mientras yo se las hacía, se sentaba en el suelo, entre mis piernas, y hacía comentarios perezosos y graciosos sobre lo que estuvieran dando por televisión —todavía conseguía hacerme reír—, con la respiración lenta y la cabeza pesada entre mis manos. En aquellos momentos, yo sentía por ella algo parecido al amor maternal; una emoción que reconozco de forma retrospectiva ahora que tengo a Thomas en mi vida.

En aquellos momentos, le suplicaba abiertamente a Kacey que se recuperara. Lloraba.

—Que sí —decía ella—, te lo prometo.

O bien:

—Me recuperaré.

Pero, cuando me contestaba, lo hacía sin mirarme; siempre estaba mirando a otra parte, al suelo o a la ventana más cercana.

En mi último año del instituto empecé a reducir la lista de universidades a las que iba a presentar mi solicitud de entrada. El tiempo que me pasaba pensando adónde iba a ir me daba un respiro de todas las preocupaciones que me angustiaban constantemente. «Por fin —pensaba yo—. Por fin ha llegado el momento en que me podré escapar». Y en cuanto me escapara y me labrara una buena vida, podría rescatar a mi hermana. Llevaba años soñando con ello, desde que la hermana Angela Cox de la Santísimo Redentor me había dicho que con mi inteligencia podría ser lo que quisiera.

Sabía que no tenía que acudir a Gee en busca de ayuda. Cada vez que alguien la informaba de que yo era lista o buena estudiante, reaccionaba con escepticismo. «Te están tendiendo una trampa», me dijo una vez con el ceño fruncido. Tanto Gee como el resto de los O'Brien se enorgullecían de dedicarse solo a cosas prácticas. Tener una vida intelectual —o aunque fuera una profesión como la enseñanza— les parecía una señal de orgullo. El trabajo era algo que se hacía con el cuerpo, con las manos. La universidad era para soñadores y para esnobs.

Aun así, con la ayuda de mi querida profesora de Historia, la señora Powell, y con la recomendación del ligeramente incompetente (o para ser más amables, carente de recursos humanos) Departamento de Orientación de mi instituto, rellené dos solicitudes para entrar en sendas universidades cercanas: una para la Temple y otra para la Saint Joseph. Una pública y otra privada.

Entré en las dos.

Le llevé las cartas de admisión al señor Hill, el orientador que me habían asignado. Me chocó la mano. Luego me dio un dosier de información sobre becas y un impreso de las Ayudas Federales al Estudio.

—¿Qué es esto?

—Es cómo se consigue dinero para pagar la universidad. Que te lo rellenen tus padres.

—No tengo padres —le dije. Recuerdo haber confiado en que la desnudez de aquella declaración, su falta de atenuantes, lo convenciera de que podía hacerlo todo yo y de que no había otro remedio.

Levantó la vista para mirarme, sorprendido.

—Pues tu tutor legal. ¿Quién es?

—Mi abuela.

—Pues son para ella.

Ya noté que se me hacía un nudo en la garganta.

—¿Hay alguna manera de evitarlo?

Pero lo debí de decir en voz demasiado baja o el señor Hill debía de estar demasiado ocupado, porque no levantó la vista de su mesa.

Ya sabía lo que iba a pasar. Aun así, le llevé todos los impresos a Gee, sosteniéndolos con cuidado en los brazos.

Gee estaba sentada en el sofá comiendo cereales para cenar y viendo las noticias locales. Negando con la cabeza ante las barrabasadas de los gamberros y los chorizos, las dos palabras que dispensaba con más frecuencia durante aquella parte de su rutina.

—¿Qué es todo esto? —me dijo cuando le di la pila de papeles. Dejó la cuchara en el cuenco con un tintineo agudo. Luego dejó el cuenco en la mesilla de café que tenía delante. Cruzó una pierna hasta tocarse la rodilla con el tobillo. No dijo nada. Siguió masticando mientras lo miraba todo. Y entonces se echó a reír por lo bajo.

—¿Qué?

En aquella época me sentía muy incómoda con mi cuerpo. Muy patosa. Recuerdo que crucé los brazos y los descrucé. Puse los brazos en jarras.

—Lo siento —dijo Gee, riéndose más fuerte—. Es que… —Se llevó una mano a la boca, para recobrar la compostura—. ¿Te imaginas? ¿Una chica como tú en Saint Joseph's? Apenas hablas, Mickey. Se quedarán con tu dinero y te escupirán a la calle. Se reirán a tu costa y se desharán de ti. Es lo que hacen. Y si te crees que alguna vez vas a ver algo a cambio de esa inversión, en fin. Es que eres más boba de lo que creía.

Dejó los papeles en la mesilla y los apartó con la mano. Ahora algunas de las páginas tenían leche. Cogió su cuenco de cereales.

—No pienso rellenarlos —me dijo, señalando los impresos de ayuda financiera—. No pienso ayudarte a que te endeudes hasta el cuello para que al final te den un papel que no sirve para nada.

Al principio del año escolar, la señora Powell nos había dado a todos el número de teléfono de su casa y nos había dicho que la llamáramos si teníamos alguna pregunta. Me dio la impresión de que si iba a haber algún momento adecuado para usar aquella línea de ayuda era ahora. Nunca la había llamado por teléfono, y me sentí terriblemente nerviosa mientras marcaba su número.

Tardó mucho en contestar. Cuando lo hizo, oí llorar de fondo a una criatura. Eran las cinco y media o las seis de la tarde. La hora de la cena. Me había dado cuenta demasiado tarde. La señora Powell tenía dos criaturas de las que hablaba con cariño, niño y niña, las dos pequeñas.

—¿Diga? —dijo la señora Powell con voz agobiada.

Ahora la criatura estaba berreando. *Mamá, mamá.*

—¿Diga? —repitió la señora Powell. Se oyó el repicar de una olla—. No sé quién eres —dijo por fin la señora Powell—, pero estoy hasta el cuello de cosas que hacer y no me hace gracia esta llamada.

Su voz nunca había sonado tan severa. Colgué despacio. Me imaginé cómo podría haber sido mi vida si hubiera nacido en una familia como la de la señora Powell.

Poco después de aquello, decidí mandar un mensaje al busca de Simon. Me quedé un rato esperando junto al teléfono de la cocina con la cabeza apoyada en la pared. Al cabo de quince minutos, sonó y levanté el auricular tan deprisa como pude.

—¿Quién es? —gritó Gee.

—Un televendedor —le grité yo.

Al otro lado de la línea Simon me habló en voz baja:

—¿Qué pasa? Tengo un minuto para hablar.

Por primera vez desde que yo lo había conocido, sonaba molesto. Casi furioso. Me puse a llorar. Después de mi llamada a la señora Powell, aquello ya era demasiado. Necesitaba amabilidad.

—Lo siento. No me quiere rellenar los impresos.

—¿Qué impresos? ¿Quién?

—Mis impresos de la universidad. Mi abuela no me los quiere rellenar. Y no puedo ir sin beca.

Simon hizo una pausa larga.

—Quedemos en el embarcadero —dijo por fin—. Estaré allí dentro de una hora.

No habíamos ido al embarcadero desde el otoño, y todavía no habían atrasado la hora. Ahora era febrero, hacía un frío brutal y ya estaba oscuro para cuando salí de casa rumbo al embarcadero. Le dije a Gee que había quedado con una amiga para estudiar. Cuando fui hacia la puerta, Kacey me miró con las cejas enarcadas.

Me sentó bien estar fuera, lejos de la casa, de los malos humores de Gee, de mi miedo perpetuo a que un día Kacey ya no volviera.

Pero estaba nerviosa, y de una forma en que no lo había estado las otras veces que Simon y yo habíamos quedado. Aquel verano y otoño nos habíamos visto casi cada vez que habíamos tenido la oportunidad, aunque todas nuestras citas habían sido platónicas. Pero el invierno y mi curso escolar habían puesto freno a nuestros encuentros. Yo ya tenía dieciocho años, pero era un poco niña para mi edad. Aunque era ingenua, supongo que había que reconocerme que era consciente de mi ingenuidad. Sabía que otra gente de mi edad —mi hermana incluida— tenía relaciones sexuales desde hacía años. Sabía que mi vida romántica se limitaba a mi imaginación, a mis fantasías con hombres jóvenes de la televisión, a entradas de diario en las que, vergonzosamente, urdía elaborados escarceos amorosos con el objeto de mi deseo que tocara en ese momento: chicos populares de mi instituto, famosos diversos y, la mayor obsesión de todas, Simon. En cuanto a él y sus intenciones, yo tenía dos creencias discrepantes. La primera era que su interés por mí no era meramente el interés de un mentor intelectual: a menudo se reía de los comentarios que le hacía —a veces de forma genuina, a veces para tomarme el pelo—, aun cuando yo no tenía intención de hacerle gracia; sonreía a modo de respuesta a mis sonrojos, lo cual me parecía que quizás fuera la forma en que la gente coqueteaba; y siempre me dedicaba una expresión muy atenta y concentrada cuando hablaba con él, escrutando todas las partes de mi cara con una sonrisita en los labios; y en ocasiones yo me fijaba en que la mirada se le iba hacia abajo, hacia mis manos, cuello y pechos. Nunca he sabido si era o si soy guapa. Siempre he sido alta y flaca y nunca he llevado maquillaje. Nunca he llevado ropa llamativa. Casi nunca llevo joyas, y la mayor parte del tiempo me recojo el pelo en una coleta que por entonces a veces me mojaba con agua para que no se me escaparan los pelos sueltos. Si hay algo agradable en la composición de mi cara, parece que muy pocas personas se han fijado en ello. Pero, por entonces, me preguntaba a menudo si Simon era una de aquellas personas. El recuerdo de la vez en que me había abrazado me provocaba una pequeña palpitación en el abdomen, una emoción en la tripa; hacía que se me extendiera lenta y cálidamente por el cuerpo algo eléctrico. Luego siempre se elevaba otra voz para decirme que todo lo que yo había estado pensando era completamente inventado; que Simon me veía como a una niña, como a alguien con potencial, como a alguien en quien se estaba tomando un simple interés profesional y quizás altruista; que estaba loca si pensaba lo contrario.

Una arboleda separaba la avenida Delaware del embarcadero que se adentraba en el río. El suelo estaba cubierto de malas hierbas y basura. Estaba tan oscuro que iba caminando con los brazos extendidos hacia delante. De pronto, me vino la idea de que aquello era peligroso. Un puñado de veces nos habíamos encontrado a alguien en el embarcadero cuando quedábamos allí, normalmente a gente que paseaba a su perro. Pero una vez me encontré a un vagabundo, un hombre mayor que estaba despotricando al llegar yo. Me miró con cara de loco y sonrió. Hizo un gesto obsceno con las manos. Me retiré a la avenida Delaware a esperar a Simon allí.

Supuse que estaba demasiado oscuro y hacía demasiado frío como para que hubiera nadie más allí. Cuando emergí de entre los árboles, vi que no me equivocaba. Pero no estaba segura de si el hecho de estar sola y el silencio del muelle me reconfortaban o lo contrario.

Caminé hasta la punta y me senté allí. Me arrebujé en mi chaqueta. El puente de Benjamin Franklin estaba iluminado y su reflejo resplandecía sobre el agua, un collar de cuentas rojas y blancas.

Pasaron diez minutos antes de que oyera pasos. Me giré y vi a Simon, que venía paseando hacia mí con las manos en los bolsillos. Se había quitado el atuendo policial y llevaba un uniforme distinto: vaqueros con las perneras remangadas, botas negras, gorro de lana y chaqueta de cuero con collar de borreguillo. Lo mismo que llevaba siempre que estaba fuera de servicio. Desde donde yo estaba sentada en el suelo, se lo veía más alto y fuerte que nunca.

Se sentó en el suelo a mi lado. Nos colgaban las piernas del embarcadero de madera. Antes de hablar, me rodeó con el brazo.

—¿Cómo estás? —me dijo, girando la cabeza para mirarme. Noté su aliento y la calidez de sus labios en mi sien. Me hizo estremecerme.

—No muy bien.

—Cuéntame lo que está pasando —me dijo, y como siempre, se lo conté.

Aquella fue la noche en que Simon me dijo que tenía que plantearme en serio alistarme en la policía. Hoy, la edad mínima son veintidós; por entonces, eran diecinueve.

—Escucha —dijo Simon—. Podrías luchar contra ella. Podrías declararte independiente y rellenar la documentación tú. Pero creo que costará tiempo.

—¿Y qué hago hasta entonces?

—No estoy seguro —dijo Simon—. Sigue trabajando. Ve a la universidad de repesca. Hagas lo que hagas, te van a hacer falta créditos. Pero, eh, creo que se te daría de maravilla. Podrías hacerte detective. Siempre te estoy diciendo que serías buena detective. No te mentiría.

—Supongo.

No estaba segura. Me gustaban las novelas de detectives, sí. Me gustaban —algunas más que otras— las películas que me asignaba Simon, muchas de las cuales trataban del trabajo policial. Y lo más importante, me caía bien Simon, que también era agente de policía. Pero se me daban muy bien los estudios y me encantaba leer. Y gracias a la señora Powell y a sus historias sobre el pasado —que tenían el efecto de hacerme sentir, de alguna manera, menos sola—, había decidido recientemente hacerme profesora de Historia, igual que ella.

Di evasivas.

—Es cosa tuya —declaró finalmente Simon. Se movió un poco. Seguía teniéndome rodeada con el brazo. Me frotó la mano en el brazo con vigor, como para quitarme el frío—. Pero lo que sí te puedo decir —añadió— es que te va a ir bien. Vas a ser buenísima hagas lo que hagas.

Me encogí de hombros. Estaba contemplando el río que teníamos delante, iluminado intensamente por las ciudades que había a ambos lados. Me estaba acordando de las lecciones que nos había impartido la señora Powell: que nuestro río tenía su origen en el río West Branch, y su desembocadura, en la bahía de Delaware. Y que, treinta y cinco millas al norte de nosotros, George Washington y sus tropas lo habían cruzado en una noche igual de fría de 1776. «También debía de estar oscuro —pensé—. Sin ciudades. Sin luces que les indicaran el camino».

—Mírame —dijo Simon. Levanté la cara para mirarlo—. ¿Cuántos años tienes?

—Dieciocho. —Mi cumpleaños había sido en octubre. Ese año hasta Kacey se había olvidado.

—Dieciocho. Tienes toda la vida por delante.

Luego bajó la cabeza y me besó. Mi cerebro tardó un momento largo en alcanzar mi cuerpo. Cuando por fin lo alcanzó, pensé: «Mi primer beso. Mi primer beso. Mi primer beso». He oído a otras chicas que describían unos primeros besos espantosos, con la destinataria bombardeada por una ola de saliva, o forzada a aceptar dentro de la boca la lengua agresiva de un adolescente igual de falto de experiencia, o casi engullida por su boca abierta. Pero en aquel momento, el beso de Simon fue extremadamente comedido, un simple roce de labios seguido de una retirada, y luego, un momento más tarde, un contacto clandestino de sus dientes con mi labio inferior. Me excitó. Nunca se me había ocurrido que los dientes pudieran ser parte de los besos.

—¿Me crees? —dijo Simon en voz baja. Me estaba mirando muy fijamente. Tenía la cara tan cerca de la mía que tuve que doblar el cuello en un ángulo raro para adaptarme a nuestras posturas.

—Sí.

—Eres preciosa. ¿Te lo crees?

—Sí.

Fue la primera vez en mi vida que me lo creí.

Aquella noche, acostada al lado de mi hermana, tuve el impulso de contárselo. Años antes, cuando Kacey había recibido su primer beso, me lo había contado. Por entonces, ella tenía doce años y todavía éramos amigas íntimas. Kacey había vuelto a casa de jugar fuera y había gritado mi nombre una vez, excitada, había subido corriendo las escaleras hasta nuestra habitación y se había tirado en la cama.

—Sean Geoghehan me ha besado —me dijo con los ojos iluminados. Se tapó la boca con una almohada. La usó para ahogar un grito—. Me dio un beso. Nos besamos.

Yo tenía catorce años. No dije nada.

Kacey bajó la almohada y me miró. Luego se incorporó hasta sentarse, con cara de preocupación, y extendió un brazo.

—Oh, Mick. Te pasará. No te preocupes. A ti también te pasará.

—Seguramente no. —Forcé una risa, pero me quedó triste.

—Seguro que sí. Prométeme que, cuando pase, me lo contarás.

La noche en que Simon me besó, me estaba preguntando por dónde iba a empezar a contarlo. Antes de poder decir nada, oí la exhalación suave y desguarnecida que significaba que Kacey se había quedado dormida.

Hice lo que Simon me había dicho que hiciera. Terminé el instituto y seguí viviendo en casa de Gee. Al final me trasladé al dormitorio del medio, cuya atmósfera aún parecía evocar la presencia de mi madre. Empecé a trabajar a jornada parcial de cajera en la droguería local y a pagarle a Gee doscientos dólares de alquiler mensual. Hice mis sesenta créditos en el Community College of Philadelphia. Y luego hice el examen de la policía. Con veinte años, me convertí en agente. A mi ceremonia de ingreso no vino nadie.

Kacey, entretanto, siguió decayendo. Para entonces, su conducta ya era alocada y errática. Entre los diecimuchos y los veintipocos años, a veces trabajaba de camarera para sacarse un poco de dinero, y a veces trabajaba en el concesionario de coches de nuestro tío Rich, y a veces hacía de canguro para aquellos padres irresponsables que estuvieran dispuestos a emplearla, y creo que a veces todavía hacía de camello para Fran Mulroney, el hermano mayor de Paula. Vivía en casa de Gee y con amigas y en las calles a partes iguales. En aquella época pasaba más tiempo en Fishtown que en Kensington, lo cual quería decir que yo todavía no la veía en mis turnos de trabajo. Cuando yo entraba por la puerta por las noches, nunca sabía dónde estaba, y vivía esperando el día en que no volviera más. Casi nunca hablábamos.

Aun así, era la única persona que conocía mi relación con Simon. Había encontrado una nota suya entre mis cosas —más tarde, caí en la cuenta de que seguramente la había encontrado mientras buscaba dinero que mangar— y me la había tirado con furia al pecho la vez siguiente que me vio.

—¿Cómo coño se te ocurre?

Me quedé avergonzada. La nota aludía a una noche reciente que habíamos pasado juntos en un hotel. El tiempo que pasaba con Simon me suponía un alivio, una escapada, la primera felicidad verdadera que había conocido. Y si tenía que ser un secreto, pues me parecía bien. Era mío.

Tapé la nota con gesto protector. No dije nada.

Lo que creo recordar que Kacey dijo a continuación fue:

—Es un puto asqueroso.

O peor:

—Lleva intentando follarte desde que tenías catorce años.

Hoy en día me estremezco cuando me acuerdo. Desde que era niña, yo siempre había intentado mantener la dignidad en toda situación. En el trabajo, me esfuerzo por mantener mi dignidad profesional. En casa, con Thomas, me esfuerzo para mantener cierta dignidad materna, por protegerlo para que no oiga cualquier cosa que lo pueda angustiar o que sea inapropiada. Por consiguiente, como me parece indigna, nunca he disfrutado de la sensación de que los demás se preocupen por mí o se angustien por mi bienestar; prefiero dar la impresión de que estoy bien en todos los sentidos y de que lo tengo todo bajo control. En gran medida, creo que se trata de una imagen honesta.

—No es verdad.

Kacey se rio. No fue una risa amable.

—No, claro.

—Que no.

—Oh, Mick. —Negó con la cabeza. Y en su expresión vi algo parecido a la lástima.

Con veinte años, aquello que me dijo Kacey no me parecía una valoración justa ni precisa de la situación. Era yo quien había perseguido a Simon y no al revés. Nunca me había considerado una romántica, pero, a veces, me decía que el momento en que lo había visto por primera vez había sido mi única experiencia de amor a primera vista. Por su parte, Simon me decía que había tardado años en verme como algo más que una niña. Tanto Simon como yo éramos conscientes, sin embargo, de cómo podía percibir nuestra relación otra gente que nos había conocido cuando yo era su pupila, de manera que nos esforzábamos por mantenerla en secreto. Simon por fin había hecho recientemente el examen de detective. Lo había aprobado y estaba iniciando su carrera con la División Sur de Detectives; no quería que nada le pusiera obstáculos. Cuando quedábamos, era en hoteles; decía que no quería arriesgarse a que su hijo, Gabriel —que por entonces tenía once años—, se enterara de nuestra relación. Y, a veces, la madre de Gabriel se lo llevaba sin avisar, y era todo muy… *complicado*. Esa era la palabra que usaba.

—Un día tendrás casa propia —me decía a menudo—, y entonces nos podremos quedar allí.

Fue principalmente por esa razón por la que guardé en el banco todo lo que gané en los dos primeros años de mi carrera en el DPF, y usé aquellos ahorros para pagar la entrada de una casa en Port Richmond. Tenía veintidós años cuando firmé los papeles. Pagué el cuarenta por ciento del precio de la casa —cierto, una suma pequeña—, pero, aun así, era más dinero del que he vuelto a tener nunca junto en mi cuenta bancaria. La agente inmobiliaria me dijo, impresionada, que no había mucha gente de veintidós años con el suficiente autocontrol como para ahorrar tanto dinero en vez de gastárselo saliendo de noche con sus amistades. Me dieron ganas de decirle que yo no era como la mayoría de la gente de veintidós años, pero no lo hice.

Marcharme de casa de Gee —y de las peleas terribles que tenían Kacey y ella y que ahora llegaban a los golpes— fue para mí como escaparme de una guerra.

No les había contado ni a Kacey ni a Gee mi plan de mudarme. Había dos razones: la primera era que no quería que ninguna de las dos supiera demasiado de mis finanzas; en el caso de Gee, porque podía empezar a exigirme más dinero en alquiler del que ya me había sacado, y en el de Kacey, porque no quería darle más incentivos para que me sableara. (Para entonces yo ya me había plantado, pero de vez en cuando volvía a suplicarme). La segunda razón de que no contara mis planes era que estaba convencida, de verdad, de que ni a Gee ni a Kacey les iban a importar.

Por tanto, me sorprendió que Kacey recibiera mi anuncio con tristeza.

El día en que terminé de mudarme, vino a casa y me encontró bajando cajas por las escaleras.

—¿Qué estás haciendo? —me dijo. Se cruzó de brazos. Frunció el ceño.

Me detuve un momento, jadeando. No tenía nada que trasladar más que ropa y libros, pero de estos últimos tenía demasiados. Estaba descubriendo de golpe cuánto puede pesar una caja de ediciones de bolsillo.

—Mudándome.

Esperé que se encogiera de hombros. Pero Kacey se puso a negar con la cabeza.

—No. Mick, no me puedes dejar aquí sola.

Dejé en las escaleras la caja que tenía en las manos. Ya me dolía la espalda. Tardaría días en recuperarme.

—Pensaba que te alegrarías.

Kacey pareció genuinamente desconcertada.

—¿Por qué ibas a pensar eso?

Tuve ganas de decirle: «Ni siquiera te caigo bien». Pero me pareció demasiado sensiblero, demasiado autocompasivo y lúgubre, de manera que le dije que me tenía que marchar, que mi plan era regresar y decírselo a Gee aquella noche. Kacey me aguantó la puerta abierta para que pasara con gesto formal. La miré por encima del hombro, una sola vez, buscándole en la cara indicios de la Kacey de antaño, el fantasma de aquella niña que una vez había dependido completamente de mí. Pero no encontré ni rastro de ella.

La casa que me había comprado era antigua y fea, pero era mía. Y lo que es más importante: dentro no había peleas ni gritos. Llegaba a casa de cada turno y me quedaba un rato en el recibidor, apoyada en la puerta con las manos sobre el corazón, dejando que la paz de aquella casa se me asentara sobre las espaldas. Diciéndome a mí misma: «Estás sola aquí».

La casa vacía tenía un eco cálido y agradable. La fui decorando despacio. Quería ser meticulosa en mis elecciones, así que me pasé los primeros meses después de la mudanza sin nada más que un colchón en el suelo y varias sillas baratas que recogí de la calle. Cuando empecé a comprar muebles, lo hice con prolijidad. Fui a tiendas de anticuario y a tiendas de segunda mano que me hacían buenos precios por objetos que me parecían bonitos. Se me empezaron a revelar los encantos de la casa. A la derecha de la puerta de entrada había un extraño panel de cristal de colores con flores verdes y rojas perfiladas con plomo, y me ponía contenta saber que otra persona había valorado en algún momento aquella casa tanto como yo, que la había tenido en tanta estima como para añadirle aquel pequeño detalle tan bonito. Abastecí mi nevera con comida abundante y sana. Escuchaba música en paz. Cuando por fin me compré una cama de verdad, me gasté dinero en ella: fue el único lujo que me permití. La hice tan cómoda como pude: elegí un colchón de matrimonio de los almacenes Macy's del antiguo edificio Wanamaker. En la misma tienda compré unas sábanas que, según una dependienta, eran las mejores en las que había dormido nunca.

Ahora Simon y yo teníamos un sitio privado al que ir. Por fin se quedaba algunas noches conmigo. Cuando se quedaba, me invadía una calma profunda y agradable. Llevaba sin dormir tan bien desde que Kacey y yo éramos pequeñas. Desde que mi madre estaba viva.

Durante los años siguientes a mi partida, solo vi muy de vez en cuando a Kacey y a Gee. A Kacey se la veía cada vez peor, y Gee parecía envejecida. Nunca le preguntaba a Kacey qué estaba haciendo, pero, aun así, ella me ofrecía espontáneamente una abundancia de información que yo interpretaba en gran medida como falsa: «He vuelto a los estudios», me dijo en varias ocasiones. «Voy a sacarme el graduado escolar» (que yo supiera, nunca llegó a hacer un solo curso). Y después: «Tengo una entrevista de trabajo mañana». Y después: «Tengo trabajo». (No lo tenía).

Era difícil determinar qué estaba haciendo realmente en aquella época. Creo que todavía no había empezado a hacer trabajo sexual; en cualquier caso, todavía no la veía durante mis turnos. Una vez, en un momento de lucidez, Kacey me contó que el tiempo que pasas siendo adicta parece un bucle. Todas las mañanas traen la posibilidad de un cambio y todas las noches, la vergüenza del fracaso. La búsqueda de la dosis se convierte en la única tarea. Cada dosis traza una parábola: bajo-alto-bajo, y cada día es una serie de esas ondas. Después ya se puede hacer un diagrama de los días en sí con base en la cantidad total de tiempo que pasa el usuario sintiéndose cómodo o sufriendo. Y, por fin, también de los meses. Todo esto se complica con los periodos de abstinencia, que a veces tienen lugar de forma voluntaria —cuando, por ejemplo, Kacey se ingresaba en Kirkbride, Gaudenzia, Fairmount y otros centros de rehabilitación baratos y locales con cifras de éxito dudosas— y otras veces, de forma involuntaria —cuando Kacey se metía en líos y terminaba en la cárcel—. Estos periodos también se vuelven parte de la dinámica: ondas de abstinencia seguidas de recaídas, que a su vez van seguidas de ondas más largas de consumo activo. El punto de referencia constante es siempre la Avenida, la sensación de familiaridad y rutina que ofrece.

Aquellas fluctuaciones podrían haber seguido de forma indefinida de no haberse interpuesto las malas decisiones de Kacey. En 2011, dejó que un novio suyo la convenciera para que lo ayudara a robar un televisor de casa de sus padres. Los padres, que no querían que su hijo fuera a la cárcel, le echaron la culpa del robo a Kacey. Y Kacey cargó con la culpa. Para entonces ya tenía un expediente policial largo y el juez no tuvo piedad con ella.

La condenaron a un año en Riverside.

Otros podrían haber considerado aquello una mala noticia. Yo no. De hecho, y por primera vez en mucho tiempo, tuve esperanzas para ella.

AHORA

El lunes después de Acción de Gracias, el mismo joven detective de la otra vez, Davis Nguyen, entra en la sala común durante el orden del día con aspecto cansado. Hoy lleva un traje de aspecto caro y de corte distinto a los pantalones holgados que llevan los detectives mayores: es entallado y de perneras cortas y se le ven un poco los calcetines por debajo. Lleva un corte de pelo que les he visto a los chavales de Northern Liberties y de Fishtown, con los lados casi al rape y la parte de arriba peinada de lado. ¿Qué edad tiene? ¿Veintimuchos? Puede que incluso sea de mi edad, pero me da la sensación de ser de una generación distinta. Seguramente estudió Derecho Penal en la universidad. Me fijo en que lleva en la mano una taza del Bomber Coffee.

—Una pequeña novedad —dice Nguyen—. Puede que tengamos una pista sobre los homicidios de Kensington.

Un pequeño murmullo en la sala.

Se inclina sobre el ordenador. Abre un vídeo en la pantalla de la sala común.

Son imágenes de una cámara de seguridad privada instalada por un particular en su domicilio, cerca del solar de Tioga, donde se descubrió el cuerpo de Katie Conway.

Las imágenes en blanco y negro y con grano muestran a una joven caminando de lado a lado de la pantalla. Al cabo

233

de cinco segundos, un hombre —capucha puesta, manos en los bolsillos— hace lo mismo.

—Esa —dice Nguyen, rebobinando hasta la chica— es Katie Conway. Y ese —prosigue, señalando al hombre— es un sospechoso.

Pone la pausa y amplía la imagen. La cara del hombre tiene grano. Es difícil distinguir algo de él. Raza indeterminada, a mis ojos. Parece grandullón, aunque también puede deberse a que la chica es diminuta.

Su sudadera, cuya capucha tiene puesta para ocultarse el pelo, parece ser lo que nos da más información: dice «Wildwood» de lado a lado del pecho, con el *Wild* a un lado de la cremallera y el *Wood* en el otro.

Wildwood, una ciudad costera en el sur de Nueva Jersey, es un destino lo bastante común como para que no nos sea de mucha ayuda. Yo estuve allí una vez, con Simon, en uno de los pocos viajes de fin de semana que hicimos juntos. Creo que casi todo el mundo de Filadelfia ha estado en Wildwood. Aun así, la concreción de esa sudadera nos ofrece un vislumbre de esperanza.

—¿Alguien ha visto a este tipo? —pregunta Nguyen. Pero no lo dice en tono optimista. La gente de la sala niega con la cabeza.

—Ya hemos mandado la imagen al DP de Wildwood. Están preguntando por ahí. Entretanto, estad atentos a vuestros teléfonos. Os mandaremos hoy el vídeo. Tened los ojos abiertos y preguntad por él cada vez que llevéis a alguien a comisaría.

Ahearn le da las gracias y Nguyen se da la vuelta para marcharse.

Antes de que se vaya, otro policía, Joe Kowalczyk, dice:

—Pregunta.

Nguyen se gira.

—Si tuviera que hacer usted una conjetura —dice Kowalc-zyk—. ¿Raza? ¿Edad?

Nguyen se detiene.

—Casi no quiero decirlo, porque quiero que prestéis atención a todo el mundo, y esa grabación no era nada clara. —Levanta la vista hacia el techo. Sigue—: Pero si tuviera que hacer una conjetura, yo diría que blanco, entre cuarenta y cincuenta. O, por lo menos, ese es el perfil. Es quien suele hacer esta clase de cosas.

Hoy, las calles de Kensington están más tranquilas que de costumbre. La ola de frío no ha parado. Hace un frío que hiela, el cielo está completamente blanco y sopla un viento terrible de cara que me deja sin aliento cada vez que tengo que salir del vehículo.

Hoy solo están fuera los más aguerridos. O los más desesperados.

Doblo con el coche patrulla por una calle secundaria y paso por delante de seis casas entabladas seguidas. *Abandos,* las llaman por aquí. Olvidadas, clausuradas, algunas de ellas sin duda ocupadas por varios pobres desgraciados que se han refugiado en ellas. Pienso en las corrientes de aire que debe de haber dentro de esas casas, en los muebles dejados atrás, en los cuadros de las paredes. Pienso en la soledad que les debe de causar a sus nuevos habitantes contemplar esas posesiones, los despojos de las familias que vivieron en ellas hace décadas. Trabajadores textiles. Trabajadores metalúrgicos. Pescadores, si las casas son lo bastante antiguas.

Hace dos inviernos, hubo un incendio terrible en una fábrica abandonada cercana. Empezó cuando dos ocupantes, desesperados por el frío, encendieron un fuego en una papelera metálica, en mitad del recinto de la fábrica. Murió un bombero intentando apagarlo. Se ha vuelto la última de la larga lista de cosas de las que tenemos que estar alerta cuando patrullamos: cualquier olor a humo de madera de origen desconocido.

Durante una hora no hay avisos en mi zona de servicio. A las diez aparco el coche cerca de la tienda de Alonzo y entro a por una taza de café.

Cuando salgo, taza en mano, se me acercan dos chicas a las que he visto por el barrio, de dieciséis o diecisiete años, mascando chicle y caminando despacio.

Me sorprende que se acerquen a mí. Por regla general, la gente normal se limita a fingir que no ve a los agentes policiales de uniforme o se nos queda mirando de forma desafiante y sin decir nada.

Pero, ahora, una de ellas me habla.

—¿Sabes algo de los asesinatos?

Es la primera vez que alguien me lo pregunta. Parece que está corriendo el rumor.

—Estamos trabajando en ello. Ya estamos cerca.

Mi respuesta estándar cuando alguien me pregunta por un caso abierto. Me da la sensación de que tengo que decirlo, aunque no sé mucho más que ellas. A veces, en el trabajo, me siento como cuando estoy hablando con Thomas de su padre: un poco culpable por mentir, un poco noble por mantener una pretensión que, en última instancia, solo va a salvaguardar sus sentimientos. Estoy dispuesta a llevar la carga de la mentira para mi hijo, para estas chicas.

Entonces me acuerdo del vídeo.

—De hecho, ¿podéis mirar una cosa?

Se lo pongo en mi teléfono: el breve vídeo que nos ha mandado Homicidios esta mañana después del orden del día. Lo pongo, y después lo pauso en un fotograma que muestra al sospechoso.

—¿Os suena de algo?

Las dos chicas miran fijamente. Las dos niegan con la cabeza. No.

Repito esta operación de forma puramente mecánica varias veces más durante el día. Pero nadie parece reconocerlo. Un par de mujeres dejan escapar murmullos por lo bajo cuando Katie Conway cruza la pantalla: reconociéndola, quizás, o bien reconociendo su propia fragilidad, el hecho de que podría haberles pasado fácilmente a ellas.

Justo antes de las cuatro, mientras se va acabando mi turno, veo a Paula Mulroney por primera vez en bastante tiempo. Por fin ha dejado las muletas. Está apoyada en una tapia delante de la tienda de Alonzo con un cigarrillo en la mano.

Paro el coche. Salgo. Llevo sin verla desde que desapareció Kacey. Hace tiempo que quiero hablar con ella.

Paula nunca ha dejado que el hecho de no hablarme con Kacey afecte a su amabilidad conmigo. «Eso es entre vosotras», me dijo una vez en tono confidencial. Normalmente, cuando me ve, me saluda con una sonrisa y con alguna pulla afable.

—Ya estamos —dice a menudo—. Ya llegaron los problemas.

Hoy mantiene la cara inexpresiva.

—Hola, Paula. —No me dice nada—. Me alegro de verte. He oído que Kacey está desaparecida. Me estaba preguntando si tienes idea de dónde puede estar.

Paula niega con la cabeza. Da una calada al cigarrillo.

—No.

—¿Cuándo fue la última vez que la viste?

Suelta un soplido de burla. No dice nada.

De pronto, me siento confundida.

—¿Es verdad que le dijiste a Alonzo que estaba desaparecida? Porque...

Me interrumpe.

—Mira. No hablo con la policía.

Me quedo pasmada. Nunca le había oído nada parecido a Paula.

Pruebo una táctica distinta.

—¿Cómo va tu pierna?

—Terrible.

Da otra calada al cigarrillo. Está a un palmo o dos de mí.

—Lo siento.

No estoy segura de cómo proceder.

—¿Quieres que te lleve al hospital? —le ofrezco, pero Paula me hace un gesto despectivo. Vuelve a negar con la cabeza—. Me estaba preguntando si te podría preguntar otra cosa —la tanteo.

—Pregunta —contesta Paula. Pero su tono es desdeñoso, y lo que implica está claro: «Puedes preguntar lo que quieras. No te voy a contestar».

Saco mi teléfono y le pongo el vídeo. No puede contenerse: tiene curiosidad. Se inclina para examinar el teléfono.

Cuando Katie Conway cruza la pantalla, Paula me clava una mirada afilada.

—Sí. Es Katie. La conocía.

—Ah, ¿sí?

Asiente. Se gira hacia mí y me mira fijamente.

—La chica a la que encontraron en Tioga, ¿verdad? La conocía.

Escruto a Paula. No estoy segura de por qué me está contando eso.

—Era una chica muy maja. Una niña. Muy maja. También conocía a su madre. Su madre era un espanto. Es la que torció a su hija.

Paula me sigue mirando fijamente. Tiene algo en su expresión que resulta, de alguna manera, acusador. Se lleva el cigarrillo a la boca. Cada vez que hablo con Paula, la recuerdo tal como era cualquier día en el instituto: la barbilla bien alta, liderando a un grupito de chicas populares por un pasillo, riendo y riendo de algún chiste que había contado alguien. Aun ahora, a pesar de lo mucho que han cambiado nuestras vidas, me siento un poco intimidada con ella.

—¿Sabes algo de cómo murió? —le pregunto a Paula, que me mira un momento antes de contestar.

—¿Eso no me lo tendrías que estar contando tú? —dice en tono tranquilo.

Nuevamente, intento encontrar palabras para contestar. Esta vez no se me ocurre ninguna.

—La policía eres tú, ¿no?

—Estamos trabajando en ello —repito.

—Claro. —Escruta la Avenida con los ojos entrecerrados. A juzgar por la rapidez de sus movimientos y por el rechinar de sus dientes, tiene el mono. Está un poco encorvada y tiene los brazos cruzados. Siente náuseas—. Claro que sí, Mickey —asiente Paula—. En fin, pues trabajad más duro.

Soy consciente de que ha llegado el momento de dejar que se marche para que encuentre su dosis.

Antes de irme, sin embargo, le digo:

—¿Puedes mirar una vez más? Lo importante viene al final.

Paula pone los ojos en blanco, agitada, pero inclina la cabeza hacia la pantalla con los ojos entrecerrados. Mira cómo el hombre cruza la pantalla y después me coge el teléfono de la mano. Levanta la vista con los ojos muy abiertos.

—¿Lo reconoces?

De pronto me doy cuenta de que le tiemblan las manos.

—No me lo puedo creer.

—¿Lo conoces?

Paula se echa a reír, pero su risa tiene una inflexión eno-jada.

—No me jodas. Es lo único que quiero en la vida, que no me jodan.

Niego con la cabeza.

—No entiendo.

Cierra los ojos tan solo un momento. Da una última cala-da y tira el cigarrillo al suelo. Lo aplasta con la puntera de la deportiva.

Por fin, me mira con expresión calculadora.

—Es uno de los tuyos, Mick. Es poli.

ANTES

Tal como ya me había esperado, el año que pasó Kacey encarcelada en Riverside la cambió.

Preguntad a cualquiera que se haya desintoxicado en la cárcel cómo es la experiencia, y luego, miradles la cara cuando os lo cuenten: ojos cerrados, ceño fruncido, boca torcida en una mueca, la evocación de la náusea y la desesperación, el recuerdo de la sensación de que quizás no valga la pena vivir esa versión de la vida. Con los dientes, rasgó las sábanas para hacerse unos jirones largos. Los entrelazó. Ató aquella cuerda improvisada a una lámpara del techo y luego, de pie sobre el lavamanos, se preparó para saltar. Pero algo la detuvo; una fuerza, me contó, que le decía que, si seguía con vida, la esperaba algo bueno.

Temblando, se bajó del lavamanos y decidió finalmente escribirme una carta.

En ella se disculpaba por primera vez: por romper una promesa tras otra, por mentir, por fallarnos a todas, por traicionarse a sí misma. Me dijo que me echaba de menos. Me dijo que yo era la única persona del mundo cuya opinión le importaba. Y que no podía soportar haberme decepcionado tanto.

Pronto decidí visitarla. Cuando vi a Kacey, apenas la reconocí. Tenía la mirada lúcida y sobria, la cara pálida de una forma en que llevaba años sin tenerla. Le habían desaparecido aquellas mejillas ruborizadas, descritas en los libros infantiles como señal de buena salud y que ahora para mí significaban adicción. Empecé a verla con regularidad. Cada vez que iba, me recibía una versión nueva de mi hermana. Un año es tiempo suficiente para que el cuerpo se empiece a adaptar nuevamente a la abstinencia, para que el cerebro estropeado empiece a trabajar, para que las cadenas de montaje oxidadas se pongan en marcha y fabriquen pequeñas dosis de las sustancias químicas artificiales que durante años han sido importadas artificialmente en las venas.

Vi cómo Kacey iba pasando de apática a deprimida, de cansada a furiosa y, en mi última visita, a optimista de manera muy incipiente. Se la veía decidida. Sabía que tenía trabajo que hacer. Y quería hacerlo.

Empecé a hacer planes para mi casa de Port Richmond. Había sopesado mis opciones con cautela: las ventajas y los inconvenientes de ofrecerle a Kacey un sitio para vivir cuando saliera. Llegado aquel punto, vacilaba mucho. Cada vez que la visitaba, cambiaba de opinión caprichosamente, basándome principalmente en supersticiones: si encuentra padrino, le ofreceré que viva conmigo; si no expresa de manera espontánea su decisión de asistir a reuniones después de que la suelten, sin que yo se lo pida, no le ofreceré que viva conmigo.

Por si acaso, me dije a mí misma, iba a preparar la casa para su llegada. Y luego esperaría a ver.

Detrás de la casa había un pequeño patio de cemento. Al mudarme allí estaba agrietado y cuarteado y baldío. El año del encarcelamiento de Kacey restauré su antigua gloria. Construí maceteros de madera y planté hierbas aromáticas, tomates y pepinos. Compré una mesa de jardín de segunda mano con sillas para comer fuera y le colgué encima ristras de luces. Planté hiedra para que creciera en la tapia del fondo.

Aquel año, arreglé también el dormitorio trasero de una forma que supe que le gustaría a Kacey. Pinté las paredes de un relajante color azul, el favorito de Kacey, y compré una colcha azul marino para la cama, y encontré un tocador bonito en una tienda de segunda mano, y adorné las paredes con grabados vagamente relacionados con el interés que tenía Kacey por el tarot. De adolescente se había comprado una baraja y había aprendido ella sola a leerla. Las imágenes que elegí para aquella habitación incluían una imagen de la papisa —hasta cierto punto, seguramente confiaba en que la mirada amable y firme de la figura le recordara a Kacey su dignidad, su sabiduría y su autoestima— y una del mundo, del sol y de la luna. Para mí misma nunca habría elegido aquellas imágenes. No creo en el tarot, ni en la astrología, ni en nada parecido. Pero me imaginaba a Kacey viviendo en aquella habitación, y mientras se la estaba preparando, la idea de presentárselo todo me produjo una especie de placer secreto.

En mi última visita a Riverside, Kacey se mostró tranquila y animada. Estaba contenta de salir, pero también sentía una aprensión lógica. Por iniciativa propia, juró mantenerse limpia, asistir a reuniones diarias y encontrar padrino. Dejar atrás de momento a sus amistades, que seguían consumiendo.

Aquel día, decidí preguntarle formalmente si quería vivir conmigo cuando se terminara su pena de prisión. Ella me dijo que sí, feliz.

No puedo hablar por mi hermana, pero, en mi caso, los meses posteriores a su puesta en libertad fueron los mejores de mi vida.

Por fin éramos adultas las dos y estábamos fuera del alcance de la mirada recelosa de Gee. Y, por tanto, podíamos hacer lo que nos placiera. Yo tenía veintiséis años, y Kacey, veinticinco. En mis recuerdos de aquella época, siempre es el final de la primavera, y el aire es cálido y húmedo, y estamos en los primeros días en que nos atrevemos a aventurarnos fuera de casa sin chaqueta. No puedo contar las veladas que nos pasamos Kacey y yo en el patio de atrás, diseccionando nuestras infancias y discutiendo nuestros planes. A ella le iba bien; se mantenía limpia, ni siquiera bebía. Ganó peso, se dejó crecer el pelo y le desaparecieron las viejas marcas de viruela de la cara. Se le fueron las manchas del rostro. Las cicatrices que le afeaban la piel de los brazos y del cuello, restos de abscesos, se aclararon hasta borrarse. Encontró trabajo en un cine independiente cercano y hasta empezó a salir con otro taquillero de allí, un joven tímido y algo torpe socialmente llamado Timothy Carey, que nunca usaba el diminutivo Tim y no sabía nada del pasado de Kacey. («Si lo quiere saber —decía Kacey—, me lo puede preguntar»). Su trabajo en el cine nos iba bien a las dos: al terminar mis turnos, a menudo iba a buscarla allí y veía la película que estuvieran dando a aquella hora.

A veces venía conmigo Simon.

Fue más o menos por aquella época cuando Kacey y él firmaron una tregua incómoda.

No tenían otro remedio: estaba claro que la casa era mía y que era yo quien pagaba las facturas, y los dos eran invitados míos.

Tuvimos un par de conversaciones francas sobre el tema, Kacey y yo.

—No me fío de él —me dijo una vez— y nunca me caerá bien, pero puedo vivir con él.

Otra vez me dijo:

—Mickey, eres la mejor persona que conozco. No quiero que nadie te haga daño.

Y la tercera vez:

—Mickey, sé que eres una persona adulta. Pero ten cuidado.

Kacey también me preguntaba a menudo por qué no iba nunca yo a su casa.

—A veces le llevan a su hijo sin avisar. Creo que, simplemente, Simon no quiere que lo conozca hasta que estemos comprometidos.

Ella me miró de reojo.

—¿Estás segura de que es eso?

Pero nunca me volvió a decir nada más del tema. Y tampoco le contesté.

Por supuesto que yo notaba, ya entonces, que la conducta de Simon era poco usual. Pero en aquel momento de mi vida me sentía feliz, estaba radiante y tranquila. Varias veces por semana, Simon llamaba a mi puerta —normalmente sin avisar— y entraba en casa, me cogía la cara con las manos y me la besaba. Y a veces cenábamos, pero otras veces íbamos directos al dormitorio, donde él me quitaba lo que yo llevara puesto, lo que al principio me hacía sentir terriblemente expuesta y después se volvía excitante para mí de una manera que no he experimentado desde entonces, con la piel toda iluminada por su mirada, mirándole a los ojos, imaginándome a mí misma tal como él me veía. Me acordaba de la niña que se había pasado tanto tiempo fantaseando con que alguien la amaba, y deseaba poder hacerle una visita y decirle: «Mira, mira, todo va a ir bien».

Intentaba como podía no hacer caso del murmullo que zumbaba durante mi jornada, de la campana lejana que tañía en son de alarma. No quería escuchar. Quería que todo se quedara tal como estaba. La verdad cambiaría las circunstancias de mi vida. La mentira era estática. La mentira era apacible. Yo estaba contenta con la mentira.

Pasaron seis meses así. Y luego, un día de otoño, me organicé para hacer un turno extra: control de multitudes para un evento especial. Pero cuando llegué a comisaría, el sargento Reynolds, que era mi supervisor por entonces, me informó de que al final no me iban a necesitar. Se había apuntado demasiada gente, me dijo. Y yo todavía tenía poca experiencia.

No estaba descontenta cuando salí de comisaría. Hacía un día muy agradable, fresco y frío, y decidí ir andando desde comisaría hasta Port Richmond en vez de coger el autobús. Estaba de buen humor. Paré por el camino y compré flores, algo muy poco propio de mí. De hecho, era la primera vez en mi vida que compraba flores. Me sentí ridícula con ellas en la mano —no se me escapaba la incongruencia de una agente de policía de uniforme llevando un delicado ramito de flores— y terminé bajando el brazo y llevándolas junto al costado, como si estuviera intentando secarlas por el camino.

Cuando llegué a casa, me encontré la puerta de entrada abierta. Siempre me aseguro de cerrar con llave la puerta de todas las casas en las que vivo —he visto demasiados robos en casas por culpa de simples descuidos del dueño—, y ya había echado bronca un par de veces a Kacey por olvidarse de cerrar con llave desde que vivía conmigo.

Aquel día, me limité a suspirar y a cerrar la puerta con pestillo detrás de mí, diciéndome que ya hablaría más tarde con mi hermana sobre el tema. De pronto, oí movimientos en el piso de arriba. «Kacey debería estar en el trabajo», pensé.

Todavía llevaba el arma encima; mantuve la mano cerca de ella mientras subía las escaleras. En la otra todavía llevaba aquel ridículo ramo.

Intenté no hacer ruido, pero la casa era antigua y mis pasos provocaron que se movieran y chirriaran los tablones de madera del suelo. A medida que iba subiendo, se oían con más nitidez los ruidos procedentes de arriba: oí un ruido de abrir y cerrar cajones y unos murmullos bajos.

Tomé una decisión rápida. Tiré las flores. Desenfundé el arma.

Llegué a lo alto de la escalera, abrí la puerta del dormitorio de atrás con el pie y, antes de ver quién había al otro lado, dije:

—Quietos. Manos arriba.

—¿Qué hostias? —dijo un hombre al que no reconocí.

A su lado estaba Kacey.

Estaban el uno junto al otro en el centro del dormitorio, un sitio bastante extraño para estar de pie sin hacer nada, pero me di cuenta, por la cama revuelta, de que habían estado en ella hacía un momento.

Los dos iban completamente vestidos; no creo que hubieran estado haciendo nada de naturaleza íntima. De hecho, me dio la impresión de que el hombre seguramente era gay. Sin embargo, la expresión de Kacey dejaba claro que era culpable de algo.

—Mick —me dijo—. ¿Por qué no estás en el trabajo?

Bajé lentamente el arma.

—Te debería preguntar lo mismo.

—Me he equivocado con el horario. Este es mi amigo Lou. —Miró al hombre, que levantó débilmente la mano.

Si aquello estaba destinado a aplacarme, no lo consiguió.

Porque me bastó un instante para darme cuenta: se lo oí enseguida en la voz lenta y le vi en la cara ruborizada los viejos indicios de que estaba consumiendo.

No le dije nada. Fui hasta el tocador y empecé a abrir bruscamente los cajones. Y en uno de los de abajo lo encontré todo: jeringas, tubos de goma y encendedores. Bolsitas de papel impermeable con sellos absurdos. Cerré el cajón despacio.

Cuando me volví a dar la vuelta, el amigo se había marchado y Kacey y yo estábamos a solas.

AHORA

Paula se sigue riendo. Ahora mece la cabeza, incrédula, as-queada.

—Dime quién es.

—El mismo poli que viene a veces por aquí y les dice a las chicas que si no se la chupan las va a llevar a comisaría. —Y añade—: Dime que es vuestro sospechoso. Dime que es vues-tro puto sospechoso. Oh, Dios mío, dime que estáis buscando a un poli. Sería genial. Sería perfecto.

Hablo más deprisa de lo que puedo pensar. Se ha asentado en mí una confusión profunda y nerviosa.

—No —le digo—. Solo alguien con quien queremos hablar.

A Paula le cambia la expresión.

—¿Te crees que soy idiota? —pregunta en voz baja—. ¿Te crees que soy tonta del culo?

Se da la vuelta y se aleja renqueando.

—¿Cómo es físicamente? —le pregunto, levantando la voz.

Paula me está dando la espalda, pero, aun así, oigo lo que dice:

—No me metas en esto —repite. Se gira de golpe tan solo un momento, con una expresión peligrosa en los ojos.

Y sigue su camino.

—Paula —la llamo—. Paula. ¿Harás una denuncia?

Se ríe.

—Ni de coña —me dice de espaldas a mí, haciéndose más pequeña a mis ojos a medida que se aleja—. Justo lo que me faltaba: presentar denuncia, ganarme la puta enemistad de todos los polis de esta ciudad de mierda.

Desaparece doblando un recodo. Y, por primera vez en toda mi carrera de agente de policía —una profesión de la que siempre he estado orgullosa—, se me viene encima una sensación horrible: la de estar en el bando incorrecto de algo importante.

De regreso a comisaría, llamo a Truman. Quiero su consejo. Y también quiero saber si sabe algo de lo que acaba de contarme Paula.

—¿Estás bien? —dice, antes de nada.

—¿Estás ocupado?

—No, puedo hablar. ¿Qué hay?

—¿Alguna vez has oído algo de un agente que lleva una sudadera que pone *Wildwood*?

Hace una pausa.

—Creo que no. No me suena de nada. ¿Por qué?

Oigo a alguien hablar de fondo: una mujer. «¿Truman? —dice—. Truman, ¿quién es?».

—Si estás ocupado... —me reitero.

—No.

—¿Y qué me dices de esto? ¿Has oído hablar de un policía que...? —hago una pausa para intentar formularlo— ¿... que exige *favores* de las mujeres de nuestro sector a cambio de dejarlas marcharse?

Truman hace una pausa larga.

—O sea, sí. Creo que todo el mundo ha oído historias así.

«Yo no —pienso—. Hasta hoy». Pero no lo digo.

Otra vez la voz de fondo, esta vez en tono serio: «Truman».

¿Truman tiene novia?

—Un momento —dice Truman, y oigo voces apagadas, como si estuviera tapando el teléfono con la mano, hasta que me vuelve a decir por el teléfono—: Te llamo en un rato, ¿vale?

—Vale —contesto, pero ya me ha colgado.

Cuando vuelvo a comisaría, no encuentro al sargento Ahearn en su despacho.

De hecho, no encuentro a ningún sargento. Y, sin embargo, esta es una información que necesito transmitir tan deprisa como pueda.

Me quedo un momento en la puerta de la sala de operaciones hasta que el cabo Shah se fija en mí.

—¿Has visto al sargento Ahearn? —le pregunto.

—Está en una escena —dice el cabo Shah, que está mascando chicle, como de costumbre. Está intentando dejar de fumar por undécima vez por lo menos y, por tanto, lleva una semana nervioso—. ¿Quieres que le diga que lo estás buscando?

—Ya lo llamo. ¿Te puedo dar esto? —Le ofrezco mi registro de actividad.

Me quito el uniforme y me siento en mi vehículo particular, en el aparcamiento. Encuentro el número del sargento Ahearn. Lo marco y me salta su buzón de voz.

—Sargento Ahearn, soy Michaela Fitzpatrick. Tengo que hablar con usted de algo que ha pasado hoy en mi turno. Es urgente.

Le dejo mi número, aunque sé que ya lo tiene.

Salgo del aparcamiento, rumbo a casa.

Cuando me meto con el coche en la entrada de la casa, veo a la casera en el jardín con los brazos en jarras, mirando el cielo. Tengo el coche lleno de porquería y despojos, y saludo brevemente con la mano a la señora Mahon mientras salgo. Luego abro la portezuela de atrás y me inclino para recoger parte de la porquería. Me gustaría que la señora Mahon se fuera adentro. Lleva otra de sus sudaderas navideñas graciosas —esta tiene una corona de Navidad con decoraciones tridimensionales—, que me imagino que de alguna forma le sirven para entablar conversación.

Recojo un montón de bolsas, envoltorios y zapatos del suelo del coche. Luego me incorporo y camino hacia el jardín de atrás.

Mientras estoy yendo, la señora Mahon me llama.

—¿Te has enterado de la nieve?

Me paro y me giro un momento.

—¿Qué nieve?

—Están diciendo que esta noche se acumularán dos palmos —anuncia la señora Mahon—. Es una bombogénesis.

Me lo dice con voz baja y alarmada, mirando por encima de sus gafas, como si estuviera anunciando que se acerca un tsunami en nuestra dirección. Seguramente no espera que conozca la palabra, pero sí la conozco.

—Más me vale poner las noticias —le digo con toda la seriedad que puedo.

Le estoy siguiendo la corriente. Desde que nos mudamos al apartamento que está encima del suyo, la señora Mahon ha hecho una docena aproximada de anuncios apocalípticos relacionados con el clima, incluida la vez en que nos hizo cubrir las ventanas con cinta adhesiva para protegernos de lo que se predecía que iba a ser un granizo del tamaño de pelotas de golf (no lo fue). La gente como la señora Mahon crea atascos en las tiendas de alimentación la noche antes de las tormentas comprando leche y pan que no consumirán nunca, llenando las bañeras de un agua que, cuarenta y ocho horas más tarde, mirarán tristemente mientras desaparece por un desagüe lento.

—Buenas noches, señora Mahon.

La casa parece vacía cuando abro la puerta. O, por lo menos, la sala de estar está a oscuras, y el televisor, apagado.

—¿Hola? —llamo. No contesta nadie.

Camino deprisa hacia el fondo del apartamento. Mi hijo sale de golpe del cuarto de baño al pasillo. Lleva su accesorio favorito: una gorra de los Phillies que le compró su padre hace un año. Se lleva un dedo a los labios.

—Chiiiis.

—¿Qué?

—Bethany está durmiendo la siesta.

Thomas señala la puerta de su dormitorio. Y, en efecto, allí, en su cama, está Bethany, echada sobre el edredón de coches de carreras de Thomas, con la mejilla apoyada en una mano y el pelo y el maquillaje impecables.

Cierro la puerta de un portazo bien fuerte. La vuelvo a abrir. Al otro lado, Bethany se está levantando despacio, angelicalmente, desperezándose, sin ninguna prisa especial. Una línea roja perfecta le divide la mejilla derecha: es la marca que le ha dejado una arruga de la funda de almohada.

—Hola. —Bethany parece despreocupada. Echa un vistazo al teléfono—. Lo siento —dice, quizás fijándose por fin en mi expresión, que ronda las inmediaciones de la incredulidad—. Anoche me fui a dormir muy tarde —añade—. Necesitaba una siestecita rápida.

Solo más tarde —después de una breve conversación con Bethany sobre el hecho de que, aunque Thomas parece maduro, en realidad solo tiene cuatro años y no se lo puede dejar solo; después de que ella se haya marchado comunicándome que está dolida por medio de su silencio y de una serie de miradas rencorosas; después de preparar la cena y servirla en la mesa— me acuerdo de que no he puesto las noticias.

Cuando las pongo, descubro que he infravalorado a la señora Mahon. Tenía razón: Cecily Tynan está prediciendo que se van a acumular durante la noche entre un palmo y dos de nieve, y todavía más al norte y al oeste de la ciudad.

—No —murmuro. Cuando eres agente de policía, no te puedes tomar el día de fiesta por la nieve. Y, gracias a Bethany, tampoco me quedan días de fiesta de libre disposición ni por enfermedad.

—Mamá —dice Thomas, y espero a ser interrogada. Thomas es muy perspicaz, y no me cabe duda de que nota que algo va mal.

Pero se pasa un rato sin decir nada. Se limita a quedarse sentado a mi lado en el sofá. Tiene la cabeza gacha.

—¿Qué problema hay? ¿Qué pasa, Thomas?

Lo rodeo con el brazo. Tiene la piel caliente. Su pelo es como barbas de maíz. Se arrebuja en mi costado y, por un instante, pienso en tumbarme con él, en atraerlo hacia mí como hacía cuando era bebé, con su mejilla pegada a mi esternón. ¿Hay alguna sensación más agradable que el peso de un bebé sobre el pecho? Pero últimamente se muestra inflexible sobre el hecho de que es *grande*, un niño grande, y no me cabe duda de que se escabulliría enseguida.

—Tengo suerte de tenerte —le susurro—. ¿Lo sabes?

A veces tengo la sensación de que decir esto en voz alta —o admitir demasiado a menudo para mis adentros lo agradecida que estoy por Thomas— me va a traer mala suerte. Como si fuera una invitación o una ventana abierta por la que puede colarse alguna criatura en plena noche y robármelo.

—¿Thomas? —vuelvo a decirle, hasta que por fin me mira.

—¿Cuándo es mi cumpleaños?

—Ya sabes cuándo es. ¿Cuándo es tu cumpleaños?

—El tres de diciembre. ¿Pero cuánto falta?

Parpadeo y caigo en la cuenta.

—Falta una semana. ¿Por qué lo preguntas?

Thomas vuelve a bajar la vista.

—Hoy Bethany estaba hablando de cumpleaños —me explica— y me ha preguntado cuándo era el mío. Y se lo he dicho. Y luego me ha preguntado si iba a montar una fiesta.

Todos los años, hasta este, Simon se lo ha llevado para que hiciera algo especial en su cumpleaños o en días próximos: para sus cuatro años, se fueron al cine; cuando cumplió tres, fueron al Instituto Franklin; cuando cumplió dos, aunque, claro, no se acuerda, fueron al Please Touch Museum. Este año, simplemente supuse que yo recogería el testigo, que haríamos algo parecido, pero nosotros dos. Pero Thomas me está mirando con cara esperanzada. Y supongo que no sería descabellado organizarle una pequeña fiesta con amigos.

—¿Sabes qué? Si quieres una fiesta de cumpleaños, seguramente podemos montar una. Hasta es posible que podamos invitar a unos cuantos amigos de tu antigua escuela.

Sonríe.

—No prometo nada. Depende de quién esté disponible.

Asiente.

—¿A quién te gustaría invitar?

—A Carlotta y a Lila —dice sin dudarlo. Se ha puesto a dar brincos en el sofá, con las piernas muy rectas.

—Muy bien. Voy a llamar a sus padres, ¿de acuerdo? ¿Qué quieres hacer con ellas?

—Ir al McDonald's —dice, resuelto—. El que tiene el parque de juegos.

Hago una pausa minúscula.

—Suena genial.

Está hablando del que hay en el sur de Filadelfia, al que solía llevarle Simon, el que tiene un espacio interior de juegos. Hace más de un año que no va allí. Me sorprende que todavía se acuerde.

Junta las manos con fuerza, poniéndoselas debajo de la barbilla, como hace siempre que no puede aguantarse la emoción.

—Al McDonald's —repite—. Y puedo pedir lo que quiera, ¿verdad?

—Dentro de lo razonable.

Poco después, se queda dormido en el sofá, me lo llevo a la cama y lo dejo allí.

Siempre he sido estricta con los sitios donde duerme Thomas. De bebé tenía unos cólicos terribles, y a menudo lloraba y lloraba desconsoladamente. Oír aquello casi me rompía el corazón. Siempre ha habido una parte de mí —animal, primitiva, gobernada por una fuerza que parece estar intentando escapar a zarpazos de mi abdomen— que siente ansia de Thomas, que lo anhela físicamente, y que, cada vez que se despierta en medio de la noche, amenaza con deshacer todo el trabajo que hice en su primera infancia. Pero todos los manuales para enseñar a dormir a los niños que leí recalcaban la misma idea: «Nunca dejes que el niño duerma en la misma cama que tú», decían. «No solo pondría en peligro la vida de tu hijo, sino que sería un hábito casi imposible de romper, y, en última instancia, resultaría en una criatura sin confianza en sí misma y sin independencia; en una criatura incapaz de calmarse a sí misma y que no está bien posicionada para funcionar en el mundo».

Por tanto, desde que tenía pocos meses, Thomas ha tenido su habitación y yo la mía. Cuando vivíamos en Port Richmond, funcionaba bien. Se le pasaron los cólicos, tal como yo ya sabía que sucedería, y no tardó en empezar a dormir seguido y bien, y los dos nos levantábamos cada día descansados y con energía.

Cuando nos mudamos a este apartamento, sin embargo, las cosas cambiaron. Ahora, Thomas ha empezado a dormir en mi habitación cada vez más a menudo. A veces hasta me lo encuentro encogido en posición fetal a los pies de mi cama, después de entrar sin hacer ruido mientras duermo. Cuando veo que ha hecho eso, o en las ocasiones en que lo pillo in fraganti, me muestro firme con él: lo llevo de vuelta a su cama de coches de carreras, le aseguro que va a estar bien y le enciendo la lamparilla de noche que le compré para que se sienta más cómodo.

En general, estoy bastante convencida de que hago bien en este sentido. Solo hubo un episodio reciente que hizo flaquear mi certidumbre. Pasó hace varias semanas: me desperté en plena madrugada al oír unos gemidos como no había oído nunca. Venían del pie de mi cama, y parecían más de cachorrillo que de niño. Y luego, una vocecilla empezó a canturrear una palabra en voz alta, una y otra vez. «Papá», decía la voz. «Papá, papá».

Me levanté sin hacer ruido y fui de puntillas al pie de la cama. Allí, en un nido de mantas y almohadas, estaba mi hijo. Estaba hablando en sueños. Lo observé un momento, sin saber si tenía que despertarlo. Estaba pedaleando frenéticamente con las piernas, como un perro que persigue conejos en sueños. En la habitación en penumbra, apenas pude distinguir su expresión, que cambiaba rápidamente: primero, sonreía; después, fruncía el ceño, y, por fin, se le juntaron las cejas y arrugó la barbilla. Me agaché a su lado, y solo entonces vi que había estado llorando en sueños; la almohada que tenía junto a la cara estaba empapada de lágrimas. Le puse una mano en la frente, y luego en el hombro.

—Thomas —le dije—. Thomas. No pasa nada.

Pero no lo conseguí despertar, así que, solo por aquella noche, lo puse en la cama conmigo y le coloqué la mano muy suavemente en la frente lisa, como solía hacer mi madre conmigo, y le acaricié las cejas con delicadeza hasta que se tranquilizó.

Cuando por fin pareció cómodo, lo devolví a su cama. Y por la mañana, cuando me contó que recordaba haberme visto de madrugada, le dije que había sido un sueño.

En plena noche, abro los ojos para descubrir que estamos en plena nevada.

Al otro lado de la ventana de mi dormitorio, está nevando abundantemente en el haz de luz de la farola que hay al pie de la entrada para coches de la señora Mahon.

Por la mañana, me despierta la alarma de mi teléfono, lo agarro de mi mesilla de noche y pulso *Cancelar*. En la pantalla, previsiblemente, tengo un mensaje de Bethany enviado a las seis de la mañana.

«La carretera es un desastre! No puedo ir ☹».

—No —digo en voz alta. Me pongo de pie y camino hasta la ventana. Una gruesa capa blanca lo cubre todo—. No.

Oigo los pasos de Thomas mientras viene por el pasillo hasta mi habitación. Llama a la puerta y la abre.

—¿Qué pasa?

—Que no puede venir Bethany. Está atrapada por la nieve.

O puede ser perfectamente que esté enfurruñada por la conversación que tuvimos ayer.

—¡Bien! —dice Thomas, y se me ocurre demasiado tarde que cree que eso quiere decir que me voy a quedar en casa con él.

—No. Lo siento, Thomas. No me quedan días libres. Tengo que ir a trabajar.

Se le viene abajo la carita y se la cojo con las manos.

Me vuelvo a sentar en el borde de la cama, pensando.

Thomas me apoya la pequeña barbilla en el hombro, liviano como un pájaro.

—¿Adónde voy a ir?

—Todavía no estoy segura.

—Puedo venir a trabajar contigo. Puedo ir en el asiento de atrás.

Sonrío.

—Me temo que no está permitido.

Me lo pongo en el regazo. Los dos juntos nos preguntamos qué vamos a hacer.

A regañadientes, pruebo primero con Gee. En el pasado me ha cuidado a Thomas en un puñado de ocasiones, verdaderas emergencias. Pero no soy optimista. Y, en efecto, no me contesta el teléfono.

A continuación, pruebo con Carla, la anterior canguro a media jornada de Thomas.

Pero ahora Carla trabaja en una aseguradora de Center City y me dice que lo siente, pero que su oficina está abierta.

«Ashley», pienso. Un último recurso. La llamo al móvil. No contesta. Le mando un mensaje.

Mientras espero a que conteste Ashley, le doy el desayuno a Thomas y miro por la ventana. Sigue nevando. Antes de hacer nada, hay que quitar la nieve de la entrada para coches.

—Ponte las botas —le digo a mi hijo.

Trabajar fuera me pone de mejor humor. Cuando vivíamos en Port Richmond, hacía ejercicio con regularidad. Hice CrossFit muy brevemente. Hasta me apunté a un equipo mixto de fútbol. Siempre me ha tranquilizado sudar un buen rato tres o cuatro veces por semana. Pero últimamente no he tenido tiempo.

Le doy una pala a Thomas y le digo que ayude. Se pasa veinte minutos en el mismo sitio, y luego dirige su atención a intentar hacer castillos de arena con la nieve.

Me debe de faltar un metro y medio de entrada por despejar cuando aparece en su puerta la señora Mahon.

—No hace falta que lo hagas tú —me dice, levantando la voz—. No es tu trabajo.

—No me importa.

—Puedo pagar a Chuck. Es lo que suelo hacer.

Chuck es el hijo adolescente de nuestra vecina de al lado. Viene a veces a sacarse unos dólares pasando el rastrillo o barriendo, o también, me imagino, quitando la nieve.

Sigo a lo mío.

—Bueno, en cualquier caso —continúa la señora Mahon—, gracias.

—No hay problema. —Se me ocurre una idea. Miro el teléfono. Ashley sigue sin contestar.

—Señora Mahon, ¿tiene planes para hoy?

La señora Mahon frunce el ceño.

—Nunca tengo planes, Mickey.

Nunca he estado dentro de la casa de la señora Mahon. Cuando firmé el alquiler, fue en el apartamento de arriba. Hoy, cuando la señora Mahon nos abre su puerta, me quedo sorprendida. Por alguna razón, me estaba imaginando algo parecido a la casa de Gee, con bagatelas por todos lados y moqueta vieja que ya tocaba cambiar. En cambio, tiene pocos muebles y todo está impecablemente limpio. Los suelos son de madera dura, salvo allí donde están cubiertos de alfombras pequeñas. Los muebles son casi todos de calidad. El apartamento tiene arte moderno por todos lados: cuadros abstractos de gran tamaño llenos de pinceladas con texturas. No están mal. ¿Los habrá pintado la señora Mahon? Ni se me pasa por la cabeza preguntárselo, pero siento curiosidad.

—Me gustan sus cuadros —le digo en su lugar.

—Gracias —responde la señora Mahon, pero no añade nada más.

—Siento hacer esto.

Thomas está muy quieto. Me doy cuenta de que está al mismo tiempo intrigado y asustado. Se inclina un poco a la derecha, estirando el cuello para asomarse por la escalera. Me imagino que arriba debe de estar el dormitorio de la señora Mahon.

Me meto la mano en el bolsillo y saco la billetera. La abro y rezo por llevar algo de efectivo encima, pero lo único que encuentro son veinte dólares.

—Tenga. —Se los ofrezco a la señora Mahon—. Cójalos. Sacaré más mientras esté trabajando.

La señora Mahon hace un gesto despectivo.

—No seas ridícula —rechaza, con brusquedad.

—Por favor. Por favor, déjeme. Me siento terrible.

—Insisto —dice la señora Mahon. Pone la espalda recta. No hay manera de razonar con ella.

Le doy una bolsa que he bajado de nuestro apartamento.

—Dentro hay una muda de ropa extra y unos cuantos libros y juguetes. También la comida que le he hecho a Thomas.

Lo que no le digo: «Solo tiene cuatro años. A veces todavía se moja los pantalones. Le asusta mucho todo lo que da miedo por la tele, incluidas las noticias». Pero, cuando miro a Thomas, sé que no le va a gustar que le diga estas cosas a la señora Mahon.

—No hacía falta —dice ella—. Yo le podría haber hecho algo. A menos que a este joven no le gusten los sándwiches de mantequilla de cacahuete. —Se gira hacia Thomas—. ¿Te gustan los sándwiches de mantequilla de cacahuete?

Él asiente.

—Pues muy bien. Parece que vamos a estar bien.

Me arrodillo al lado de Thomas. Le doy un beso en la mejilla.

—Pórtate muy muy bien. Sabes qué quiere decir bien, ¿verdad?

Thomas vuelve a asentir.

—Escuchar —dice, señalándose una oreja.

Está intentando ser valiente. ¿Qué va a hacer ahí todo el día?

Apunto mi número de móvil en un cuaderno que hay junto al teléfono fijo de la señora Mahon, aunque creo que ya lo tiene.

—Llame en cualquier momento. Para cualquier cosa. En serio.

Luego salgo por la puerta, haciendo un esfuerzo para no girarme y mirar a Thomas, a quien le había temblado un poco la barbilla cuando le di el beso de despedida. Una expresión que sé que me va a atormentar mientras cumplo mecánicamente con las obligaciones de mi turno.

Me paso el trayecto en coche preocupada. ¿Qué he hecho? ¿Con quién he dejado a Thomas? Apenas conozco a la señora Mahon. No conozco por su nombre a ningún pariente de la señora Mahon, aunque la he oído hablar de una hermana suya. No sé cuál es el estado de salud de la señora Mahon. ¿Qué pasa si se cae? Me preocupo. ¿Y si es poco amable con Thomas?

Y luego me recuerdo, como siempre, que no lo tengo que tratar como a un bebé. «Ya casi tiene cinco años, Michaela —me digo a mí misma—. Y cada día es más capaz».

Hoy hace menos frío que ayer y ha parado de nevar. La nieve ya se está empezando a derretir y a formar charcos marrones allí donde ha pasado la máquina quitanieves. Si Bethany hubiera querido, está claro que podría haber venido a nuestra casa.

Esta mañana, el sargento Ahearn se encarga del orden del día, y cuando termina me acerco a él y le pregunto si recibió mi mensaje.

—¿Mensaje?

—Le dejé un mensaje de voz anoche.

—Ah, sí, lo recibí. ¿Qué pasa? ¿Querías hablar?

Echo un vistazo a la sala común. Hay por lo menos tres agentes lo bastante cerca como para oírnos.

—Es un poco delicado —susurro.

El sargento Ahearn suspira.

—Bueno, ahora mismo en mi despacho le están poniendo el chaleco antibalas a un acompañante. O sea, que a menos que me quieras llevar al cuarto de baño, va a ser mejor que me lo digas aquí.

Vuelvo a mirar a los demás agentes. Dos de ellos encajan en la predicción de Nguyen: hombres blancos de entre cuarenta y cincuenta años.

—¿Tiene veinte minutos para verme hoy a la hora del almuerzo?

—Vale. ¿En Scottie's?

Es un restaurante frecuentado por policías. Por consiguiente, lo quiero evitar, así como cualquier otro sitio donde podamos ver a colegas.

—Quedemos en el Bomber Coffeee de la calle Front.

La mañana pasa despacio. Sobre las diez de la mañana, sin embargo, algo me llama la atención: un hombre con una chaqueta naranja está plantado bajo la parada del Ele en la esquina de Kensington con Allegheny, con aspecto alerta y los brazos cruzados. De uno de los brazos le cuelga una bolsa de plástico.

Dock.

Paro el coche a media manzana de distancia y lo vigilo un momento.

Si ve mi coche patrulla, no reacciona. En cualquier caso, está demasiado lejos como para ver que dentro estoy yo. Desde esta perspectiva aventajada, con la visera bajada, veo que mueve un poco los labios cada vez que le pasa alguien al lado. Me parece que lo más probable es que esté diciendo «chutas, chutas, chutas»: jeringuillas limpias que se pueden comprar por un poco de calderilla. Mucha gente del barrio se gana la vida así, sacándose lo justo para irse colocando. Otros ofrecen más servicios: te ayudan a inyectarte, por lo general en el cuello, cuando ya no te quedan otras venas prometedoras. Con menos frecuencia, si la clínica está cerrada o queda demasiado lejos, te intentan tratar las infecciones o drenarte los abscesos, a menudo con resultados desastrosos.

Saco el teléfono y encuentro el número de Truman. Dudo un momento, pero me puede la curiosidad.

«¿Estás ocupado?», le escribo. Recuerdo la voz femenina que sonaba de fondo la última vez que lo llamé. No quiero causarle problemas.

Me responde muy deprisa: «¿Qué hay?».

«¿Te apetece hacerme una vigilancia?».

Truman tarda media hora en llegar. Me paso ese tiempo sentada sin hacer nada, en tensión, rogando para que Dock no se vaya del cruce y rezando para que nadie acepte su oferta de chutarles. Para mi alivio —y seguramente para su congoja— nadie la acepta.

Por fin me suena el teléfono. Es Truman.

—Mira a tu derecha.

Me giro sutilmente. Tardo un momento en verlo en la otra acera, pero, al final, lo veo. Ahí está: Truman, vestido muy distinto de cuando lo vi la semana pasada. Hoy lleva mochila, pantalones de chándal holgados, anorak acolchado, gorro de invierno y una bufanda tapándole la boca y la nariz. También lleva gafas de sol. Solo lo delata su constitución atlética.

—¿Qué te parece? —Está mirando al frente, evitando concienzudamente echar ningún vistazo en dirección a mi vehículo policial.

—¿De dónde has sacado esa ropa?

—De la unidad antivicio.

Truman trabajó de infiltrado una década más o menos, cuando tenía veintitantos, antes de que yo lo conociera. Sobre todo en narcóticos.

—¿Ves al caballero de la chaqueta naranja? —Truman asiente—. Es él.

Truman lo mira un momento.

—Todo el mundo tiene algo con lo que trapichear, ¿eh?

Pasan dos chicas al lado de Truman y le echan un vistazo.

—Muy bien. Estoy en ello. Te llamo más tarde.

Y echa a andar hacia nuestro objetivo. En sus andares reconozco una determinación familiar. La misma que tenía siempre durante los años que pasamos trabajando juntos.

Al cabo de una hora sigo sin tener noticias de Truman, y ya es hora de ver al sargento Ahearn.

Le mando un mensaje para asegurarme de que está listo. Luego, le envío por radio mi ubicación —mintiendo un poco, mencionando el Wawa que hay justo al lado del Bomber Coffee— y entro en la cafetería.

El sargento Ahearn ha llegado antes que yo. Está sentado a una mesa, mirando a su alrededor con expresión escéptica. Tiene mejor postura que el resto de la clientela.

La mesa que ha elegido está al lado de los lavabos, separada de las demás.

Cuando me ve, levanta la vista, pero no se pone de pie. Me siento frente a él.

—¿Estos sitios frecuentas? —me dice.

—Pues no. Solo he estado aquí una vez, pero he pensado que tendríamos intimidad.

—Sí. —Abre mucho los ojos—. Es muy sofisticado.

Está siendo sarcástico. Cambia de postura en su silla. Tiene un café delante, sobre la mesa. No me pregunta si quiero uno yo también.

—¿Qué pasa, pues?

Echo un vistazo a mi alrededor. No hay nadie cerca.

Saco el móvil y abro el vídeo que ha estado distribuyendo Homicidios. Me inclino hacia delante y pulso *Play,* poniendo la pantalla del teléfono hacia el sargento Ahearn.

Mientras se reproduce el vídeo, le hablo en voz baja:

—Ayer me pasé el día enseñando esto por el barrio.

—¿Por qué? —me interrumpe Ahearn antes de que pueda seguir.

Hago una pausa.

—¿Por qué?

—Sí. ¿Por qué?

—Porque el detective Nguyen dijo…

Ahearn niega con la cabeza.

—¿Y a ti quién te da órdenes? El detective Nguyen no. Encontrar a ese tipo es su trabajo, no el tuyo.

Abro y cierro la boca. Estoy intentando evitar que desvíe el tema.

—Muy bien. Lo recordaré. La cuestión es…

—Ya tenemos bastantes preocupaciones todos los días.

¿Me va a dejar terminar?

Espero un momento. Ahearn espera un momento.

—Entiendo —intervengo—. La cuestión es que ayer alguien reconoció al sospechoso. Una de mis habituales en la Avenida, una mujer a la que conozco bastante bien. Me dijo…

—Llegado este punto, echo otro vistazo por encima del hombro y me inclino hacia delante—. Me dijo que era un policía.

Ahearn le da un sorbo al café.

Me reclino en el respaldo del asiento y espero su reacción, pero Ahearn ni se inmuta.

—Claro, claro —dice por fin Ahearn—. ¿Y te dijo cómo se llama?

—No. —Me siento confundida—. Seguramente no lo sabía. Me dijo que las mujeres del barrio lo conocen. —Bajo la voz para que solo me pueda oír Ahearn—. Me dijo que ese hombre… —Nuevamente, no sé cómo ponerlo en palabras. El término técnico suena muy frío—. Que ese hombre exige favores sexuales. Y amenaza con llevarlas a comisaría si no se los dan.

Ahearn asiente con calma.

—Escuche —prosigo—. No he querido llevarle directamente esta información al detective Nguyen porque me parece un poco delicada. Quería empezar por mi supervisor.

¿Está sonriendo Ahearn?

Me había imaginado muchas reacciones posibles, pero ninguna era esta. Levanta la tapa de su café y la deja con cuidado sobre la mesa, para que se enfríe. Sale una nubecilla de vapor.

—¿Estaba…? —me aventuro—. ¿Estaba usted al corriente de esto?

Ahearn se lleva el café a los labios y sopla un poco antes de dar un sorbo.

—Bueno —me dice en tono pensativo—. No te lo puedo contar todo, pero sí te puedo contar que estamos al corriente de esas acusaciones.

—¿En qué sentido?

Ahearn me clava una mirada afilada.

—En el sentido de que estamos al tanto de ellas. ¿Qué crees?

—¿Y qué están haciendo al respecto? —Noto que está pasando, que me está subiendo la sangre a la cara, traicionándome. Tengo una caldera encendida en el abdomen.

—Mickey. —Ahearn se lleva las manos a las sienes y se las frota. Parece que esté decidiendo si continúa o no. Luego, habla—: Mira, Mickey. Pongamos por caso que eres un maleante sin un centavo. Digamos que vas por la Avenida y andas buscando acción. ¿Cuál es una manera de conseguirla gratis?

Vacilo solo un instante.

Ahearn asiente.

—Lo ves, ¿no? Dices que eres policía.

No digo nada. Aparto la vista. Es posible, admito, que eso pueda pasar alguna vez. Pero Paula es lista. No me la imagino dejándose engañar así.

—En cualquier caso, escucha: si te hace sentir mejor, le transmitiré la acusación a Nguyen y a Asuntos Internos. ¿Quién la hizo?

—No quiere declarar.

—Entre tú y yo, no puedo ir a AI con una acusación anónima. Se me reirán en la cara.

Vuelvo a vacilar.

—O bien no tengo que decir nada —concluye Ahearn—. Tú decides.

—¿Extraoficialmente?

—Extraoficialmente.

—Paula Mulroney.

La definición de una ética utilitaria, tal como nos la explicó la señora Powell, es el bien mayor para el número mayor de personas. Esto es lo que me pasa por la cabeza mientras traiciono a Paula.

El sargento Ahearn asiente.

—Conozco el nombre. La hemos detenido un par de veces, ¿no?

—Un par o tres —confirmo—. O cuatro.

Ahearn se pone de pie con el café todavía en la mano. Le vuelve a poner la tapa. Se despereza ociosamente, haciéndome saber que se ha terminado la reunión.

—Pasaré el mensaje.

—Gracias.

—Y Mickey. —Me mira a los ojos—. Concéntrate en tu trabajo, ¿de acuerdo? Estás en el distrito 24. No tienes tiempo para hacer mucho más.

Cuando llego a mi coche, comunico por radio a Centralita que he terminado de comer. Luego me siento en el coche, echando chispas.

Si antes ya me caía mal el sargento Ahearn, ahora lo detesto. La forma en que me ha hablado está completamente fuera de lugar. Su forma de quedarse ahí sentado, en plan emperador, como si ya lo supiera todo. Se me ocurren todas las réplicas posibles que le podría haber hecho. Luego, sintiéndome impotente, miro mi teléfono.

Tengo un audio de Truman Dawes.

Lo escucho.

—Mick. Llámame en cuanto puedas.

Empiezan a temblarme las manos. Le devuelvo la llamada. Mientras espero a que coja el teléfono, pongo rumbo a la Avenida.

—Contesta —le susurro—. Contesta. Contesta.

No contesta. Lo vuelvo a llamar.

Lo coge al último timbrazo.

—Mickey, ¿dónde estás?

—En Front con Coral. Yendo al norte por Front.

—Te veo en Emerald con Cumberland.

Ya casi me he pasado el cruce con Emerald, así que derrapo peligrosamente para girar por él. Enciendo brevemente las sirenas, provocando que dos coches cercanos tengan que frenar en seco.

Últimamente apenas me reconozco.

—¿Está bien mi hermana? —le digo a Truman.

—No lo sé.

Cuando lo recojo, se ha cambiado. Lo único que reconozco es la mochila que lleva en las manos y que ahora, imagino, contiene su atuendo de vigilancia. Vuelve a llevar los vaqueros con la rodillera a la vista. Han desaparecido la bufanda, las gafas de sol y hasta el anorak.

Se mete en el asiento del copiloto, bajando la cabeza para entrar. Echa un vistazo mientras cierra la portezuela.

—¿Por qué no salimos de este barrio? —propone.

Probablemente sea buena idea. Pongo rumbo al sudeste otra vez, hacia Fishtown.

—¿Qué ha pasado?

—Le he comprado una jeringa. Le he dicho que venía de Bucks. Le he preguntado si me podía decir dónde pillar.

Asiento. Es el inicio de una historia familiar: es como tienen lugar la mitad de las sobredosis del distrito. La gente viene de los barrios residenciales buscando una dosis y recibe más de lo que ella o su cuerpo vino a buscar. El potente y letal fentanilo se ha infiltrado en la mayor parte de la heroína que se vende por aquí, y está matando incluso a los consumidores de droga más experimentados.

—Ha dicho: «Sígueme». Y ha echado a andar hacia el norte por la Avenida.

—¿Te lo estaba diciendo a ti? ¿Ha dicho algo de sí mismo?

—Me ha preguntado: «No eres poli, ¿verdad?». Le he contestado: «Y una mierda, odio a los polis». Y ya no ha dicho nada más.

Truman carraspea y me echa un vistazo. Sigue hablando.

—Me ha llevado por un callejón que salía de una callecita llamada Madison. Allí se puede entrar por las puertas traseras de un par de *abandos*, de manera que nos hemos quedado solos y Dock se ha puesto a hablarme de lo que tenía y a decirme que es lo más puro que me habré chutado en la vida. Me pregunta cuánto quiero y cuánto dinero tengo para gastarme. Me dice que es el doctor y que, si le pago, también me inyectará.

»—No hace falta —le digo.

»Me ha mirado con cara severa.

»—¿Seguro? Si quieres, lo podemos hacer aquí dentro.

»Llegado ese punto, me he empezado a poner nervioso y a pensar en formas de salir de allí. A pensar que él sabía que yo era poli. Cuando estaba en antivicio, tenía un equipo de apoyo, llevaba micrófono y contaba con un plan de extracción.

»—No hace falta —le he repetido.

»De forma que le doy dinero y lo coge. Me dice que espere allí.

»—No te irás a escapar con eso, ¿verdad? —le he dicho.

»—Ni hablar. Si hiciera eso, me quedaría sin trabajo.

»Así que ha entrado, ha apartado una lámina de contrachapado que tapaba la puerta y ha desaparecido».

Interrumpo a Truman.

—¿Has podido ver el número de la casa?

—He intentado verlo, pero no he podido. Es una casa con revestimiento blanco y una pintada en una de las ventanas cegadas de atrás que dice «BBB». Tres letras.

»En cualquier caso, en cuanto ha desaparecido dentro, me he acercado a una de las ventanas y he intentado espiar el interior. Me he puesto a mirar por las ranuras de los tablones, pero estaba oscuro. No he podido ver gran cosa. Me ha parecido distinguir por lo menos a cuatro personas, quizás a más. Todos estaban más o menos adormilados. Uno de ellos parecía muerto. Quizás lo estuviera.

He visto casas así más veces de las que me acuerdo. Me parecen círculos del infierno.

»—Me he puesto a escuchar —prosigue Truman— y he oído un ruido que venía de dentro, como de alguien subiendo a trompicones una escalera. Al cabo de un segundo, el tal Dock ha vuelto a bajar y de repente lo he visto caminar en mi dirección, hacia la parte de atrás de la casa. Me he apartado de golpe, me he dado la vuelta y he hecho ver que estaba ocupándome de mis asuntos.

»—Ten —me ha dicho el tipo—. ¿Seguro que no quieres que te la chute yo? Cinco pavos.

»—No. Ya lo hago yo.

»Me ha echado un vistazo.

»—No te chutes cerca de mi casa —me ha dicho—. Y pruébala primero.

»Le he dado las gracias y me he empezado a ir, pero me habría gustado poder echar otro vistazo adentro. Y quizás se ha fijado en que estaba titubeando, porque me ha dicho:

»—¿Andas buscando algo más?

»—¿Como qué?

»—Una chica —me ha dicho el cabrón.

Me quedo fría. Truman me mira un momento antes de continuar.

»—Quizás —le he dicho.

»—¿Quieres ver fotos? Tengo fotos.

»Le he dicho que sí. Se ha sacado el teléfono y ha empezado a pasar fotos de chicas. Y, Mick, he visto a Kacey.

Asiento. Ya sabía lo que iba a venir.

»—¿Ves algo que te guste? —me ha preguntado el muy bastardo. Le he dicho que sí, pero que me quiero colocar primero. Le he dicho que volveré en otro momento. Me ha dado su número de teléfono.

»—Llámame cuando necesites algo. Soy tu hombre, ¿vale? Soy el doctor.

Me quedo mirando al frente.

—¿Estás bien? —dice Truman.

Le digo que sí con la cabeza. Lo que siento es un asco que arranca del fondo de mis entrañas.

—¿Cómo la has visto? —le pregunto a Truman, pero solo después de decirlo caigo en la cuenta de que lo he dicho tan flojo que no me puede oír.

Vuelvo a preguntarlo.

—¿Qué quieres decir?

—En la foto. ¿Cómo la has visto?

Truman aprieta la mandíbula.

—No llevaba… No llevaba mucha ropa. Estaba flaca. Llevaba el pelo teñido de rojo brillante. Y tenía pinta de que quizás la habían zurrado. Tenía un ojo inflado. No la he podido ver bien.

«Pero viva —pienso—. Quizás esté viva».

—Una cosa más —añade Truman—. Justo cuando estaba a punto de marcharme, ha aparecido un tipo doblando la esquina. Un tipo con pinta de matón, todo tatuado; parecía amigo de Dock. Ha señalado a Dock, feliz de verlo, y ha dicho: «McClatchie, ¿cómo te va?».

—McClatchie.

—Ajá.

—Connor McClatchie —digo, acordándome de la foto de Facebook, la que tenía «Connor Dock Famisall» escrito debajo.

Truman asiente. Luego señala con la cabeza el terminal de datos móvil que tengo en el centro del salpicadero.

—¿Puedo?

—Adelante. —Parecen los viejos tiempos, cuando mi compañero hacía el papeleo mientras yo conducía.

El perfil de usuario de Truman está desactivado mientras está con la baja médica, así que le doy el mío. Así puede hacer una búsqueda en la base de datos del CICF.

Sigo intentando mirar mientras conduzco, y poco me falta para invadir el carril contrario.

—Joder, Mick. Para en el arcén.

Pero no quiero. No hasta que estemos lo bastante lejos del barrio como para que a Truman tampoco lo reconozcan. Sigo escrutando la carretera que tengo delante, mirando por los retrovisores, esperando encontrarme con algún colega. O con el sargento Ahearn.

—Léemelo en voz alta —le indico.

Truman lee un momento para sí mismo. Luego dice:

—Muy bien, allá va. «McClatchie, Connor. Nacido el 3 de marzo de 1991 en Filadelfia». Un chaval —apunta, echándome un vistazo.

—¿Qué más?

Silba por lo bajo.

—¿Qué? Dime.

—Vale —continúa—. Lo tenemos por todo, desde robo a mano armada hasta asalto, posesión ilegal de arma de fuego... El tío ha estado encarcelado tres..., espera, cuatro..., cinco veces.

Hace otra pausa.

—¿Y?

—Parece que ya tiene un cargo por promover la prostitución.

Proxeneta. En realidad, es raro. La mayoría de las mujeres de Kensington trabajan por cuenta propia, pero toda regla tiene una excepción.

Hace una pausa.

—También tiene una orden de búsqueda. Eso nos podría ayudar.

—Puede ser.

Miro el reloj del salpicadero. Se acerca el final de mi turno. Casi es hora de rescatar a Thomas de la señora Mahon y a la señora Mahon de Thomas. Además, hace mucho rato que no contesto a ningún aviso.

—¿Dónde tienes el coche? —le pregunto a Truman, y me lo dice.

Me quedo un momento sin decir nada.

Y por fin se lo pregunto:

—¿Crees que estaba en esa casa?

Truman lo piensa un momento largo.

—No lo sé. Quizás sí. No la he visto en la planta baja. Pero había una segunda planta y sé que arriba estaba pasando algo.

Asiento.

—Mickey. No hagas ninguna tontería.

—No. Nunca la haría.

A Truman le suena entonces el teléfono. Le echa un vistazo antes de decirme que pare y que va a salir aquí mismo.

—Te puedo llevar hasta tu coche —le ofrezco.

—No pasa nada. No queda lejos.

Parece ansioso por salir. Le sigue sonando el teléfono.

Da un golpecito en el techo del coche patrulla al salir.

Solo entonces me doy cuenta de que ni siquiera le he contado mi reunión con Ahearn a la hora del almuerzo. Si alguien me podría dar consejo en este sentido es Truman; pero Truman ya ha contestado el teléfono.

Lo veo un rato mientras se aleja.

Me vuelvo a preguntar con quién está hablando.

Por fin se termina la jornada. Me paso todo el trayecto a casa preocupada por cómo le habrá ido el día a Thomas. Después de pasar unas horas separados, siempre anhelo el alivio de volver a conectar con él: ese subidón rápido de dopamina que relaja los hombros y ralentiza la respiración.

Ya es casi noche cerrada cuando llego a casa, y eso que ni siquiera son las cinco de la tarde. Odio estos días: la oscuridad de la parte más oscura del invierno. Hasta el último destello de la luz del sol parece comestible, algo dulce que tragarse y almacenar para la larga y fría noche.

Lo primero que veo cuando llego es que no hay luces en casa de la señora Mahon. Se me hace un pequeño nudo en el estómago. Salgo del coche y voy trotando por la nieve hasta la puerta de la casa. Toco al timbre. Y, sin esperar demasiado, llamo también con los nudillos.

Estoy a punto de hacerlo otra vez cuando se abre la puerta. Al otro lado aparece la señora Mahon, con la sala a oscuras de fondo. No veo a Thomas. Me mira, parpadeando a través de sus gafas de gran tamaño.

—¿Está aquí Thomas?

—Pues claro. ¿Estás bien? Menudos golpes en la puerta, Dios bendito. Casi nos provocas un ataque al corazón.

—Perdone. ¿Dónde está?

Y, en ese momento, aparece Thomas al lado de la señora Mahon con una franja de color rojo encima del labio superior. Ha estado bebiendo algo con azúcar. Está sonriendo.

—Espero que no te importe que le haya dado Kool-Aid —dice la señora Mahon—. Lo guardo en el armario para cuando vienen los hijos de mi sobrina.

En todo el tiempo que llevo aquí, nunca he visto a los hijos de la sobrina de la señora Mahon.

—No, no pasa nada. Un día es un día.

—Hemos estado viendo una película como en el cine —me informa Thomas con la voz aguda de excitación.

—Quiere decir que hemos hecho palomitas y hemos apagado las luces —aclara la señora Mahon—. Pasa, estás haciendo que entre frío en la casa.

Dentro, mientras Thomas se está poniendo los zapatos y la chaqueta, me fijo en una foto que hay colgada en la pared del recibidor: parece una fotografía de clase, ajada y borrosa. Hay muchas hileras de niños de todas las edades: desde el parvulario hasta la primera adolescencia. Las dos hileras de detrás son monjas vestidas con chaquetas de punto, faldas y tocas sencillas, como las monjas de la escuela parroquial a la que fuimos Kacey y yo. La fotografía es en blanco y negro y difícil de fechar. Cuesta imaginar que la señora Mahon fuera alguna vez una niña, pero la imagen demuestra que lo fue. Examino a los niños rápidamente para ver si la reconozco, pero la señora Mahon me toca el codo.

—Mientras se está preparando —me susurra—, tengo que decirte que ha vuelto a venir el hombre aquel.

Se me cae el alma a los pies.

—¿Lo ha visto Thomas?

—No. Lo he reconocido por la ventana, así que le he pedido a Thomas que suba un momento. Y le he dicho que ya no vivíais aquí, como me pediste.

Alivio.

—¿Cómo ha reaccionado?

—Parecía decepcionado.

—No pasa nada. Puede estar tan decepcionado como quiera. ¿Y se lo ha creído?

—Parecía que sí. Era muy educado.

—Puede serlo.

La señora Mahon aprieta la mandíbula y asiente.

—Bien por ti, en cualquier caso. A la mayoría de los hombres los detesto. —Piensa un momento y añade—: Soporto a un par de ellos.

Cuando entramos en el apartamento, Thomas no para de contar cosas.

—La señora Mahon me ha dejado ver *E. P.*

—¿Qué es *E. P.*?

—Una película. Una película sobre uno que va en la bici de un niño.

—¿Uno?

—Un monstruo.

—*E. T.* —le digo.

—Y dice: «*E. P. teléfono, mi casa*». Y la señora Mahon me ha enseñado a hacerlo con el dedo, así.

Estira el dedito índice hacia mí y yo se lo toco con el mío.

—Así.

—¿Te ha gustado?

—Sí. Me la ha dejado ver, aunque daba miedo. —Está sobreexcitado por la película y probablemente por el exceso de azúcar.

—¿Has pasado miedo?

—No. Daba miedo. Pero yo no he tenido.

—Bien. Me alegro.

Pero esa misma noche, después de acostarlo, me despierta un ruido de pasitos. Y ahí está Thomas, envuelto en una manta y, de hecho, con un aspecto muy parecido al del protagonista de la película que ha visto hoy.

—Tengo miedo —anuncia con solemnidad.

—No pasa nada.

—He dicho una mentira, porque sí que tengo miedo.

—No pasa nada.

Hace una pausa, mordiéndose el labio y mirando el suelo. Sé lo que está a punto de pasar.

—Thomas —le digo a modo de advertencia.

—¿Puedo dormir en tu cama? —me pregunta, pero tiene la voz resignada. Ya conoce la respuesta.

Me pongo de pie y voy con él. Le cojo la mano y lo llevo de vuelta por el pasillo hasta su habitación.

—Tienes casi cinco años. Te estás haciendo muy mayor. ¿Puedes ser valiente por mí?

Lo veo asentir en el pasillo a oscuras.

Lo hago entrar en su habitación y le enciendo la lamparilla de noche. Se mete en la cama, lo arropo con las mantas y le pongo una mano en la cabeza.

—¿Sabes qué? He hablado con las madres de Carlotta y Lila para invitarlas a tu fiesta de cumpleaños.

No dice nada.

—¿Thomas?

No me quiere mirar. Vacilo por un momento. Y luego me acuerdo de todo eso que he leído de cómo se infunde fuerza y autosuficiencia en un niño, de cómo es esencial enseñarle al niño seguridad en sí mismo e independencia para asegurarse de que termina siendo un ciudadano adulto y bien adaptado al entorno.

—Han dicho que sí —continúo.

Luego le doy un beso en la frente y salgo de la habitación en silencio.

A la mañana siguiente, me toca ir a los juzgados a testificar. Es el juicio del caso de violencia doméstica de la semana pasada. El acusado es Robert Mulvey Junior. Parece que su mujer ha decidido, a pesar de su reticencia inicial, presentar cargos. Nos van a llamar al estrado tanto a Gloria Peters como a mí.

Sería un caso rutinario, y un día rutinario, si no fuera por la profunda incomodidad que siento cada vez que miro a Mulvey. Su mirada siempre está clavada en mí, y cada vez que se encuentra con la mía —siempre contra mi voluntad— sé que lo conozco de algo. Una y otra vez lo intento ubicar, pero no puedo.

No me quedo para ver si lo encierran.

De vuelta en mi vehículo, compruebo de forma compulsiva el reloj de mi salpicadero.

No sé gran cosa de Connor McClatchie, pero una de las cosas que sé es que cada tarde, sobre las dos y media, va a la tienda del señor Wright a inyectarse y cobijarse del frío. Lo cual significa, por supuesto, que a esa hora está fuera de la casa.

«No hagas ninguna tontería», me dijo ayer Truman. Pero no me parece ninguna tontería seguir las pistas que tengo. De hecho, me parece razonable.

Son las once de la mañana, lo cual significa que me faltan unas horas antes de poder inspeccionar en persona la casa. Hago lo que puedo para no pensar todo el tiempo en el reloj. Pero no puedo evitar pasar dos veces con el coche por la callecita llamada Madison —no demasiadas veces, tampoco quiero alertar ni alarmar a nadie— y estirar el cuello para asomarme por el callejón que me describió Truman.

Si el diseño de Center City —todo ángulos rectos y simetría— es evidencia de las mentes serias y racionales que planificaron Filadelfia, Kensington es la evidencia de lo que pasa cuando la necesidad distorsiona la intención. Aquí y allá, el paisaje está salpicado de parquecitos, muchos con formas extrañas. Aparte de la línea firme y recta que es la calle Front y de la diagonal que traza la avenida Kensington, las demás calles de Kensington están todas ligeramente torcidas, un poco desviadas respecto al firme ecuador que son las calles de Center City como Vine, Market y South. Las calles de Kensington empiezan y terminan sin aviso alguno; pasan de un carril a dos de forma igualmente abrupta. Madison es distinto de Madison Este; Susquehanna Oeste discurre con descaro por debajo de Cumberland Este. La mayoría de las calles pequeñas de Kensington son residenciales. Sus casas adosadas con fachadas de estucado y ladrillo se suceden codo con codo, salvo allí donde han sido demolidas y han dejado tras de sí solares vacíos que me parecen piezas que faltan en una dentadura. Hay manzanas relativamente bien mantenidas que solo tienen una o dos casas abandonadas y clausuradas. Otras han sido arrasadas por el infortunio de sus residentes. En ellas, casi todas las casas se ven vacías.

Muchas de las calles secundarias de Kensington se cruzan con callejones todavía más pequeños, que a su vez están flanqueados por partes traseras de casas que dan la impresión de que se han enfadado con el transeúnte y le están dando la espalda, enfurruñadas. Por lo general, los coches no pueden circular por esos callejones.

Es por uno de dichos callejones por donde me asomo ahora, en busca de la casa con las tres letras B que Truman describió.

Pero si la casa en cuestión existe, no se ve desde donde estoy.

Cuando se acerca la hora, aparco mi vehículo asignado y entro en la tienda de Alonzo. Levanta la vista y, juzgando correctamente que no he entrado a comprarme un café, me señala sin decir nada el armario donde tiene guardada mi muda.

—Gracias, Alonzo —le digo, y entro en el baño, y luego, con toda la dignidad que puedo, reemerjo ataviada con mis pantalones de chándal y mi camiseta negros y enormes.

No digo nada. Solo me despido con la cabeza, vuelvo a dejar sobre el estante la bolsa con mi uniforme y desaparezco por la puerta. Esta vez también dejo la radio y el arma en la bolsa. No tengo forma de enfundármela sin que se vea por debajo de la ropa de paisano.

Voy haciendo *footing* hasta Madison. Me ayuda a luchar contra el frío. Me miro el reloj: las 14:30 exactas.

Aminoro la marcha hasta caminar mientras doblo por la calle en sí y luego me meto por el callejón que va perpendicular a ella. Intento aparentar despreocupación, seguramente sin éxito.

Y ahí está, al final del todo: la parte de atrás de la casa en cuestión. Revestimiento blanco. Tres letras B pintadas con aerosol sobre las tablas que ciegan una de las dos ventanas de atrás. Un panel grande y podrido de contrachapado que cubre el sitio donde antaño debió de estar la puerta de atrás. Parece que debería ser fácil apartarla a un lado, y me imagino que es así como entran y salen los residentes temporales.

Acerco la cara a los tablones que ciegan la ventana, intentando ver algo por una rendija, pero dentro está demasiado oscuro. Vacilo un momento, y luego doy unos golpes rápidos en el panel que cubre la puerta. Si me contesta Dock, no estoy segura de qué voy a hacer.

Espero un rato. Luego un rato más. Vuelvo a llamar. No contesta nadie.

Al final, aparto el panel de contrachapado y entro con cautela.

Nada más entrar, me reciben el olor familiar de todas estas casas y el frío intenso de una estructura sin luz en invierno. El frío del interior me parece más crudo incluso que el frío de la intemperie. En estas casas abandonadas no entra nada de luz del sol de tan selladas que están. La atmósfera es inmóvil e inclemente, como el interior de un congelador.

Doy un par de pasos y espero a que se me acostumbre la vista. Los tablones del suelo crujen precariamente. De hecho, tengo miedo de pisar uno en mal estado —o ausente— y acabar depositada bruscamente en el sótano.

Me gustaría llevar mi cinturón de servicio para poder tener acceso a mi linterna. Lo que hago es coger el móvil y encender la aplicación.

Lo dirijo a mi alrededor, enfocando las cuatro esquinas de la sala donde estoy. Mientras lo hago, me doy cuenta de que estoy esperando ver cuerpos humanos. Sin vida o vivos, no estoy segura. Pero no veo ni una cosa ni otra. Solo unos colchones en el suelo, cubiertos de cartones y bolsas de basura y mantas, y algunos montones de tela —ropa, seguramente— y otros objetos que no puedo identificar. Este *abando* parece, por lo menos de momento, abandonado de verdad.

Me acuerdo de la descripción que me hizo Truman de su encuentro con Dock y me acuerdo de que dijo que, en un momento dado, parecía que Dock desaparecía en el piso de arriba. Pero no veo ninguna escalera. Por lo menos, no de forma inmediata.

Avanzo muy despacio e ilumino con mi linterna la parte delantera de la casa, la más alejada de mi punto de entrada. Veo una puerta principal y un pequeño umbral abierto en una pared que termina frente a un vestíbulo. Me doy cuenta de que las escaleras deben de estar al otro lado de ese vestíbulo.

Por fin se me ha acostumbrado la vista lo bastante como para caminar con más confianza, y, de pronto, me veo impulsada hacia delante por una nueva sensación de urgencia. «Entrar —pienso— y salir».

Subo rápidamente la escalera, esquivando unos cuantos peldaños podridos y cogiéndome de la rasposa barandilla con la mano izquierda.

Cuando llego a lo alto, veo una cara humana observándome con los ojos muy abiertos.

Se me cae el teléfono con estrépito, y al mismo tiempo me doy cuenta de que la cara es la mía, reflejada en un espejo que hay colgado de la pared.

Recojo el teléfono con manos temblorosas y empiezo la vieja y familiar rutina de asomarme por las puertas en busca de mi hermana.

Me doy cuenta de que estoy olisqueando el aire en busca de indicios de cuerpos en descomposición. No es un olor que se olvide con facilidad. Pero, aunque la casa apesta, noto con agradecimiento que no tiene ese aroma peculiar y nauseabundo de la muerte humana.

Hay un cuarto de baño donde faltan tanto el retrete como la bañera: allí donde estaban, ahora hay sendos agujeros en el suelo.

Hay un dormitorio con un viejo sofá, una pila de revistas y varios condones usados en el suelo.

En otro hay un colchón desnudo en el suelo y una pizarra en la pared con unas marcas de tiza gruesas hechas con trazo infantil. Las ventanas de las habitaciones de arriba no están cegadas, y, bajo la luz que dejan entrar, distingo lo que el artista ha dibujado: una especie de perfil urbano, una ciudad de edificios altos con ventanas innumerables representadas con puntitos. Me lo quedo mirando y me pregunto si el dibujo se hizo antes del abandono de la casa o si lo habrá hecho un niño en tiempos más recientes. En la pequeña repisa de madera de debajo, hay tres pedacitos pequeños de tiza y no me puedo resistir: cojo uno y hago una marca diminuta y discreta en la esquina derecha. Hacía años que no dibujaba en una pizarra.

Acabo de devolver la tiza a su ranura cuando oigo que alguien entra en la planta baja.

Me llevo un sobresalto. Y la tiza traza un pequeño arco desde la repisa hasta el suelo y aterriza con un clac inconfundible.

—¿Quién hay ahí arriba? —dice la persona. Un hombre.

Miro frenéticamente la ventana más cercana. ¿Cuánto daño me haría, me pregunto, si la abriera y saltara desde la segunda planta?

Antes de poder decidirme, oigo que retumban unos pasos fuertes en la escalera y me quedo paralizada.

Ojalá tuviera el arma.

Mantengo las manos a la vista. Carraspeo y me preparo para hablar.

La persona se detiene en el rellano del piso de arriba. Al entrar en esta habitación he cerrado la puerta tras de mí, pero no he echado el pestillo. El corazón me retumba tanto en el pecho que casi noto su sabor. Da la sensación de que lo tengo anormalmente arriba, como si se me estuviera intentando escapar por la garganta.

La puerta del dormitorio se abre de un golpe. Alguien le acaba de arrear una patada.

Al principio no lo reconozco.

Le han pegado una buena paliza. Tiene el ojo derecho tan inflado que no lo puede abrir. Lo tiene negro y verde. La nariz se le ve descoyuntada. También tiene hinchados la oreja y el labio superior.

Pero le reconozco el peinado, y también la chaqueta naranja.

—¿Dock?

Estoy temblando. Me chocan entre sí las rodillas. Lo perverso del caso es que me da vergüenza. Tengo ganas de decir que es por el frío, que estoy temblando por el frío.

—¿Qué cojones estás haciendo tú aquí?

—Buscándote.

Estoy improvisando.

Da un paso adelante, despacio.

—¿Cómo me has encontrado?

—He preguntado. Conozco a gente por aquí, ya sabes.

Suelta un ruido que es como una risa, pero suena dolorido. Se lleva una mano al costado. Me pregunto si tiene las costillas rotas.

—¿Qué llevas encima?

Vacilo un momento. Hay una posibilidad minúscula de que pueda convencerlo de que voy armada. Y de que eso pueda permitirme escapar. Pero no sé si él va armado, y, por tanto, puede ser una tontería marcarse un farol.

—Nada.

—Levanta las manos.

Cuando las tengo en alto, se me acerca y me levanta la camiseta. Luego me mira en la cintura de los pantalones. Me cachea por todas partes. Me quedo allí plantada, sintiéndome impotente.

—Tendría que matarte —me dice en voz baja.

—¿Cómo?

—Que tendría que matarte. Por lo que me ha hecho tu familia.

Me quedo muy quieta.

—No entiendo.

—«No entiendo» —dice Dock en tono de burla. Imitándome.

—Una cosa de la que Kacey siempre hablaba es de lo lista que eres. Puede que estuviera enfadada contigo, pero, tal como hablaba de ti, daba la impresión de que eras Alfred Einstein.

Miro al suelo. Sigo sin decir nada, pero necesito todas mis fuerzas para refrenarme de decir: «Albert».

—Así que no estoy seguro de creerte —continúa Dock— cuando dices que no entiendes.

Sigo mirando al suelo. Estoy intentando ser lo menos desafiante que pueda. Una cosa que nos enseñaron en la academia de policía y que me ha resultado útil es cómo usar el cuerpo para transmitir lo que no se puede decir solo con palabras.

Dock se señala la cara.

—Mira esto. Mírame. Esto no fue una pelea justa. ¿Te parece una pelea justa? Si ves a Bobby O'Brien, dile que se ande con cuidado.

Bobby.

Cierro los ojos. Me acuerdo de la extraña expresión que le pasó por la cara cuando oyó el nombre de Dock en Acción de Gracias.

—Me disculpo de corazón si mi primo te ha hecho eso. Te aclaro que no hablo casi nunca con él. No nos vemos.

Suelta un soplido de burla.

—Claro.

—En serio. Si te ha hecho eso, te lo ha hecho por su cuenta. Yo no he tenido nada que ver.

Dock hace una pausa y me escruta.

Se mueve un poco. Se rasca la cabeza.

—¿Por qué te creo? —concluye por fin—. Es raro, pero te creo.

—Eso es bueno —le contesto, levantando la cabeza un poco. Levantando la vista. Y volviéndola a bajar.

—Mmm —dice, como si estuviera sorprendido—. Aun así, díselo si lo ves. Dile que no se acerque por la Avenida, que hay mucha gente por aquí que está en mi bando.

—Le transmitiré el mensaje.

Se vuelve a reír. Luego hace una mueca.

—Baja las manos. Se te deben de estar cansando los brazos. ¿Qué estás haciendo aquí?

—Buscar a Kacey.

Se me han acabado las razones para mentir.

Asiente.

—¿La quieres?

Me pongo tensa.

—Es mi hermana —digo con cautela—. Y también es ciudadana del distrito que patrullo.

Dock se vuelve a reír un poco.

—Eres rara. —Luego dice—: Escucha. Vete de aquí. No sé dónde está. Te estoy diciendo la verdad.

—Muy bien. Gracias.

No sé si la está diciendo. Sí sé que quiero marcharme ilesa. Todavía siento sus manos sobre mi cuerpo. Me pone los pelos de punta, necesito meterme en la ducha.

Antes de que pueda cambiar de opinión, echo a andar hacia la puerta y cojo el pasillo. Pero cuando estoy a punto de bajar las escaleras, me vuelve a llamar.

—Mickey.

Me giro lentamente. Ahora Dock tiene la luz de fondo, está enmarcado por la ventana, es una sombra. No le puedo ver la expresión.

—Deberías tener más cuidado. Tienes que pensar en tu hijo.

Se me tensan los músculos, como si me estuviera preparando para una pelea.

—¿Qué has dicho? —le digo lentamente.

—Digo que tienes un hijo. Thomas, ¿verdad? —Luego se sienta en el colchón del rincón y se deja caer lentamente hasta quedar tumbado bocarriba—. Eso es todo.

Cierra los ojos.

Me marcho.

Me resuena en los oídos la voz de Dock cuando ha dicho el nombre de mi hijo, Thomas. Si quería ser una amenaza, ha funcionado.

Me quedo sentada en el coche y me planteo qué hacer a continuación. Me parece obvio que, si el autor del ataque a Dock ha sido Bobby, tiene que saber más de lo que me dio a entender en Acción de Gracias. Y, sin embargo, también es obvio que no está dispuesto a contarme nada.

Creo que mi única posibilidad es, o bien sorprenderlo de alguna manera, o bien obtener información de él por terceros.

Sin demasiado optimismo, le mando un mensaje a mi prima Ashley.

«¿Sabes dónde está viviendo Bobby?».

Mientras espero su respuesta, llamo a Truman. Me coge el teléfono de inmediato.

—Mickey —me dice cuando se lo termino de contar todo—. No me lo puedo creer. ¿Cómo se te ocurre?

Me siento cada vez más firme en mi decisión.

—Truman, simplemente me he basado en las pruebas que tenía para tomar una decisión informada. Sabía que él iba a estar fuera de la casa a las dos y media. Sabía que era necesario registrar la casa en busca de pruebas del paradero de Kacey. Así que he tomado la decisión de hacerlo.

Casi oigo el ruido de Truman negando con la cabeza al otro lado de la línea, llevándose las manos a las sienes.

—No, Mick. No es así como funcionan las cosas. Te podría haber matado, ¿lo entiendes?

Cuando oigo a Truman decirlo así, titubeo.

—Escucha —continúa él—. Esto te sobrepasa. Nos sobrepasa a los dos. ¿Has denunciado ya su desaparición?

Vacilo.

—Lo he intentado. He intentado decírselo a Ahearn. Pero estaba ocupado.

—Pues díselo a un detective. A uno de verdad, no como nosotros. Díselo a DiPaolo.

Mi resistencia a la idea aumenta con cada apelación que me dirige Truman. No sabría decir por qué, pero me está repicando una campana a lo lejos en el cerebro, y si consigo que Truman deje de hablar, quizás la pueda oír.

—Mickey —insiste Truman—, tienes que dejarte de tonterías. Ese tipo sabe que existe Thomas. Ha usado el nombre de Thomas. Basta de hacer el tonto.

Por fin se me presenta la razón de mi reticencia. Me acuerdo de la cara de incredulidad que puso Paula Mulroney mientras me decía las palabras que no me he podido quitar de la cabeza desde que las oí. «Es uno de los tuyos», dijo. «De los tuyos». «Los tuyos». Luego me acuerdo de Ahearn cuando le comuniqué esta información. De lo deprisa que la descartó.

Ahí está, por fin. La razón de que no les haya mencionado a mis colegas la desaparición de mi hermana: ya no estoy segura de poder fiarme de ellos.

Truman se ha quedado callado. Yo me he quedado callada. El único sonido de nuestra conversación son nuestras respiraciones.

—Eh —me dice por fin—. Puede que no te importe un carajo tu vida. Pero a Thomas sí le importa. Y a mí también.

La cara se me ruboriza en un acto reflejo. No estoy acostumbrada a oír afirmaciones tan directas de Truman.

—¿Me estás escuchando?

Digo que sí con la cabeza. Luego, acordándome de que estoy al teléfono, carraspeo y digo:

—Sí.

Después de colgar, me llega un aviso al teléfono.

Mensaje de Ashley.

«Pues no».

Esta noche, en casa, me paso media hora extra leyendo a Thomas en el sofá. Escucho cómo me cuenta las pequeñas tribulaciones y los éxitos de la jornada. Cuento con él los días que faltan para su celebración de cumpleaños, contenta de saber que hay algo en su vida que está esperando con ilusión.

—CARLOTTA Y LILA —se pone a canturrear Thomas en cuanto las ve en la otra punta del McDonald's—. CARLOTTA Y LILA. CARLOTTA Y LILA.

Hemos tenido que correr para llegar. Aun así, llegamos quince minutos tarde al cumpleaños del propio Thomas. El sur de Filadelfia queda a media hora de Bensalem, y por alguna razón he calculado mal el tiempo.

Las niñas corren hacia Thomas.

—Hola —les digo a sus madres, y las dos me devuelven el saludo. La madre de Lila me da un abrazo, que acepto con frialdad. Las conozco a las dos un poco de la época que pasó Thomas en la guardería Spring Garden, pero tuve que consultar sus nombres de pila antes de llamarlas.

Son dos tipos distintos de madre. La madre de Carlotta es mayor que yo, seguramente debe de tener unos cuarenta y cinco años, con el pelo rizado, una práctica parka con cremallera y mitones que parecen tejidos a mano.

La madre de Lila debe de tener mi edad, treinta y pocos años. Lleva flequillo, el pelo largo y ondulado y un abrigo azul ceñido con un cinturón, y ambas cosas están tan bien hechas que me dan ganas de estirar el brazo para tocarlas. Lleva botas con tacones gruesos y unos delicados pendientes dorados que le cuelgan casi hasta el cuello del abrigo. Tiene aspecto de trabajar en la industria de la moda. Como esa gente que huele bien. Como esa gente que tiene un blog.

Con mis pantalones de tela y mi camisa blanca de botones, seguramente tengo pinta de camarera.

Ambas madres, de maneras distintas, tienen pinta de venir de buenas familias y de haber ido a buenas universidades.

Las dos, me doy cuenta de golpe y con retraso, tienen pinta de no haber comido en un McDonald's en la vida.

—Esto es *genial* —dice la madre de Lila, Lauren—. Los niños están en el *cielo*.

Pero la madre de Carlotta, Georgia, parece un poco preocupada. Está examinando el equipamiento de juegos como si buscara signos de peligro.

—No sabía que tenían una zona interior de juegos —me dice.

—Sí la tienen. Es la ventaja. Es la única que hay en la ciudad, y a Thomas le encanta. Siento que hayáis tenido que venir hasta aquí.

—No es problema —interviene Lauren—. No cuesta nada llegar aquí. Solo hemos tenido que coger Columbus. Y tienen aparcamiento —añade—. Un lujo.

—No hay problema —dice Georgia al cabo de un momento.

Nos quedamos un momento juntas, en silencio, mirando jugar a los niños. Lila y Thomas han subido la escalerilla que va a una casita de juegos elevada, y Carlotta se está bañando en la piscina de pelotas, meneando los brazos y las piernas como si estuviera haciendo ángeles en la nieve. Miro a la madre de Carlotta, que, a juzgar por la expresión de su cara, parece estar preguntándose con qué frecuencia lo limpian todo.

—¿Y cómo va el trabajo? —me pregunta Lauren. Nunca le conté de qué trabajo a nadie de la guardería de Thomas, pero me imagino que las dos solían verme recogerlo a veces con el uniforme, cuando no tenía tiempo de cambiarme.

—Bastante bien. Ya sabes. Mucho trabajo.

Vacilo. Quiero preguntarles de qué trabajan, pero una parte de mí se imagina que quizás no trabajen; que quizás tengan recursos para mandar a sus hijos al parvulario por su potencial enriquecedor, no porque dependan de ello para poder ganarse la vida.

Sigo preguntándome cómo plantear la pregunta cuando Georgia dice:

—¿Qué está pasando con esos asesinatos en Kensington?

—Oh —digo, sorprendida—. Bueno, hay una pista. Pero nada definitivo.

—¿Están conectados entre sí?

—Eso parece.

—Espero que lo resolváis. No me gusta que esté pasando tan cerca de la guardería de los niños.

Hago una pausa.

—Bueno, no creo que esa persona vaya a por los niños de parvulario.

Las dos mujeres me miran.

—O sea, sí, yo también lo espero—aclaro—. Creo que nos estamos acercando a cogerlo. No os preocupéis.

Más palabras tranquilizadoras falsas. Más silencio. Me cruzo de brazos y cambio ligeramente de postura.

—Espero que nadie tenga problemas —dice Georgia, mirándose el reloj.

—¿Quién?

—Quiero decir que espero que nadie tenga problemas para encontrar este sitio. Yo me he perdido un poco.

—Oh. —Lo entiendo de repente—. Oh, ya estamos todos.

—Fiesta pequeña —añade Lauren—. Buena idea.

—¿Estamos todos? —pregunta Georgia, trazando un círculo en el aire con la mano.

Thomas viene con una lista de todas las cosas que quiere pedir. Un batido y *nuggets* de pollo y una hamburguesa y patatas fritas y otro batido. Lila y Carlotta están detrás, con sus pedidos también listos. Está claro que lo han estado planeando.

Pero Georgia se pone de rodillas y le apoya la mano en el hombro a su hija.

—Carlotta —le dice—, ya hemos hablado de esto. Hemos traído la comida, ¿te acuerdas?

Carlotta abre mucho los ojos. Empieza a negar con la cabeza, incrédula ante la injusticia que está a punto de cometerse.

—No. No, necesito una burguesa. Necesito una burguesa con patatas fritas.

Georgia nos echa un vistazo antes de ponerse de pie y llevarse a su hija, que ya está llorando, a tres metros de nosotras, donde se vuelve a agachar y le habla en voz baja y tono urgente.

Me doy la vuelta y finjo que no estoy mirando y que no me importa. Pero me puedo imaginar lo que Georgia le está diciendo a Carlotta: «Esta comida no es para nosotras, cariño. Esta comida no es lo bastante sana ni nutritiva como para que te pueda dejar comértela».

Me imagino que creía que iba a ser una fiesta grande. Que podrían apartarse sin que nadie se diera cuenta para comerse su comida sana y nutritiva.

—¿Qué le pasa a Carlotta? —pregunta Thomas.

—No estoy segura. Démosle un momentito.

Ahora Georgia se está llevando a Carlotta del restaurante agarrada del brazo y berreando. Nos mira a las demás y levanta un dedo con gesto tenso: «Un minuto».

—¿Pero volverá? —me dice Thomas, poniéndome las dos manos sobre los brazos cruzados, colgándose de ellos, lleno de incertidumbre.

—Creo que sí. —Pero empiezo a caer en la cuenta del error que he cometido al invitarlas aquí.

Por fin, es Lauren quien da una palmada, devolviéndonos a la realidad.

—No sé vosotros, pero yo quiero un Big Mac.

La miro.

—Me chiflan los Big Mac. Son mi placer culpable —me dice en serio, y me dan ganas de decirle: «Gracias, gracias».

—A mí también me encantan los Big Mac —dice Thomas—. También son mi placer culpable.

Después de pedir, los cuatro —Lauren, Lila, Thomas y yo— encontramos una mesa para seis y nos sentamos a comer juntos. Georgia y Carlotta vuelven, y Georgia se lleva furtivamente a su hija de vuelta a la zona de juegos, donde va a tener que jugar sola hasta que nos terminemos la comida.

Lauren está sentada delante de mí, y al principio no estoy segura de qué decirle. Nunca se me ha dado bien sacar tema de conversación, y sobre todo con alguien como Lauren, que me imagino que no debe de conocer a absolutamente nadie como yo o como mi familia. Siempre he sospechado que la gente como Lauren considera que la gente como yo o como mi familia somos patanes, o que damos miedo, o que damos demasiados problemas y dolores de cabeza como para tratar con nosotros. Siempre con nuestros muchísimos problemas, una hilera de problemas sin principio ni fin.

Pero Lauren ni se inmuta. Sostiene su refresco con despreocupación y le toma el pelo a su hija cuando se derrama el kétchup en la camisa.

—Esta mierda pasa constantemente, ¿verdad? —dice, mirándome con los ojos en blanco. No me había esperado la palabrota.

Otra forma en que la había juzgado mal: Lauren tiene un trabajo de verdad que la obliga a levantarse e ir a trabajar todos los días. Es productora en la emisora pública de radio de Filadelfia. Se licenció en Comunicación, me cuenta. Pensó que se dedicaría a ser reportera televisiva (ciertamente, es lo bastante guapa), pero terminó construyendo segmentos para la radio.

—Me gusta más —dice—. No me tengo que levantar al amanecer para untarme la cara de maquillaje.

Nos pasamos quince minutos conversando con facilidad notable y nuestros hijos al lado, comiendo con satisfacción la comida que la madre de Carlotta no ha considerado lo bastante buena para su hija. Thomas tiene la carita iluminada de placer y excitación, y mueve las manos rápidamente por la mesa para tocar su Big Mac y sus patatas fritas y su batido. Está haciendo recuento de su botín. Está teniendo un cumpleaños feliz.

Y muy poco rato después, veo que a mi hijo le cambia la expresión.

—¿Thomas? —le digo.

Antes de que pueda pararlo, se levanta de un salto y cruza corriendo el espacio que separa nuestra mesa de las cajas registradoras.

Me levanto y me giro.

Y mientras lo hago, oigo que Lauren dice:

—¿Thomas conoce a ese hombre?

Ya es demasiado tarde: Thomas ha rodeado con los brazos las piernas del hombre en cuestión, a quien solo le puedo ver la espalda.

Es Simon, claro. Ya sabía que era Simon incluso antes de girarme. A pesar de todo, a pesar de su conducta y de la forma en que nos ha tratado tanto a mi hijo como a mí, me siento momentáneamente atraída por él. Reprimo un ansia infantil de ir corriendo hasta él, de seguir a Thomas, de perdonarle al instante todos sus pecados.

Estoy batallando contra este impulso cuando veo que hay una mujer de pie junto a Simon. Tiene el pelo largo, oscuro y muy recto. Estatura pequeña.

De golpe, mis emociones derrapan hacia la rabia. Veo desplegarse la escena al otro lado del local: cómo Simon se da la vuelta y baja la vista hacia Thomas, cómo se lo queda mirando con cara inexpresiva un momento demasiado largo, sin reconocer a su propio hijo, al que lleva un año sin ver. Y luego, por fin, Simon entiende lo que está pasando y mira a la mujer antes de mirar a Thomas, más preocupado por los sentimientos de ella que por los de él.

Thomas está dando brincos de puntillas, con los brazos extendidos hacia su alto y apuesto padre. Reconozco la expresión de Thomas de la última vez que vio a Simon: adulación, veneración, orgullo. Rápidamente, Thomas mira hacia Lauren y Lila y le puedo leer los pensamientos: quiere enseñarles a Simon. Quiere presentarles a sus amigas a su padre.

—Papá —está diciendo—. Papá. Papá.

Me doy cuenta con horror de que cree que su padre ha venido a darle una sorpresa.

Thomas todavía no se imagina que su padre no va a admitir que lo conoce, que no va a estirar los largos brazos y levantarlo hasta su pecho, tal como solía hacer siempre.

Camino a toda prisa hacia él. Quiero llevármelo antes de que lo entienda.

Mientras lo estoy haciendo, Thomas me ve por fin y se gira, con la cara todavía llena de felicidad, y exclama:

—¡Mamá, papá está en mi cumpleaños!

La mujer que está con Simon también se gira.

Le veo la cara. Es tan joven que podría ser adolescente. Es diminuta y muy guapa, con sendos *piercings* en las mejillas que también delatan su edad.

Y en los brazos lleva un bebé de ocho o nueve meses. Una nenita con chaquetita rosa.

Simon está trazando con la mirada un triángulo frenético entre los tres: de Thomas a mí y a la mujer que tiene al lado.

Thomas ya ha renunciado a que lo coja en brazos. Ha bajado las manos a los costados. Se le descompone la cara. Sigue sin entender.

—¿Papá? —dice por última vez.

—¿Papá? —repite la joven, mirando fijamente a Simon.

Ahora Simon me está mirando a mí.

—Michaela. Esta es mi mujer, Jeanine.

Y en un abrir y cerrar de ojos, queda explicado el último año de mi vida.

Antes de que Simon pueda decir otra palabra, Jeanine ya se ha marchado. Y se ha llevado a la bebé. Simon se queda allí un momento, con los brazos caídos y la mirada clavada en el suelo. Thomas está a su lado, quieto.

Por fin, Simon camina hasta las ventanas de la entrada del local y ve cómo su Cadillac oscuro sale dando marcha atrás demasiado deprisa del aparcamiento.

Caigo en la cuenta de que necesito ir con Thomas. Lo cojo en brazos, por grande que sea. Él me apoya la cabeza en el hombro.

No sé qué hacer a continuación. Tengo ganas de chillar, de gritarle a Simon, de pegarle un golpe bien fuerte en toda la cara por haber desatendido a Thomas. Por hacerle tanto daño a Thomas, y encima en su cumpleaños.

Pero no pienso darle esa satisfacción. Lo que hago es llevar a Thomas hasta la mesa donde están sentadas Lauren y Lila.

—¿Te importa vigilarme un segundo a Thomas? —le digo a Lauren.

—Claro que no. Ven con nosotras, Thomas.

Luego voy hasta Simon, que ahora está escribiendo furiosamente con su teléfono, y me planto sin decir nada delante de él. Por fin, levanta la vista. Se guarda el teléfono.

—Escucha —empieza a decir, pero niego con la cabeza.

—No. No quiero oír nada de lo que digas.

Simon suspira.

—Michaela.

—No te acerques a nosotros. No necesito nada de ti, solo que no te acerques.

Parece perplejo.

—Pero si me encontraste tú *a mí*.

—¿Cómo dices?

—En el trabajo. Me encontraste. ¿Te acuerdas?

Vuelvo a negar con la cabeza.

—No sé cómo has encontrado mi dirección, pero no quiero que nos visites.

Se cruza de brazos.

—Mick. No tengo ni idea de dónde vives.

Y por primera vez en años, le creo.

Se marcha. Presumiblemente a recoger los pedazos de su relación con Jeanine y a concentrarse otra vez en su nueva vida. A petición mía, no se despide de Thomas, y mi hijo se deshace en sollozos. Es mejor así, creo. Cortar por lo sano. Como arrancar una tirita de golpe. No tiene sentido prolongar una despedida permanente.

Se ha terminado la fiesta.

—Lo siento.

Les digo a toda prisa a Lauren y a Georgia. Les doy a sus hijas las bolsitas de chucherías que compré en la tienda de todo a un dólar.

Georgia, que no ha visto lo sucedido, me está mirando con perplejidad. Lauren me observa con compasión. Se lo explicará a Georgia, creo. Le contará el chisme. No hay duda de que la situación ha quedado clara.

Thomas se pasa el trayecto a casa llorando.

—Lo siento mucho —le digo—. Lo siento mucho, Thomas. Sé que es difícil de entender ahora mismo, pero de verdad que es lo mejor.

Y al cabo de un rato, añado:

—El mundo es un sitio duro.

Pero no parece que mis palabras lo consuelen.

Me distrae de mis intentos de reconfortarlo una sensación de profunda incomodidad que está descendiendo sobre mí como resultado de la siguiente pregunta: si no ha sido Simon quien ha estado haciendo visitas a mi casa, ¿quién ha sido?

Voy tan perdida en mis pensamientos que, cuando me suena el teléfono, doy un golpe de volante y Thomas suelta un gemido.

Contesto.

—¿Agente Fitzpatrick? —dice una voz. Mujer, mayor.

—Sí.

—Soy Denise Chambers, de la división de Asuntos Internos del DPF.

—Ajá.

—El sargento Ahearn nos ha pasado una información que nos gustaría investigar. Deberíamos fijar una hora para vernos.

El lunes es el día que elegimos. Me quedo al mismo tiempo sorprendida y aliviada. Quizás Ahearn, contra todo pronóstico, esté haciendo lo correcto.

Al llegar a casa, dejo a Thomas frente a la tele y bajo corriendo a la puerta de la señora Mahon.

Cuando me abre, está parpadeando como si se acabara de despertar de una siesta.

—Señora Mahon —le digo—. Me estaba preguntando si podría darme usted alguna información más sobre el hombre que ha estado viniendo a vernos.

—¿Qué clase de información?

—Bueno... ¿Edad? ¿Raza? ¿Altura? ¿Peso? ¿Color de ojos? ¿Color de pelo? ¿Algún otro rasgo característico?

La señora Mahon se recoloca las gafas. Pensando.

—A ver. La edad era difícil de calcular. La ropa era de persona muy joven, pero la cara se le veía mayor.

—¿Cómo de mayor?

—Eso se me da mal. Calcular edades. No tengo ni idea. ¿Treinta y tantos? ¿Cuarenta y tantos? Era alto, como dije. Apuesto. Rasgos bien proporcionados.

—¿Raza?

—Blanca.

—¿Vello facial?

—Ni rastro... —dice la señora Mahon—. Oh. Tenía una especie de tatuaje, creo. Algo escrito con letra ligada en el cuello, justo debajo de la oreja. Muy pequeñito. No pude ver lo que decía.

—¿Qué ropa llevaba?

—Sudadera. De esas con capucha y cremallera.

Me estremezco. Me recuerdo a mí misma que mucha gente lleva sudaderas de esa clase.

—¿Las dos veces?

—Creo que sí.

—¿La sudadera tenía algo escrito?

—No me acuerdo.

—¿Está segura?

—Muy segura.

—Muy bien —asiento al cabo de un momento largo—. Gracias. Si se le ocurre algo más, hágamelo saber. Y señora Mahon...

—¿Sí?

—Si vuelve a venir, pídale que deje un mensaje. Y, por favor, llámeme de inmediato.

La señora Mahon me mira, valorando la situación. Me preocupa que la incomoden esas peticiones. A fin de cuentas,

no quiere «problemas»; siempre se ha asegurado de recalcár-
melo.

Pero lo único que me dice es:

—Lo haré.

Y cierra lentamente la puerta.

La Rotonda no es el nombre oficial de la sede del Departamento de Policía de Filadelfia, pero es el único nombre que le he oído.

Por supuesto, el edificio tiene partes redondas, es de estilo brutalista y está hecho de un cemento gris amarillento que se oscurece bajo la lluvia. Se dice que el departamento se va a trasladar a otro sitio pronto, y tiene lógica: el DPF se está quedando sin sitio. El edificio ya se ve anticuado y sombrío. Pero no me imagino al DPF en otro sitio que la Rotonda, igual que no me imagino las Vías siendo otra cosa que el hogar de la gente que las frecuenta. La semana pasada, Conrail y el Ayuntamiento empezaron finalmente a pavimentar la zona. Pero el caos se impondrá siempre, aun cuando le quiten su hogar.

Una vez dentro, reconozco a dos agentes en el vestíbulo y los saludo con la cabeza. Me miran con caras raras. «¿Qué estás haciendo aquí?», implican sus miradas. Ojalá no me hubieran visto. Las reuniones con Asuntos Internos siempre provocan chismes y, a veces, desconfianza.

Denise Chambers es afable, cincuentona y regordeta. Tiene el pelo canoso y gafas azules. Me recibe en su despacho y me dice que me siente delante de ella en una silla de aspecto nuevo que me sitúa a altura infantil.

—¿Qué tal el frío? —dice Chambers, señalando el aire fresco invernal del otro lado de su ventana. Estamos a varios pisos de altura. Desde aquí veo la plaza de Franklin con el carrusel detenido.

—No se está tan mal. No me molesta el frío.

Guardo silencio, esperando a que Chambers termine algo que está haciendo en el ordenador. Por fin, se da la vuelta.

—¿Sabes por qué te he pedido que vengas? —me pregunta yendo al grano. En su pregunta oigo un débil eco de la forma en que hablo yo con los sospechosos de la calle: «¿Sabes por qué te he detenido? ¿Sabe usted por qué le he hecho parar?».

Por primera vez, me sobreviene un momento de duda.

—Dijo usted que el sargento Ahearn le había pasado una información —contesto.

Chambers me escruta. Para ver qué es lo que sé.

—Sí —dice despacio.

—¿Y qué le ha dicho?

Chambers suspira y junta las manos sobre la mesa.

—Escucha. Esta es una parte difícil de mi trabajo, pero me veo obligada a decirte que te van a someter a investigación interna.

Se me escapa antes de poder refrenarme:

—¿Yo? —suelto como una tonta, señalándome el pecho—. ¿Me van a investigar *a mí*?

Chambers asiente. Me acuerdo de repente de Truman aconsejándome que me buscara aliados en el distrito. «Política, Mick».

—¿Por qué?

Chambers estira los dedos y los usa para contar puntos de una lista mientras habla.

—El martes de la semana pasada se te vio con un pasajero no autorizado en tu coche. También se te vio fuera de tu zona de servicio asignada. El miércoles y el jueves se te vio sin tu radio y sin tu uniforme durante tu turno. El viernes no contestaste a ningún aviso durante un bloque de dos horas. En general, tu productividad este otoño ha bajado un veinte por ciento. También has hecho búsquedas sobre dos ciudadanos en el CICF con frecuencia y sin causa justificada. Y, por fin, tenemos razones para creer que también has estado sobornando a un comerciante de tu distrito.

La miro.

—¿A quién? —le pregunto, incrédula.

—A Alonzo Villanueva. Y creemos que has estado almacenando una muda de paisano en su tienda para realizar actividades no autorizadas durante tus horas de trabajo. Y que, en por lo menos una ocasión, almacenaste tu arma propiedad del Departamento allí sin las debidas medidas de seguridad.

Me quedo callada.

Todo lo que está diciendo Chambers es técnicamente cierto. Y, sin embargo, estoy en *shock*. También es embarazoso saber que me han estado vigilando. Examino mis recuerdos de la semana pasada, pensando en lo que dije y en lo que hice mientras estaba en un vehículo policial; preguntándome si recogieron la información por medio de grabaciones de audio y de vídeo o, simplemente, poniendo a alguien de Asuntos Internos a seguirme en mis turnos. Todo es posible.

—¿Puedo preguntar qué puso en marcha esta investigación?

—Me temo que no te lo puedo decir.

Pero lo sé.

Fue Ahearn, no hay duda. Nunca le he caído bien. Es cierto que mi productividad ha caído en picado desde que Truman cogió la baja, y no hay duda de que mis registros de actividad lo reflejan. A veces, solo eso ya puede desencadenar una monitorización interna, una petición de vigilancia. Pero, aparte de eso, también creo que lleva años buscando la manera de deshacerse de mí.

—¿Le ha contado algo más el sargento Ahearn? ¿Le ha hablado de Paula Mulroney? ¿Le ha hablado de la acusación que hizo contra un agente por lo menos?

Chambers vacila.

—Sí que ha mencionado algo de eso, sí.

Y, de repente, lo entiendo: Ahearn ha envenenado el pozo. Le ha quitado importancia a lo que le dije. Ha avisado a Chambers de que yo iba a presentar una queja, pero que no era de fiar.

—¿Y qué va a hacer usted al respecto? ¿Se ha informado al detective Nguyen?

—Se le ha informado. Está indagando.

—Mire —le digo, un poco a lo loco—. Nunca le he caído bien a Ahearn. No soy amiga suya. Pero soy honesta, y le estoy diciendo a usted que se ha acusado a uno de nuestros agentes, por lo menos a uno, de usar su poder para exigir sexo a mujeres que no están en posición de negarse.

Hay un breve silencio en la sala.

—Y que a ese hombre —sigo, ahora envalentonada— se lo ha visto en un vídeo siguiendo a una de nuestras víctimas.

La mirada de Chambers titubea un segundo. El hecho de nuestro género —dos agentes mujeres, una mayor y una más joven, sentadas a ambos lados de una mesa— flota en el aire entre nosotras, brevemente, como el humo.

—¿Le ha contado eso también? ¿O se lo ha saltado?

Pero Denise Chambers no quiere decir más.

Salgo de la Rotonda con la documentación en las manos. Me informa de mis derechos y responsabilidades durante la suspensión que me han puesto, pendiente de investigación.

«Por lo menos —pienso—, ya no me voy a tener que preocupar de quién va a cuidar a Thomas en los días de nieve. Algo es algo».

Cruzo el vestíbulo con la vista clavada en el suelo.

La única persona con la que quiero hablar ahora mismo es Truman.

Entro en el coche y saco el teléfono. Estoy a punto de llamarlo cuando me viene una idea a la cabeza. No estoy segura de si es paranoia o no. Pero si Asuntos Internos sabe todo lo que sabe de mí, no parece descabellado que hayan recibido autorización para escuchar mis llamadas o para ponerme un micrófono en el vehículo. Levanto la vista hacia el techo, hacia la luz del techo, hacia el asiento de atrás y hacia la sillita de niño que hay en el medio. No sé a qué medidas tienen derecho. Y no quiero meter en líos a Truman; ya ha hecho bastante.

Guardo el teléfono y arranco, conduciendo a ciegas hasta Mount Airy.

Me da apuro ir a ver a Truman sin llamarlo por adelantado, pero no sé qué otra cosa puedo hacer. Espero no sorprenderlo en un momento inoportuno. No paro de acordarme de la voz de la mujer que se oía de fondo cuando lo llamé. «¿Quién es? —decía la mujer—. Truman, ¿quién es?».

El coche de Truman, un Nissan Sentra limpio y pulcro, está aparcado en su entrada. Los vehículos personales de Truman siempre están impecables. Ni un resto de comida, ni polvo, ni suciedad en ninguna parte, ni por dentro ni por fuera. Yo siempre he tenido el coche lleno, sobre todo desde que nació Thomas. Lleno de juguetes infantiles, de migas y de botellas de agua. Lleno de bolsas de la compra, de envoltorios de comida, de monedas y de cosas para picar.

Vuelvo a aparcar en la calle y camino hasta el porche de Truman. Titubeo antes de llamar a la puerta. Dudas y más dudas.

Estoy así plantada, con la mano en el aire, decidiéndome, cuando se abre de golpe la puerta de la casa. Al otro lado hay una señora diminuta, de apenas metro y medio.

—¿Qué vendes? —me dice—. Da igual lo que sea, no lo quiero.

—Nada —le respondo, sorprendida—. Lo siento. ¿Está Truman?

La señora me mira con las cejas enarcadas, pero no se mueve y tampoco dice nada más.

Sopeso mis opciones. La señora que tengo delante aparenta cualquier edad entre sesenta y ochenta años. Se le ve un poco de pinta de *hippy* envejecida. Lleva un pañuelo en la cabeza y una camiseta que dice: «Virginia Is for Lovers». ¿Es esta…, podría ser… la madre de Truman? Sé que Truman tiene madre y que está viva, y que él la quiere. Sé que en una época fue directora de una escuela primaria. Pero lo último que supe de ella fue que estaba jubilada y viviendo en los montes Pocono.

Intento mirar más allá de ella, al interior de la casa, pero la señora cierra un poco la puerta, como para no dejarme ver.

Lo vuelvo a intentar.

—Soy amiga de Truman. Quería hablar con él si es posible.

—Truman —dice la mujer, como si buscara en sus recuerdos—. Truman.

Es entonces cuando Truman emerge por fin del fondo de la casa, con una toalla atada en torno a la cintura, brincando un poco para llegar a la puerta. Sé que está avergonzado de que lo vea así: el recatado Truman, a quien apenas he visto nunca sin el uniforme, ni siquiera después del trabajo.

—Mamá —anuncia—. Te presento a mi amiga Mickey.

La mujer asiente, recelosa, mirándonos a uno y al otro.

—Muy bien. —Pero no se mueve para dejarme entrar.

—Un momento, Mick —dice Truman, y aparta suavemente a su madre de en medio—. Un segundo. —Cierra la puerta. En el momento antes de cerrarla, su mirada conecta con la mía.

Al cabo de cinco minutos, estamos los tres incómodamente sentados en la sala de estar. Truman ya está vestido, sentado con la espalda recta en su silla y con la pierna derecha apoyada en una otomana que tiene delante. Estamos todos bebiendo té. La madre de Truman mira la taza que tiene en las manos.

—Bébetelo, mamá —le indica Truman—. Ya se ha enfriado bastante.

Me mira.

—Mi madre lleva un tiempo viviendo aquí. —Vacila y echa un vistazo a su madre para ver si lo está escuchando—. Se cayó. Y ha estado olvidando cosas —añade deprisa y en voz baja.

—Estoy aquí, hijo —dice la señora Dawes, levantando una mirada afilada—. Aquí, en esta habitación, contigo. No me estoy olvidando de nada.

—Perdona, mamá. —Se dirige a mí—. ¿Por qué no salimos al jardín?

Lo sigo, mirando su espalda ancha y firme mientras camina por delante de mí. ¿Cuántas veces lo he visto desde este ángulo, subiendo él primero las escaleras de una casa, llegando primero a la escena de un crimen, yendo él primero cuando contestábamos a un aviso tras otro? Haciéndome de escudo, en cierta manera, de lo peor de la situación, de ser la primera en ver un cuerpo o una herida atroz. La historia que compartimos ha conseguido que seguirlo me reconforte de forma extraña.

En el jardín de atrás hace un frío atroz. Los matojos, marrones en invierno, flanquean una cerca de madera marrón. Cuando hablamos nos podemos ver el aliento.

—Siento lo de mi madre —dice Truman—. Es muy… —vacila, buscando la palabra adecuada—… protectora.

—No te preocupes —contesto, pensando, sin decirlo, que me siento un poco celosa. Que me gustaría tener a alguien en mi vida que me quisiera proteger de esa manera.

Una vez en el jardín, le cuento a Truman cómo ha ido mi reunión con Denise Chambers y sus sorprendentes resultados. Me escucha con una expresión de calidez y preocupación. Las palabras me salen cada vez más atropelladamente.

—No. ¿En serio?

—En serio. Estoy suspendida.

Hace una pausa.

—¿Sabemos algo más de Kacey?

—Nada.

Truman se queda callado un momento largo, mordiéndose los labios, como si estuviera intentando decidir si comentar algo o no. Y, por fin, habla.

—¿Y qué pasa con Cleare?

Me lo quedo mirando.

—¿A qué viene eso? ¿*Cleare?*

Truman me mira un momento.

—Mick, venga ya.

Y, en cuanto lo dice, siento que se desploma a mi alrededor una farsa larga y precaria, una muralla que levanté hace años y con la que siempre conté —combinada con el sentido de la discreción y el respeto de Truman— para protegerme de todas las preguntas directas.

De pronto, me encuentro con que algo me ha robado la voz.

Casi nunca lloro. Ni siquiera lloré por Simon. Estaba enfadada, sí. Le di un puñetazo a la nevera. Grité al aire. Aporreé almohadas. Pero no lloré.

Ahora niego con la cabeza. Me cae por la mejilla una lágrima caliente y me la seco con furia.

—Mierda.

Creo que jamás había dicho una palabrota delante de Truman.

—Eh. —Está huraño. No sabe qué hacer. Nunca nos hemos tocado, salvo cuando reducíamos a un criminal en el suelo—. Eh. —Al fin extiende una mano y me la pone en el hombro. Pero no me intenta abrazar. Se lo agradezco. Ya me siento lo bastante humillada—. ¿Estás bien?

—Bien —digo con aspereza—. ¿Cómo te has enterado de lo de Simon?

—Lo siento, Mick. Es una especie de secreto a voces. Lo sabe mucha gente. El DPF es pequeño.

—En fin.

A continuación, intento recobrar la compostura. Levanto la vista para mirar el cielo frío y gris hasta que se me congelan las lágrimas. Luego, me sorbo la nariz y me la limpio una vez, toscamente, con la mano enguantada.

—Lo nuestro empezó cuando yo era muy joven —le comento a modo de explicación, o de excusa.

—No me digas.

Aparto la vista. Se me ruboriza la cara. Esa vieja y terrible señal. Mi perdición en el trabajo.

—Eh, eh. ¿De qué te tienes que avergonzar tú? El cabrón es él. Tú eras una niña.

Pero sus palabras solo sirven para hacerme sentir peor. No me gusta la idea de ser una «víctima», en ningún sentido de la palabra. No me gustan la atención, la compasión ni los murmullos que te reporta ese término. En general, preferiría que nadie hablara de mí de ninguna manera. Y la idea de que mis colegas del DPF estuvieran chismeando sobre Simon y sobre mí, poniendo los ojos en blanco y bebiéndose el café mientras se daban codazos divertidos, me da ganas de que se me trague la tierra dura del jardín de Truman.

Truman me sigue mirando, midiendo sus palabras, sopesando lo que me quiere contar. Pone los brazos en jarras. Mira al suelo.

—¿Sabes que tiene reputación? —dice en tono vacilante.

—¿Simon?

Asiente.

—No lo digo para que te sientas mal, ni tampoco quiero cotillear, pero no eres la única. Se rumorea que fue a por otras chicas de la Liga Atlética. Parece que era un patrón recurrente, aunque nadic confesó ni presentó denuncia formal. Lo suspendieron una temporada, después de muchos rumores. Nunca lo pudieron pillar por nada seguro.

Abro la boca. Vacilo. «Hay mucho más de él que no sabes», tengo ganas de decirle. Pero no digo nada. Es todo demasiado vergonzoso. El padre de mi hijo.

Nos miramos.

—¿Qué edades tenían las víctimas? —pregunta Truman—. Las de Kensington.

—La primera, edad desconocida. La segunda, diecisiete. La tercera, dieciocho. La cuarta tenía veinte.

—Mickey. ¿Todavía tienes ese vídeo en tu teléfono?

Asiento. No lo quiero mirar. Tengo un nudo en el estómago.

Sin decir nada, Truman extiende la mano y por fin lo pongo en la pantalla.

Lo vemos juntos. Está tan borroso como siempre, una ilusión óptica. Al principio, la figura que cruza la pantalla es un metamorfo de cara inescrutable. Y, sin embargo, me puedo imaginar a Simon: en la altura de la figura, en sus andares.

—¿Qué piensas tú? —le digo, incapaz de pronunciarme.

Truman se encoge de hombros.

—Es posible. Tú lo conoces mejor que yo. Yo nunca me he acercado a él. Es escoria. Sin ánimo de ofensa. —Me echa un vistazo con eso último.

Lo volvemos a ver una y otra vez.

Y luego, por fin, Truman evalúa nuestras pruebas.

—Escucha. Lo bueno es que mañana estás libre. Y yo también. ¿Qué pistas tenemos llegado este punto? ¿Quiénes son nuestros sospechosos?

—Connor McClatchie. Y supongo que Simon.

—Dividámonos. Yo me encargo de McClatchie. No quiero que te acerques a él después de lo que te dijo. Encárgate de Simon.

Planeamos intercambiarnos los coches, ya que Simon conoce el mío. Dejaré mi coche en Mount Airy y me volveré a Bensalem con el de Truman. Me disculpo de antemano por el jaleo.

Antes de irme, Truman me vuelve a poner la mano en el hombro.

—La encontraremos. Creo de verdad que la encontraremos, ¿me oyes?

Es raro pasar el primer día de mi suspensión dedicándome a hacer de policía.

Cuando me despierto por la mañana, me pongo un jersey oscuro y una gorra lisa de béisbol. Cuando Thomas me ve, parece sospechar.

—¿Por qué llevas eso? —me dice—. ¿Dónde están tus cosas?

—¿Qué cosas?

—Tu bolsa. Tu cinturón de servicio.

—Hoy tengo libre.

Todavía no he decidido qué le voy a decir a Thomas, y necesito un poco más de tiempo antes de decidirlo. No sé cuánto va a durar mi suspensión, o sea, que no le puedo decir que estoy de vacaciones.

—¡No viene Bethany! —exclama Thomas. Pero sabe lo que hay.

—Sí viene Bethany.

Después de que llegue Bethany y se haga cargo de la situación, quince minutos tarde como de costumbre, me voy con el coche hacia el sur de Filadelfia.

Hubo una época de mi vida en que iba mucho de pasajera en el vehículo personal de Simon. De hecho, si lo intento, todavía me puedo imaginar dentro de él. Olía a cuero y un poco a los cigarrillos que Simon solo se fumaba de vez en cuando, normalmente cuando hacía buen día y podía bajar la ventanilla. Los fines de semana lo limpiaba y le sacaba brillo. El Caddy, lo llamaba siempre con afecto. Le gustaban los coches. Su padre lo había instruido sobre ellos, contaba, antes de morirse.

Ahora, mientras lo observo aparcado delante de la sede de la División Sur de Detectives, me vuelven a la cabeza contra mi voluntad las muchas veces que tuvimos relaciones íntimas en ese coche. Y, tan deprisa como me he acordado, me pongo a pensar en otra cosa.

Aparco el coche de Truman cerca. Bajo las dos viseras. Necesito permanecer alerta, así que me he traído un audiolibro para escuchar. De esa forma puedo mantener la vista clavada en la puerta del edificio. También he traído comida y agua. El agua me la raciono con mucho cuidado para evitar tener que ir al baño.

La puerta del edificio se pasa toda la mañana abriéndose y cerrándose para dejar entrar a toda clase de personal. A la mayoría no los conozco. Un par de veces creo vislumbrar a Simon, solo para descubrir que es alguien que se le parece.

A las once de la mañana, sin embargo, lo avisto: emerge del edificio y, echando un vistazo a su izquierda, gira a la derecha, en dirección a su vehículo. Lleva un abrigo bonito. Por debajo se le ven unos pantalones de vestir grises y unos zapatos negros relucientes. El pelo engominado hacia atrás. Es una imagen habitual en él desde que se hizo detective.

Me pongo en alerta máxima al instante. La calle en la que estamos es relativamente tranquila, así que no arranco el coche de Truman hasta que Simon ya se ha marchado.

Lo sigo. «Es posible que esté en plena misión —pienso—, camino de interrogar a alguien en la División Sur. A algún sospechoso, víctima o testigo. O puede que esté yendo a almorzar temprano». Empieza yendo al norte por la calle 24. Cuando llega a Jackson, sin embargo, gira en redondo y pone rumbo al sur.

Gira a la derecha por Passyunk. Y de pronto me veo siguiéndolo hasta la autopista.

Supongo que ya sé adónde estamos yendo, pero, aun así, me coge por sorpresa que las cosas pasen igual que las has predicho. La inevitabilidad del momento.

Coge la salida para la 676 Este, y luego sale de la 95 por Allegheny.

Yo prácticamente podría conducir el resto del trayecto con los ojos cerrados.

Hoy el barrio está abarrotado, y se me ocurre que es porque es principios de mes. Han llegado las nóminas. Los clientes están en las calles. A mi derecha, una joven afligida tira el bolso al suelo y se agacha para llorar.

A una calle de distancia de la Avenida, Simon para de golpe y aparca. Me veo obligada a pasar de largo para no alertarlo de mi presencia. No quito ojo del retrovisor, y casi me embiste de lado un coche que emerge de una calle lateral por mi derecha. Giro a la derecha por la Avenida y aparco en cuanto encuentro un sitio delante de un comedor comunitario, donde ya hay treinta o cuarenta personas haciendo cola, esperando a que abran las puertas. Salgo de mi vehículo. Luego me asomo por la esquina del edificio que tengo delante para ver si Simon viene caminando hacia mí.

Pero no viene.

Desde aquí, veo que su Cadillac está vacío. Eso significa que puede haberse ido a pie en tres direcciones distintas, todas alejándose de mí.

Echo a trotar hacia su coche.

¿Qué está haciendo a esta hora del día en Kensington? Su trabajo está al sur de Filadelfia. Todos sus casos están allí. Es posible —poco probable pero posible— que esté haciendo una misión de infiltrado. Pero si fuera el caso, se habría cambiado de ropa para la jornada.

Cuando llego al coche de Simon, me asomo por la calle lateral que queda más cerca y sigo trotando hasta llegar a otra calle lateral que queda a media manzana. Pero tampoco lo veo. Sigo adelante, ahora corriendo, cogiendo gas, asomándome a cada calle lateral que me encuentro, buscando su abrigo de vestir gris, examinando las casas en busca de puertas abiertas. Pasan cinco minutos.

«Lo he perdido», pienso.

Por fin me detengo en una calle lateral llamada Clementine, una de las manzanas de Kensington que están relativamente bien mantenidas: solo hay un par de *abandos* y el resto de las casas están cuidadas. En mitad de la manzana, me apoyo las manos en las caderas, sin aliento y decepcionada por haber perdido mi oportunidad. «Truman no lo habría perdido», pienso. Sus años de formación en antivicio le habían dado la habilidad de seguir a la gente.

Cuando levanto la vista, me encuentro delante de una casa que, por alguna razón, me resulta familiar.

¿He hecho alguna detención aquí antes? ¿He hecho alguna visita de bienestar ciudadano?

Al final, me fijo en la silueta metálica de un carruaje y un caballo que adorna muchas contrapuertas de esta parte de Filadelfia. Veo que a este caballo le faltan las patas de delante. Y, de pronto, vuelvo a tener diecisiete años y estoy esperando delante de esta puerta con Paula Mulroney, intentando entrar, intentando llegar a mi hermana.

Cierro los ojos solo un momento, lo suficiente como para obligarme a regresar a aquel momento. Un instante en el que la pregunta de si Kacey estaba viva seguía sin responder, pero la respuesta resultaría ser «sí». Un instante en el que, aunque por entonces aún no lo sabía, estaba a punto de encontrar a mi hermana y llevármela a casa.

Abro los ojos cuando oigo abrirse la puerta de la casa hacia dentro.

Hay una mujer mirándome. No me acuerdo de si es la misma mujer que me abrió la puerta hace tantos años. En mi recuerdo, la mujer tiene el pelo negro, y el de esta mujer es completamente canoso. Pero ha pasado más de una década. Podría ser ella.

—¿Estás bien? —dice la mujer. Asiento—. ¿Necesitas algo?

No quiero malgastar mi dinero —no voy muy sobrada de dinero últimamente—, pero me temo que, si no lo hago, la mujer sospechará. Y quizás tenga información que me resulte útil.

Quizás todavía conozca a Kacey.

De manera que le digo que sí y la mujer abre la contra-puerta de la silueta metálica. De golpe, estoy de vuelta en la primera casa en la que murió mi hermana.

La última vez que estuve aquí, apenas había muebles. Veía gente en las sombras allí donde miraba.

Hoy la casa está caliente y sorprendentemente bien cuidada. Huele un poco a pasta cocinada. Cuadros en la pared. Jesús, Jesús, María y un póster de los Eagles firmado por alguien cuya firma no entiendo. Hay alfombras limpias en el suelo y bastantes muebles de aspecto barato pero nuevos.

—Siéntate —me indica la mujer, señalando una silla.

Estoy momentáneamente confundida. Tengo listo mi pedido inventado: todas las pastillas de Percocet que me llegue para comprar con el billete de veinte que tengo en el bolsillo. Tres, quizás, dependiendo de la dosis. Una, si la mujer sospecha que soy una aficionada. «En cuanto salga, las tiraré por la alcantarilla», pienso. Me voy a gastar veinte dólares básicamente en la información que me pueda dar la mujer.

Mantengo las manos en los bolsillos, para calentármelas, mientras la mujer desaparece un momento en la cocina y vuelve a salir con un vaso de agua en las manos. Me lo da.

—Bébetelo. Tienes mala cara.

Hago lo que me dice. Luego espero. Tengo la sensación de que ha habido un malentendido.

—¿Cómo has oído hablar de mí? —me pregunta.

Hago una pausa.

—Por un amigo.

—¿Qué amigo?

Vacilo mientras lo decido.

—Matt.

Una apuesta sin riesgo, un nombre de este vecindario.

—¿Eres amiga de Matty B? ¡Me encanta Matty B!

Asiento.

—Bébete eso —me dice otra vez. Doy un sorbo obedientemente—. ¿Llevas todo el día limpia?

—Sí. —Es la primera verdad que me sale de la boca desde que he llegado. Empiezo a sentirme culpable.

Al oír esto, la mujer estira el brazo y me pone la mano en el hombro.

—Buen trabajo, cariño. Estoy orgullosa de ti.

—Gracias.

—¿Cuántos días llevas?

Solo entonces me fijo en el grabado de los *Doce pasos* que hay enmarcado en la pared de detrás de su cabeza, lo bastante pequeño como para llamar solo la atención de alguien que lo estuviera buscando. En el cuadro de al lado, Jesús tiene la cabeza un poco ladeada hacia él, como si estuviera contemplando los pasos junto con el espectador. Me pregunto si es intencionado.

Me tapo la boca con la mano para toser.

—Mmm… Tres días.

La mujer asiente con solemnidad.

—Eso está muy bien. —Me mira—. Apuesto a que es la primera vez que te desintoxicas.

—¿Cómo lo sabe?

—No se te ve demasiado cansada. A la gente que lleva años intentándolo se la ve más fatigada. Como a mí —me confía, y se ríe.

Pero la verdad es que me siento cansada. Llevo cansada desde que nació Thomas. Me he sentido superada desde que nos mudamos a Bensalem. Y llevo agotada desde que desapareció Kacey. Pero sé a qué se refiere: he visto a la gente de la que la mujer me está hablando. Gente que lleva desintoxicándose y recayendo, una década, dos décadas o más. Cuando están limpios, a menudo tienen pinta de querer irse a dormir y no despertarse durante una temporada.

—En fin —prosigue la mujer—. ¿Estás yendo a reuniones? ¿Tienes un sitio donde quedarte?

Echa un vistazo a las escaleras.

—Ya tengo a unas seis personas quedándose conmigo. Si no, te daría una cama. En realidad…, déjame pensar. Espera aquí un segundo.

La mujer camina hasta el pie de la escalera y llama a alguien que está arriba.

—¡¡TEDDY!! ¡¡¡TED!!!

—No hace falta —digo—. Tengo donde quedarme.

La mujer niega con la cabeza.

—No. Te podemos acoger aquí.

Un hombre grita desde arriba.

—¿Qué pasa, Rita?

—En serio —le replico—. Tengo un buen sitio donde quedarme. La casa de mi abuela. Allí no consume nadie.

La mujer, Rita, me mira poco convencida.

Sin dejar de mirarme, vuelve a gritar por las escaleras.

—¿Cuándo te vas a West Chester?

—Mmm… —dice el invisible Ted—. ¿El viernes?

—Ya está —resuelve Rita—. El viernes te podemos acoger aquí si quieres. Quizás el jueves por la noche, si no te importa dormir en el sofá.

Empiezo a negar con la cabeza.

—Ya sé, ya sé, tienes donde quedarte. Pero tenlo en cuenta. —Luego le cambia la cara—. No te voy a cobrar nada, cielo. ¿Es eso lo que te preocupa? Oh, no, esto es algo que hago por mí. Cadena de favores, ya sabes. Lo único que pido es que, cuando puedas, traigas comida para compartir, papel higiénico, servilletas de papel, esas cosas. Y si me parece que estás volviendo a consumir, te echaré.

—Muy bien.

Empiezo a sentirme terrible por estar engañando a esta mujer.

Me mira.

—Tienes una forma rara de hablar. ¿Eres de por aquí?

Asiento.

—¿De dónde?

—De Fishtown.

—Ajá.

Solo puedo pensar en cómo marcharme de forma elegante. Pero todavía no he tenido ocasión de preguntarle por Kacey.

—Ten —dice Rita—, te voy a dar mi número. ¿Tienes teléfono?

Lo saco. Rita me recita los dígitos de su número de teléfono y los tecleo. Mientras estoy mirando la pantalla, me llega un mensaje de Truman.

«¿Dónde estás?».

«Cerca de K y A».

Luego abro una foto de Kacey y le enseño el teléfono a Rita.

—¿Qué es eso? —me pregunta.

—Se lo estoy enseñando a la gente del barrio por si la han visto. Es mi hermana y lleva un tiempo desaparecida.

—Oh, cielo. Lo siento mucho.

Me coge el teléfono de la mano y lo sostiene con el brazo extendido, intentando distinguir la imagen. Se lo acerca un poco más. Se le arruga el ceño.

—¿Esta es tu hermana? —Me mira.

—Sí. ¿La conoce?

A Rita se le ensombrece la cara en un instante. Está calculando algo, cayendo en la cuenta de algo, haciendo conexiones que no entiendo.

—Sal de mi puta casa —me dice de golpe. Señala la puerta—. Largo de aquí.

No recibo más explicaciones. Para cuando bajo los escalones del porche, Rita ya ha cerrado de un portazo detrás de mí. Me doy la vuelta un momento para mirar las siluetas del carruaje y el caballo antes de reanudar la marcha y volver adonde tengo aparcado el coche de Truman.

Me veo el aliento. Meto la barbilla por dentro del cuello de la chaqueta. Me lloran los ojos del frío.

Sigo escrutando las calles por si veo a Simon. No hay suerte.

Truman me manda otro mensaje de texto.

«¿Cuánto tardas en llegar a Kensington con Somerset?».

«2 minutos».

Al cabo de un momento, me llega otro mensaje.

«Ahora K y Lehigh».

Se está moviendo. No quiere parar. Quiere despistar a quien sea que lo esté siguiendo.

Voy más deprisa andando que cogiendo el coche. Llego antes que Truman y lo espero en la esquina. Me gustaría tener algo caliente que beber. Se me ha metido el frío dentro y no puedo parar de temblar.

Doy un respingo cuando Truman dice mi nombre.

—Venga —me dice—. He aparcado cerca. Hablemos en tu coche.

Dentro del coche, me pongo al volante y le digo a Truman que empiece a hablar.

Quiero oír lo que ha descubierto y, al mismo tiempo, no. Le echo un vistazo con el rabillo del ojo. Tiene una expresión sombría. Está pensando en cómo decirme algo, lo sé.

—Truman. Dímelo y ya está.

—He ido a la casa de Madison —empieza—. La que tiene las tres letras B. He llamado al panel que tapa la puerta de atrás. Al cabo de un minuto, ha aparecido McClatchie. Con muy mala pinta, supercolocado. Medio adormilado, ya sabes. Lo cual, bueno, he creído que iba a jugar en mi favor. Tenía la guardia baja.

»—¿Tú quién eres? —me ha dicho.

»—Te he escrito pidiéndote una chica.

»Veo que va superdrogado. Apenas puede aguantar la cabeza.

»—Vale —me ha respondido.

»Espero.

»—¿Qué pasa entonces? —le he preguntado—. ¿Tienes una chica para mí o qué?

»—Sí, entra.

»De manera que lo he seguido al interior de la casa cegada. Dentro había un montón de gente adormilada, y un par estaban chutándose. Nadie me ha dicho nada.

»McClatchie se ha apoyado en una pared, se ha olvidado de lo que está haciendo y prácticamente se ha quedado dormido. Me estaba helando, la casa olía a mierda y daba la impresión de que el tipo se ha olvidado de que estaba allí. Así que le he dicho:

»—Eh. Eh.

»Se ha despertado un poco.

»—¿Dónde tienes el teléfono? Enséñame a las chicas otra vez.

»Por fin, se lo ha sacado del bolsillo, ha abierto unas fotos y me ha dado el teléfono. He empezado a ojearlas y he reconocido a muchas chicas que había la vez anterior que me lo enseñó. Pero no estaba Kacey.

»Lo he mirado. En ese momento, me he dado cuenta de que, si le preguntaba por Kacey, me calaría, me relacionaría contigo.

»Pero me he preguntado: «¿Qué tengo que perder?». Además, se me ha ocurrido que había una pequeña posibilidad de que fuera tan ciego que no consiguiera atar cabos.

»Así que le he dicho:

»—¿Dónde está la pelirroja? La última vez vi a una pelirroja.

»Y McClatchie me ha respondido, muy despacio:

»—Ah, es Connie.

»—La quiero.

»—Connie está fuera de servicio.

»Luego ha levantado la cabeza y me ha mirado, y juro que es como un halcón fijando la vista en su presa. Le cambia toda la expresión. La mirada se le despeja por completo.

»Dos tipos que había al otro lado de la sala han vuelto a la vida, han levantado la cabeza del suelo y se han puesto a mirarme como si estuviera causando problemas. De pronto, ha empezado a cambiar la atmósfera de la sala.

»—¿Por qué? —me ha dicho McClatchie—. ¿Por qué tiene que ser ella y no otra?

»—No sé, colega. Me gustan las pelirrojas.

»Ya estaba yendo hacia la salida. Todavía caminaba de cara a él, por si acaso iba armado.

»Se me ha acercado. Despertándose. Con cara más alerta.

»—¿Quién te manda? ¿Su hermana? ¿Eres poli?

»Entonces me he dado la vuelta y he echado a correr. Resulta que la rodilla me funciona bastante bien.

»Pero lo he seguido oyendo gritarme hasta el final de la calle.

»—¿Eres poli? ¿Eres poli?

Truman me mira y se rasca la mejilla.

Tengo una sensación. Como si se me estuviera propagando agua fría por las venas y las arterias.

—¿Qué quiere decir eso? —le pregunto—. «Fuera de servicio».

Ninguno de los dos sabe la respuesta.

Ahora me toca a mí hablarle de Simon.

—Ha venido directo a Kensington. No ha dudado ni un momento. Se ha metido en el coche y ha conducido directo aquí. Lo he perdido cuando ha salido del vehículo.

—No me digas.

—No tiene nada que hacer en este barrio. Trabaja en la División Sur.

Paro de repente en un aparcamiento. Tenemos delante una pequeña retahíla de tiendas: un restaurante chino, una lavandería, una ferretería clausurada y un Dunkin' Donuts. Me bajo la visera; no quiero que me vea nadie que salga de esas tiendas. Alguien entra en el coche de al lado del mío. Mantengo la cabeza gacha.

—Creo que ya es hora —dice Truman.

—¿De qué?

—Tenemos que llevarle esto a Mike DiPaolo.

Pero ya estoy diciendo que no con la cabeza.

—Ni hablar.

—Venga, Mickey. Es buena persona. Lo conozco desde que éramos niños.

—¿Cómo lo sabes?

Me mira.

—¿Qué otras opciones tienes?

—Seguir haciéndolo a nuestra manera.

—¿Y luego qué? Descubres quién es el asesino. Y ¿qué haces?, ¿lo eliminas tú? ¿Te pasas el resto de la vida en la cárcel? No. Llegado cierto punto, Mickey...

Y su voz se apaga.

—¿De verdad confías en él? —le pregunto.

Truman piensa.

—Nunca hizo trampa en los deportes.

—¿Cómo?

—Cuando éramos niños. Nunca amañaba los resultados —especifica Truman—. Confío en él —añade, para aclarar la cuestión.

—¿Qué me dices de ti? ¿Estás seguro de que quieres que se te vincule con esto? Podrías estar poniendo en jaque tu trabajo. No hemos estado siguiendo exactamente el protocolo.

—Mickey. No voy a volver.

Ahí está. Me lo estaba preguntando.

—¿Por qué no?

—Porque no quiero —dice Truman simple y llanamente—. Mira, me llevo bien con la gente. Nunca llamo la atención. Para la gente como yo... es demasiado fácil, ¿sabes? Es fácil olvidarse de que el sistema no funciona bien. Y no estoy hablando solo de Filadelfia. No estoy hablando de estos homicidios en concreto. Estoy hablando de todo. Del sistema entero. Demasiado poder en las manos incorrectas. Nada funciona. —Hace una pausa. Respira—. No puedo dormir. ¿Me entiendes? Hay gente muriendo. No solo las mujeres. Gente inocente. Gente desarmada. No puedo dormir.

Esto es seguramente lo más cerca que va a estar nunca Truman de revelar sus ideas políticas.

Me quedo un rato callada.

—Puedo irme ahora —prosigue Truman—. Cobrar mi pensión. Conseguir un trabajo distinto. Irme a la cama por las noches con un poco más de paz. Hay gente muriendo —repite—. Gente muriendo por todas partes.

—Lo entiendo.

Y cada vez estoy más de acuerdo.

Truman llama a Mike DiPaolo mientras vamos con mi coche hasta el suyo.

—Tengo que preguntarte una cosa —le dice—. No me parece algo de lo que puedas hablar en el trabajo. ¿Puedes quedar esta noche en el Duke's?

El Duke's es un bar que hay en Juniata, cerca de donde crecieron ellos dos. Es el favorito de Truman, un establecimiento que lleva décadas en el barrio. Conoce a todos los camareros. Solo he estado una vez allí, para el cumpleaños de Truman con un grupo de otros agentes. Pero aparte de eso, nunca. No es un bar de policías, y eso hace que sea buen sitio para reunirse cuando uno quiere hablar de trabajo.

No oigo la respuesta de DiPaolo, pero, al parecer, la idea le parece bien.

—¿A las ocho? —dice Truman—. Vale. —Y cuelga antes de preguntarme—: ¿Crees que podrás venir, pues?

—Me las apañaré.

Por suerte, y por sorprendente que parezca, Bethany no me deja tirada. Se puede quedar hasta tarde, me dice. No hay problema.

Cuando llego, el Duke's está tranquilo y nada lleno. Paneles de madera en las paredes, luz tenue, mesa de billar al fondo. Es uno de los pocos sitios de Filadelfia donde todavía se puede fumar, y aunque ahora mismo no hay nadie ejerciendo ese derecho, el local todavía huele a tabaco rancio.

Truman está sentado en un reservado del rincón, lejos de todo el mundo. DiPaolo no ha llegado todavía. Truman tiene una Corona en la mesa, la única clase de alcohol que le he visto beber nunca. El único vicio plebeyo que tiene. Casi se la ha terminado. Le pregunto si quiere otra.

—Vale.

Pido dos en la barra. Una para él y otra para mí. Nunca he sido aficionada a beber —supongo que, cuando Simon y yo estábamos juntos, me tomaba una de vez en cuando—, y ahora intento acordarme de la última vez que bebí algo con alcohol. Quizás haga un año. Esta noche me sabe de maravilla.

Entra DiPaolo. Tiene la edad de Truman, cincuenta y pocos. Pero, mientras que Truman aparenta una década menos de los que tiene, DiPaolo se ve desgastado por los años y camina pesadamente. Se lo ve fláccido y cansado: un perpetuo cascarrabias benévolo que de vez en cuando se suelta la melena. En la fiesta de cumpleaños de Truman que celebramos aquí, DiPaolo se emborrachó, seleccionó *Livin' on a Prayer* de Bon Jovi en la máquina de discos y puso a cantar a todo el mundo. Me cae bien.

—Parece que la necesitabas —me dice, señalando mi Corona sin saludar.

—Pues sí —le contesto—. ¿Quieres una?

—¿Estás de broma? ¿Dónde estamos?, ¿en la playa? Un Jameson con hielo —le pide al camarero—. Y otra Corona para la señora. ¿Cómo te va, Pete?

Los tres nos acomodamos: Truman y yo a un lado del reservado, y DiPaolo, al otro. Truman le da las gracias a DiPaolo por venir, en tono formal, y DiPaolo sonríe.

—Sé que esto va a ser bueno. ¿En qué clase de líos os estáis metiendo?

Truman me echa un vistazo y yo miro un momento a DiPaolo. Un momento demasiado largo. Se le borra la sonrisa de la cara.

—¿Qué? —pregunta.

—¿Conoces a Simon Cleare? —empiezo yo.

Me examina la cara antes de mirar su Jameson y darle un sorbo. No hace ninguna mueca al tragar.

—Lo conozco. Sí.

—¿Cómo de bien?

DiPaolo se encoge de hombros.

—Un poco. Lo he visto en algunas reuniones generales. Está en la Sur, sin embargo, así que tampoco lo veo a diario.

Mido mis palabras. «Es importante mantener la calma», pienso.

—¿Tiene alguna razón para estar en Kensington durante su jornada de trabajo? Que tú sepas.

Di Paolo me clava una mirada.

—¿Por qué?

Me reclino en mi asiento.

—Hoy lo he visto allí. En mitad del día.

DiPaolo suspira. Mira a Truman, buscando su mirada, pero Truman no se la devuelve. Se gira hacia mí.

—Si esto es una… —comienza. Levanta las manos, trazando círculos en el aire—. Si esto es una pelea de enamorados o algo así, no me quiero involucrar.

—¿Qué quieres decir?

—Mira —dice DiPaolo—. No quiero ser presuntuoso, pero todo el mundo sabe lo tuyo con Simon Cleare. Y simplemente no quiero… —Se le apaga la voz. Suspira—. No sé por qué estaba en Kensington, pero puede que tuviera sus razones, ¿sabes?

Espero a que se me pase la rabia antes de contestar.

—Esto no tiene nada que ver conmigo. Estoy intentando pasarte información que puedas usar en el caso de los asesinatos de Kensington, porque nadie más me quiere escuchar.

—¿Eso qué quiere decir?

—No sé cuánto de esto sabrás ya. —Doy un trago largo y empiezo a contárselo.

Le hablo de Paula Mulroney y de sus acusaciones. Le cuento que Paula no quiere hacer declaraciones oficiales. Le hablo de Kacey y le digo que está desaparecida. Tengo la sensación de estar divagando, y de vez en cuando miro a DiPaolo para comprobar su reacción, pero es difícil de interpretar.

—Empecé contándole esto al sargento Ahearn. Volví a comisaría y le dije que necesitaba hablar con él. Me parecía una información que debía pasarle y quería seguir el protocolo. Me contestó que estaba al corriente de las acusaciones y que se las transmitiría a la gente correspondiente. —Hago una pausa—. Pero no sé si lo ha hecho. Y unos días después de contarle lo que había oído, recibí una llamada de Asuntos Internos pidiéndome una reunión. Cuando fui, me dijeron que estaba bajo investigación y me suspendieron.

Ahora que lo explico en voz alta por primera vez, y todo de golpe, me asalta de repente lo injusta que es la situación.

DiPaolo sigue con la misma cara inexpresiva. No tengo ni idea de cuánto de todo esto ya sabía de antemano. Se le da bien su trabajo.

—De acuerdo —dice por fin.

Espero.

—Lo que estoy diciendo —continúo— es que puede ser alguien del cuerpo quien está matando a esas mujeres. Simon está dentro. Y acabo de verlo en un barrio que siempre me ha dicho que odia.

DiPaolo espera. Parece un salto para él. Me doy cuenta.

—¿Algo más? —pregunta.

—Le gustan las jovencitas. Y no se porta… éticamente. En sus relaciones.

DiPaolo sigue con cara de palo.

De golpe, me doy cuenta de lo loco que suena todo esto. Los hechos no juegan a mi favor. Sé que estoy operando en base a una corazonada, a una sospecha, a una intuición que no se traduce al mundo de fuera. Y, sin embargo, cuando lo digo en voz alta, mi convicción se refuerza.

No levanto la vista de la mesa, pero con el rabillo del ojo veo que DiPaolo está mirando a Truman. Intentando una vez más averiguar qué piensa. DiPaolo carraspea. Sé lo que esto parece. Aquí estoy, suspendida por razones poco claras, realizando acusaciones bastante graves contra alguien que solía ser mi pareja y ofreciendo muy pocas pruebas. Debe de pensar que soy una loca. Una exnovia loca.

—No estoy loca —aclaro, aunque sé que es inútil. Miro a Truman—. Dile que no estoy loca.

De repente, me doy cuenta de que me estoy emborrachando. Me estoy acabando la segunda cerveza.

—Nadie está diciendo eso, Mick —dice Truman. Y me mira negando con la cabeza, muy sutilmente. «Deja de hablar».

DiPaolo pone las manos en la mesa.

—Mira, Mickey. Te entiendo, ¿vale? Pero tienes que dejar correr este tema, ¿de acuerdo?

Contra mi voluntad, dejo escapar un ruido no muy educado.

—Ja.

DiPaolo me mira con tranquilidad.

—Este asunto te supera.

—¿En qué sentido?

—No estoy autorizado para decírtelo, pero confía en mí.

Se pone de pie. Se prepara para marcharse.

—Iré a la prensa —le suelto de pronto—. Tengo una amiga que trabaja en una emisora de radio local. Le interesará mucho una historia sobre corrupción policial en Kensington.

Pienso en Lauren Spright. Me imagino su expresión si me oyera llamarla "amiga". Seguramente se reiría de mí.

DiPaolo se mantiene impávido. Por debajo de la mesa, Truman me pone la mano en la rodilla y me la aprieta. Una sola vez. «Para».

—Ah, ¿sí? —contesta DiPaolo.

—Pues sí —digo al mismo tiempo que Truman dice: «Mick».

—Adelante, pues. Hazlo. ¿Y sabes qué te dirá?

Me quedo callada.

—Te dirá que ya tenemos al culpable. Porque lo tenemos desde las cuatro y treinta y cinco de la tarde de hoy. Y hace

—se mira el reloj de pulsera— diez minutos ha salido un comunicado de prensa a los medios, tanto locales como nacionales, haciéndoselo saber.

Noto que se me queda la boca abierta.

—Pero si quieres hablarle de corrupción policial —continúa DiPaolo—, adelante. Quizás quieras empezar contándole por qué te han suspendido.

Da un último trago de su Jameson. Esta vez sí que hace una mueca.

No quiero darle la satisfacción de preguntárselo, pero no lo puedo evitar.

—¿Quién es?

—Robert Mulvey Junior. Creo que os conocéis, de hecho.

Nada más marcharse DiPaolo, cojo el teléfono. No tengo valor para mirar a Truman. Él tampoco dice nada. Está claro que mi conducta lo ha avergonzado.

Navego hasta la página web de una emisora local tras otra. Las vuelvo a cargar una y otra vez.

En cuestión de minutos, aparece la noticia.

«Detenido sospechoso implicado en los homicidios de Kensington», dice el titular.

Robert Mulvey Junior me mira desde el teléfono. Su retrato policial es casi tan amenazador como su expresión la última vez que lo vi en los juzgados.

«Mulvey —dice el artículo— ha sido detenido hoy al habérselo relacionado con los asesinatos después de que una fuente anónima lo situara en la escena del primer crimen. Las imágenes de vídeo de un comercio cercano han confirmado su presencia. Una base de datos de ADN de la policía estatal lo ha vinculado también con la segunda y la tercera víctima».

Levanto rápidamente la vista.

—Por eso.

—¿Por eso qué? —dice Truman.

Lo primero que dice en mucho rato.

—Por eso lo conocía —le digo—. Ya sabía yo que lo conocía. Lo vi en las vías de la calle Gurney cuando descubrimos el cuerpo de la primera víctima. Y le dije: «No debería estar usted aquí». No me hizo caso.

Me acuerdo de él. Fantasmagórico y desafiante, retirándose entre la maleza con una expresión extraña en la cara.

Por fin, miro a Truman. Tiene una expresión seria.

—¿Qué me está pasando? ¿Qué he hecho?

Por fin, Truman suspira.

—Oh, Mick. Lo entiendo. Créeme, lo entiendo. Tu hermana ha desaparecido. Estás preocupada. Es difícil pensar con claridad.

—Seguramente se estará riendo de mí. Kacey. Seguramente se habrá largado con algún novio nuevo. Seguramente se estará riendo de mí ahora mismo. Imaginándose que la estoy buscando y riéndose.

Niego con la cabeza. Creo que estoy más decepcionada conmigo misma que nunca. Por no haber establecido yo la conexión con Mulvey. Por no haberlo reconocido cuando me reconoció él a mí, cuando prácticamente me estaba provocando frente a mis narices. Por haber permitido que mis emociones me impidieran ver las pruebas claras.

Siempre he pensado que tengo madera de detective. Creo que las últimas semanas me han demostrado indudablemente que me estaba engañando.

Pido otra Corona. Y luego, acordándome de DiPaolo, me pido un chupito de Jameson, y otro, y un tercero.

—¿Quieres uno? —le ofrezco a Truman, pero me dice que no.

—Frena un poco, Mickey —me aconseja Truman, pero no quiero frenar. Quiero acelerar, quiero dejar atrás rápidamente este momento de mi vida y salir al otro lado.

—Muy bien —asiento, aceptando la regañina. Siento que me pesa la lengua en la boca. He venido en coche, pero sé que no debería conducir de vuelta. Tengo ganas de apoyar la cabeza sobre la mesa y quedarme dormida.

Truman vacila un momento.

—Es culpa mía —dice por fin—. Soy yo quien te metió la idea en la cabeza. Nunca me ha caído bien, el tipo. Y corren bastantes rumores sobre él como para pensar... —Se le apaga la voz—. Es fácil dejarse llevar, ¿sabes? Después de lo que te hizo. Nunca me ha caído bien.

Los dos nos quedamos un momento callados.

—Seguimos sin saber qué estaba haciendo aquí —digo por fin.

Se encoge de hombros.

—Quizás estaba de operativo encubierto. Esto se ha convertido en un caso mediático. Están participando todos los efectivos. Quizás estén mandando a los que creen que son caras desconocidas en el barrio.

Niego con la cabeza.

—Es detective. No está en antivicio.

—Quién sabe. Ni a ti ni a mí nos cuentan gran cosa últimamente.

Lo miro bajo la áspera luz de la lámpara que cuelga de una cadena sobre nuestro reservado. Es una lámpara Tiffany. Lo interesante es que Louis Comfort Tiffany pasó un tiempo aquí en Filadelfia mientras asistía a la academia militar de West Chester. La lámpara que tenemos encima, sin embargo, no parece bien hecha. Parece la lámpara de interrogatorios de una película de detectives antigua. Y se me ocurre que mi trabajo ha invadido mi vida por completo, que todo lo que hago, pienso y veo está filtrado por la lente de mi trabajo. Ese trabajo que quizás ya no tendré cuando Di-Paolo mande aviso a AI de lo que he estado haciendo. Me echo a reír.

—No tenemos escapatoria. No tenemos escapatoria.

Truman no parece saber de qué estoy hablando. Me está mirando con preocupación. De hecho, casi con cariño. Como si pudiera estirar un brazo y ponerme una mano en la mejilla.

—¿Vas a estar bien, Mickey? Me tienes preocupado.

—Voy a estar de maravilla.

Me sigo riendo, ahora de forma un poco frenética.

—Venga —dice Truman—. Te llevo a casa.

Voy dando tumbos ligeramente hasta la puerta. Truman me coge por la cintura y deja el brazo ahí mientras caminamos por la acera hasta el coche. Soy consciente de su fuerza, de su mano en mi costado. Tenso los músculos de esa parte. Soy consciente del aroma muy suave de lo que me imagino que debe de ser su detergente para la ropa. Es lo más cerca que he estado nunca de Truman, y no resulta desagradable. De hecho, es agradable. Es muy agradable tener a otra persona cogiéndome. Lo rodeo también con el brazo y apoyo la cabeza en la suya.

Tiene el coche aparcado en la calle, a una manzana del Duke's. Me lleva hasta el lado del copiloto y me planto delante de la portezuela de ese lado, mirándolo mientras pulsa dos veces un botón que hay en su llave. El coche pita dos veces. El ruido arranca ecos de la calle silenciosa.

Se inclina a mi lado para accionar la manecilla de la puerta. No me muevo.

—Mick, voy a abrirte esa portezuela.

Lo miro a la cara. Y de pronto entiendo algo nuevo del mundo, y de Truman, y de mí. En este momento, me parece tan obvio que me echo a reír un poco: Truman ha estado ahí todo este tiempo, casi una década a mi lado. ¿Cómo es que nunca me había fijado? Ahora está respirando al compás de mi respiración. Respirando deprisa. Los dos lo hacemos.

Lo beso en la mejilla.

—Mick. —Me pone una mano en el hombro.

Le pongo una mano en la cara, tal como antes me he imaginado que me hacía él a mí.

—Eh —dice Truman. Pero no se aparta.

Lo beso en la boca. Se queda quieto, solo un momento. Aceptándolo. Pero luego se aparta.

—No. Eso no está bien, Mickey.

Da un par de pasos hacia atrás, poniendo espacio entre nosotros.

—No está bien, Mick —repite.

—Sí está bien. Sí.

Aprieta la mandíbula.

—Escucha. Estoy viendo a alguien.

—¿A quién? —pregunto sin pensarlo.

Pero sé la respuesta antes de que me la dé. Me acuerdo del retrato que tiene en la rinconera, el de la familia feliz. Sus preciosas hijas. Su preciosa mujer. Pienso en la madre de Truman y en lo escéptica que se mostró al abrirme la puerta. «Protectora», dijo Truman.

Truman vacila.

—Es Sheila, Mickey —confiesa por fin—. Lo estamos intentando otra vez. Estamos intentando que funcione.

En el trayecto a casa, los dos guardamos silencio. No digo nada, ni siquiera al salir del coche.

Bethany me ve entrar en el apartamento con mirada calculadora. Hago lo que puedo para no acercarme a ella, pero estoy segura, cuando le pago, de que puede olerme el aliento.

Me despierto más avergonzada de lo que me he sentido nunca en la vida. Los recuerdos regresan a mí. Primero despacio y después deprisa. Me tapo la cara con las manos.

—No —digo—. No, no, no, no, no.

Thomas, que al parecer se ha metido en mi habitación en plena noche, se despierta al pie de la cama.

—¿Qué pasa, mamá?

Lo miro.

—Que me he olvidado de una cosa.

Como de costumbre, Bethany llega tarde. Mientras la espero, me permito regodearme en una fantasía particularmente deliciosa: quizás la despida directamente en cuanto entre por la puerta. En cualquier caso, estoy suspendida, y, por tanto, la verdad es que no necesito sus servicios de momento. Pero dos cosas me impiden seguir este impulso: la primera es que hoy tengo que ir a buscar mi coche a Juniata y prefiero no tener que explicarle a Thomas cómo ha llegado hasta allí. La segunda es que, suponiendo que recupere mi trabajo, voy a necesitar canguro, y encontrar a una segunda persona, deprisa y con el horario flexible de Bethany parece una tarea colosal, si no imposible.

Así que, cuando por fin llega, finjo que me marcho al trabajo. Y, por primera vez desde que nos conocemos, se disculpa por llegar tarde. Por una vez, tampoco se ha maquillado. Se la ve todavía más joven.

Su sinceridad me pilla con la guardia baja.

—Bueno. No pasa nada. No te preocupes. Thomas puede ver algo por la tele hoy —añado—. Puedes decidir cuándo.

Resulta que un taxi desde mi apartamento de Bensalem hasta Juniata cuesta treinta y ocho dólares con dos, propina no incluida. Un dato que no me hacía falta conocer.

Después de que me deje el taxi, me meto en mi coche y conduzco.

Me doy cuenta de que tengo el día entero para mí, para hacer lo que me dé la gana. Hacía mucho tiempo que no tenía ese lujo. Hacía mucho tiempo que no me sentía tan carente de rumbo: sin trabajo, sin niño al que cuidar y sin misión asignada por mí misma.

Voy por Kensington, cruzando el distrito 23. Cuando no estoy de servicio, me puedo permitir fijarme en cosas en las que nunca me fijo mientras trabajo: en que los vecinos han convertido ciertos solares pequeños y vacíos en parques infantiles improvisados, con viejos toboganes donados oxidándose en una esquina y aros de baloncesto destartalados y colgados de las alambradas; en las tiendas de electrodomésticos de segunda mano que sacan sus mercancías a la acera: lavadoras y neveras melladas y de aspecto abatido, soldados erguidos en fila.

Por una vez en la vida no voy en mi coche patrulla, y las mujeres con las que me cruzo no me echan ni un vistazo. Se me para al lado un chavalín en triciclo, en un semáforo, y me eclipsa al girar.

Tengo el deseo repentino de ver mi antigua casa de Port Richmond; conduzco hacia ella. Ahora pertenece a un pijo veinteañero (o, para ser más precisos, a sus padres, de acuerdo con la documentación que firmé). Luego pongo rumbo a Fishtown, donde paso por delante de la casa de Gee, la casa en la que crecí. Hoy parece deshabitada. Sin luces dentro.

Es hora de volver a casa. Pero cuando paso por delante del Bomber Coffee, decido impulsivamente entrar. Hoy no llevo uniforme, y cuando entro nadie pestañea. Me permito imaginarme brevemente una vida mejor para mí y para Thomas: venir aquí en fin de semana para leer el periódico; tener tiempo para enseñarle todo lo que tiene curiosidad por saber, para darle una existencia despreocupada y pacífica, para servirle una gruesa magdalena de cinco dólares del expositor de cristal que tengo delante, o ese yogur con fruta fresca en cuenco de cerámica azul que el chico del mostrador le está dando ahora a un cliente. Me imagino siendo amigable con ese chico, con toda la gente que trabaja aquí. Me imagino que voy también a otros restaurantes en mis días libres, a muchos, y que me paso horas sentada en ellos. Que me llevo un cuaderno de dibujo, quizás, y aboceto lo que me rodea. Antes me gustaba dibujar.

Estoy en la cola decidiendo mi pedido cuando alguien me llama por mi nombre desde detrás.

Me pongo tensa de inmediato. No me gusta la sensación de que me cojan desprevenida, de que me miren cuando no estoy preparada para ser mirada.

Cuando me giro sin moverme del sitio, veo que la voz viene de la madre de Lila, Lauren Spright. Hoy lleva un gorro de punto holgado y una sudadera toda cubierta de estrellas.

—¡Eh! —dice Lauren—. Cómo me alegro de verte. Llevo desde entonces preguntándome cómo estabas. —Hace una pausa, pensando en cómo expresarlo—. Desde la fiesta.

—Oh —contesto. Cambio ligeramente de postura. Me meto las manos en los bolsillos del pantalón—. Sí, lo siento. Fue una escena.

—¿Cómo está Thomas?

—Está bien —digo, demasiado deprisa. «No es asunto tuyo», tengo ganas de decir. Pero noto algo genuino en Lauren: la suya no es una preocupación superficial ni morbosa.

—Me alegro —dice Lauren. Y lo dice de verdad—. Eh. ¿Queréis venir un día a nuestra casa? Lila habla de Thomas todos los días. Estaría bien juntarlos otra vez.

—¿La puedo ayudar? —interrumpe el chico de detrás del mostrador, impaciente. No me había dado cuenta de que había llegado al frente de la cola.

—Muy bien —le digo a Lauren—. Sí. Estaría muy bien.

Lauren se aleja, dejándome hacer mi pedido.

—Te llamaré.

Café en mano, conduzco en dirección sur por Frankford, y luego al norte por la avenida Delaware. Por fin, sorprendiéndome a mí misma, me meto en el aparcamiento que bordea el embarcadero al que solíamos ir Simon y yo. Los muelles han cambiado desde entonces: ahora el SugarHouse Casino asoma al sur. Han aparecido aparcamientos nuevos cerca, así como edificios nuevos de apartamentos de lujo con vistas al río.

Pero nuestro embarcadero sigue igual: todavía está decrépito, lleno de basura y, en su mayor parte, abandonado. La misma arboleda, desnuda de hojas por el invierno, sigue sin dejar ver el agua.

Aparco y salgo del coche. Camino entre los árboles sin hojas, aparto las ramas con las manos, paso por encima de las hierbas. En el embarcadero de madera, pongo los brazos en jarras. Me acuerdo de Simon. Me acuerdo de mí aquí sentada con dieciocho años. Hace media vida. Me pregunto qué clase de hombre, qué clase de persona se esforzaría tanto para ganarse el afecto de una niña. Porque eso era yo, a fin de cuentas.

Hacia la una de la tarde, me siento cansada, y seguramente resacosa, y no me encuentro demasiado bien. Voy a dejar que Bethany se vaya temprano. Salgo del aparcamiento, me sumo al tráfico de la 95 y conduzco hacia el norte.

Cuando abro la puerta del apartamento, me lo encuentro en silencio. Thomas todavía se echa alguna que otra siesta alrededor de esta hora del día, aunque cada vez menos a menudo.

Me quito la chaqueta y la cuelgo de un gancho. Echo un vistazo a la cocina al pasar por delante. Está llena de platos sucios del desayuno y del almuerzo. A Bethany no se la ve por ningún lado. Respiro hondo. Suelto el aire. Es otra conversación que he estado queriendo tener con ella: «Si pudieras limpiar a lo largo del día...».

Luego me digo a mí misma: «Céntrate en lo importante».

Me adentro en el pasillo. Thomas tiene la puerta cerrada. Si está durmiendo, no lo quiero despertar.

La puerta del cuarto de baño también está cerrada. Me quedo un momento fuera, escuchando. Pasan treinta segundos y no oigo ni agua correr ni ningún otro ruido dentro.

Por fin llamo suavemente con los nudillos.

—¿Bethany? —digo en voz baja.

Pruebo la manecilla y abro un poco.

—¿Bethany?

Por fin abro la puerta del todo. Dentro no hay nadie.

Me doy la vuelta. Abro la puerta del otro lado del pasillo. La habitación de Thomas. Su cama está sin hacer, pero vacía.

Levanto la voz.

—¿Hola? ¿Thomas? ¿Bethany?

El apartamento sigue en silencio.

Entro corriendo en mi dormitorio, doy media vuelta y corro de vuelta a la parte delantera del apartamento, buscando frenéticamente alguna nota o alguna pista de dónde pueden estar.

El coche de Bethany estaba en la entrada. Y hace demasiado frío como para que hayan salido a dar un paseo, creo. Tampoco es que Bethany fuera a dar nunca un paseo, ni aunque hiciera buen tiempo.

Salgo corriendo y luego bajo las escaleras de atrás, sin molestarme en ponerme una chaqueta. Bajo de un salto a la tarima del porche y giro en redondo al pie de las escaleras para echar a correr por el costado de la casa.

Cuando paso junto al coche de Bethany, miro adentro. Pero también está vacío. Me fijo en que la sillita de niño que compré para Thomas sigue sin estar instalada.

Me pongo a dar porrazos en la puerta de la señora Mahon. Y también la llamo al timbre.

Se me ocurren cosas descabelladas y horribles. Me imagino el cuerpo de mi hijo tirado en el suelo sin vida, una versión de las muchas víctimas que he visto en mis años de policía. Por alguna razón, solo he visto a una criatura después de muerta: a una niña de seis años atropellada por un coche en Spring Garden. Su imagen no se me ha ido nunca de la cabeza.

Vuelvo a llamar al timbre.

Por fin, la señora Mahon me abre, parpadeando por detrás de sus gafas enormes, vestida con un albornoz marrón de tela de toalla y alpargatas.

—¿Estás bien, Mickey? —dice, observando mi expresión.

—No encuentro a Thomas. Lo he dejado esta mañana con la canguro y ya no están. No han dejado nota.

La cara de la señora Mahon palidece.

—Oh, no. Oh, no, pues hoy no los he visto.

Se asoma por la puerta.

—Su coche todavía está aquí, ¿verdad? —observa.

Pero ya me he marchado, rodeando otra vez la casa y subiendo otra vez hasta el apartamento, donde cojo el teléfono y llamo a Bethany —no contesta— y le mando un mensaje.

«¿Dónde estás?», escribo. «Llámame, por favor. Estoy en casa».

Y entonces, las palabras de Connor McClatchie me llegan a la cabeza como una alarma antiincendios. «Tienes un hijo —me dijo—. Thomas, ¿verdad?».

Tardo diez segundos en considerar mis opciones.

Cuando se terminan, llamo al 911.

Es la primera vez que interactúo con la policía de Bensalem. Son un departamento pequeño, pero muy profesional. En cuestión de minutos, mi casa ya es una escena del crimen. Primero llegan dos agentes de patrulla, un hombre joven y una mujer mayor, y me interrogan brevemente.

En la planta baja hay alguien interrogando por separado a la señora Mahon.

Se me hace extraño estar trabajando con un departamento de policía de fuera de Filadelfia. Lo normal sería que el hecho de ser yo también policía me pudiera ayudar en estos momentos, pero ahora mismo no se me ocurre nadie a quien llamar. Me da la sensación de haber perdido todos los contactos que tenía —Mike DiPaolo, Ahearn, Simon y hasta Truman—, todos por razones distintas. Hasta he perdido a mi familia. No se me ocurre nadie a quien acudir, y, en un instante, se me manifiesta todo el alcance de mi soledad. El mundo se cierra a mi alrededor, una muesca más, una muesca más, hasta que la respiración se me vuelve rápida y entrecortada.

—Tranquila —me dice la agente al verme así—. Tranquila. Respira hondo.

Nunca en mi vida he estado al otro lado de un interrogatorio. Sigo sus indicaciones.

—¿Qué sabe usted de esa canguro? —pregunta la agente.

—Se llama Bethany Sarnow. Creo que tiene veintiún años. Es maquilladora en su tiempo libre. De vez en cuando sigue clases en el CCP. A distancia, creo.

La agente asiente.

—Muy bien. ¿Sabe su dirección?

Me quedo en blanco.

—No. La verdad es que no.

Pago a Bethany en metálico. En negro. Dos veces al mes.

—Muy bien. ¿Qué me dice de amigos suyos o parientes? ¿Se le ocurre alguien con quien ponerse en contacto?

Vuelvo a negar con la cabeza, reprendiéndome a mí misma. Tuve una sola referencia de Bethany, la de su profesora de la academia de maquillaje. Y, si tengo que ser sincera, ni siquiera ella había parecido muy entusiasmada.

—Hay una cosa que me preocupa —digo con un nudo en la garganta—. Una cosa en concreto.

—¿El qué? —pregunta la agente. Su compañero, el hombre joven, ha terminado de echar un vistazo por el apartamento y se ha venido con ella. Sé la impresión que le debe de haber dado: descuidado, destartalado, sucio. El típico sitio al que no invitas a nadie.

—Mi hermana también está desaparecida. O, por lo menos, yo no sé dónde está. Y hay gente que sabe que la estoy buscando y a quien quizás eso no le haga ninguna gracia. Y, además, soy agente de patrulla del distrito 24 del DPF, pero ahora mismo estoy bajo investigación. Pero es por culpa de un malentendido. O quizás de juego sucio.

Los agentes intercambian una mirada rápida que no se me pasa por alto. He estado en su lugar. Sé la impresión que les estoy dando.

—No, no. No es eso. Soy agente. Soy policía. Pero estoy en suspensión ahora mismo, porque...

Se me apaga la voz. «Deja de hablar —pienso—. Deja de hablar». También oigo a Truman diciéndomelo al oído.

—¿Por qué? —dice el joven. Se rasca la nariz.

—Da igual. No es importante. Simplemente estoy preocupada por un posible secuestro.

La agente cambia otra vez de postura.

—¿Qué le hace pensar que pueden haber secuestrado a su hijo? ¿Hay alguien en particular que la preocupe?

—Sí. Connor McClatchie. Pero también hay otras posibilidades.

El agente varón se aleja por el pasillo para llamar por radio a Centralita. No puedo oír exactamente lo que dice. La agente continúa interrogándome, y, poco a poco, va llegando más gente a la escena.

Y en ese momento se oyen unos porrazos tremendos en la puerta.

A través de la ventana de cristal de la puerta veo la cara de la señora Mahon, con el pelo alborotado y expresión inescrutable.

—Dejadme entrar —nos dice a través de la puerta.

—Han vuelto —me dice la señora Mahon cuando le abro la puerta. Me está mirando solo a mí, prescindiendo de los demás ocupantes de la sala.

Necesito toda mi fuerza para no dejarme caer de rodillas, apoyarme la cara en las manos y romper a llorar.

—¿Dónde están?

—En la entrada. Hay un hombre con ellos.

Salgo corriendo por la puerta sin hacer caso del agente varón, que me está diciendo: «Un momento, señora, por favor».

Bajo volando las escaleras, seguida más despacio por la señora Mahon. Doy la vuelta a la casa y veo a Thomas con cara seria, de pie junto a un detective en cuclillas que tiene la cara a un par de palmos de la suya y le está hablando.

Voy con Thomas. Lo cojo en brazos. Me sepulta la cara en el cuello.

Escruto la entrada para coches.

Veo a Bethany llorando. A su lado hay un joven al que no reconozco. Lo han esposado. Tiene la cara roja de furia.

Más tarde me enteraré de que es el novio de Bethany. De que a los dos se les ha ocurrido que era buena idea ir al centro comercial y llevarse a Thomas con ellos en el coche del novio, que no tiene sillita infantil y ni siquiera le funcionan los cinturones del asiento de atrás. Se les ha ocurrido que era buena idea hacerlo sin dejar una nota ni mandar un mensaje. («Pensé que te ibas a enfadar», me dirá Bethany, y yo le diré: «Correcto»). En media hora despediré a Bethany, y Bethany me pedirá, sin ironía ni remordimientos, que le escriba una referencia.

Pero ahora, de momento, cierro los ojos. Sé que hay gente hablándome, pero no los oigo. Solo oigo la respiración de mi hijo. Solo siento los latidos de mi corazón. Solo huelo el aire limpio del invierno a mi alrededor.

Esa misma noche me sobresaltan más golpes en mi puerta.

Vuelvo a ver la cara de la señora Mahon mirándome por entre los visillos de encaje que cubren la ventana, demasiado cerca del cristal, empañándolo con el aliento.

Estoy agotada. Lo único que quiero es descansar, acurrucarme en el sofá con Thomas y ver la televisión.

Pero en cuanto Thomas ve a la señora Mahon, se levanta de un salto, excitado.

—¡Hola! —grita. Desde la nevada que pasó con ella, Thomas ha sentido una reverencia especial por la señora Mahon y la ha saludado excitadamente con la mano cada vez que nos hemos cruzado con ella.

Ahora corre a la puerta y se la abre de par en par.

—Entre —digo yo.

La corriente de aire frío que entra en el apartamento provoca un portazo en la parte de atrás.

La señora Mahon lleva dos objetos en las manos: uno es una botella envuelta en papel marrón, y el otro, un objeto rectangular envuelto en papel navideño. Del centro del segundo sobresale un bultito.

—Solo he venido a ver cómo estabais. Después del mal trago. Y a traeros esto.

Me ofrece la botella a mí con gesto incómodo, y el regalo, a Thomas. Habla con formalidad y parece nerviosa.

—Muy amable de su parte. No se tendría que haber molestado.

Pero le cojo la botella.

—Solo es limonada —me dice la señora Mahon antes de que yo pueda desenvolverla—. La hago para mí sola. La embotello y la guardo en la nevera. Si está demasiado ácida, le puedes añadir azúcar. A mí me gusta ácida.

—A mí también. Muchas gracias.

A continuación, Thomas abre su paquete. Cuando le quita el envoltorio, veo que es un tablero de ajedrez con una bolsa de plástico que contiene todas las piezas. Y, por un momento, me fallan las fuerzas.

Thomas me mira a mí en vez de a la señora Mahon.

—¿Qué es?

—Un ajedrez —le contesto en voz baja.

—¿Jedrez?

—Ajedrez —dice la señora Mahon—. Es un juego. El mejor juego que existe.

Ahora Thomas está sacando con cuidado todas las piezas de la bolsa por orden de tamaño. Primero, los reyes; después, las reinas; luego, los alfiles, y, por último, los caballos, las torres y los peones. La señora Mahon va diciendo sus nombres a medida que salen. Me pongo tensa al oírlos. No los oía decir en voz alta desde mi adolescencia. Desde Simon.

Thomas coge los alfiles y le enseña uno a la señora Mahon.

—¿Es malo?

Sí que resulta amenazador: opaco y sin ojos, con esa ranura en el gorro que parece un ceño fruncido.

—Todas las piezas son buenas y, al mismo tiempo, malas —dice la señora Mahon—. Depende.

Thomas mira a la señora Mahon, y luego a mí.

—Mamá —dice—. ¿Puede cenar con nosotros la señora Mahon?

Yo había querido pasar una noche tranquila en casa con mi hijo. Por supuesto, ahora no tengo más remedio que decir que sí.

—Claro. ¿Quiere cenar con nosotros, señora Mahon?

—Me encantaría. Pero tenéis que saber que soy vegetariana.

La señora Mahon está llena de sorpresas.

Miro en los armarios, en la nevera y en el congelador. No hay casi nada que servir. Por fin, decido que le puedo ofrecer espaguetis con salsa de tomate de bote, ligeramente caducada. Para redondear la cena, brócoli congelado.

Por desgracia, la conversación no fluye con facilidad y sirvo la cena lo antes que puedo.

Nos sentamos los tres alrededor de mi mesita. Le doy a la señora Mahon el asiento de la cabecera y le ofrezco su cuenco de pasta antes que a nadie. Thomas y yo nos sentamos el uno frente al otro. Los tres tenemos vasos de la limonada que ha traído la señora Mahon. La limonada tiene menta fresca, que la señora Mahon dice que cultiva dentro de su casa. Sabe a recordatorio con mucho retraso de que existe una estación llamada verano. Thomas se la bebe en tres tragos.

Los largos silencios entre bocados llenan la sala, y en ellos noto que Thomas se está poniendo nervioso. Quiere que las personas adultas que hay presentes se lleven bien.

Carraspeo.

—Señora Mahon —le digo por fin—. ¿Ha vivido toda su vida en Bensalem?

—Oh, no. No, crecí en Nueva Jersey.

—Ya veo. Nueva Jersey es un estado muy bonito.

—Es un estado bonito —ratifica la señora Mahon—. Crecí en una granja. No hay mucha gente que piense en granjas cuando piensa en Nueva Jersey, pero yo sí.

Todos volvemos a comer. La señora Mahon se ha hecho un manchón de salsa de espaguetis en la pechera de la sudadera de renos; me siento un poco responsable. Rezo para que no la vea, ni ahora ni más tarde, y no se sienta avergonzada.

Thomas me mira. Yo lo miro a él.

—¿Qué la trajo a esta zona? —le pregunto a la señora Mahon.

—Las Hermanas de Saint Joseph.

Asiento. Me acuerdo de la fotografía de clase que tiene la señora Mahon en la pared de su casa, la que me llamó la atención cuando fui a recoger a Thomas al final del día de la nevada.

—¿Fue usted a una de sus escuelas?

—No. Yo era una de ellas.

—¿Una de ellas?

—Sí.

—Una monja.

—Durante veinte años.

Tengo ganas de preguntarle por qué lo dejó, pero me da la sensación de que sería de mala educación.

Después de cenar, Thomas camina con sigilo hasta el ajedrez que le ha comprado la señora Mahon y empieza a colocar las piezas sobre el tablero.

—Ven aquí —le dice la señora Mahon dando unas palmadas en el sofá, y le enseña dónde van todas las piezas y cómo se mueven.

Mientras juegan, vacío la mesa y lavo los platos, despacio, lavándolos a mano. Se me distienden los hombros y de repente me doy cuenta de que llevo meses teniéndolos completamente agarrotados. Siento esa relajación específica que causa saber que hay alguien cuidando bien de tu hijo. Un momento de intimidad pura y pacífica, libre de la carga de la culpa.

Al terminar, dejo que Thomas me enseñe lo que acaba de aprender, fingiendo que no lo sé ya. Y luego Thomas y la señora Mahon juegan el uno contra el otro. La señora Mahon lo instruye en cada decisión —«¿Estás seguro de que quieres hacer eso?» y «Échate atrás» y «Espera, espera, piensa un momento»— hasta que por fin, y sobre premisas del todo falsas, Thomas puede declarar: «Jaque mate».

Se pone a celebrarlo, levantando las manitas en la pose de anotar un tanto que le enseñó su padre.

—¡He ganado! —exclama.

—Con ayuda —le recalco.

—Limpiamente —sentencia la señora Mahon.

Más tarde, la señora Mahon se espera en el sofá mientras acompaño a Thomas a la cama. A petición de Thomas, dejo una luz atenuada en la esquina y le doy un compendio de superhéroes que le regalé por su último cumpleaños.

—Te quiero —dice Thomas.

Me pongo tensa. No es una expresión que yo use con regularidad. Está claro que Thomas debe saber que lo quiero mucho por mis acciones, por la forma en que lo cuido y por las maneras diversas en que lo atiendo a él y a su bienestar. Nunca he confiado en las palabras, sobre todo en las que se usan para describir emociones internas, y hay algo en esa expresión que me resulta artificial, falso. La única persona que me la había dicho en mi vida, que recuerde, fue Simon, y en fin. La cosa terminó como terminó.

—¿Dónde has aprendido eso? —le pregunto.

—En la tele.

—Yo también te quiero.

—Yo te quiero más.

—Muy bien. Basta. A dormir. —Pero se lo digo sonriendo.

Cuando vuelvo a la sala de estar, me encuentro a la señora Mahon un poco adormilada. Carraspeo bien fuerte varias veces, hasta que se sienta de golpe con la espalda recta, sobresaltada.

—Ay, madre —dice—. He tenido un día duro.

Se pone las manos en las rodillas, como si se fuera a levantar, y luego me mira, cambiando de opinión.

—Mickey —me dice—. Escucha, te lo quería decir. Estoy encantada de cuidarte a Thomas de vez en cuando. Es un niño muy majo. Y sé que estás pasando un mal momento.

Niego con la cabeza.

—No va a hacer falta.

Pero la señora Mahon me está mirando con una firmeza y una calma que me dicen que va en serio, y también que no quiere oír excusas. De golpe, me recuerda a alguna de las hermanas más estrictas de la primera escuela primaria a la que fui.

—Necesita estabilidad —señala la señora Mahon—. Y no parece que ahora mismo tenga mucha.

Por primera vez en lo que va de noche, me irrito. Ahí está la señora Mahon que me esperaba, la que me dice cómo hay que llevar la compra en bolsas y cómo tengo que cuidar de mi hijo.

La señora Mahon empieza a hablar otra vez, pero la interrumpo.

—Estamos bien, gracias. Lo tenemos todo controlado.

Se hace el silencio en la sala. La señora Mahon contempla el tablero de ajedrez. Se levanta con esfuerzo y se sacude los pantalones.

—Te dejo sola. Gracias por la cena.

Mientras abre la puerta, me sorprendo a mí misma diciendo:

—¿Por qué dejó usted la orden? —Llevo preguntándomelo desde que me lo mencionó. Y parece que ahora estamos entrando en el terreno de lo personal.

—Me enamoré —responde la señora Mahon, sencillamente.

—¿De quién?

Vuelve a cerrar la puerta despacio.

—De Patrick Mahon. Trabajador social. Muy buena persona.

—¿Cómo se llamaba usted antes de ser la señora Mahon?

Sonríe. Baja la vista. Camina hasta el sofá y se sienta con esfuerzo. Me siento a su lado.

—Mi nombre de soltera era Cecilia Kenney. Luego fui la hermana Katherine Caritas. Luego fui Cecilia Mahon. Soy.

—¿Cómo conoció a Patrick Mahon?

—Trabajaba para el hospital de Saint Joseph, que nuestra orden ayudaba a llevar. Hacía de guía para familias que llegaban con niños enfermos. Familias pobres, ya sabes. O familias que no hablaban inglés. O padres y madres bajo sospecha de malos tratos y abandono. Esos eran los casos más difíciles. Trabajaba día y noche allí. Tuve ocasión de conocerlo cuando me asignaron el cuidado de los bebés de la Unidad de Cuidados Intensivos Neonatales. Mi formación era de enfermera. Muchas hermanas éramos enfermeras.

Hace una pausa.

—Nos enamoramos —repite—. Me fui de la orden. Nos casamos. Yo tenía cuarenta años.

—Fue usted valiente —le reconozco al cabo de una pausa.

Pero la señora Mahon niega con la cabeza.

—No fui valiente. Cobarde, más bien. Pero no me arrepiento.

Me da miedo preguntar qué le pasó. A Patrick.

—Murió hace cinco años —aclara la señora Mahon—. Por si te lo estabas preguntando. Vivimos juntos veinticinco años, en la casa que tienes debajo. Esto —me dice, señalando el apartamento— era su estudio. Pintaba, ¿sabes? Pintaba y esculpía.

—Lo siento. La acompaño en el sentimiento.

Se encoge de hombros.

—Así es la vida.

—¿Las pinturas de abajo son de él?

Asiente, pone el dedo en una torre de ajedrez y la mueve dos casillas hacia delante. Dos casillas hacia atrás. Me mira por encima de sus gafas.

—Son muy bonitos —le digo—. Me gustan.

—¿Tienes familia, Mickey?

—Más o menos.

—¿Eso qué significa?

Así que se lo cuento. Con la señora Mahon, por alguna razón, hay menos en juego. Le hablo de Kacey y de Simon. Le hablo de Gee. De mis padres. De mis primos y más primos que viven cerca y no tan cerca, que me conocen y que no me conocen. Le cuento todo lo que siempre he tenido miedo de que ahuyente a la gente. Esas cargas que llevo conmigo y que son casi demasiado para cualquiera.

Mientras hablo, la señora Mahon permanece inmóvil, con la mirada fija y la postura alerta. Me siento más escuchada que nunca en la vida.

Tengo el recuerdo de mi primera confesión, a los seis años, antes de hacer mi primera comunión: del terror que me daba; de Gee diciéndome que estuviera callada, que me tranquilizara, que me callara y me inventara algo; y luego, de que me metieran a empujones en una caseta diminuta, para confesar mis pecados inexistentes a una voz sin cuerpo. Lo mal que lo pasé. La vergüenza.

Creo que habría sido mucho más apropiada esta versión de la confesión. Todas las niñas de seis años deberían tener a una señora Mahon con la que hablar en un sofá cómodo.

Para cuando termino mi historia, me siento tan cómoda, tan maravillosamente entendida, que es como si hubiera entrado en otra dimensión. Hacía muchos años que no me sentía así de tranquila.

—Señora Mahon —le digo—. ¿Todavía cree usted en Dios?

Es una pregunta ridícula, frívola, algo que nunca le he preguntado a nadie salvo a Kacey, cuando era más joven, y a Simon.

Pero la señora Mahon asiente lentamente.

—Sí. Creo devotamente en Dios y en el trabajo de las hermanas. Dejar el convento fue la gran tragedia de mi vida, pero casarme con Patrick fue la gran alegría de mi vida. —Mueve la mano para enseñar primero la parte delantera y después la trasera—. Dos lados de la misma historia.

Hago lo que me dice y me examino la mano. El dorso está duro, curtido, escamado por el frío del invierno. Me pasa todos los inviernos que trabajo en las calles. La palma la tengo blanda y suave.

—¿Sabes? —continúa la señora Mahon—. Ya no soy enfermera, pero sigo haciendo de voluntaria en Saint Joseph's. Desde que murió Patrick. Voy todas las semanas, dos veces por semana. Y abrazo a los bebés.

—¿Qué?

—A los bebés que nacen de madres adictas. Cada vez nacen más bebés en esta ciudad de madres que nunca dejan de consumir. Y que no pasan a recogerlos. Ni las madres ni los padres, digo. Nada más nacer el bebé, vuelven a las calles. O bien no se les permite recogerlos, en algunos casos. De forma que los bebés pasan por la abstinencia y necesitan que alguien los coja en brazos. Que los cojan en brazos reduce el dolor.

Me quedo tanto rato callada que la señora Mahon me pone la mano en el hombro.

—¿Estás bien?

Asiento.

—Estaría bien que vinieras alguna vez —me invita—. ¿Te interesaría?

No digo nada.

Estoy pensando en mi madre. Estoy pensando en Kacey de bebé.

—A veces, ayudar a los demás va bien para no pensar en tus problemas —dice la señora Mahon—. O eso me parece a mí.

—No me veo capaz.

La señora Mahon me mira con expresión calculadora.

—Muy bien. Avísame si cambias de opinión.

Me quedo en casa con Thomas cada día durante una semana. No he pasado tanto tiempo en casa con mi hijo desde la baja por maternidad. Estoy feliz de tener esos días con él. Me doy cuenta de que hace muchísimo que no le dedicaba días enteros, y parece que le está sentando de maravilla. Leemos libros y jugamos. Lo llevo al acuario de Camden y al Instituto Franklin. Le enseño todas las curiosidades que sé de la ciudad.

También he tomado recientemente una decisión: ahora, cuando viene a mi habitación de noche, no le hago marcharse. Dejo que se meta en la cama y finjo que no me doy cuenta. Por la mañana, cuando me despierto, lo miro. Observo, bajo un haz de luz del sol, su carita de niño, que cambia a diario; y su pelo, alborotado de dormir; y sus manitas, metidas debajo de la almohada o juntas sobre el pecho o en alto, como si se estuviera rindiendo.

Se acerca la Navidad, así que lo llevo a un puesto de venta de árboles de Navidad y compro dos: uno pequeño para nosotros y uno un poco más grande para la señora Mahon. Se lo dejo apoyado en la puerta con una nota diciendo que, si necesita que la ayudemos con él, estamos arriba.

Y resulta que sí lo necesita.

Todos los días pienso en disculparme con Truman, pero la vergüenza me impide coger el teléfono. Por consiguiente, también estoy aislada de mi fuente de información sobre el cuerpo policial. No tengo noticias, ni suyas ni de Mike Di-Paolo. No le puedo pedir a nadie que me mantenga al corriente.

Cada mañana espero una llamada telefónica de Denise Chambers diciéndome que vaya a comisaría. Doy por sentado que me despedirán. Pero los días pasan sin incidentes.

El día de Navidad hace sol y mucho frío. El hielo ha extendido sus tentáculos enroscados por mi parabrisas, y pongo a Thomas en el asiento de atrás antes de aplicarme con la rasqueta. La señora Mahon se ha ido a pasar el día con su hermana.

Ahora, en el asiento de atrás, Thomas dice:

—¿Adónde vamos?

—A casa de Gee.

—¿Por qué?

—Siempre visitamos a Gee por Navidad.

No es del todo cierto: siempre visitamos a Gee *más o menos* por Navidad, porque habitualmente me ha tocado trabajar el día de Navidad en sí, lo cual significa que he tenido que dejar a Thomas con su antigua canguro, Carla. Siempre me he dicho a mí misma que es demasiado pequeño como para darse cuenta. No estoy segura de que fuera el caso el año pasado. Este año, gracias a mi interminable periodo de suspensión, ya no tengo esas obligaciones. De manera que nos vamos a casa de Gee, llevándole dos pequeños regalos que Thomas y yo hemos elegido para ella en el centro comercial King of Prussia.

No es que la eche de menos. Más bien echo de menos la idea de la familia en general, supongo. El día en que desapareció Thomas, me angustió bastante no tener a nadie a quien llamar en busca de apoyo. Y me dije: «Michaela, es responsabilidad tuya crear una red de amistades y de familia más grande que la que tienes ahora mismo. Si no lo haces por ti, hazlo al menos por Thomas».

Por consiguiente, ayer llamé a Gee para comunicarle que íbamos. Al principio pareció reacia —se quejó de que tenía la casa hecha un asco y de que no había tenido oportunidad de comprarle nada a Thomas por culpa de los muchos turnos que había estado haciendo durante las fiestas— y después, resignada.

—Gee —le dije—. Por eso no te tienes que preocupar. Thomas ha estado pidiendo verte. Eso es todo.

Se quedó callada un momento.

—Ah, ¿sí? —En su voz oí una ligerísima sonrisa—. Bueno. Muy bien, pues.

—¿Qué te parece por la tarde? ¿A las cuatro o algo así?

—Me parece bien —dijo Gee, y me colgó sin despedirse, algo normal en ella.

Esta mañana, Thomas y yo hemos pasado un rato de tranquilidad juntos. Le he hecho gofres, uno de sus desayunos favoritos. También le he dado cuatro regalos para que los desenvuelva: una figura de un Transformer que le llega a la cintura; un ukelele (me ha estado diciendo que quiere aprender a tocar la guitarra); una colección de los *Cuentos de los hermanos Grimm*, los mismos que me encantaban a mí de niña, y unas deportivas de Spiderman con luces.

Ahora lleva puestas las deportivas, y me llegan unos golpecitos procedentes del asiento de atrás que me indican que está entrechocando los talones y contemplando el resultado. Cuando echo un vistazo por el retrovisor, veo que está mirando por la ventanilla, la cara teñida de gris por la tenue luz invernal.

Salgo de la autopista en Girard y voy hacia Fishtown. No hay movimiento en las calles. El día de Navidad, todo el mundo está, o bien en las zonas residenciales, o bien arrebujado en su casa.

Giro por Belgrade, la calle de mi infancia, y aparco con facilidad. Dejo salir a Thomas y lo cojo de la mano mientras caminamos.

Toco el timbre una vez y espero. Emite el mismo sonido que lleva emitiendo treinta años: una campanilla seguida de un rumor electrónico. Nunca se ha arreglado.

Cuando pasa el tiempo suficiente, saco mi llave —a lo largo de los años, Gee ha cambiado varias veces las cerraduras para impedir que Kacey le robe, pero siempre se ha asegurado de que yo tenga una copia actualizada de las llaves— y la meto en la cerradura.

Justo antes de que la pueda girar, Gee abre de golpe la puerta y la luz del sol la hace parpadear. Se ha esmerado con su atuendo: lleva bien peinado el pelo corto y teñido de castaño, y se ha puesto un jersey rojo con vaqueros en vez de su habitual combinación de sudadera con mallas. Luce unos pendientes que supuestamente parecen pequeños adornos esféricos de Navidad, azules y rojos. Creo que nunca he visto a Gee llevar nada que no sean pendientes de botón plateados, como los que te ponen en los tenderetes de *piercing* del centro comercial cuando tienes nueve años.

—Lo siento —dice Gee, apartándose a un lado para que podamos entrar—. Estaba en el baño.

Dentro hace frío. Parece que Gee sigue teniendo la calefacción baja para ahorrar en la factura del gas. Thomas se echa a temblar. Le oigo los dientes.

Pero también veo que Gee se ha esforzado con la casa: hay un árbol de Navidad en el rincón, diminuto y desaliñado («lo compré ayer en la esquina —dice Gee—, el último que les quedaba»), y tres cajitas de música en la repisa de la chimenea, que no ha funcionado nunca. Las cajas de música tienen encima, respectivamente, un oso danzarín, un muñeco cascanueces y una figura de Papá Noel que abre y cierra las piernas y los brazos mientras gira sobre una base redonda. A Kacey y a mí nos encantaban de niñas. Las poníamos en marcha todos los días, a menudo todas a la vez, y armábamos un estruendo terrible que disgustaba a Gee. Thomas también se siente atraído por ellas, y ahora se acerca y coge la del oso y la inspecciona, examinando sus engranajes. Me fijo en que ya es lo bastante alto como para alcanzar la parte superior de la repisa de la chimenea.

—¿Te importa? —le digo a Gee, poniéndome al lado de un interruptor de la luz.

—Adelante. Lo iba a hacer yo de todas formas.

Acciono el interruptor y se enciende la guirnalda de luces del árbol de Navidad.

Estoy a punto de preguntarle si puedo subir un poco también la calefacción, pero al final decido simplemente dejarme el abrigo puesto. También se lo dejo puesto a Thomas.

Le doy a Gee una hogaza de pan de arándanos que compré ayer en una panadería de Bensalem. Ella la acepta sin decir nada y se la lleva a la cocina. Oigo abrirse y cerrarse la puerta de la nevera. Desde que me alcanza la memoria, Gee ha estado en guerra con los ratones que vienen y van estacionalmente por su casa, y eso implica no dejar comida jamás de los jamases sobre la encimera.

Vuelve a la sala de estar y, de repente, me fijo en lo mucho que ha encogido con los años. Siempre fue pequeñita —Kacey y yo ya éramos bastante más altas que ella desde que cumplimos los diez años más o menos—, pero ahora es como una niña. Y muy flaca, quizás demasiado. Todavía se mueve deprisa, siempre nerviosamente, siempre buscando algo con las manos que no puedo identificar, llevándoselas al mentón y luego a la cintura y luego a los bolsillos y volviéndolas a sacar. Camina hasta el árbol y recoge dos paquetes envueltos a toda prisa: uno para Thomas y otro para mí.

—Tened.

—¿No deberíamos sentarnos?

—Lo que tú quieras.

Thomas y yo nos sentamos en el sofá —el mismo de mi infancia, ya con todas las costuras deshilachadas— y le dejo que abra su regalo él primero. La caja es grande y poco manejable. Se la tengo que aguantar mientras él rasga el papel.

Es un Super Soaker, un rifle de agua de color neón con un botón de bombear que funciona como gatillo. Estoy segura de que Gee la ha comprado de saldo, fuera de temporada. Yo nunca le habría regalado nada parecido. Nunca le he permitido que tenga juguetes en forma de armas. Pongo una cara neutra.

Thomas lo examina en silencio.

—De pequeña te encantaban esas cosas —me dice Gee de pronto.

No creo que sea verdad. No recuerdo haber usado nunca una pistola de agua.

—Ah, ¿sí?

Gee asiente.

—Los vecinos tenían una. Se pasaban los veranos jugando con ella el día entero. Caray, qué ganas tenías de ponerle las manos encima. Te quedabas todo el día en la ventana mirándolos. No podía sacarte de allí.

Ahora sé a qué está refiriéndose. Pero lo que yo miraba no era la pistola de agua, era a los niños. Me dedicaba a mirarlos para registrar todas sus pequeñas acciones y conversaciones, todos sus manierismos, para poder robarlos y usarlos yo.

—¿Qué se dice? —le digo a Thomas.

—Gracias, abuela Gee.

—Gracias —repito yo al cabo de un instante.

Mi regalo para Gee es un marco con la palabra *Familia* en el que he puesto la foto escolar más reciente que tengo de Thomas, de hace un año. El regalo de Thomas a Gee es un pin en forma de mariposa. El regalo que me hace Gee a mí es un jersey de color azul muy claro que dice que vio en el Thriftway y le pareció que me quedaría bien.

—Me costó un buen pellizco. Hasta con mi descuento. Es de cachemir.

Luego Gee enciende el televisor, busca algo que le guste a Thomas y yo la sigo a la cocina para ayudarla a servir la comida.

Es entonces cuando me fijo en que falta un panel de cristal de la puerta de atrás. El hueco está tapado torpemente con papel film sujeto con cinta adhesiva, pero, aun así, entra corriente de aire.

Me acerco y lo inspecciono. No hay cristales en el suelo. No hay señales de que haya pasado hace poco. Con todo, el hecho de que el panel que falta es el más cercano al pomo de la puerta me da que pensar.

—Gee. ¿Qué ha pasado?

Me echa un vistazo primero a mí, y después a la puerta.

—Nada. Le di un golpe sin querer con el mango de la escoba.

Guardo un momento de silencio. Pongo un dedo sobre el papel film. Resigo los bordes.

—¿Estás segura? Porque… —empiezo a decir, pero Gee me interrumpe.

—Estoy segura. Ven, ayúdame con esto.

Gee está mintiendo. Sé que está mintiendo. Me lo dicen su insistencia, su parquedad, su ansiedad por cambiar de tema. No sé por qué está mintiendo. Pero también sé que no tengo que presionarla. Todavía.

Lo que hago es echarle una mano para servir el queso y las galletas saladas. También la ayudo a rellenar masa de croissant marca Pilssbury con pepperoni y queso, y por fin me excuso un momento diciendo que me he olvidado una cosa en el coche.

—Ahora vuelvo —le digo a Thomas cuando paso a su lado.

En el televisor está sintonizada con el volumen muy bajito la versión de animación fotograma a fotograma de *Rudolph, el reno de la nariz roja*.

Fuera, me planto delante de la casa, para examinarla. Entre la casa de Gee y la de sus vecinos hay un callejón compartido por el que sacan la basura. Dicho callejón lleva a sus pequeños patios traseros de cemento. Y las puertas traseras de ambas casas dan a esos patios.

Un portón pintado de azul, y normalmente con el cerrojo echado por la parte de dentro, impide que los intrusos accedan al callejón. Pero el portón está viejo y desvencijado y tiene la madera medio rota. Apoyo la mano en él y empujo.

Se me despierta en la base de la nunca un hormigueo que me dice que estoy a punto de averiguar algo importante. La adrenalina me hace cosquillas en la nariz.

Vuelvo a entrar. Voy a la cocina.

—Gee. He visto algo.

Se gira hacia mí con expresión de desafío y de culpa en la cara.

—¿Qué?

—El portón del callejón.

—Sí. Intenté que viniera alguien a arreglarlo ayer, cuando me llamaste. Pero no quiso venir nadie. Nochebuena.

—¿Quién lo ha reventado? —le digo en voz baja.

Gee suspira.

—Muy bien. Muy bien, muy bien.

—Tuvimos una pelea —dice Gee—. Kacey y yo. Nos enzarzamos. Vino a pedirme dinero y le dije, de una vez por todas, que ya no quería saber nada más de ella. Se enfadó mucho.

—¿Cuándo fue esto?

Gee mira al techo.

—Hace dos meses. Quizás más. No lo sé.

—¿Por qué me mentiste? Cuando te pregunté si la habías visto últimamente.

Me señala.

—Porque tú ya tienes bastantes preocupaciones. Sé cómo te entrometes en las cosas. Eres más blanda con tu hermana que yo. No le podrías decir que no como se lo digo yo.

Niego con la cabeza.

—Gee. ¿Sabes cómo de preocupada he estado? Ya has oído lo de esos asesinatos. Tienes que haber sabido que estaba preocupada por Kacey.

Gee se encoge de hombros.

—Supongo que un poco de preocupación ahora es mejor que mucha preocupación más adelante.

Aparto la mirada para no verla.

—En todo caso —continúa—, al día siguiente llego a casa y alguien me ha entrado a robar. No creo que fuera coincidencia. ¿Verdad?

—¿Llamaste a la policía? —le digo, y Gee se ríe con crueldad.

—¿Para qué los iba a llamar si tú eres policía? —Hace una
pausa. Luego añade—: Además, no sé qué me robó. No encuentro qué falta. Si denunciara, no sabría qué denunciar.

Se me empieza a formar una teoría en la mente.

—He mirado por toda la casa. El dinero estaba. La tele estaba. Las joyas estaban. La plata estaba.

Sigue nombrando artículos de la lista mental de sus escasas posesiones, aun cuando ya he salido de la cocina y voy de
camino a las escaleras.

—¿Adónde vas? —me pregunta, pero ya no la veo.

—Al cuarto de baño.

Una vez en el rellano de arriba, me dirijo a mi dormitorio de
infancia, el que compartíamos Kacey y yo. Hace años que
no entro en él; no tengo razón para entrar cuando visito a
Gee. Mis visitas son breves y formales y me suelo quedar en
la planta baja. Solo subo a usar el lavabo cuando es necesario.

Me fijo en que Gee ha vaciado el dormitorio de cualquier
vestigio de nosotras. Lo único que queda es la cama doble
que compartíamos de niñas, y hasta eso lo ha rehecho con
una colcha de calicó que parece hecha de poliéster. No hay
más muebles en la habitación. Ni siquiera un armario. Ni una
lámpara.

En el rincón de la habitación, me pongo a cuatro patas y
levanto el borde de la moqueta. Debajo está el tablón suelto,
y debajo, nuestro escondrijo de infancia. Nuestro lugar para
notas y objetos preciados. Nuestro espacio sagrado, el que
más tarde Kacey se apropiaría para meter su parafernalia
cuando la oscuridad se empezó a infiltrar en su vida.

«Quizás —pienso— Kacey no entró en la casa para robar nada, sino para dejar algo».

Contengo la respiración y levanto el tablón.
Meto la mano debajo. Toco papeles. Saco unos cuantos.

Al principio no entiendo qué estoy mirando. Es un cheque del estado de Pensilvania por valor de 583 dólares, con fecha del 1 de febrero de 1991. Examino el resto. Parece que hay uno por mes durante una década, por cantidades que van subiendo lentamente.

Más: tres documentos procesados por el Departamento de Servicios Humanos de Pensilvania a nombre de Daniel Fitzpatrick. Nuestro padre. Constan las beneficiarias del acuerdo: Michaela y Kacey Fitzpatrick. La manutención, dice el documento, será cobrada por Nancy O'Brien. Nuestra tutora legal. Nuestra abuela, Gee.

Gee siempre ha tenido un apartado de correos, de forma que no recibíamos correo en casa. Y de pronto entiendo por qué.

Vuelvo a meter la mano en el hueco. Hay más. Docenas de felicitaciones de Navidad y de cumpleaños. Docenas de cartas. Felicitaciones de Halloween. De San Valentín. Todas firmadas: «Os quiero. Papá». Algunas contienen referencias a dinero, a billetes de un dólar adjuntos y presumiblemente extraídos por Gee.

La más reciente que encuentro es de 2006, cuando yo tenía veintiún años y Kacey, diecinueve.

El descubrimiento me llega con un golpe en el vientre. Esto es de cuando yo ya pensaba que estaba muerto.

Bajo la escalera con todos los papeles y las tarjetas en la mano. Thomas me echa un vistazo cuando paso a su lado en la sala de estar.

—Quédate ahí.

En la cocina, Gee tiene una cerveza en la mano. Está apoyada en la encimera. Me mira con la cara pálida y resignada. Creo que sabe que he averiguado algo nuevo. Su atuendo, que me gustaba cuando lo he visto por primera vez, ahora me resulta triste: un triste intento de camuflar muchos años de fechorías.

Por un momento no digo nada. Pero la mano que sostiene las pruebas que he recogido me tiembla un poco de expectación.

—¿Qué es eso? —me dice—. ¿Qué tienes ahí?

Mira los papeles.

Me acerco a Gee y dejo enérgicamente el montón de papeles sobre la encimera. Plantada a su lado, vuelvo a fijarme en que soy mucho más alta que ella. Espero, pero Gee no coge los documentos.

—He encontrado esto —le digo.

—No pierdas el tiempo buscando a tu hermana. Cuando Kacey desaparece, quiere estar desaparecida. No pierdas el tiempo.

—Míralos.

—Sé qué son. Los veo perfectamente.

—¿Por qué nos mentiste?

—A ti nunca te he mentido.

Me río.

—¿De dónde sacas esa idea? Te estuviste quejando de la manutención cada día de tu vida.

Gee me clava una mirada afilada.

—Os dejó —se limita a decir—. Enganchó a mi hija a esa mierda y, cuando murió, se marchó. Fui yo quien os crio. Fui yo quien se hizo cargo de todo cuando todos los demás os abandonaron. Eso no lo cambian doscientos pavos al mes.

—¿Está vivo?

—¿Cómo quieres que lo sepa?

—Gee. ¿Te arruinó la vida tenernos aquí?

Suelta un soplido de burla.

—No seas dramática.

—No estoy siendo dramática. Te lo pregunto en serio. ¿Te arruinamos la vida?

Gee se encoge de hombros.

—Supongo que mi vida quedó arruinada al morir mi hija. Mi única hija. Supongo que fue eso.

—Pero nosotras éramos niñas. Kacey era un bebé. No fue culpa nuestra que muriera.

Gee gira la cabeza de golpe.

—Ya lo sé. ¿Te crees que no lo sé? —Señala la nevera de golpe—. Mira eso. ¿Qué hay ahí? Míralo.

Durante años, la puerta de la nevera ha parecido una especie de *collage*. Toda cubierta de papeles amarillentos y ajados: notas de nuestros profesores, el único boletín de buenas notas que Kacey recibió en su vida, fotos de la escuela. Una felicitación que Thomas le hizo a Gee la Navidad pasada.

—Siempre me habéis importado. Me importas tú y me importa Kacey. Sois mi familia.

—Pero no nos querías.

—Claro que sí —dice Gee, casi gritándolo. Luego se serena—. Pero hablar no cuesta nada. Os cuidaba con las cosas que hacía. Os dediqué la vida entera. Hasta el último sueldo. Gastado en vosotras.

Espero.

—Era blanda —contesto— y me hiciste dura.

Gee asiente.

—Eso es bueno. El mundo es un lugar duro. Y sabía que era algo que tenía que enseñaros también a vosotras.

—Nos lo enseñaste.

Aparta la vista.

—Eso es bueno. Es lo que quería.

No tengo nada más que decir.

—Gee —le digo cambiando de tono, añadiéndole una dulzura a la que ella respondía muy rara vez cuando éramos niñas—. Por favor. ¿Tienes alguna idea de adónde puede haber ido Kacey?

—La vas a dejar en paz. —La cara se le ha endurecido hasta volverse impenetrable—. Si sabes lo que te conviene, la vas a dejar en paz.

—Voy a hacer lo que quiera.

Nunca en mi vida le he hablado así a Gee.

Gee calla un momento largo, como si le hubiera pegado una bofetada.

Luego me mira con dureza.

—Está en estado —dice por fin.

La expresión es tan anticuada que, por un momento, intento hacer que signifique algo distinto. Cualquier otra cosa. «¿En estado de qué?», quiero preguntar.

—Por eso nos peleamos. Ya lo sabes. Mejor que te hayas enterado por mí.

Gee me está observando, midiendo mi reacción. Mantengo la cara impasible.

Luego mira más allá de mí, por encima de mi hombro, y sigo su mirada. Detrás de mí, Thomas ha entrado en silencio en la sala. Se queda inmóvil, con aspecto preocupado.

—Ahí tienes a tu niño —dice Gee.

ANTES

Voy a decir una cosa: he intentado, lo mejor que he podido, vivir mi vida de forma honorable.

La idea de llevar una vida *honorable* ha guiado mi conducta tanto profesional como personal. Y, en general, me enorgullezco de decir que siempre he sido fiel a mi noción de lo que está bien y de lo que es justo.

Aun así, como todo el mundo, en el pasado tomé un par de decisiones que hoy admito que me replantearía.

La historia de la primera de esas decisiones empieza en la época en que Kacey tuvo la recaída mientras vivía conmigo en Port Richmond.

Le pedí inmediatamente que se marchara.

La idea de que viviera conmigo siempre había estado supeditada a que estuviera limpia. Cuando llegó a mi puerta, le dije que no habría una segunda oportunidad. Y siempre supe que, a fin de que Kacey me creyera en este sentido, yo también tenía que creer, en mi corazón, que iba a hacerlo.

Así que, cuando llegué a casa y me encontré con que estaba consumiendo, y cuando encontré las pruebas del consumo en un cajón de su tocador, no me dijo nada, y yo tampoco le dije nada a ella. Se limitó a recoger sus cosas en silencio mientras yo lloraba en el sótano de mi casa, confiando en que no me oyera.

Me había encantado tenerla allí.

Se marchó sin decir ni palabra.

La primera vez que vi trabajar a mi hermana, no estuve segura de que fuera su intención.

Pasó una mañana, poco después de que se marchara de casa. Yo estaba de patrulla y me llegó un aviso prioritario que me hizo salir del distrito y me llevó al nordeste, a Frankford. Aquel día, Truman iba conmigo y conducía el coche. Yo estaba en el asiento del copiloto.

Mientras conducíamos por la avenida Kensington, acerté a ver a una mujer que estaba de pie en la acera en pantalones cortos y camiseta, con el bolso echado al hombro. Al cabo de un momento pensé: «Era Kacey». Pero había pasado tan deprisa que me pareció un espejismo. ¿Realmente había sido Kacey? No podía estar segura. Me giré de golpe en mi asiento para mirarla otra vez, pero ya estaba demasiado lejos.

—¿Todo bien? —me dijo Truman, y le dije que sí.

—Me ha parecido ver a alguien a quien conozco.

Por entonces, Truman no había conocido a mi hermana.

Cuando volvíamos del aviso, le pedí a Truman que me dejara conducir y pasé con el vehículo deliberadamente por el mismo cruce de calles.

Sí: era Kacey. Estaba con las rodillas dobladas. Y drogada. Tenía el cuerpo inclinado y medio metido por la ventanilla de un coche cuyo conductor se apartó de la acera en cuanto vio nuestro coche patrulla, intentando disimular y casi llevándose el brazo de Kacey al arrancar. Ella se incorporó de golpe y retrocedió un poco dando tumbos, irritada. Se recolocó el bolso sobre el hombro. Se cruzó de brazos, alicaída.

Yo iba conduciendo tan despacio que Truman me volvió a preguntar si estaba bien.

Esta vez no le contesté.

No era lo que había planeado, pero, cuando tuve el coche directamente delante de mi hermana, frené hasta parar en mitad de la calle. Nadie hizo sonar la bocina. Nadie le tocaría la bocina a un vehículo de la policía.

—¿Mickey? —dijo Truman—. ¿Qué estás haciendo, Mickey?

Se estaba formando detrás de nosotros una larga hilera de coches. Por fin, alguien varios coches por detrás de nosotros hizo sonar la bocina, incapaz de ver qué estaba causando el atasco.

Y eso fue por fin lo que hizo que Kacey levantara la vista. Me vio. Y puso la espalda recta.

Nos pasamos un momento largo mirándonos. De hecho, el tiempo mismo pareció ralentizarse y, por fin, detenerse. Lo que pasó entre nosotras en aquel momento fue una tristeza insoportable, el conocimiento de que nada volvería a ser lo mismo, la desintegración de todas las ideas que habíamos tenido de niñas sobre la vida mejor que un día conseguiríamos la una para la otra.

Dentro del coche, levanté la mano y pegué un dedo a la ventanilla, señalando en dirección a Kacey. Truman se inclinó hacia delante para ver más allá de mí.

Kacey tenía muy mal aspecto aquel día, el peor que yo le había visto nunca: ya demasiado flaca, con la piel plagada de puntos rojos allí donde se había hurgado, el pelo sucio y el maquillaje corrido.

—¿La conoces? —dijo Truman. Pero no había sarcasmo en su voz, ni asco. De hecho, en la frase que dijo oí una gran ternura, una disposición a acogerla como si fuera una amiga o pariente mía. «Sí, Truman —pensé—. La conozco».

—Es mi hermana pequeña.

Aquella noche me sentí desconsolada. Llamé a Simon una y otra vez, pero no me contestó.

Por fin me cogió el teléfono, en tono molesto, como siempre que no quería que lo contactara.

—¿Qué emergencia hay? —me dijo.

Yo le pedía muy poco a Simon. Siempre me cortaba para no parecer demasiado exigente, demasiado desesperada. Aquella noche, sin embargo, estaba perdida.

—Te necesito.

Me dijo que pasaría a verme pronto.

Al cabo de una hora, cuando llegó, le conté lo que había visto.

Hay que reconocerle que puso mucha atención mientras me escuchaba y que se mostró extremadamente generoso con los consejos que me dispensó.

—No te conviene hacer eso —opinó cuando le conté que la había expulsado por completo de mi vida.

Le dije que sí. Que tenía que cortar con ella.

Negó con la cabeza.

—No. No es verdad. Déjame que hable con ella.

Estábamos sentados el uno junto al otro en el sofá. Tenía las piernas cruzadas con el tobillo encima de la pierna, de manera que, desde arriba, su cuerpo habría parecido un número cuatro. Se tocó con gesto ausente la parte del tobillo donde tenía tatuada la letra equis.

—Un último intento —continuó—. Se lo debes. Y te lo debes a ti. No creo que pudieras estar contenta contigo misma si no le dieras una última oportunidad. Te puedo ayudar. Tengo un pasado con esto. No te olvides de que tengo un pasado con esto. A veces, simplemente necesitas que te lo diga alguien que ha estado ahí.

En menos de una semana, Simon había localizado a Kacey en la casa abandonada donde estaba de okupa con unos amigos. Había puesto sus habilidades de detective en juego, me contó. En sus palabras, había preguntado a unos cuantos contactos que tenía sobre el terreno.

Al principio, Kacey se resistía, me dijo, pero él había insistido.

Todos los días en que interactuaba con ella, Simon me informaba. Hoy Kacey tenía mal aspecto. Hoy se la veía bien. He sacado a Kacey a almorzar. Me he asegurado de que comiera algo.

Durante un mes, Simon me narró su experiencia de tener controlada a Kacey. Y eso me hizo sentirme mejor, cuidada, por el hecho de saber que había otra persona en el mundo que la tenía vigilada. Que había otra persona ayudándome a cargar con la responsabilidad que sentía que me había sido asignada a los cuatro años. Simon todavía me parecía tremendamente capaz, fiable, *adulto,* de una forma no cuantificable.

—¿Por qué estás haciendo esto? —le pregunté una vez, maravillada con su generosidad.

—Siempre me ha gustado ayudar a la gente.

Al cabo de un par de meses aproximadamente, me llamó un día y me dijo:

—Mickey, necesito hablar contigo.

Ya de inmediato vi que aquello tenía mala pinta.

—Dímelo ahora y ya está.

Pero insistió.

Vino a la casa de Port Richmond. Se sentó a mi lado en el sofá. Luego me cogió las manos con las suyas.

—Mickey, escucha. No quiero asustarte, pero Kacey está mal. Creo que está perdiendo el contacto con la realidad. Ha empezado a despotricar de cosas que no entiendo. No sé si son solo las drogas o algo más. En cualquier caso, es para preocuparse.

Fruncí el ceño.

—¿Qué está diciendo?

Suspiró.

—Ni siquiera lo entiendo. Sé que está furiosa por algo, pero no sé qué es.

Algo de lo que estaba diciendo me sonaba extraño.

—Bueno. ¿Qué palabras está usando?

A mí me parecía una pregunta razonable, y, sin embargo, Simon pareció molesto.

—Tú confía en mí, ¿de acuerdo? No es ella misma.

—Muy bien. ¿Qué hacemos?

—Voy a intentar conseguirle ayuda. Conozco a gente en Servicios Sociales que la ayudaría si le podemos conseguir un diagnóstico de psicosis o algo parecido. El primer paso es que la vean.

Me miró.

—¿Sí? ¿No? —insistió.

—Muy bien.

Aquella noche no pude dormir. Me quedé despierta en la cama, contando las horas que faltaban para que empezara mi turno de la mañana. Se me ocurrió que no había visto a mi hermana en la calle desde que Simon me había empezado a informar de ella, un cambio que interpreté como señal de progreso.

Era la una de la madrugada y yo tenía que empezar a trabajar a las ocho. Pero, tras comprobar que ni toda la autohipnosis del mundo me podía dejar dormida, me rendí y me levanté de la cama.

Me vestí. Localicé la foto más reciente de Kacey que tenía. Salí, me metí en el coche y conduje hasta Kensington.

Tenía una vaga idea de dónde podía estar viviendo Kacey, a partir de ciertas cosas que me había dicho Simon.

Así que fui al cruce más cercano y me puse a preguntar.

De noche suele haber bastante actividad en Kensington, sobre todo en las noches cálidas y agradables de las inmediaciones del solsticio de verano, como aquella. Corrían principios de mayo, y los pocos árboles con flores de los que dispone Kensington estaban en flor y blandían sus ramas blancas y pesadas al viento. Se veían irreales, iluminados por las farolas. Flores que buscaban el sol en la parte más oscura de la noche.

En tono suplicante, les enseñé la foto de Kacey a varias personas que estaban plantadas en la calle.

Enseguida la reconoció alguien: un hombre al que eché un vistazo con recelo, preguntándome si sería su cliente.

—Sí, la conozco —afirmó. Y me preguntó—: ¿Qué quieres de ella?

No quería decirle más de lo estrictamente necesario, así que me limité a contestar:

—Es amiga mía. ¿Sabes dónde está viviendo ahora mismo?

Se mostró vacilante.

En Kensington, aunque a menudo parece que todo el mundo conoce a todo el mundo y sabe lo que hace todo el mundo, cuesta conseguir que alguien te indique algo. Para la mayoría, es una cuestión de conveniencia: ¿para qué entrometerte cuando no hace falta? ¿Para qué buscarte problemas? «Que no te oiga decir mi nombre» es una letanía habitual que podría estar grabada en el escudo de armas de Kensington, si lo tuviera. Además, era posible que aquel hombre recordara mi cara de haberme visto por el barrio vestida con el uniforme. Quizás pensara que yo estaba trabajando de paisano y que tenía una orden para detenerla.

Por suerte, hay una forma relativamente fácil de hacer hablar a la gente, y es de color verde.

Seguramente un billete de cinco —el precio de una bolsita de heroína— habría funcionado, pero yo había venido preparada con uno de veinte, que le ofrecí a cambio de llevarme a donde estaba Kacey.

También llevaba un arma sujeta a la espalda, por debajo de la camisa, por si acaso intentaba quitarme el dinero. Esto no se lo dije.

El hombre echó un vistazo a derecha e izquierda. No me gustaba su pinta. Noté que estaba tan ansioso por una dosis que haría lo que fuera para conseguirla. Una persona en ese estado está tan cargada como un resorte. A menudo, la mente se le desconecta del código ético innato que tendría en otras circunstancias.

El hombre me llevó por un par de calles —cada vez más lejos de cualquier testigo, por cierto— y mantuve el cuerpo tenso y listo, preparado para desenfundar el arma si hacía falta. Iba varios pasos por detrás de él, tanto para no perderlo de vista como para examinar mis inmediaciones.

Por fin se detuvo delante de una casa.

No me pareció que estuviera abandonada. No tenía tablones tapando las ventanas. No tenía el revestimiento cubierto de grafitis. De hecho, había un par de maceteros fuera que estaban bien cuidados, y de la tierra de dentro brotaban geranios rojos.

—Se ha estado quedando aquí —dijo mi guía, y extendió la mano para coger el dinero.

Negué con la cabeza.

—¿Cómo sé que está ahí dentro? No te puedo pagar hasta que lo sepa.

—Pero, hombre. ¿En serio? Me siento supermaleducado llamando a estas horas de la noche.

Pero suspiró y obedeció, y la verdad es que me sentí mal por haberlo infravalorado.

Llamó dos veces a la puerta. La primera, con suavidad, y la segunda, con firmeza.

La mujer que salió a abrir al cabo de unos cinco minutos no era Kacey. Parecía molesta y nos miró con cara soñolienta, pero se la veía bien; no parecía drogada. Llevaba pantalones de pijama y camiseta. No la reconocí.

—¿Qué coño haces, Jeremy? —le espetó al hombre—. ¿Qué está pasando?

Me señaló con el pulgar.

—Está buscando a Connie.

Pude ver el interior de la casa: estaba bien cuidado, ordenado y con la moqueta limpia en el suelo. Olía a ajos frescos y cebollas, como si alguien acabara de preparar una comida saludable.

Al cabo de un momento, me fijé en que la mujer me estaba mirando fijamente, irritada. Chasqueó los dedos hacia mí.

—¿Hola? ¿Te puedo ayudar?

—Es mi hermana. ¿Está ahí dentro?

A regañadientes, la mujer se hizo a un lado.

Encontré a Kacey dormida en una de las dos camas individuales de una habitación pulcra. Su respiración era ligera. Siempre había tenido el sueño profundo, desde que compartíamos cama de niñas. No me sorprendió que no la hubieran despertado los golpes de Jeremy en la puerta.

—Gracias —le dije a la mujer, esperando que se marchara. Pero se quedó esperando allí, sin moverse, con una ceja enarcada. Me di cuenta de que se estaba quedando para ver cómo reaccionaba Kacey a mi presencia. Quería asegurarse de que yo era bienvenida. Y no me cupo duda de que estaría preparada para intervenir en caso de que no. Tenía una expresión dura y decidida en la cara; una expresión que compartía con muchas de las mujeres con las que yo había crecido, Kacey y Gee incluidas. A lo largo de los años me he fabricado un facsímil de esa misma expresión para usarlo cuando estoy trabajando, pero sigue sin salirme natural.

Le puse una mano en el hombro a Kacey. La zarandeé con suavidad, y después con firmeza.

—Kacey. Despierta, Kacey. Soy Mickey.

Cuando por fin abrió los ojos, la expresión le cambió rápidamente de desorientación a confusión y a sorpresa y a vergüenza.

Y luego, con la misma rapidez, se le llenaron los ojos de lágrimas.

—Te lo ha dicho —me dijo.

No formulé ninguna respuesta. Todavía no estaba segura de a qué se refería.

Se incorporó hasta sentarse y bajó la cabeza hasta apoyarla en las manos. Su compañera de casa cambió ligeramente de postura en la periferia de mi campo visual.

—Lo siento mucho, Mickey —se puso a decir Kacey, una y otra vez—. Lo siento mucho. Lo siento mucho.

En aquel momento, sentí que estábamos las dos en una encrucijada. El mapa de nuestras vidas se extendía ante nosotras. Pude ver con bastante claridad los distintos caminos que yo podía elegir y las maneras en que aquella elección podía afectarle a mi hermana.

Visto con perspectiva, por supuesto, elegí el camino equivocado.

Incluso deshonroso.

—Estoy embarazada —confesó Kacey—. De Simon. Fue durante una mala racha que tuve. No sabía lo que estaba haciendo. Se aprovechó de mí. Llevo desde entonces intentando desintoxicarme.

—No.

Fue la primera palabra que me salió. Sentí en el cuerpo la misma sensación de mareo que a veces me sobrevenía de niña. Quise detenerla, de modo que repetí:

—No.

Mientras decía la palabra, noté que habían tomado una decisión en mi nombre. Y ya era difícil echarse atrás. Si pudiera, me habría tapado los oídos con las manos.

Me tendría que haber marchado. Tendría que haberme tomado más tiempo para pensar.

—Mickey —me llamó Kacey.

Aparté la cara de golpe.

—Mick, lo siento mucho. Lo siento mucho. Ojalá pudiera volver atrás para deshacerlo.

Hoy, cuando me planteo la lista de las peores cosas que le he hecho y le he dicho nunca a Kacey, en el primer puesto de la lista está la mentira que le dije una vez, en plena rabieta, sobre nuestra madre: que una vez me había dicho que me quería más a mí que a Kacey. Había sido una fantasía infantil, el cuchillo más afilado que había podido blandir, un momento de crueldad verdadera en mitad de una discusión, por lo demás, ordinaria entre hermanas. La reacción de Kacey, el horrible berrido que le salió, me produjo los remordimientos suficientes como para jurarme a mí misma que nunca volvería a decir nada tan mezquino.

Y sin embargo, lo hice aquella noche.

—Estás mintiendo —dije con calma.

Pareció brevemente confusa.

—No.

—Y en cualquier caso, ¿cómo lo ibas a saber?

—No entiendo.

—Quién es el padre, ¿cómo lo ibas a saber?

Me miró un momento, como si me fuera a pegar. Reconocí el puño cerrado y el brazo en tensión de su infancia, cuando se metía habitualmente en peleas. Lo que hizo fue absorber en silencio el *shock* de mis palabras y apartar la vista de mí.

—Vete —me dijo.

Su compañera de casa —aquella mujer a la que yo no conocía de nada— me repitió la palabra, señalando la puerta. Se me ocurre ahora que su lealtad hacia mi hermana —la lealtad de aquella relativa desconocida, aquella persona a la que yo no conocía— había sido mayor aquella noche que la que yo demostré.

Se lo puse increíblemente fácil a Simon. Ni siquiera le pedí que me negara nada. Lo que hice cuando vino a verme al día siguiente fue decirle que estaba de acuerdo con su evaluación y que era necesario que le encontráramos ayuda a Kacey.

—Me ha dicho que está embarazada. Y que la criatura es tuya. —Se quedó callado—. ¿Te lo puedes creer?

—Te lo dije.

—¿Está realmente embarazada?

—Es posible. Supongo que tendremos que esperar para verlo.

Aquella primavera y aquel verano la vi cada vez más. Volvió a las calles con vigor renovado. La veía trabajar durante mis turnos.

Y vi que, tarde o temprano, se le empezaba a notar el embarazo.

Si había estado limpia cuando la encontré en la casa de los geranios fuera, ahora era obvio que estaba consumiendo. Tenía los ojos vidriosos e inyectados en sangre. La piel llena de marcas rojas. El vientre era lo único abultado que tenía en un cuerpo, por lo demás, cadavérico. Me entristece decir que eso no parecía disuadir a sus clientes. Los veía parar por Kacey muy a menudo. A veces giraban en redondo para ir con ella.

—No puedo ver esto —le dije un par de veces a Simon.

Estaba pensando en el bebé y en el bienestar del bebé, y también en nuestra madre y en la vida que había elegido.

Empecé a investigar abogados.

La primera me dijo que no era descabellado pedir una custodia para terceros, que pasaba a menudo en casos en los que ambos progenitores eran adictos. Solo aquel año, ella había llevado personalmente varios casos así. Pero aunque se le pudiera quitar la custodia a la madre, me dijo, ella iba a tener que atestiguar que no sabía quién era el padre. Si nombraba a un padre, entonces ese padre iba a tener que firmar los documentos en los que aceptaba entregar también a la criatura.

—¿Y si la madre ha perdido el contacto con la realidad? ¿Y si designa falsamente a un padre pero no es verdad?

—Bueno —contestó la abogada, que se llamaba Sara Jiménez—, entonces la mayoría de los jueces recomendarían una prueba de paternidad.

Se lo comenté a Simon, que se quedó callado.

De hecho, aquel año entero se había callado de forma sospechosa cada vez que salía el tema de Kacey. Había dejado de verla y había dejado de intentar ayudarla. Cuando yo la mencionaba, cambiaba de tema.

Pero, cuando por fin le dije que iba a hacer falta una prueba de paternidad para refutar la afirmación de Kacey —y cuando su única respuesta fue más silencio—, por fin empecé a admitir en voz alta lo que supongo que había sabido desde el principio.

Para entonces, por supuesto, ya era demasiado tarde para retirar lo que le había dicho a mi hermana.

Thomas Holme Fitzpatrick nació el 3 de diciembre de 2012, en el Einstein Medical Center. Por supuesto, Thomas no era el primer nombre que había recibido. Kacey lo había llamado Daniel, como nuestro padre. Pero supe de inmediato que no se podía llamar así.

No estuve presente en el nacimiento. Pero más tarde me enteré de que Kacey había entrado en el hospital adormilada y enajenada, claramente drogada. Y sé que, a los pocos minutos de nacer Thomas, se lo habían quitado a su madre para ponerlo a cargo de las enfermeras de la Unidad de Cuidados Intensivos Neonatales y monitorizarlo en busca de síntomas de síndrome de abstinencia, que empezó a mostrar en cuestión de horas.

En mi casa de Port Richmond, yo estaba preparada para recibirlo, para darle la bienvenida a la vida mejor que llevaba meses planeando darle. Había convertido uno de los dormitorios de mi casa —la antigua habitación de Kacey, de hecho— en un relajante cuarto de bebé. Lo había decorado con varios tonos de amarillo claro, un color soleado que confiaba en que presagiara una vida jovial para mi nuevo hijo. Enmarqué mis citas favoritas de los libros que más me gustaban y las colgué de las paredes. Fui a librerías y le compré los libros que nadie me había leído de niña. «Se los leería todos —pensé—, tantas veces como él quisiera y unas cuantas más». Nunca le diría que no.

Para entonces, Simon y yo ya habíamos dejado de hablarnos, pero habíamos llegado a un acuerdo: me cedería los derechos de paternidad de Thomas, pero quería seguir estando en la vida del niño. «¿Por qué?», le pregunté. Y él me dijo que siempre se enorgullecía de terminar lo que empezaba. Le contesté que podía hacerlo financiando la educación de Thomas. Nada más. Solo el dinero que me hacía falta para asegurarle una educación respetable.

Todo esto fue extraoficial.

En nuestro acuerdo había dos amenazas implícitas que lo mantenían y orquestaban en un equilibrio cauteloso: yo amenazaba a Simon con contarles a sus superiores cómo había empezado nuestra relación; él me amenazaba con intentar obtener la custodia de Thomas.

Nos tratábamos con cordialidad, pero no hablábamos casi nunca. Una vez al mes, desde el momento de nacer, a Thomas le llegaba un cheque: sus mensualidades de la guardería Spring Garden, y nada más.

A cambio, también una vez al mes, Simon se llevaba a Thomas de excursión; unas excursiones a las que al principio Thomas se resistía, pero que, a medida que crecía, empezó a esperar cada vez con más ilusión, algo con lo que contaba durante las semanas previas y cuya crónica narraba durante las semanas posteriores.

La persona que había quedado fuera de aquel acuerdo, por supuesto, era Kacey.

No nos entregó a Thomas de forma voluntaria. Quería quedárselo. En su habitación del hospital, nos prometió una y otra vez que se desintoxicaría. Pero los niveles de síndrome de abstinencia neonatal que había mostrado Thomas al nacer eran muy altos, y su mono de los muchos narcóticos que le habían corrido a su madre por las venas era muy grave. Tal como esperábamos mi abogada y yo, el bebé fue puesto bajo custodia del Departamento de Servicios Sociales de Filadelfia, donde pasó una noche mientras lo examinaban y localizaban a los parientes más cercanos del bebé. Al día siguiente, telefonearon a Gee y me telefonearon a mí.

Gee me dijo que estaba loca si me involucraba.

—No sabes lo que estás haciendo —me dijo—. No sabes lo difícil que es criar a un hijo sola.

Pero yo ya me había decidido.

—Sí —le dije a la trabajadora social—. Tengo sitio para él.

Mi plan era intentar conseguir la plena custodia del niño. Junto con mi abogada, decidimos que no pediría anular del todo los derechos de maternidad de Kacey. Dejaría la puerta abierta, siempre, para que ella ingresara en rehabilitación y empezara a ver a Thomas. Pero, siguiendo mis instrucciones, mi abogada solicitó una condición: a Kacey no se le permitiría ver a su hijo hasta que empezara a pasar pruebas de sustancias tóxicas ordenadas por un juez.

Jamás pudo. A pesar de sus protestas, a pesar de sus muchos intentos de recuperar los derechos de visita, no consiguió pasar ni una de las pruebas que le hicieron.

Por tanto, nunca se le ha permitido ver a Thomas y yo he conservado la plena custodia. El juez ha dictaminado que esta situación es lo que beneficia a la criatura; una decisión fácil para cualquier juez respetable.

Supongo que es eso exactamente lo que ofrezco: respetabilidad. Decencia. Ausencia de narcóticos. Un hogar estable. Una carrera. Una oportunidad para que el hijo de Kacey —ahora hijo mío— reciba una educación.

Le dije al DPF, y a Truman, que había adoptado a un niño.

Nadie me preguntó nada.

Incluso Truman, que ya llevaba cinco años siendo mi compañero de patrulla, solo me dijo: «Felicidades». Y me trajo un regalo: una preciosa bolsa de obsequio de libros y ropa, todo elegido con tanta meticulosidad que le debía de haber costado una eternidad recopilarlo. Le escribí una nota de agradecimiento y se la mandé por correo a su casa.

La política de bajas por maternidad del DPF no es generosa. Para empezar, es una baja no remunerada. Aun así, a los agentes que acaban de ser padres o madres les conceden seis meses, lo cual es mejor que nada. Con el poco dinero que tenía ahorrado, calculé que podía permitirme tres meses y una semana. Después, metería a Thomas en una guardería.

Aquellos primeros meses de la vida de Thomas fueron de los más difíciles que he vivido. No recomiendo a nadie intentar atender a un recién nacido durante varios meses sola, sin apoyo —ni familiar ni monetario—; y ya no digamos a un recién nacido con síndrome de abstinencia de un régimen diario de narcóticos tan activo como el de Kacey. Pero lo hice.

En el hospital le dieron morfina.

Lo mandaron a casa con una receta de fenobarbital.

Ninguna de las cosas le quitó del todo el dolor de la abstinencia, de manera que yo miraba con compasión cómo el cuerpecillo le temblaba y a veces sufría convulsiones, y le ponía la mano en el pecho para sentir cómo le subía y le bajaba más deprisa de lo que en ocasiones me parecía posible, y escuchaba con angustia sus chillidos, que a veces eran imparables. Después de darle de comer, vomitaba tanto que cada gramo que ganaba era una pequeña victoria. A menudo era imposible consolarlo.

Aun así, yo lo cogía en brazos, y en los breves momentos de paz que se presentaban como un oasis cuando me parecía que ya no podía continuar, me enamoré del bebé. Veía cómo se le abrían lentamente aquellos ojos, que parecían orbes iluminados, para contemplar maravillados su pequeño mundo. Lo animaba durante cada logro físico, cada vez que le salían con fluidez las vocales y cada vez que pronunciaba una nueva consonante.

¿Quién narices puede explicar solo con palabras esa ternura enorme y devastadora que produce tener a tu criatura en brazos? Esa sensación animal, el suave hocico del bebé, su piel nueva (que pone de relieve el desgaste que ha soportado la tuya), la manita que te intenta tocar la cara, que busca la familia. Los golpecitos diminutos y rápidos, ligeros como polillas, que te aterrizan en la mejilla y en el pecho.

El dolor más fuerte que he sentido en la vida me llegó una tarde en que le estaba dando de comer. Estaba sentada en la cama, con Thomas en brazos, y cuando bajé la vista para mirar a mi hijo —las volutas suaves y minúsculas de pelo de su cabeza, el bracito de animal inflable con la gordura reciente que se le segmentaba en la muñeca y el codo—, me acometió una tormenta repentina de incredulidad y de pena. Abrí la boca y —me da vergüenza admitirlo— berreé a voz en grito.

Porque, por primera vez, entendí la decisión que había tomado nuestra madre de abandonarnos. Quizás no lo había planeado, pero sí lo hizo por medio de sus acciones, de su negligencia y de la irresponsabilidad con que había buscado sus dosis. Entendí que me había tenido en brazos, que nos había tenido en brazos, y que nos había mirado tal como yo estaba mirando ahora a Thomas. Nos había tenido así, en brazos, y, aun así, había decidido abandonarme. Abandonarnos.

En aquel momento me hice una promesa a mí misma, una promesa que se ha convertido en el principio rector de mi vida: protegería a mi hijo del destino que nos había tocado a Kacey y a mí.

Las dificultades de Thomas se prolongaron casi un año. Cada vez que lo veía, la furia que sentía hacia mi hermana me subía más por la garganta. «¿Cómo había sido capaz? —pensaba para mí misma—. ¿Cómo podía ser nadie capaz?».

Las noches se confundían con los días y viceversa. A menudo me olvidaba de comer y de usar el baño.

Gee era la única persona, aparte de Simon, a quien le revelé los detalles de nuestro acuerdo. Y aunque al principio sí que vino a vernos con diligencia, pronto sus visitas se volvieron menos frecuentes.

La única vez que le mencioné lo difícil que había sido todo desde el nacimiento de Thomas, me miró y me dijo:

—Pues imagínate con dos.

Nunca más me volví a quejar.

Aquellos meses me llevaron a tomar una decisión firme. Nunca permitiría que el inicio de Thomas en la vida le supusiera un obstáculo. Nunca le dejaría usar su historia como muleta.

De hecho, me prometí a mí misma que ni siquiera se la contaría hasta que estuviera listo para recibir la información sin permitir que afectara de forma negativa a su percepción de sí mismo.

Es por eso que Thomas sigue creyendo que soy su madre biológica.

Creí que Kacey volvería a las calles y se olvidaría.

Creí que estaría furiosa conmigo, pero que no tardaría en dejarlo correr: la rutina de buscar y encontrar y buscar la dosis es absorbente e hipnótica. Cuesta mucho emerger de esa nube el tiempo suficiente como para que algo te importe.

Y, aun así, durante mi baja por maternidad, miré varias veces por la ventana del piso de arriba de mi casa para ver a Kacey fuera, sentada en los escalones de entrada de la casa de delante o en el bordillo de la acera, con las piernas extendidas hacia delante, abatida. La veía levantar la cabeza, contemplar la casa con los ojos entrecerrados, recorrer rápidamente la fachada con la mirada, de ventana en ventana, en busca de un vislumbre de su hijo, me imagino. De mi hijo.

En un par de ocasiones, incluso llegó a llamar al timbre.

Nunca contesté.

En esas ocasiones, me aseguraba de que las habitaciones de la casa estuvieran a oscuras, le daba a Thomas un biberón para que no llorara y evitaba acercarme a la puerta mientras ella la aporreaba, mientras tocaba el timbre una y otra vez llamando a gritos al bebé.

Una vez, hacia el final de aquellos meses, salí con Thomas en un portabebés que solía llevar sujeto al cuerpo con correas. Tenía intención de ir andando a la tienda de la esquina.

Como siempre, había mirado por la ventana antes de salir para asegurarme de que mi hermana no estuviera presente.

Pero, a diez metros de la fachada de mi casa, oí unos pasos que se acercaban deprisa. Me giré, protegiendo instintivamente la cabeza de Thomas, y allí estaba Kacey, con la mirada frenética y el pelo alborotado, un fantasma furioso. Supongo que se había estado escondiendo.

—Por favor, Mick. Por favor, déjame verlo. Solo quiero ver que está bien. No te lo pediré nunca más.

No sé qué me entró. Debería haberle dicho que no.

Y, sin embargo, después de vacilar, me giré en silencio hacia ella y le dejé que le viera la carita a Thomas. Estaba dormido. Tenía la mejilla pegada a mi esternón. Era —y es— un niño precioso.

Kacey sonrió, solo un poco. Se echó a llorar, lo cual la hizo parecer todavía más desquiciada. Se secó la nariz con el dorso de la mano. Pasó una vecina y se nos quedó mirando con los ojos como platos. Luego buscó mi mirada para asegurarse de que yo estuviera bien, suponiendo —estoy segura— que me estaba acosando una loca desconocida. Rehuí su mirada.

Kacey estiró una mano vacilante, como para ponérsela en la frente a Thomas —una bendición—, pero yo me aparté de golpe, instintivamente.

—Por favor —me repitió.

Fueron las últimas palabras que me diría en los cinco años siguientes, aparte de nuestros encuentros ocasionales en el trabajo.

Le dije que no con la cabeza. Me alejé. Se quedó allí plantada detrás de mí, igual de quieta y triste que una casa abandonada.

Todavía hoy tengo pesadillas en las que Kacey vuelve para reclamar a Thomas.

En esos sueños, Kacey está bien, es la viva imagen de la salud, y su conducta es exuberante y risueña, tal como era de niña, y está guapísima. Thomas corre hasta ella atravesando un sitio atestado —una tienda, habitualmente, o una escuela, o a veces una iglesia— y le dice:

—Te he echado de menos.

O a veces:

—Te he estado esperando.

O a veces solo:

—Madre.

Muy simple. Reclamándola también. Nombrando un objeto, afirmando un hecho. *Madre.*

AHORA

—Ahí tienes a tu niño —dice Gee en la cocina. Y en su voz oigo un matiz de reproche—. Ya lo tienes a él. No necesitas preocuparte por otro.

—Cállate.

Detrás de mí oigo una pequeña exclamación ahogada de Thomas, que nunca en la vida me ha oído decir nada tan maleducado.

Miro a mi alrededor y, de pronto, me cuesta creer que fue aquí donde pasé los primeros veintiún años de mi vida. En esta casa fría e inhóspita. En esta casa donde nunca deberían vivir niños. Y entonces hasta la última parte de mí empieza a mandarme simultáneamente la misma señal: «Sal de aquí, sal de aquí, sal de aquí. Saca a Thomas de aquí. No vuelvas nunca a esta casa. No vuelvas nunca con esta mujer».

Sin decir nada, toco a Thomas en el hombro y le indico que nos tenemos que marchar. Coge el Super Soaker y a punto estoy de decirle que lo deje, pero, en el último momento, cambio de opinión.

Cuando salimos por la puerta, oigo en la cabeza el eco de las palabras de Gee: «El mundo es un lugar duro. El mundo es un lugar duro». Cuando éramos niñas, nos lo decía todo el tiempo. Y, de pronto, me doy cuenta de que es la misma frase que uso con Thomas cuando le estoy explicando todas las dificultades que ha afrontado este año.

Detrás de nosotros, Gee está gritándonos desde la otra punta de la manzana:

—La vas a dejar en paz —dice por última vez—. Si sabes lo que te conviene, la vas a dejar en paz.

Thomas y yo nos pasamos un rato sentados en el coche. Está pensativo y preocupado. Se da cuenta de que está pasando algo extraño.

En la mano derecha tengo una de las felicitaciones de cumpleaños que nos mandó mi padre. La he agarrado antes de marcharme. Esta es para Kacey. En la esquina superior izquierda del sobre hay una dirección de Wilmington, Delaware.

Necesito que alguien me vigile a Thomas un rato. De momento, la opción más segura parece ser dejarlo con la señora Mahon.

Cuando entro en el coche, la llamo al teléfono fijo, rezando para que ya haya vuelto de casa de su hermana.

La señora Mahon contesta enseguida, como si hubiera estado esperando junto al teléfono.

—Soy Mickey —le digo.

Le pregunto si puedo aceptar su oferta de ayuda y le prometo explicárselo todo por la noche.

—Por supuesto —contesta la señora Mahon—. Llámame a la puerta cuando llegues a casa.

Cuando cuelgo, veo que Thomas se ha quedado callado. Cuando miro el asiento de atrás, veo que ha empezado a llorar.

—¿Qué pasa? Thomas, ¿qué pasa?

—¿Me vas a volver a dejar con la señora Mahon?

—Solo un rato.

Me giro en el asiento delantero y lo miro. Se lo ve muy mayor y muy pequeño al mismo tiempo. Ha visto demasiado últimamente.

—Pero es Navidad. Quiero que me ayudes a jugar con mis juguetes nuevos.

—Te puede ayudar la señora Mahon.

—No. Te quiero a ti.

Desde el asiento de delante, estiro el brazo hasta el de atrás, le pongo la mano en la zapatilla deportiva y le doy un apretón. Se me ilumina entre los dedos. Thomas sonríe un momento.

—Thomas. Te prometo que estaré contigo mañana. Y todos los días siguientes. ¿Vale? Ya sé que ha sido un invierno difícil. Te prometo que las cosas mejorarán pronto.

No me quiere mirar.

—Hagamos algo divertido con Lila pronto. ¿A que estaría bien? Puedo hablar con la madre de Lila.

Por fin, sonríe. Se seca una lágrima de la mejilla.

—Vale.

—¿A que estaría bien?

Asiente con valentía.

El periodo de tiempo que llevo sin ver a mi padre es más largo que el periodo de tiempo en que le conocí. Yo tenía diez años cuando desapareció de nuestras vidas. Kacey tenía ocho.

Después de dejar a Thomas en casa de la señora Mahon, introduzco en mi GPS la dirección que tengo de mi padre, en Wilmington, y me pongo a conducir.

El sobre que hay en el asiento del pasajero es de hace más de una década. Soy consciente de que es posible que mi padre ya no viva en la dirección del remitente. Pero, a falta de otras pistas, es la única que puedo seguir.

En mi recuerdo, mi padre es alto y delgado, como yo. Tiene una voz grave y pausada y lleva vaqueros holgados, jersey de Allen Iverson y gorra de béisbol vuelta del revés. Por entonces debía de tener veintiún años. Era más joven en ese recuerdo de lo que soy yo ahora.

Debido a que me sentía ferozmente leal a mi madre, y debido a que Gee siempre sugería que mi padre era el culpable de su muerte, yo lo odiaba. No lo abrazaba. No confiaba en él.

Kacey sí. Kacey nunca quería creerse lo que decía la gente de él, incluida yo. Se lo tomaba mucho peor que yo cuando nuestro padre no venía a vernos. Y cuando aparecía, lo abrazaba, lo seguía de habitación en habitación y nunca estaba a más de dos palmos de él, hablándole de aquella forma suya jadeante, entrecortada, imparable, exigiendo su atención. Yo me quedaba más callada. Yo miraba.

La última vez que lo vi, nos llevó al zoo de Filadelfia. Se suponía que era una ocasión especial para nosotras; nunca habíamos ido. Ya hacía semanas que sabíamos que nos iba a llevar. Le dije a Kacey que no se hiciera muchas ilusiones.

Sí que se presentó, pero lo que más recuerdo de aquel día era que llevaba un busca que no paraba de sonar, y que cada vez que le sonaba se lo veía nervioso. Vimos unas jirafas y luego unos gorilas, y luego nos dijo que nos teníamos que marchar.

—Pero si acabamos de llegar. —Kacey estaba furiosa—. No hemos visto las tortugas.

Nuestro padre pareció confundido.

Yo sabía por qué Kacey quería ver las tortugas: era porque nuestro vecino, Jimmy Donaghy, se había burlado una vez de ella por no haber visto ninguna. Un acto casual y arbitrario de crueldad, una forma fácil de meterse con Kacey. Ahora no recuerdo cómo surgió aquello, pero de ahí venía. Kacey quería ver una tortuga para poder decirle a Jimmy Donaghy que había visto una.

—Oh, Kacey —dijo nuestro padre—. Ni siquiera sé si tienen tortugas aquí.

—Sí tienen —replicó Kacey enfáticamente—. Seguro.

Nuestro padre echó un vistazo a su alrededor.

—Pues no tengo ni idea de dónde están. Y nos tenemos que marchar.

El busca no dejaba de sonarle y sonarle. Se lo miró.

Nadie habló durante el trayecto en coche a casa. Dejé que Kacey fuera delante por una vez. Nuestro padre nos dejó en casa de Gee, que nos abrió la puerta apretando la mandíbula como si ya se hubiera esperado aquello.

—Qué rápidos —comentó en tono petulante.

Al cabo de una semana, llegó un paquete a nuestra puerta. Dentro había dos animales de peluche: una tortuga para Kacey y un gorila para mí. Con el mío no tuve ningún cuidado; lo perdí casi de inmediato. Kacey conservó el suyo y se dedicó a llevarlo con ella a todas partes, hasta a la escuela. No me extrañaría que todavía lo tuviera.

Después de aquello, ya nunca más volvimos a saber de él. Gee hizo ver que ella tampoco. A menudo nos decía que debería llevarlo a los tribunales para reclamarle la manutención, pero que no tenía ni tiempo ni dinero para hacer algo así. Estaba demasiado ocupada intentando pagar el alquiler, nos decía, como para ponerse a perseguir a un inútil de padre por los cuatro chavos que le podía pagar.

Después de que desapareciera, nos pasamos los años de nuestras adolescencias evitando hablar de él. No queríamos que Gee empezara a despotricar. En cuanto empezaba, ya no paraba. Un par de veces oí rumores procedentes de vecinos o parientes acerca de su paradero. Wilmington, Delaware, era el consenso. Allí había dejado embarazada a otra chica. A dos más. Una vez oí que había tenido seis hijos más. Muy a menudo oía que estaba en la cárcel.

Y más tarde oí que estaba muerto.

Cuando oí aquello, lo busqué en internet. Y allí estaba: el certificado de defunción de un tal Daniel Fitzpatrick de Filadelfia, nacido el mismo año que nuestro padre. Pero no conocía su fecha de nacimiento y no se la pregunté a Gee, que seguramente tampoco la habría sabido.

Aun así, di por sentado que era él.

Nunca se lo dije a Kacey. Lo intenté muchas veces, pero nunca tuve ánimos para darle la noticia. Supongo que, hasta cierto punto, creía que nuestro padre era una de las pocas brasas resplandecientes de bondad que quedaban en la vida de Kacey. Una perenne esperanza secreta, escondida. Algo por lo que vivir, en otras palabras. Alguien a quien enorgullecer. No quería quitarle aquello. No quería que se apagara aquella pequeña luz.

El GPS me lleva a una casa pequeña: la mitad derecha de un dúplex de ladrillo situado delante del cementerio de Riverview. Es una estructura de aspecto decente, en buen estado. Las dos mitades tienen decoración de Navidad. La mitad derecha tiene velas eléctricas en las ventanas y un árbol de Navidad de plástico en el porche de delante. Son las siete de la tarde y hace horas que está oscuro.

Aparco en la calle, a quince metros, y detengo el motor. Nada más apagarse los faros, se hace imposible ver la calzada. La única luz viene de las ventanas de las casas y de la decoración navideña que tienen puesta.

Me quedo un rato sentada. Me giro para observar la casa en cuestión. Miro al frente. Me doy la vuelta.

¿Es posible que mi padre viva en esa casa? Me cuesta reconciliar mi último recuerdo de él con la persona que parece residir en el 1025B de Riverside Drive.

Al cabo de cinco minutos, salgo de mi coche y cierro con cuidado de no dar portazo. Paso por encima de los charcos de hielo que salpican la calzada; resbalo una vez. Luego, la oscuridad se vuelve abrumadora. Siento la presencia del cementerio detrás de mí y aprieto el paso.

Subo los cuatro escalones de entrada de la casa. Llamo al timbre y doy varios pasos atrás. Espero en el porche. Me acuerdo de todas las demás veces de mi vida y de mi carrera en que he llamado a casas cuyos residentes no me estaban esperando. Por pura costumbre, dejo las manos en los costados, a la vista de quien sea que abra la puerta.

Se oye un débil susurro en la ventana de mi derecha: una cortina se corre a un lado y después vuelve a su sitio.

Al cabo de un momento, sale a abrir una chica, que debe estar en la primera adolescencia. Es flaca, tiene el pelo negro y rizado y gafas. Mi impresión inmediata es que es tímida y estudiosa y que quizás la pone un poco nerviosa la gente desconocida. Me examina.

No dice nada. Espera a que hable yo.

De pronto me parece absurdo dar por sentado que mi padre siga viviendo en una dirección que tuvo hace tanto tiempo. En mi experiencia, es la generación de Gee la que no se mueve por nada del mundo y vive todavía en sus casas de infancia. La generación de mis padres es itinerante.

De forma que, no sin cierto grado de vergüenza, por fin hablo.

—Hola. Siento molestarte. Me preguntaba si vive aquí Daniel Fitzpatrick.

La chica frunce un poco el ceño. Vacila. Parece preocupada.

—No pasa nada —la tranquilizo.

La chica debe de tener trece o catorce años.

—No es nada urgente —añado—. Simplemente confiaba en hablar con él un momento. Si es que vive aquí.

«Si es que está vivo», pienso. Pero no lo digo.

—Un segundo —dice la chica. Se retira al interior de la casa, pero deja la puerta abierta.

«¿Es posible que esa fuera la hija de mi padre? —me pregunto—. ¿Mi medio hermana? Su boca tiene algo que me recuerda una pizca a la boca de Kacey».

Me inclino un poco hacia delante para asomarme a la casa y echar un vistazo. Todo se ve limpio. Hay una escalera frente a mí y una sala de estar a la derecha. Los muebles son viejos, pero están bien cuidados. Un perrito, una especie de terrier, se me acerca, me olisquea los pies y suelta un par de ladridos suaves. Le doy un empujoncito con el pie para asegurarme de que no se intenta escapar. Hay una radio encendida en otra habitación. En ella suenan canciones pop de Navidad a bajo volumen.

La chica tarda mucho en volver, tanto que me pregunto si la debería haber seguido. Sigue entrando aire frío en la casa. Empiezo a soplarme en las manos para calentármelas cuando veo a alguien bajar las escaleras delante de mí. Unos pies descalzos, y después, unas piernas escondidas en pantalones de chándal grises.

Es un hombre de unos cincuenta años y pelo oscuro.

Es mi padre.

—¿Michaela? ¿Eres tú?

Asiento.

—Cómo me alegro de que me hayas encontrado. Te he estado buscando.

Echa un vistazo tras de sí, enfunda los pies en unos zapatos y agarra unas llaves que hay en una mesa junto a la puerta de entrada. Sale al porche y cierra la puerta tras de sí.

—Vamos a dar una vuelta con el coche.

Vacilo un momento. En cierta manera, lo he redimido mentalmente por lo que he descubierto en casa de Gee. Y, sin embargo, sigo sin conocer sus motivaciones. Y sigo sin saber dónde está mi hermana.

Quizás él ve mi vacilación.

—O puedes conducir tú. Como quieras. ¿Has traído coche?

—Sí.

Entramos.

—Pensaba que estabas muerto —le digo antes de que se abroche el cinturón de seguridad.

Se ríe un poco al oírlo.

—Creo que no lo estoy. —Se pone un dedo en el dorso de la otra mano—. No. Todavía no.

Me siento cohibida en su presencia por razones que no puedo explicar. Me pregunto cómo me debe de ver después de tantos años de ausencia. Quiero que tenga un buen concepto de mí, y al instante me enfado conmigo misma por dejar que eso me importe.

Me digo a mí misma que no hablaré hasta que lo haga él.

Y, por fin, empieza.

Mi padre me cuenta que lleva mucho tiempo buscándonos a Kacey y a mí.

Que dejó las drogas en 2005.

Llegado aquel punto, ya éramos adultas y dio por sentado que lo odiábamos, me dice, porque nunca contestábamos a sus cartas ni a sus felicitaciones.

Durante años usó esto como excusa para no intentar contactarnos.

—Luego, mi hija Jessie... —narra, pero se detiene—. Es mi otra hija. Jessie. Tiene doce años. Este año ha empezado a preguntarme por vosotras y a preguntar por qué no os veo. Supongo que quiere conocer a sus medio hermanas. Y caí en la cuenta de que quizás hubiera pasado el tiempo suficiente como para que estuvierais dispuestas a hablar conmigo otra vez. Sé que la cagué de muchas maneras. Sé que es culpa mía. Pero ahora estoy limpio, de forma que pensé que valía la pena intentarlo. Siempre me he sentido mal por cómo fue todo con vosotras. Pero, a esas alturas, no tenía ni idea de dónde encontraros siquiera, y sabía que vuestra abuela no me iba a ayudar. Así que contraté a un tipo al que conozco, ex-policía, que ahora trabaja de detective privado. Sobre todo, lo contrata gente que quiere pillar a su marido o a su mujer in fraganti, pero ya sabes. Es eficaz.

»Y os encontró a las dos. Bastante deprisa. Encontró a Kacey cuando estaba viviendo en Kensington y te encontró a ti en Bensalem. Volvió y me hizo el informe de lo que había visto. Me dio las dos direcciones. Y me dijo que ahora la cosa estaba en mis manos.

Mi padre pone un codo en el reposabrazos. Me doy cuenta de que está nervioso. Carraspea varias veces seguidas. Tose tapándose la boca educadamente con una mano. Y continúa.

—Fui a ver a Kacey primero, porque mi amigo me dijo que la había visto bastante mal. Eso me preocupó. Hace unos tres o cuatro meses. Fui a buscarla al sitio donde se estaba quedando, un *abando*. Apenas me reconoció. Yo no la habría reconocido nunca.

»Tuvimos una larga conversación. Hicimos planes para que se viniera a vivir conmigo.

»—Solo necesito un día más —me dijo.

»—Escucha —le contesté—. Yo también soy adicto. Sé lo que quiere decir eso.

»No me gustó nada. Y, en efecto, al día siguiente fui a recogerla y ya no estaba.

»Entretanto, fui a visitarte a ti a la dirección de Bensalem que me había dado mi colega. Me abrió la puerta una señora mayor muy amable y me dijo que no estabas en casa, sin más información. Y me preguntó si quería dejar un mensaje.

Echo un vistazo a mi padre, sentado como está en el asiento del copiloto. Me acuerdo de la descripción que me hizo la señora Mahon del visitante que llamó a su puerta dos veces en Bensalem. Sí, supongo que mi padre se parece a Simon, por lo menos en líneas muy generales. Encaja en la misma descripción, en todo caso. Es alto, igual que Simon, y tiene el pelo negro. Y justo debajo de la oreja izquierda tiene un tatuaje, tal como dijo la señora Mahon. No lo puedo distinguir porque no hay luz.

Sigue hablando.

—De manera que pensé que había fracasado. En mis intentos. Con mis dos hijas. Me dije a mí mismo que lo volvería a probar contigo pronto, pero la vida se metió de por medio, ya sabes. Y, sin darme cuenta, pasó un mes.

»Y entonces, Kacey se presentó de improviso en mi puerta. No quiso decirme dónde estaba viviendo ni cómo había llegado. Tenía la muñeca rota, pero no quiso decirme cómo le había pasado.

»Y me dijo que estaba embarazada. Que quería quedarse con el bebé. Y que quería desintoxicarse.

Voy conduciendo sin rumbo, girando arbitrariamente a derecha e izquierda, sin saber adónde voy. No sería capaz de encontrar el camino de vuelta a la casa ni aunque me pagaran.

Mi padre carraspea.

—Como te puedes imaginar —continúa—, fue muy fuerte asimilar todo aquello de golpe. Pero pensé: «Esta es mi oportunidad para arreglar las cosas que hice mal». Además, yo he pasado por ello. Sé cómo es desintoxicarse. Sigo yendo a reuniones dos o tres veces por semana. Supuse que la podía llevar conmigo. Conseguirle un padrino y todo. Estar allí para ella, supongo.

»Ahora tengo un buen trabajo. Me saqué el diploma de la ITT Tech hace un tiempo. Trabajo de informático. Me saco bastante dinero. Puedo conseguirles seguros sanitarios a ella y al bebé.

Con el rabillo del ojo, lo veo mirarme en busca de una reacción. ¿Quiere que esté orgullosa de él? Todavía no lo estoy.

—En cualquier caso —prosigue—, Kacey me contó que ya había empezado a reducir las dosis. Que había estado usando Suboxone cuando lo podía encontrar. La llevé al médico, que le dijo que lo que se recomendaba si estabas embarazada y consumiendo era empezar con la metadona y seguir tomándola. De forma que el médico la ayudó a entrar en un programa de mantenimiento de metadona. Y lleva yendo desde entonces.

—O sea, que está contigo —digo por fin.

—Está conmigo. Está en esa casa que has visto.

—Está viva.

—Está viva.

Me quedo callada un momento largo.

—¿La puedo ver? —pregunto por fin.

Ahora le toca a él quedarse callado.

—El problema es que no estoy seguro de que te quiera ver ella a ti. Me contó lo de su hijo.

Me estremezco.

«Mi hijo —pienso—. Mi hijo».

—Nada más llegar a mi casa, me contó la historia y me dijo que no quería saber nada de ti. Pero es curioso —añade—: cuanto más tiempo lleva limpia, más habla de ti.

—Yo no lo llamaría estar limpia.

Es un comentario de amargada.

Asiente. Le veo la cara perfilada contra la luz tenue del otro lado de la ventanilla del coche. Detrás de él van pasando las farolas.

—Te entiendo —dice en tono suave—. Mucha gente no cree que tomar metadona sea lo mismo que estar limpio.

Y no comenta nada más.

—¿Pero tú sí?

Se encoge de hombros.

—No lo sé. No sé lo que creo. Ya llevo mucho tiempo sin metadona. Pero sé que al principio la necesitaba. Nunca me habría recuperado del todo sin ella.

Después de eso, ninguno de los dos dice nada.

Sigo conduciendo. Ahora estoy en una calle más ancha, conduciendo recto. Sin girar. Hasta que de pronto veo delante de mí un destello de agua y me doy cuenta de que he vuelto a encontrar el Delaware. El mismo río de aguas oscuras que me ha seguido desde que era niña.

—Más te vale girar por aquí —dice mi padre—. O terminarás bajo el agua.

Pero lo que hago es ir al arcén y parar el coche. Los faros iluminan la negrura. Los apago.

—Ha estado hablando cada vez más de ti —me cuenta mi padre—. Te echa de menos. Necesita a su familia.

—Ja.

Me doy cuenta de que es el ruido que hago cuando me siento incómoda. Para convertir algo serio en broma.

—Después de que apareciera Kacey, fui a intentar encontraros por segunda vez en Bensalem —sigue narrando—. Pero la misma señora de la primera vez me dijo que os habíais mudado.

Asiento.

—Pensaba que te había perdido otra vez —dice mi padre.

—Le dije yo que te lo dijera. Creía que eras otra persona.

Enciendo la luz del techo de golpe y lo miro.

—¿Qué pasa? —Me devuelve la mirada, parpadeando por el resplandor repentino.

Lo estoy examinando, intentando distinguir el tatuaje que tiene debajo de la oreja.

«L. O. F.», dice con floridas letras ligadas.

Tardo un segundo en entenderlo. Son las iniciales de nuestra madre.

Ve lo que estoy mirando y le pone un dedo encima. Se lo aprieta suavemente, como si fuera un moretón, y se aparta.

—Seguro que la echas de menos —dice—. Yo también.

Son las nueve cuando por fin dejo a mi padre de vuelta en su casa. No hemos hecho planes. Ahora tiene mi número de teléfono y yo tengo el suyo. Eso bastará hasta que Kacey y yo decidamos cómo nos sentimos acerca de un posible reencuentro entre ambas.

Mi padre dice que hablará con ella. Que la intentará convencer.

—Os necesitáis la una a la otra.

—No hace falta que convenzas a Kacey de nada —le digo en tono frío—. Si no me quiere ver, no pasa nada.

—Vale. Muy bien. Te entiendo.

Pero me doy cuenta por su tono de voz de que no me cree.

Después de dejarlo en su casa, espero un momento y lo veo subir las escaleras. Las persianas de la casa están subidas y puedo ver el interior. Cada ventana iluminada ofrece la posibilidad de que Kacey pase por ella.

Pero no pasa, y sigue sin pasar, y al final arranco y me voy.

Después de un largo día de estar fuera de casa, el teléfono se me ha muerto del todo, lo cual se añade a mi intranquilidad. No me gusta estar sin contacto con Thomas.

No hay nadie en las calles. Nieva un poco. En el cielo brilla una luna amarilla y gruesa. Intento imaginarme a Thomas y a la señora Mahon y trato de decirme a mí misma que están acurrucados bajo las mantas, viendo algo navideño por televisión. «Quizás —pienso— Thomas todavía estará despierto cuando llegue a casa». Eso me hará sentir mejor, menos culpable por haberme ido, si al menos le puedo dar las buenas noches.

Cuando aparco el coche y subo por la escalera de atrás, veo una luz débil que parpadea tras la ventana de al lado de la puerta. Giro la llave intentando no hacer ruido, por si acaso Thomas ya está durmiendo. Pero la puerta se detiene a dos dedos del umbral. La vuelvo a empujar, más frenéticamente. Hay algo bloqueándola.

Veo la cara redonda y preocupada de la señora Mahon a través del cristal de la parte superior de la puerta. Ella también mira un momento por encima de mi hombro, como para asegurarse de que no me ha seguido nadie.

—¿Mickey? —me dice a través de la puerta—. ¿Eres tú?

—¿Qué está pasando? Soy yo. ¿Estáis bien? ¿Dónde está Thomas?

—Espera. Espera un segundo.

Se oye un chirrido mientras aparta algo a rastras.

Por fin se abre la puerta, y cuando entro en el apartamento, examino la sala rápidamente en busca de mi hijo.

—¿Dónde está Thomas?

—Durmiendo en su habitación. Gracias a Dios que estás en casa. Han venido a buscarte.

—¿Quiénes?

—La policía. Hace una hora que han venido y te han llamado al timbre. El pobre Thomas estaba aterrorizado. Yo estaba aterrorizada, Mickey. Cuando han aparecido en tu puerta, pensaba que me iban a decir que estabas muerta. Me han dicho que te han estado intentando llamar, pero que no te han encontrando y han venido a buscarte a casa.

—Se me ha muerto el teléfono. ¿Quién era? ¿Qué agente?

La señora Mahon se busca en el bolsillo y saca una tarjeta. Me la da. «Detective Davis Nguyen», dice.

—Y había otro también —añade—. Otro hombre. No me acuerdo de cómo se llamaba.

—¿DiPaolo?

—Ese mismo.

—¿Y qué querían?

Voy hasta la esquina de la sala, donde tengo un cargador en una rinconera, y enchufo el teléfono.

—No me lo han dicho —responde la señora Mahon—. Solo han dicho que los llames cuando llegues.

—Muy bien. Gracias, señora Mahon.

—Me pregunto, sin embargo, si tiene algo que ver con lo que han dado en las noticias.

—¿Qué noticias?

La señora Mahon inclina la cabeza hacia el televisor y sigo su mirada. Lo que tiene puesto de fondo no es una película navideña. Hay una corresponsal de pie en la calle Cumberland, cerca de un solar precintado. La misma nevada suave que está cayendo en Bensalem está cayendo allí.

«Asesinato el día de Navidad», dice un titular debajo de la cara pálida de la reportera. Va enfundada en una parka de color púrpura. Y está diciendo por el micrófono:

—Hace dos semanas, el Departamento de Policía de Filadelfia aseguraba al público que ya tenían a un sospechoso bajo custodia. Hoy, sin embargo, se especula que este homicidio puede estar relacionado con la serie de homicidios que tuvieron lugar en Kensington este mismo mes.

La señora Mahon está negando con la cabeza. Suelta un gruñido de desaprobación.

—Pobre chica —lamenta.

—¿Quién es? ¿Han dicho el nombre de la víctima?

—No. Todavía no. Solo han dicho que es mujer.

—¿Algo más?

—Dicen que la han descubierto hoy a mediodía. Parece que llevaba muy poco tiempo muerta.

Sigo con el teléfono en la mano. Por fin se carga lo suficiente y cobra vida cuando se lo ordeno.

—Señora Mahon —le digo—. ¿Le importa quedarse aquí un momento mientras hago esta llamada? No quiero mandarla a casa si me van a tener que llevar a comisaría.

—Eso estaba pensando yo. No me importa en absoluto.

Es a DiPaolo a quien llamo, no a Nguyen. Conozco mejor a DiPaolo.

Me contesta de inmediato, en tono alerta. Está en algún sitio a la intemperie: oigo tráfico de fondo.

—Soy Mickey Fitzpatrick. Me han dicho que has pasado por mi casa.

—Me alegro de que llames. ¿Dónde estás ahora mismo?

—En casa.

—¿Y dónde está tu hijo?

Empiezo a contestar, pero cambio de opinión.

—¿Por qué?

—Solo queremos estar seguros de que estáis los dos localizados.

—Está bien. Está dormido.

Pero de pronto siento la necesidad de comprobarlo por mí misma. Mientras hablo con DiPaolo, camino rápidamente hasta la habitación de Thomas y abro la puerta.

Ahí está.

Se ha hecho un nido con todas las mantas arrugadas en el centro de la cama. Las está abrazando con fuerza. Tiene la mandíbula en tensión. Vuelvo a cerrar la puerta con suavidad.

—Muy bien —dice DiPaolo.

—¿Qué está pasando? ¿Mulvey todavía está bajo custodia?

DiPaolo respira un momento.

—Lo estaba. Hasta hoy.

—¿Y qué ha pasado?

—Que tiene coartada. Tiene un amigo limpio que dice que estuvo dos días seguidos con Mulvey en la fecha en que mataron a Walker, y Mulvey afirma que la razón de que su ADN estuviera en dos de las chicas muertas es que era cliente suyo. Nada más. Tanto Mulvey como su amigo juran que no mataron a ninguna de las dos. Se ha cogido a un abogado. Lo hemos tenido que soltar.

—¿A qué hora lo han soltado? ¿Estaba bajo custodia a la hora del homicidio de hoy?

No sé cuál quiero que sea la respuesta.

—Sí —confirma DiPaolo. Le oigo en la voz que tiene algo más que decirme—. Escucha. Voy a mandar un coche patrulla a tu casa. Un novato del distrito 9. Estará aparcado esta noche en la entrada de tu casa, ¿de acuerdo? No te sorprendas cuando lo veas ahí.

—¿Por qué?

DiPaolo hace una pausa. Oigo una sirena pasar de fondo. Tose una vez, dos veces.

—¿Por qué, Mike? —insisto.

—Es una simple precaución. Seguramente exceso de cautela. Pero el nombre que me diste cuando quedamos en el Duke's..., la mujer que dijiste que había hecho una acusación en tu presencia contra alguien del DPF...

—Paula. Paula Mulroney.

DiPaolo guarda silencio. Espera a que yo sume dos y dos.

—Es la víctima de hoy —aclara por fin.

Le digo a la señora Mahon que esta noche duerma en mi cama. Yo dormiré en el sofá, en la habitación más próxima a la puerta de entrada, donde cualquiera que entre me encontrará primero.

Quiero que estemos todos bajo el mismo techo.

Y le cuento a la señora Mahon que el coche patrulla que sube en silencio por la entrada nevada de nuestra casa y aparca allí ha venido porque mis colegas están siendo extracautelosos por una información que les pude dar.

—No es nada de lo que preocuparse.

—¿Tengo pinta de preocuparme demasiado?

Pero sé que solo se está haciendo la valiente, igual que yo. Y mientras la señora Mahon está usando el baño, me alejo discretamente por el pasillo y bajo mi arma de la caja fuerte.

Ahora no puedo dormir. Pienso en el coche patrulla de la entrada. Me pregunto por qué, si DiPaolo tiene miedo de que a Paula la mataran para silenciarla, le han asignado el trabajo de protegernos a un agente del DPF. Me sentiría más segura con un miembro de la policía estatal, alguien de fuera. De acuerdo: DiPaolo se ha asegurado de decirme que han puesto a hacer la vigilancia a un novato procedente de un distrito distinto y, por tanto a un agente que, presumiblemente, no tendrá demasiados lazos con el 24. Aun así, me quedo despierta en el sofá hasta las cuatro de la madrugada, viendo cómo la segunda manecilla del reloj avanza bajo la luz tenue de la lámpara de fuera. La segmentan las sombras proyectadas por los listones de las persianas. Me metería en la cama con Thomas, pero me preocupa que eso lo despierte. Quiero estar cerca de él, saber que lo estoy protegiendo, saber que está a mi lado en el mundo.

Se empieza a adueñar lentamente de mí otro sentimiento que se añade a mi preocupación: tristeza. Una tristeza terrible por Paula, a quien todavía me imagino perfectamente a los dieciocho años, con su lengua afilada y su risa fácil. Siempre defendía a Kacey, igual que Kacey siempre me defendía a mí. Supongo que siempre me ha gustado saber que Paula estaba ahí fuera, vigilando a mi hermana, vigilando a todas las mujeres de Kensington.

En último lugar, viene la culpa. Si la persona que andamos buscando pertenece al DPF, y si fui yo quien mencionó primero el nombre de Paula Mulroney —a Ahearn, luego a Chambers y por fin a DiPaolo—, entonces sí. Es posible que yo sea la responsable indirecta de su muerte.

Cierro los ojos. Me llevo las manos a la cabeza.

»—¿Extraoficialmente? —le dije a Ahearn.

»—Extraoficialmente —me contestó.

A la mañana siguiente, el DPF todavía no le ha comunicado el nombre de Paula a los informativos.

Me paso un rato buscando información sobre ella en internet. No tardo en encontrarme una página de Facebook que han creado sus amistades para recordarla.

En ella encuentro información sobre una misa por ella. Se hará este jueves en la Santísimo Redentor.

No hay velatorio. Asimilo con aprensión lo que esto sugiere.

Tengo intención de ir.

Me paso el día esperando más información sobre las circunstancias de su muerte. Quiero ver las noticias, saber si han detenido a alguien, pero no quiero asustar a Thomas. Lo que hago es escuchar la radio local usando el móvil y unos auriculares que encuentro en una caja del armario. Los llevo puestos por el apartamento mientras lavo la ropa, mientras ordeno, mientras Thomas construye un elaborado laberinto con sus vías de tren de madera.

—¿Qué estás escuchando? —me pregunta varias veces.

—Las noticias.

El coche patrulla de la entrada se ha marchado, pero de vez en cuando pasa uno nuevo por la casa, acercándose lentamente por la calle. Lo veo desde la ventana de mi dormitorio. En algunas ocasiones, me resulta reconfortante; otras, se me antoja amenazador, ominoso, depredador. Intento mantener lejos a Thomas, pero es bastante observador y sabe que pasa algo.

La emisora que estoy escuchando es la misma afiliada local a la red de radios públicas para la que trabaja Lauren Spright. Al final de un programa de una hora, oigo que la locutora dice su nombre.

Me acuerdo de repente de nuestro encuentro en el Bomber Coffee y del ofrecimiento que me hizo para juntar a Lila y a Thomas en su casa. Se me ocurre, de hecho, que le puedo preguntar a Lauren si lo podría hacer durante el funeral de Paula del jueves. La guardería Spring Garden está cerrada la semana que va de Navidad a Año Nuevo, lo cual significa que Lauren quizás también esté en casa.

Me vuelvo a retirar al dormitorio, la llamo y le dejo un mensaje diciendo que tengo que ir a un funeral y preguntándole si le iría bien que Thomas fuera a su casa a esa hora. Me devuelve la llamada al cabo de un minuto.

—Lo siento —se disculpa—. No había reconocido tu número. Me parece genial. Estoy buscando actividades para Lila. Estas vacaciones son interminables. —Lauren se ríe un momento y para—. Siento lo de tu amiga.

—Gracias. No era..., no era una amiga íntima. Era más amiga de mi hermana que mía.

—Aun así. Una amiga de la familia. A nadie le gusta que se muera nadie joven.

—No. Es verdad.

Muy poca gente asiste al funeral de Paula, pese a que, por fin, el DPF ha difundido su nombre. Entro diez minutos antes de que empiece la misa y me siento en un banco del fondo, haciendo una genuflexión por costumbre antes de sentarme.

Tengo dos razones para estar aquí: la primera es presentar mis últimos respetos. No estoy segura de si creo o no en el más allá, pero sí creo en intentar hacer lo correcto mientras estemos vivos, y aunque todavía no tengo la certidumbre de que mi mención del nombre de Paula al DPF llevara directamente a su muerte, sí sé que, en el mejor de los casos, fue una traición a su confianza. Por tanto, he venido a enmendarme.

La segunda razón es que podría enterarme de algo útil mientras estoy aquí; quizás oiga especulaciones sobre la causa de su fallecimiento.

Esta mañana me he puesto pantalones y camisa negros, y de pronto me he dado cuenta de que me parezco a Gee cuando lleva el uniforme de la empresa de *catering*. Reconozco a la mayoría de la gente que hay en la iglesia, o bien de trabajar en el distrito 24, o bien de la secundaria. Hay un puñado de hombres sentados juntos, uno de ellos tosiendo escandalosamente y otro quedándose dormido. Y una docena de mujeres, a algunas de las cuales he llevado a comisaría.

La parroquia, la Santísimo Redentor, es la misma a la que íbamos de niñas y está afiliada a la primera escuela elemental a la que fuimos. Es una iglesia de piedra grande, fresca en verano pese a no tener aire acondicionado, y fría en invierno, como es el caso de hoy. Tengo muchos recuerdos de esta iglesia. Aquí hice mi primera comunión, y luego la hizo Kacey, dos años más tarde, con el mismo vestido. Todavía me acuerdo de ella, vestida de novia diminuta, intentando acordarse de que tenía que caminar despacio.

Sé que no es imposible que haya venido Kacey. Seguramente se debe de haber enterado de la muerte de Paula, y se me ocurre que quizás haya decidido venir. Pero no la veo por ningún lado. Al menos de momento. De vez en cuando, me giro para mirar la puerta.

Empieza el servicio. El sacerdote —el padre Steven, que lleva aquí tanto tiempo que también ofició el servicio de nuestra madre— habla deprisa, entonando los ritos. Me imagino, no sin cierto morbo, que en las últimas dos décadas debe de haber aumentado el número de misas fúnebres de este vecindario. El padre Steven parece bastante acostumbrado a este rol.

Desde aquí veo de perfil a la madre de Paula, en primera fila y en el lado opuesto al mío. Lleva vaqueros y deportivas. No se quita el anorak, sino que permanece arrebujada en él, como si fuera una capa más de protección. Tiene los brazos cruzados de forma extraña, con las palmas de las manos hacia el techo. Se las está mirando, como si tuviera en brazos el recuerdo de su hija, como si rememorara el peso y el calor corporal de la Paula bebé. Preguntándose qué ha salido mal.

Fran Mulroney, el hermano mayor de Paula, hace un panegírico centrado principalmente en su rabia hacia el autor del crimen.

—Quien haya hecho esto… —repite una y otra vez, asintiendo con la expresión más amenazadora posible en una iglesia.

El padre Steven carraspea. Hacia el final, Fran menciona de pasada la furia que sentía hacia Paula por estar en la situación en que estaba. Recuerda su sentido del humor y lo dulce que era de niña.

—Simplemente, no sé qué pasó —repite varias veces—. Me gustaría que hubiera elegido una vida mejor —afirma la persona que introdujo a todos los que lo rodeaban en las pastillas que acabarían con ellos.

Se termina el servicio. Al fondo se está formando una hilera para dar el pésame. Al frente de la fila, cerca de las puertas, están Fran Mulroney, su madre y alguien más, quizás el abuelo.

Kacey no ha venido.

Me escabullo por un pasillo lateral para sumarme a la fila por detrás de un grupo de mujeres a las que conozco de trabajar en el 24. Son amigas de Paula, y también eran amigas de mi hermana.

Miro el teléfono, intentando parecer distraída, por si acaso se giran en mi dirección. Me imagino que la mayoría de ellas me reconocería, por mucho que hoy no lleve uniforme.

Están hablando en voz muy baja, pero, aun así, me llegan fragmentos de su conversación, alguna palabra ocasional que me indica sus puntos de vista.

—Ese cabrón —dice una.

—Ese cabrón —repite otra.

Al principio creo que están hablando de Fran Mulroney. Por lo menos están mirando en su dirección. Pero luego, la conversación cambia un poco. En un momento dado me llega claramente la palabra «poli». En otro, oigo «el tío que no debía». «Largarse». La mayor parte del tiempo no veo más que sus pescuezos, pero, de vez en cuando, una de ellas se gira hacia otra e inclina la cabeza para susurrar algo. Acierto a verle la cara y la expresión durante el giro de noventa grados.

De repente, una de ellas —que está al frente del grupo y se gira para escuchar algo que le está diciendo su amiga— me ve y se queda petrificada.

—Tía —le dice a su amiga—. Tía, cállate.

Las cuatro captan adónde está mirando y se giran en mi dirección. Yo mantengo la vista clavada en el teléfono, fingiendo que no me doy cuenta. Pero veo con el rabillo del ojo que todas me siguen mirando.

La mujer que tengo más cerca es bajita y de aspecto fuerte. Lleva vaqueros de color violeta. Me señala con el índice, casi tocándome el pecho, obligándome a levantar la vista.

—Pero qué puta jeta tienes viniendo aquí.

Lleva el pelo recogido en una coleta baja. Los pendientes casi le llegan al cuello de la camisa.

—¿Perdón?

—Debería darte vergüenza —me espeta otra mujer.

Las cuatro se me están acercando, amenazantes, con las manos en los bolsillos y proyectando el mentón hacia delante.

—Que te largues de aquí, coño —dice la mujer de los vaqueros violeta.

—No entiendo.

Suelta un soplido de burla.

—¿Qué eres?, ¿idiota?

Es una palabra que no me ha gustado nunca. Frunzo el ceño.

Ahora la mujer me chasquea los dedos en la cara.

—¿Hola? ¿Hola? Que te vayas. Largo.

Me llama la atención un movimiento repentino detrás de sus agresoras. Veo entrar a alguien en la iglesia, moviéndose en dirección contraria al público que sale.

Al principio no la reconozco.

Lleva el pelo castaño claro, lo más parecido a su color natural que le he visto desde que era niña. Tiene la tez pálida. Lleva gafas. Es la primera vez en la vida que la veo con gafas.

Kacey. Mi hermana.

Por muy sana que se la vea, también parece exhausta, llega tarde y le asoma la panza a través de la cremallera abierta de la chaqueta, por debajo de la cual lleva una camisa blanca y unos pantalones de chándal gris. Quizás sean los únicos pantalones que le caben ahora mismo. Empieza a abrirse paso por entre la fila para dar el pésame.

La mujer de los vaqueros violeta echa un vistazo a sus amigas y, sin decir palabra, dos de ellas se me acercan y me cogen por los codos.

—No abras la puta boca —me murmura una de ellas al oído—. Ten un poco de respeto. Estás en un funeral.

Pero me sale por instinto el entrenamiento policial y me giro con la bastante brusquedad como para provocar que una de ellas se caiga de cuatro patas al suelo. La otra me suelta.

—Oh, no —dice la que sigue de pie—. No me creo lo que acaba de hacer.

Levanto las manos.

—Escuchad —les digo—. Creo que ha habido un malentendido.

De pronto, Kacey está a mi lado.

—Eh. —Mira a las cuatro mujeres, no a mí—. Eh. ¿Qué está pasando?

—Esta zorra me acaba de poner las manos encima —dice la mujer que he derribado, olvidando, supongo, quién ha sido la primera en poner las manos encima de la otra.

Kacey se niega a mirarme.

—Lo siente mucho —se disculpa Kacey, refiriéndose a mí—. Mickey, pídeles perdón.

—No quiero. —Kacey me pega un fuerte codazo.

—Díselo, Mickey. Diles que lo sientes.

—Lo siento.

La mujer de los vaqueros violeta no me está mirando a los ojos, sino a la frente, como si yo tuviera un blanco pintado ahí.

Se gira hacia Kacey. Niega con la cabeza.

—Con todos los respetos hacia ti, Kacey. Con todos los respetos. Sé que es tu hermana. Pero deberías andarte con cuidado. No lo sabes todo de ella.

Kacey guarda silencio un segundo, nos mira alternativamente a la mujer y a mí, y, de golpe —como si se le hubiera activado una decisión en el cerebro—, le hace una peineta a la mujer y me pone la mano bruscamente en el hombro. Me saca de la iglesia y pasamos por delante de Fran y de su madre, que nos miran confundidos. De pronto me acuerdo de Kacey de niña, saliendo una y otra vez en mi defensa, esperando a que alguien me enfadara.

Un coro de abucheos nos sigue mientras salimos de la iglesia, bajamos las escalinatas y llegamos a la calle.

Desde dentro, la mujer le vuelve a gritar a Kacey:

—¡Ándate con cuidado!

Mi hermana se pasa un rato sin decirme nada. Camino hacia mi coche, aparcado a la vuelta de la esquina, y ella camina a mi lado, con la respiración pesada.

Yo tampoco sé qué decirle a ella.

—Kacey —digo por fin—. Gracias.

—No —contesta ella demasiado deprisa—. No hagas eso.

Ya estamos en el coche y me detengo, avergonzada y sin saber cómo proceder.

Me mira directamente a los ojos por primera vez.

—Papá dice que viniste buscándome.

—No —empiezo a decir. Estoy a punto de negarlo. «No te estaba buscando a ti». Pero lo que digo es—: Estaba preocupada.

Se cruza de brazos con gesto defensivo, por encima del vientre. No me contesta.

—Mickey —me pregunta por fin—. ¿De qué estaban hablando esas chicas?

—No tengo ni idea.

—¿Estás segura? ¿Hay algo que me quieras decir?

Trago saliva. Me acuerdo de Paula. De cómo traicioné la respuesta de Paula al pedirle que hiciera una declaración. «Ni de coña —me dijo—. Ganarme la puta enemistad de todos los polis de esta ciudad de mierda».

—No —dije—. Kacey, no sé de qué estaban hablando.

Asiente, escrutándome. Nos pasamos un rato muy largo calladas. Por la calle, pasa a toda pastilla una panda de chavales en motos de *cross* levantando las ruedas delanteras. Kacey no vuelve a hablar hasta que se ha pasado el ruido que hacían.

—Confío en ti.

Kacey no quiere que la lleve con el coche.

—He cogido el coche de papá. Me está esperando en casa.

Así que la acompaño a su coche y me despido de ella, en el arcén, sintiéndome tan cargada de culpa que me duele el estómago.

Es hora de recoger a Thomas en casa de Lauren Spright, en Northern Liberties. Lauren me invita a entrar. La casa en sí es grande y moderna, y está delante de un parque que solían frecuentar chicos malos cuando yo era pequeña. En los tiempos en que este vecindario todavía era nuestro.

La cocina, que parece construida para un programa de la cadena Food Network, está en la planta baja, en una sala grande y abierta con puerta de cristal corredera que da a un patio. Hay un árbol de Navidad fuera, un árbol de verdad, cubierto de luces blancas. Nunca había visto nada parecido: un árbol de Navidad en el patio de atrás de una casa. Me gusta.

—Los niños están arriba —dice Lauren—. ¿Qué te puedo ofrecer para beber? ¿Un café?

—Claro.

Todavía estoy agitada por lo sucedido en la misa de Paula. Sería agradable tener algo pequeño y caliente en las manos.

—¿Cómo ha ido el funeral?

Espero un momento para contestar.

—Ha sido extraño.

—¿Por qué?

Lauren está echando el agua caliente directamente encima del café molido en un cilindro alto de cristal. Luego le pone una tapa que tiene una especie de asa encima y lo deja reposar. Nunca he visto hacer café de esa manera. No hago preguntas.

—Es largo de contar —respondo.

—Tengo tiempo.

Se oye un estrépito procedente del piso de arriba, seguido de una pausa y de risillas apagadas.

—Quizás —matiza Lauren.

La examino. Resulta tentador contarle todo lo que sé a Lauren, a quien se le da bien escuchar y que parece tener una vida organizada y feliz. Lauren Spright y su gente parecen tenerlo todo muy claro. Hay una parte de mí que, cuando la mira, piensa: «Yo podría haber tenido esto». Podría haber tenido una carrera distinta, una casa distinta y una vida distinta. Cuando empezamos a salir juntos, Simon y yo solíamos hablar de construir una vida en común cuando su hijo Gabriel fuera mayor. Quiero contarle a Lauren todos los planes que tenía. Quiero que Lauren sepa que era buena estudiante. Quiero contarle la crónica de mi vida a ese recipiente abierto y cordial que es Lauren Spright, que tiene la cara ancha y bonita y acogedoramente dirigida a mí, y cuyo mismo nombre tiene un aire inocente y benéfico.

Pero no se lo cuento. Oigo la voz de Gee diciéndome al oído: «No puedes confiar en ellos». Nunca me dijo quiénes eran *ellos*, pero estoy segura de que incluían a Lauren Spright. Por mucho que se equivocara Gee sobre todo lo demás, hay una gran parte de mí, quizás toda yo, que todavía está de acuerdo con su punto de vista sobre este asunto.

Esa noche, después de poner a dormir a Thomas, me suena el teléfono.

Lo miro.

Dice: «Dan Fitzpatrick móvil». Cuando mi padre me dio su número, no tuve ánimos para guardarlo con el nombre «Papá». Demasiado cordial.

Contesto.

Al principio, mi padre no dice nada, y después oigo algo que reconozco como la respiración suave de otra persona.

—¿Kacey?

—Hola.

—¿Estás bien?

—Escucha —dice Kacey después de otra pausa—. Te voy a contar algo importante. Y es cosa tuya decidir si te lo crees o no.

—Muy bien.

—Sé que no siempre me has creído en el pasado.

Cierro los ojos.

—Hoy he estado haciendo preguntas —prosigue Kacey—. He llamado a amigas. He intentado averiguar qué está diciendo la gente de ti.

—Muy bien.

Espero.

—¿Estás con Truman Dawes? —pregunta mi hermana.

—¿Qué quieres decir?

Me resulta chocante oír su nombre así, tan de golpe. No he sabido de él desde mi torpe intento de besarlo. Por pura culpa y vergüenza, he estado intentando evitar pensar en él.

—Quiero decir, ahora mismo. ¿Está contigo? En el mismo coche. En la misma habitación.

—No. Estoy en casa.

Kacey no dice nada.

—¿Por qué? ¿Kacey?

—Creen que es él. Creen que ha matado a Paula y a las demás. Y creen que tú lo sabes.

Hasta la última parte de mí se rebela.

«No —pienso—. No puede ser verdad. No es posible». Mi comprensión fundamental de Truman no me permite creer lo que acabo de oír.

Abro y cierro la boca. Respiro.

Al otro lado de la línea, oigo respirar también a Kacey. Esperando mi respuesta. Midiendo, en mi larga pausa, la confianza que tengo en ella.

Me acuerdo de la última vez que dudé de ella; de cuando acepté la palabra de Simon por encima de la suya; de la tremenda equivocación que cometí. De las formas en que aquella única palabra, «no», afectó al rumbo de nuestras vidas.

Así que, en cambio, le digo:

—Gracias.

—¿Gracias?

—Por decírmelo.

Y cuelgo el teléfono.

Se me agita por dentro una disonancia nerviosa e incómoda. Mi fe en mis propios instintos entra en conflicto con mi fe en lo que ha dicho Kacey. La única solución, creo, consiste en convertir la afirmación de Kacey en una teoría que hay que demostrar —o refutar— con pruebas.

Bajo las escaleras y llamo a toda prisa a la puerta de la señora Mahon.

Cuando sale a abrir, ya tengo la chaqueta y el bolso en la mano.

—Ya sé —me dice, antes de que yo pueda abrir la boca—. Ve a hacer lo que necesites hacer. Yo me quedo arriba con Thomas. Si hace falta, dormiré ahí.

—Lo siento mucho. Lo siento mucho, señora Mahon. Le pagaré.

—Mickey. No me sentía tan útil desde que murió Patrick.

—De acuerdo. Gracias. Gracias.

Luego, avergonzada, le pido otro favor. Creo que no le he pedido tantas cosas a nadie en mi vida.

—¿Qué le parecería si nos intercambiáramos los coches? ¿Le importa si le cojo el suyo prestado de momento?

La señora Mahon ya se está riendo.

—Lo que te haga falta, Mickey. —Baja sus llaves del gancho de la entrada del que cuelgan y, a cambio, le entrego las mías.

—Tiene muy buena tracción, que lo sepas.

—Gracias —repito, y la señora Mahon hace un gesto con la mano para quitarle importancia.

A continuación, me acompaña al piso de arriba. Se sienta en el sofá y se saca un libro del bolso.

Voy al armario y estiro el brazo hasta el estante de arriba, hasta la caja fuerte donde tengo mi arma: una Glock propiedad del Departamento con empuñadura de cinco pulgadas. Hasta hoy, nunca había deseado tener un arma personal distinta. Hoy deseo tener algo más pequeño, más compacto, algo que pudiera llevar encima con facilidad sin que se viera.

En cambio, me voy a tener que poner el cinturón de servicio y enfundar en él la voluminosa pistola. Tengo una chaqueta lo bastante grande como para disimularlo todo, pero, aun así, me parece un engorro.

De vuelta en la sala de estar, la señora Mahon levanta la vista de su libro.

—Señora Mahon —le digo—, no abra la puerta a nadie.

—Nunca la abro.

—Ni siquiera a la policía.

De repente, la señora Mahon parece preocupada.

—¿Qué está pasando?

—Lo estoy intentando averiguar.

Salgo de nuestra entrada para coches tan deprisa que al Kia de la señora Mahon le chirrían los neumáticos. Es verdad que tiene buena tracción. Me tengo que recordar a mí misma que no estoy de servicio ni yendo en coche patrulla. Lo último que necesito es que me pare la policía. Freno hasta adoptar una velocidad más razonable.

A estas horas de la noche, y pasándome un poco del límite de velocidad, solo tardo media hora en ir a la casa de Truman en Mount Airy.

Aparco en su calle, a media manzana de su casa, y salgo sin hacer ruido del coche.

Son las once de la noche. La mayoría de las casas están a oscuras. La de Truman todavía tiene luz dentro, sin embargo, y desde la calle veo sus estanterías y los muchos libros que contienen. No veo a Truman. Camino sin que me vea nadie hasta su porche.

Ahora de puntillas, subo los escalones del porche y miro por una ventana. Tanto Truman como su madre están en la sala de estar con la luz encendida. Truman está leyendo, y su madre, dormitando en el sillón.

Lo miro fijamente. Parece muy interesado en lo que está leyendo, pero no alcanzo a ver qué es. Está tumbado bocabajo en el sofá, descalzo, rascándose un pie con el otro.

Le dice algo a su madre que no puedo oír. Quizás «Vete a la cama, mamá. Despierta, hora de irte a la cama».

Luego, su mirada va de su madre a la ventana. Por un segundo parece que me esté mirando fijamente. Me tiro al suelo. Me quedo allí acurrucada, con la espalda pegada a la pared de la casa. Pero la puerta de entrada no se abre y, por fin, se me ralentiza la respiración.

Al cabo de un momento, vuelvo a bajar los escalones del porche, encogida. Me dirijo al coche de la señora Mahon. Entro en él.

Desde esa atalaya, vigilo la casa.

Pasan cinco minutos. Diez. Por fin, Truman se levanta del sofá. Aparece en la ventana su silueta proyectada por la lámpara que tiene detrás. Cruza la sala. Veo que sigue teniendo una muy ligera cojera.

Es entonces cuando se me asienta en el estómago el primer asomo de duda. Y se me ocurre preguntarme lo que quizás debería haberme estado preguntando desde el principio. ¿Acaso el ataque que obligó a Truman a cogerse la baja fue arbitrario, como él ha hecho creer a todo el mundo?

¿O bien a su asaltante lo motivaba otra cosa?

Se me ocurren más preguntas, una detrás de otra.

¿Acaso me contó la verdad sobre sus visitas a Dock? Fue en su busca dos veces, y ambas me hizo la crónica posterior de la jornada. Pero, de hecho, no tengo prueba alguna de que ninguna de aquellas visitas realmente tuviera lugar.

¿Acaso algo fue verdad?

De golpe, se apagan las luces de la casa de Truman.

Es entonces cuando me viene una última idea a la cabeza, febril. Una idea que no puedo quitarme de encima. Truman fue el primero que me sugirió que quizás el culpable fuera Simon. Plantados en la otra punta de su casa, en el jardín, me pidió que diera aquel salto de fe con él. Y luego me dejó en la estacada cuando Mike DiPaolo me dijo que estaba loca.

Está empezando a hacer frío. Me veo el aliento. De vez en cuando enciendo el motor, pongo la calefacción y lo vuelvo a apagar. Enciendo la radio.

Mi meta: permanecer despierta hasta que Truman Dawes salga de casa. Y luego seguirlo, igual que seguí a Simon cuando Truman me lo pidió.

A las 7:30 me despierto con un sobresalto. Estoy helada. Tengo tanto frío que no siento los dedos de las manos ni de los pies. Me froto las manos vigorosamente, obligo a mis articulaciones agarrotadas a moverse. Hago girar la llave en el contacto y dejo el motor un rato encendido, esperando a que se caliente.

Me alegro de ver que el coche de Truman sigue frente a su casa.

Lentamente, me vuelve la sangre a las manos y los pies con un hormigueo. El coche ya está lo bastante caliente como para poner la calefacción. Lo hago.

Miro el teléfono. No hay ni mensajes ni llamadas.

Sé que pronto tendré hambre, y también necesito usar el baño. Miro la casa de Truman con expresión calculadora. Hay un Wawa a cinco minutos de aquí. Si me voy, me arriesgo a perderlo, pero es posible que me espere una larga jornada. Dudo que pueda aguantarme las ganas.

Arranco de forma impulsiva y pongo rumbo al supermercado, todavía pasándome un poco de la velocidad permitida.

Cuando vuelvo a la calle de Truman, un poco antes de las ocho —tras aliviar la vejiga y obtener agua, café y desayu no—, me encuentro con que su coche está saliendo marcha atrás de su propiedad. Me voy al arcén, nerviosa ante la posibilidad de que me pase al lado y me vea dentro del coche. Pero se va en la dirección contraria, y al cabo de unos segundos, vuelvo a salir y me pongo a seguirlo.

El Kia de la señora Mahon es un sedán blanco fácil de olvidar y sin nada que le resulte familiar a Truman. Vuelvo a desear tener formación de agente encubierta. Sin ella, hago lo posible para conducir de forma instintiva: lo sigo a la distancia de un par de coches, rezando por encontrarme los semáforos en los mismos colores que él. Una vez me paso uno en rojo para no perderlo. Un conductor cercano me toca la bocina con incredulidad y me hace una peineta. «Perdón», articulo en silencio.

Truman sigue por la avenida Germantown en dirección sudeste durante varias millas. «Todas las carreteras llevan a Kensington», pienso. Sé adónde estamos yendo, y no me sorprende, pero me está creciendo por dentro una sensación de miedo.

No quiero saber la verdad.

No hace ninguna parada. Conduce despacio, paseando, sin prisa. Necesito toda mi fuerza de voluntad para hacer lo mismo, para evitar adelantarlo. Truman solía burlarse de mí por ser una loca al volante, por conducir temerariamente cuando íbamos juntos en el coche.

Cuando llega a Allegheny, gira a la izquierda. Yo también. Sigue por Allegheny hacia el este y aparca de repente justo antes de la avenida Kensington.

Lo adelanto y aparco un poco más adelante. Ahora lo veo por el retrovisor del medio, y luego por los dos laterales, sin girarme.

Sale de su coche.

Camina despacio, quizás por culpa de la rodilla. Dobla la esquina para coger Kensington.

Solo cuando ya no lo puedo ver, salgo de un salto del coche de la señora Mahon y echo a correr hacia la Avenida. No lo quiero perder de vista.

Me alivia ver la espalda de Truman cuando doblo la misma esquina que él, pero ahora lo estoy siguiendo demasiado de cerca. Mi chaqueta tiene capucha, así que me la calo sobre la cabeza y me apoyo un momento en una pared, intentando poner un poco de distancia entre nosotros sin despertar sospechas. Seguramente no lo estoy consiguiendo.

Echo un vistazo a Truman con el rabillo del ojo mientras se aleja lentamente. A unos treinta metros de mí, gira a la izquierda y abre la puerta de una tienda. Antes de entrar, echa un vistazo a un lado y al otro y desaparece de mi vista. Y por fin me doy cuenta de dónde estamos, de adónde está yendo Truman.

El escaparate de la tienda del señor Wright no ha cambiado en absoluto desde la primera vez que entramos. El letrerito que dice «SUMINISTROS» sigue caído de lado. Están las mismas muñecas de plástico observándome con ojos sin vida, las mismas bandejas polvorientas, cuencos y cubertería dispuestos de la misma manera en el mismo expositor. De hecho, el escaparate está tan abarrotado que no puedo ver el interior de la puerta, y por eso me quedo plantada fuera sin saber qué hacer.

Si lo sigo al interior, quizás estaré mostrando mi mano antes de tiempo. Le estaré dando la oportunidad de inventarse alguna excusa para explicar por qué está en Kensington.

Si espero a que salga, me arriesgo a perder información importante, a no ver alguna transacción de la que debería estar al corriente.

Hago un trato conmigo misma: voy a esperar diez minutos. Si dentro de diez minutos no ha vuelto a salir, me digo que entraré.

Me posiciono a diez metros de la puerta de la tienda y compruebo la hora en el móvil. Me lo vuelvo a guardar en el bolsillo. Empiezo a contar.

No ha pasado ni la mitad del tiempo que había acordado conmigo misma cuando sale Truman. Ahora va arrastrando algo tras de sí.

Es una maleta grande y negra con ruedas.

Por la forma en que va maniobrando, parece que lleva algo pesado dentro.

Camina en dirección sur por la Avenida y me pongo a seguirlo otra vez. Esta vez, gira a la izquierda por Cambria y camina cincuenta o cien metros más antes de meterse por un callejón que creo que no me he encontrado nunca. No hay transeúntes en estas callecitas, y temo que Truman vaya a girar en cualquier momento y verme a treinta metros por detrás de él. Intento caminar sin hacer ruido. Intento flotar para que no oiga mis pasos.

Cuando llego al callejón por el que ha girado Truman, no lo veo. Pero sí que oigo algo: un portazo.

Solo tengo delante seis estructuras, y dos de ellas son ruinas expuestas a la intemperie y sin tejado. Las otras cuatro me parecen casas abandonadas pero intactas.

Me acerco al costado de una de ellas, lista para meterme corriendo en un solar vacío si sale alguien. Me quedo un rato escuchando, intentando oír cualquier otro ruido que pueda delatar la ubicación de Truman. Pero lo único que oigo es mi propia respiración, el latido de la sangre cuando me pasa por los oídos. Más allá, el tráfico de la avenida. El traqueteo del Ele sobre las vías.

Avanzo. Me voy asomando por las ventanas entabladas de cada casa, una tras otra. Por las de los dos primeros edificios de mi izquierda no veo nada. Cuando echo un vistazo por entre dos tablones que bloquean una ventana de la tercera casa, diviso cierto movimiento, una figura oscura que cruza la sala.

Me pongo las manos a modo de visera, intentando oscurecer el mundo de fuera para ver mejor lo que está pasando.

Dentro, todo está quieto.

Luego oigo una voz. La voz susurrante de Truman.

No puedo oír exactamente lo que está diciendo, pero sí veo que está hablando con alguien que está en el suelo. Truman se agacha, y entonces ya no puedo ver ni lo que está haciendo ni a él.

Pienso en Kacey. En todo lo que soportó durante una década en estas calles. Me acuerdo de Paula. Antes de poder arrepentirme, desenfundo el arma y abro de un empujón la puerta de la casa.

Entro lentamente y de costado por la puerta, intentando ser un blanco más pequeño, tal como me han enseñado.

Mi vista, como de costumbre, tarda un momento en acostumbrarse al interior a oscuras de la casa. Una figura, Truman, levanta la cabeza de golpe.

—No te muevas —le digo, apuntándole con la pistola al pecho—. No te muevas. Manos arriba.

Me obedece. Su silueta levanta las manos.

Miro a mi alrededor frenéticamente. Hay una segunda persona en la sala. A oscuras no le puedo ver ningún rasgo que lo identifique. Está tumbada en el suelo, entre las piernas de Truman.

La maleta de Truman está cerrada y tirada en el suelo a su lado.

Lo sigo encañonando con la pistola.

—¿Qué hay en el suelo?

—Mickey.

—¿Quién es? ¿Está herida? Dímelo.

Pero oigo que mi voz se debilita y pierde autoridad.

Truman habla por fin.

—¿Qué cojones estás haciendo aquí? —dice en voz baja.

—Solo estoy… —contesto, pero vacilo y por fin descubro que no puedo terminar.

—Guarda el arma, Mickey.

Hago un gesto con la Glock hacia la maleta.

—¿Qué hay ahí dentro?

—Te lo enseño. La abro y te lo enseño.

La mujer que está a sus pies no se ha movido para nada.

Truman se agacha junto a la maleta.

—Voy a sacar mi teléfono, ¿de acuerdo?

Se mete la mano lentamente en el bolsillo de la pechera y se lo saca. Enfoca la maleta con la linterna del teléfono y abre la cremallera. Abre la tapa.

Al principio no veo lo que hay dentro. Doy dos pasos adelante para mirar el interior. Lo que veo son sudaderas, guantes, gorros y calcetines de lana. Calentadores de manos y de pies, de esos químicos que duran ocho o diez horas. Barritas energéticas. Barritas de chocolate. Botellas de agua. Y metidas en la redecilla con cremallera del interior de la tapa de la maleta, una docena aproximada de dosis de Narcan en espray nasal.

—No entiendo —confieso.

Con el rabillo del ojo, veo moverse un poco a la figura del suelo. Me echo hacia atrás y la apunto con el arma un momento antes de volverla una vez más hacia Truman.

—Todavía está consciente, pero no podemos esperar mucho más para ayudarlo.

—¿Cómo que *ayudarlo*? ¿No es una mujer?

Truman ilumina la figura con el teléfono. Y, de golpe, veo mi equivocación.

—¿Quién es?

—Se llama Carter, creo. Por lo menos, es el nombre que me dio.

Lentamente, y con una sensación incipiente de vergüenza, camino hacia la persona que hay en el suelo. No es una mujer. Es un chico, un chaval joven de unos dieciséis años, la misma edad que tenía Kacey la primera vez que la vi en este estado. Es flaco, afroamericano. Va vestido un poco como de punk, con delineador de ojos, esforzándose para parecer mayor de lo que es. Lo traiciona la liviandad infantil de su cuerpo.

Se ha vuelto a quedar completamente quieto.

—Oh, no.

Truman no dice nada.

—Oh, no —repito.

—¿Quieres darle una dosis o se la doy yo? —pregunta Truman en tono inexpresivo, señalando con un gesto el Narcan que lleva en la maleta.

Más tarde, en la calle, esperamos juntos a que llegue la ambulancia.

Hemos revivido a la víctima, Carter, y lo tenemos sentado en el suelo, llorando desconsolado.

—No necesito ambulancia —está berreando inútilmente—. Me tengo que ir.

Las mangas le llegan a los dedos. Se las está agarrando ahí. Intento ponerle una mano en el hombro y él se la sacude de encima.

—Quédate ahí sentado —le ordena Truman en tono seco, y el chico le hace caso, por fin resignado.

Truman se va a un lado, sin mirarme.

Intento hablar varias veces y me planteo la mejor manera de disculparme. Por lo de hoy. Por lo que pasó en el Duke's. Y en general. Pero estoy en blanco.

—¿Qué estás haciendo aquí? —le digo por fin.

Truman me mira un momento largo antes de contestar, como si estuviera decidiendo si me merezco una explicación.

Por fin, habla. Lleva una temporada haciendo de voluntario con el señor Wright, me cuenta. Todos los días que puede ir a Kensington, pasa por la tienda del señor Wright, recoge una maleta que el señor Wright le ha llenado de suministros y se pone a deambular por el barrio, haciendo lo que puede para ayudar. Le da comida y suministros a la gente. Administra Narcan cuando hace falta. Es algo que el señor Wright lleva una década haciendo, desde que murieron sus hijos. Pero ahora se está haciendo mayor, le cuesta más moverse, y alguien tiene que recoger el testigo.

—Es muy amable de tu parte —alabo inútilmente. Con voz débil. Pero se me cae el alma a los pies. «Discúlpate —pienso—. Discúlpate, Mickey».

Pero me ha venido a la cabeza una idea nueva que me está distrayendo.

—El ataque —señalo con algo parecido a la tristeza—. El hombre que te atacó.

—¿Qué pasa con él?

—No fue al azar. ¿Verdad?

Truman contempla la calle.

—A la gente no le gusta que ande mangoneando por aquí.

—¿Lo conocías?

—Lo había separado de su novia un par de días antes. Lo había encontrado matándola a golpes. Lo había separado de ella.

—¿Por qué no me dijiste nada?

Me mira con impaciencia.

—¿Cómo iba a explicar lo que estaba haciendo en un *abando* fuera de horas de servicio? Ni a ti ni a nadie.

No tengo ninguna buena respuesta.

Aparto la vista.

—¿Y bien? —dice Truman por fin.

—¿Y bien qué?

—Te toca a ti. —Su boca es una línea. No hay calidez en su voz.

—Te estaba siguiendo.

Me siento impotente y resignada. Ahora mismo ya no tengo capacidad para decirle nada que no sea la verdad. Tengo la vista clavada en las grietas del pavimento, en las pequeñas hierbas y guijarros que han conseguido meterse en los resquicios.

—¿Por qué? —musita.

Suspiro.

—Porque dicen que has sido tú.

—¿Quiénes?

—Las amigas de Kacey.

Truman asiente.

—Y las has creído.

—No.

Truman se ríe, pero su tono es duro.

—Ajá. Y, sin embargo, aquí estamos.

No digo nada. Me quedo mirando el suelo un momento más.

—Ha sido una coincidencia desafortunada —empiezo a decir, pero Truman me interrumpe.

—¿Por qué hablas así? Mickey, ¿por qué hablas así?

Es una pregunta interesante, de hecho. Lo pienso un momento. La señora Powell solía decirnos que la gente nos juzgaría basándose en nuestra gramática. «No es justo —nos decía—, pero es así. Vuestra gramática y vuestro acento. Haceos la pregunta: ¿cómo queréis que os vea el mundo?».

—Tuve una profesora...

—La señora Powell, la señora Powell, lo sé —me interrumpe—. Mickey, tienes treinta y tres años.

—¿Y qué?

No me contesta.

—¿Y qué? —repito, levantando la cabeza. Solo entonces veo que Truman ya no está a mi lado. Miro a mi derecha y solo le veo la espalda y un talón levantado mientras desaparece doblando un recodo al final de la manzana.

De pronto me doy cuenta de cuánto rato llevo sin mirar el teléfono. Cuando lo hago, veo que tengo tres llamadas perdidas.

Todas son del teléfono fijo de mi casa.

También tengo un mensaje de voz.

No lo escucho. Llamo a la casa.

—Soy Mickey. ¿Está usted bien, señora Mahon? ¿Está bien Thomas?

—Oh, a ver, todo va bien. Lo único es que parece que Thomas ha cogido algo.

—¿Qué tiene?

—Bueno. Por desgracia, ha estado vomitando.

—Oh, no. Señora Mahon, lo siento mucho.

—No te preocupes. He podido usar mi título de enfermera. Ya parece que se encuentra un poco mejor. Está comiendo galletas. Quizás te convenga comprar algo que hidrate de camino a casa.

—Llego a casa en cuarenta y cinco minutos.

De camino a casa, llamo a mi padre.

—Necesito hablar con Kacey.

Al cabo de un segundo, mi hermana coge el teléfono.

—Un momento —dice. Oigo sus pasos de fondo mientras va caminando hasta otra parte. En busca de privacidad, seguramente. Se cierra una puerta—. Adelante.

Le hago un sumario rápido de mi jornada.

—De verdad no creo que pueda ser Truman —concluyo—. No importa lo que digan tus amigas.

Kacey piensa esto un momento.

—¿Por qué iban a mentir? ¿Por qué iban a mentir sobre algo así? No tiene sentido. En el barrio todo el mundo piensa lo mismo.

Me está empezando a venir algo a la cabeza.

Esa vieja sensación. Como sostener en alto una pieza de puzle que sé que va a encajar con exactitud.

—Kacey. Kacey. ¿Qué dijeron exactamente?

—Dios, Mick, no lo sé.

—Por favor, intenta acordarte. ¿Recuerdas algo?

Kacey suelta el aire.

—Algo así como… Algo así como: «En Kensington todo el mundo sabe lo del compañero de tu hermana. ¿Te crees que tu hermana no lo sabe también?».

Me quedo callada.

—¿Qué? —se impacienta Kacey.

—Truman no es mi compañero desde la primavera pasada.

—Ah, ¿no? ¿Pues quién?

Contra todo pronóstico, ahora la enorme cantidad de información que tengo de Eddie Lafferty me parece una bendición.

Solo fuimos compañeros durante un mes, y me pasé la mayor parte de ese tiempo escuchando cómo hablaba de sí mismo, largo y tendido, desde el asiento del copiloto.

Pero últimamente no he sabido nada de él.

Después de pedirle a Ahearn que dejara de ponernos juntos, por lo general lo he estado evitando. Y desde mi suspensión todavía me he quedado más desconectada.

La persona con la que más quiero hablar de esto en el mundo es Truman. Por desgracia, ahora mismo no me parece que sea una opción.

Lo que hago es darle a Kacey el nombre de Lafferty, y ella se queda callada un momento largo.

—Me suena. Me da la sensación de haber oído antes el nombre. Dame un segundo, dame solo un segundo.

Pero cuando contesto, me doy cuenta de que ya me ha colgado.

En casa, Thomas está acostado en el sofá con un vaso de agua en la mesa que tiene delante. Está viendo un programa de televisión que le gusta. Se lo ve pálido, pero, aparte de eso, está bien.

—He vomitado —me anuncia.

—Eso he oído.

Le pongo una mano en la frente para ver si tiene fiebre. Está bien.

—¿Cuántas veces? —le pregunto.

Levanta una mano con gesto dramático y los cinco dedos extendidos. Luego levanta también la otra mano. Diez.

Desde la otra punta de la sala, la señora Mahon niega con la cabeza con sutileza.

—Ya se encuentra mejor —afirma—. ¿Verdad, Thomas?

—No —contesta él.

Me está mirando, preocupado.

—Todavía me encuentro mal.

La señora Mahon abre la boca. La cierra. Luego me hace una señal con la cabeza en dirección a la parte de atrás del apartamento.

La sigo.

En mi dormitorio, la señora Mahon cierra suavemente la puerta.

—Odio entrometerme —dice—. Pero no sé de qué otra manera decirlo. Creo que Thomas está preocupado por ti.

—¿Qué quiere decir?

La señora Mahon vacila.

—Creo que está bien. Sí que ha vomitado, una vez, a primera hora de la mañana. Pero desde entonces creo que ha estado fingiendo. Entra corriendo en el cuarto de baño, hace correr el agua, hace un ruido y tira de la cadena. Luego sale diciendo que se encuentra mal. Me he dado cuenta después de un par de veces. Creo que quizás solo necesite atención.

—Pero si he estado en casa con él toda la semana. Toda la semana hasta ayer.

—Los niños son muy perceptivos. Se da cuenta de que tienes algún problema, creo. Quizás crea que estás en peligro.

—Ja.

—Se le pasará. Es buen chico. Muy educado.

—Gracias.

La señora Mahon sonríe.

—Bueno, yo me marcho. Os dejo con vuestras cosas.

—Gracias —repito.

Hago lo que me ha indicado. Me paso el día con Thomas, acurrucados en el sofá. Se apoltrona contra mí, agradecido. Sigo esperando a que Kacey me llame de vuelta. Pero su llamada no llega.

Cuando llega la hora de acostarse y se queda dormido encima de mí, lo sigo abrazando. Como si estuviera aplicando presión a una herida. Impidiendo que se le escape la sangre. El cuerpecito se le ablanda y se le relaja. No lo suelto. Debería estar investigando a Lafferty. Debería estar llamando a alguien. «Debería estar haciendo mi trabajo», pienso. Pero lo que hago es abrazar a mi hijo y contemplar el milagro de su cara, que es una versión en miniatura de la de Kacey, una constelación de tejidos perfectamente organizados.

—No te vayas a ninguna parte —me dice de pronto, despertándose con un sobresalto.

—No me voy. Te lo prometo.

A las nueve en punto de la mañana, oigo con claridad el ruido de un coche parando delante de casa. No creo que la señora Mahon haya salido de su casa desde que bajó de la mía, y ciertamente no estoy esperando a nadie.

Con suavidad, intentando no despertar a Thomas, me escabullo de debajo de él y me pongo de pie.

Apago todas las luces de mi apartamento. Solo dejo la de fuera, para ver mejor a quien se pueda acercar. Paso la cadenilla de la puerta.

Luego miro a Thomas, que duerme profundamente en el sofá. No me gusta tenerlo tan cerca de la puerta de entrada. Lo cojo en brazos de golpe, lo llevo a su dormitorio y lo meto en la cama.

Lo quiero fuera de la vista.

De vuelta en mi sala de estar a oscuras, me quedo muy quieta, escuchando. Al cabo de un momento, oigo unos pasos que suben despacio mis escaleras de madera. El visitante se detiene al otro lado de mi puerta. No llama.

Me gustaría llevar todavía mi arma encima. Me planteo volver al armario de las sábanas y sacarla de la caja fuerte.

Pero lo que hago es ir gateando hasta la puerta de entrada y ponerme de rodillas al lado. Levanto la cabeza hasta la ventana y muevo la parte de abajo del visillo apenas medio centímetro

Es Kacey.

Me pongo de pie y descorro el pestillo. Abro un poco la puerta. El aire frío de fuera me golpea en la cara.

—¿Qué estás haciendo aquí? —le susurro.

—Tengo que enseñarte una cosa. No puede esperar.

Me hago a un lado incómodamente, enciendo las luces y la dejo entrar en el apartamento. Mira a su alrededor, evaluándolo.

—Qué bonito —comenta, amable.

—Sí, bueno.

Me quedo callada. Ella también.

—¿Cómo has encontrado mi casa? —le pregunto.

—Me ha dado la dirección papá.

La miro.

—¿Le has contado lo que está pasando?

Asiente con expresión seria.

—Se lo he contado todo. Es la única forma que conozco de evitar una recaída: sinceridad total. Si no, me pongo a contar mentiras pequeñas, y de ahí… —Su voz se apaga. Imita la forma de un avión con la mano y hace ver que cae en picado—. De hecho, ¿lo puedo llamar? Le prometí que lo llamaría cuando llegara.

En cuanto termina, se gira hacia mí y me dice:

—¿Tienes un portátil?

En mi dormitorio, nos sentamos una junto a la otra en la cama. Kacey es la que tiene el ordenador.

Navega con pericia. Abre Facebook e introduce como término de búsqueda «Edward Lafferty».

Antes de que yo se lo pueda señalar, Kacey toca con un dedo la cara de la pantalla.

—Es él —sentencia.

No es una pregunta.

Asiento. Es él.

—Es amigo de Connor. Lo he conocido.

Connor. Tardo un segundo en procesarlo.

—¿De Dock? —digo sin pensar.

—¿Cómo conoces ese nombre?

—Porque te estaba buscando y me encontré con él. Por desgracia.

Kacey dice que sí con la cabeza.

—Sí. Sí, es un tipo duro.

—¿*Duro*? No sé si es la palabra.

Kacey da un respingo, se incorpora en la cama y se pone las manos en la barriga.

—Oh —murmura.

—¿Qué pasa?

—La niña me ha dado una patada.

—La niña —repito.

Kacey se encoge de hombros. Parece que se arrepiente de haberlo dicho. Se vuelve a abrazar el vientre. Protegiéndolo.

—Quizás debería empezar por el principio —dice.

—El verano pasado —me cuenta Kacey— empecé a salir con un tío. Connor. Así se llamaba. La gente lo llama Dock, pero yo nunca lo llamé así. Era el primer novio que tenía en mucho tiempo. Venía de buena familia. Nunca la conocí, pero él me contaba historias sobre ellos. Me decía que los echaba de menos. «Nos vamos a desintoxicar juntos», me decía, y yo también quería.

»Por supuesto, no pasó nunca. Nos desintoxicábamos juntos y luego uno de los dos recaía, él o yo, y hundía al otro.

»Nadie quiere estar solo, es el problema. Da igual que estés consumiendo o no, da igual cuál de los dos seas: quieres que la persona que amas también esté ahí contigo. Así que siempre acabábamos cayendo.

»En septiembre me di cuenta de que hacía tiempo que no me venía la regla. No sé cuánto, porque no llevaba la cuenta de esas cosas. Intenté usar condones hasta que me junté con Connor, y entonces nos descuidamos, ya sabes. Pasa. Así que, de pronto, caí en que hacía tiempo que no me bajaba, fui a la clínica gratuita y me hice una prueba de embarazo. Me hicieron la ecografía allí mismo. Y había una forma dentro de mí, la pude ver en la pantalla. Era la segunda vez en mi vida que veía algo así.

»—Es tu bebé —me dijeron.

Kacey se echa a llorar. Se seca la nariz con la manga. Se mete el pelo por detrás de las orejas con las dos manos, igual que hacía de niña. Siento el impulso repentino de reconfortarla. No lo hago.

—Me dijeron que estaba de once semanas —continúa—. Eso fue en septiembre. Me preguntaron si había estado bebiendo o consumiendo sustancias. Les conté la verdad. Les dije que sí, que había estado tomando heroína y que había estado tomando pastillas. Sí a todo.

»De manera que la enfermera, una enfermera superamable, me dijo que me iba a mandar a una clínica de metadona, que la estrategia recomendada era pasarse a la metadona, porque, si dejaba la droga de golpe, podía tener un efecto muy negativo en el bebé. Ya sabes. Lo había oído antes. Tengo amigas en la Avenida que se han quedado embarazadas mientras consumían, así que no me venía de nuevo. Pero, aun así, me sentía…, me sentía fatal, Mick, porque, si me quedaba embarazada otra vez, lo quería hacer bien. Es algo de lo que Connor y yo solíamos hablar a veces: de tener un bebé después de desintoxicarnos. Era un pensamiento bonito. Pero no quería que me quitaran a otro bebé. —Kacey me mira—. Sabía que me mataría.

Le di la noticia a Connor. Se puso muy muy contento. Empecé a ir a la clínica y él me acompañaba. Por primera vez, estábamos los dos muy motivados.

»Me pasé dos semanas yendo a la clínica todos los días. Y Connor también. Encontramos un sitio decente donde quedarnos, una casa abandonada pero limpia, y lo bastante caliente como para que no fuera un problema dormir allí por las noches. Sabíamos que tendríamos que encontrar algo mejor cuando refrescara, pero, de momento, estábamos contentos.

»Un día fui a la clínica a nuestra hora de costumbre. Connor tenía que encontrarse conmigo allí, pero no estaba. Así que cogí mi dosis, volví adonde estábamos viviendo y me lo encontré colocado.

»Fue entonces cuando supe que tenía que cambiar. Recé. No soy religiosa, pero aquella noche le recé a Dios para que me ayudara.

Al día siguiente, apareció papá en la puerta. Como una señal. O una respuesta. Qué locura, ¿no? Connor había salido. Papá me ofreció llevarme a Wilmington en aquel mismo momento, sin hacer preguntas, pero yo no le podía hacer aquello a Connor. Era el mejor tipo que había conocido nunca. Sé que crees que estoy loca, pero por entonces me parecía verdad.

»Le dije a papá que necesitaba un día. Solo un día. Le dije que volviera a buscarme al día siguiente y que estaría lista. Me di cuenta de que no me creía.

Connor volvió de donde fuera que estuviera. Esperé a que estuviera lo bastante despierto como para hablar conmigo y le dije que me marchaba una temporada, que necesitaba dejarlo para poder ponerme mejor, desintoxicarme por el bien del bebé. No le dije adónde me iba. No se lo tomó bien. Tuvimos una pelea terrible. Me pegó, me estranguló y me dijo que me iba a matar. Me empujó tan fuerte que me rompí la muñeca.

»Me fui. Aquella noche dormí en un parque, y la noche siguiente también. No me encontré con papá.

»Me salté dos dosis. Me daba demasiada vergüenza aparecer en la clínica toda hecha polvo. Te interrogan y te hacen hablar con una asistente social.

»Me empezaron a venir temblores. Me encontraba mal. Sabía que estaba con el mono. Así que pensé: «Si puedo encontrar sucedáneos en la calle, me puedo tratar yo sola e ir quitándome lentamente».

Hace una pausa larga. Está mirando el suelo. Se pasa tanto rato callada que me pregunto si se ha dormido. Luego vuelve a empezar.

—Recaí de cabeza. De cabeza, como si nunca lo hubiera dejado. Estaba durmiendo a la intemperie todo el tiempo, en la calle, colocada sin parar, cogiendo clientes en la Avenida. Al cabo de unos días, me harté y recobré el juicio.

Se vuelve a quedar callada.

—¿Qué hiciste? —le pregunto—. ¿Adónde fuiste?

—Nunca perdí el contacto con Ashley. Creo que lo sabes. Siempre está preguntando por mí, siempre comprueba que estoy bien. A veces, hasta me da dinero. Así que la encontré. Me presenté en su casa y me acogió.

Niego con la cabeza, incrédula.

—¿Ashley estaba al corriente? —digo—. ¿Te veía? ¿Sabía que estabas viva? ¿Y no me lo dijo?

Pero Kacey frunce el ceño.

—Es culpa mía. Se lo hice jurar. Le dije que la única persona a la que no se lo podía decir era a ti.

—Así que ella también me mintió.

—Me salvó, Mickey. Me dio comida y una ducha. Me dio una cama en su casa. Ella o Ron me llevaban dos veces al día a la clínica de metadona. Cuidaban de mí. Ashley me hablaba todo el tiempo del embarazo, me despertó la ilusión de conocer al bebé.

»Sabes que se ha vuelto religiosa y que va a la iglesia, tanto ella como Ron. Están criando a sus hijos en la iglesia. Y me apoyaba mucho, me llevaba con ella a misa los domingos. Hasta me daban trabajos allí, cosas como limpiar el sótano y los cuartos de baño. Me pagaban con comida que yo me llevaba a casa de Ashley. Todo el mundo era amable. Me sentía realmente en casa. Todo el mundo allí también sabía lo del bebé, y siempre me decían que estaban orgullosos de mí y que estaba haciendo lo correcto. Sentí que me respetaban. Era agradable estar allí, en la iglesia. Me sentía casi una heroína para ellos.

»Pero tenía miedo, Mick. Todas las noches, cuando me iba a dormir, pensaba en el bebé y en lo que le había hecho ya. Me daba miedo haberle hecho daño. Estaba avergonzada. Me odiaba a mí misma. Con cada dosis de metadona que tomaba, me odiaba más. Sé cómo es pasar el mono. Llevo quince años sabiéndolo y ya soy adulta.

Respira entrecortadamente.

—Pensaba en Thomas. No podía dejar de pensar en Thomas.

Es la primera vez, que yo recuerde, que Kacey usa el nombre que le puse al niño.

Ahora está llorando más fuerte, con la voz rota y aguda. Me quedo mirando a mi hermana, sin moverme.

Por fin, Kacey se calma un poco. Y continúa.

—A principios de noviembre fue la fiesta de cumpleaños de la tía Lynn.

—No me digas que estabas allí.

Kacey parece confundida. Frunce el ceño.
　—¿Por qué?

—Los vi dos semanas después —le digo—. En Acción de Gracias. Todos sabían que te estaba buscando. Todos los O'Brien lo sabían. ¿Por qué me mintieron?

Kacey respira hondo. Está midiendo sus palabras, decidiendo si me dice algo o no. Todavía le sé leer la cara.

—Escucha —me dice—. Es que no confían en ti.

Suelto una risa áspera.

—¿En mí? ¿Es *en mí* en quien no confían? Es lo más absurdo que he oído nunca.

—Nunca vas a casa de nadie. Eres policía. Y... —empieza a decir, pero se detiene. Refrena el puñetazo.

—¿Y qué? —le insisto—. Dilo.

—Y todo el mundo sabe que te quedaste con Thomas.

Me río.
    —¿Eso es lo que dicen?

—Es la verdad. Sean cuales sean las circunstancias. Saben que te quedaste con Thomas.

Me acuerdo de las expresiones de sus caras aquel día en casa de Ashley. De las caras de todos los O'Brien. Furtivas y formales y poco naturales. Tensas cuando me acercaba a ellos. Todos estaban al corriente del paradero de Kacey. Ninguno me dijo nada. Una lenta sensación de humillación se me propaga desde el centro del pecho hacia fuera. Una sensación que reconozco de la infancia, tan poderosa que casi me hace llorar. La misma sensación que siempre me ha producido estar con los O'Brien. La sensación de ser alguien de fuera, un bebé encontrado, alguien que no tiene lugar allí.
    Me pongo de pie de golpe y camino hasta el final de la sala. Evito mirar a mi hermana.

—Yo también soy su familia —digo por fin.

Oigo respirar a Kacey. Se está planteando qué decir a continuación. Cuando habla, lo hace con voz delicada.

—No creo que ninguno de ellos supiera que te importaba.

Carraspeo. «Ya basta de esto —pienso—. Ya basta».

—¿Estaba Bobby?

—¿Dónde?

—En la fiesta de Lynn.

Me giro para mirarla. Asiente.

—Estaba Bobby —confirma.

—¿Y cómo tenías la cara?

Hace una mueca de dolor. Quizás he sido poco sensible.

—¿Quieres decir...? ¿Quieres decir si todavía se me veía que me habían pegado? Pues sí. Le dije que había sido un ex. No le dije quién.

—Eso explica todo.

—¿El qué?

—Le dije a Bobby que habías estado saliendo con alguien llamado Dock. Debió de atar cabos, porque, al parecer, después de aquello Bobby se tomó la justicia por su mano.

Kacey lucha por contener una sonrisa.
—No me lo puedo creer. ¿Bobby hizo eso por mí?

Me encojo de hombros. No apruebo su reacción, ni su satisfacción.

—Siempre me ha caído bien Bobby —dice Kacey.

—A mí no.

Todo el tiempo que hemos estado hablando, Kacey se lo ha pasado sentada en la cama. Ahora se tumba incómodamente de costado. Con la cabeza en las almohadas. Está cansada.

—¿Qué pasó en la fiesta? —le pregunto por fin—. En la fiesta de cumpleaños de Lynn....

—Ashley me preguntó si me apetecía invitar a Gee —me cuenta Kacey—. Lynn y Gee se ven, ya sabes. Yo no veía a

Gee desde hacía años, pero le dije que claro, que por qué no. Uno de los pasos de la recuperación es enmendarse, y yo tengo que enmendarme con un montón de gente, así que se me ocurrió empezar por Gee.

»Aquella noche, en la fiesta de Lynn, Gee estuvo maravillosa. O sea, era huraña, era ella, pero estuvo bastante amable. Me dijo que se me veía bien. Me preguntó qué estaba haciendo. Le dije que estaba con el tratamiento de metadona, pero que, aparte de eso, estaba limpia. Me dijo que estaba haciendo bien. Me dijo que lo siguiera intentando. «Pero no la cagues», me dijo, porque Gee es como es.

»Hacia el final de la noche, ya había decidido contarle lo del bebe. Pensé que, total, se iba a enterar tarde o temprano. Era mejor darle yo la noticia. Salí con ella y me quedé haciéndole compañía mientras esperaba el autobús.

»—Gee —le dije—. Te tengo que decir una cosa.

»Se giró hacia mí con cara de horror absoluto.

»—Oh, no —me respondió—. Por favor, dime que no me vas a decir lo que creo que me vas a decir.

»Empecé a ponerme nerviosa. Me temblaban las manos. Estaba sudando.

»—¿Qué crees que voy a decir?

»Gee tenía los ojos cerrados. Estaba diciendo:

»—No, no.

»—Estoy embarazada —le anuncié.

»Y Gee se echó a llorar. ¿La has visto llorar alguna vez, Mickey? Yo nunca la había visto llorar, nunca en la vida. Se tapó la cara con las manos. No supe qué hacer. Le puse una mano en la espalda.

»Pero en cuanto la toqué, se giró hacia mí de golpe y se sacudió mi mano de encima. Perdió la cabeza, Mickey. Se puso a gritar a pleno pulmón. Pensé que me iba a pegar. Me dijo que ella y yo habíamos terminado. Me dijo:

»—¿Quién va a ser la madre de esta criatura cuando tú empieces con las mierdas de siempre?

»Me dijo que ya se había cansado de cuidar de los bebés de los demás. Y que tú también te habías cansado. Me dijo que ya tenías bastantes problemas en tu vida sin quedarte con otro pequeño bastardo mío. Usó esa palabra. *Bastardo*.

Kacey calla un segundo, esperando mi reacción antes de seguir.

—Me dijo: «No pienso quedarme a ver cómo le haces a este bebé lo que te hizo tu madre a ti».

—¿Me has oído? —me pregunta Kacey.

Asiento.

—No —dice Kacey—. No. ¿Lo entiendes?
   —¿Si entiendo qué?

—Ya sabía que no te fijarías, Mick. Pero es algo que me he preguntado siempre. «A ti», es lo que me dijo Gee. No «a ti y a Mickey». No «a vosotras». No a las dos. A mí.

»Le dije a Gee:

»—¿Cómo que lo que me hizo a mí?

»Y me dijo que mi madre se había estado drogando cuando estaba embarazada de mí.

»—¿Pero no de Mickey? —pregunté.

»Mick, te juro por Dios que sonrió.

»—No de Mickey —me dijo, como si estuviera satisfecha de decírmelo—. Lisa empezó con esa mierda después de que naciera Mickey.

Espero un momento, asimilando la información.

Y luego le digo:

—Oh, Kacey. Puede que te estuviera mintiendo. Puede que te estuviera intentando asustar. La veo capaz.

Pero la cuestión sigue ahí, entre las dos, flotando.

Kacey niega con la cabeza.

—Eso es lo que quise creer, que me estaba mintiendo.

»Lo pensé mientras me alejaba de Gee, que no paraba de gritarme. Me decía: «Me da lástima ese bebé. Me da lástima esa criatura».

»Lo estuve pensando toda la noche. No pude dormir.

»Ashley no se enteró de lo que había pasado entre Gee y yo. No se enteró de nada. Por la mañana, le dejé una nota diciendo que estaba bien. Luego me escabullí antes de que nadie se despertara.

»Cogí el autobús hasta Fishtown. Fui andando hasta la casa de Gee. Pensé que estaría trabajando. Y tenía razón. Llamé unas cuantas veces, pero no me contestó.

»Hacía años que no tenía las llaves de su casa, pero ya sabes que el portón del callejón se abre si le pegas lo bastante fuerte, así que reventé el cerrojo y me metí por el callejón hasta la parte de detrás de la casa. Comprobé la puerta de atrás y vi que estaba cerrada con pestillo. Rompí el cristal y entré.

»Sé que hice mal. No me importa.

»Bajé al sótano. Solo quería saber si era verdad lo que me había dicho. Se había vuelto importante para mí saberlo.

»¿Sabes ese archivador que Gee tiene en el sótano? Pues en el cajón de abajo había una carpeta que decía: «Niñas».

»La saqué. Dentro había un montón enorme de documentos. Estaba tu certificado de nacimiento, Michaela Fitzpatrick, junto con una foto tuya del hospital y tu peso y altura al nacer y esas cosas, y unos cuantos documentos certificando que estabas sana. Y ya está.

»El mío era distinto. También estaba mi certificado de nacimiento, igual que el tuyo. Pero los papeles de mi alta eran como un manual de instrucciones. «Atención al recién nacido drogodependiente». Decía que podía ser más irritable que otros recién nacidos. Que quizás llorara más. Había una receta de fenobarbital. O sea, que supongo que llevo consumiendo desde que nací.

Conozco esa documentación, tengo ganas de decirle. Recibí un paquete parecido cuando cogí la custodia de Thomas.

No digo nada.

Kacey continúa.

—Seguí rebuscando en el archivador. Y encontré otras cosas. Encontré una carpeta entera etiquetada «Dan Fitzpatrick».

Asiento.

—Esta parte la conoces —dice Kacey.

Vuelvo a asentir.

—Los encontraste. Las felicitaciones y los cheques —se asegura.

—Sí.

—Bien.

Se queda callada, pensando.

—Supongo que los dejé allí a propósito. Supongo que pensé que quizás los encontrarías si alguna vez me estabas buscando.

»Necesitaba marcharme. Necesitaba salir de aquella casa. Cogí todos los papeles del hospital donde nací y una de las felicitaciones de papá. Una felicitación de cumpleaños que me mandó cuando cumplí dieciséis.

»Dejé la casa de Gee hecha un desastre. No intenté esconderle que había revuelto sus cosas. No me importaba. Salí otra vez al callejón y me marché. Me alejé caminando por Girard hasta el acceso de la 95 Sur y me fui haciendo autostop hasta la dirección del remitente de la felicitación que llevaba conmigo. Ni siquiera sabía si papá todavía vivía allí. Pero estaba desesperada.

»Esto fue a principios de noviembre. Llevo en su casa desde entonces. Ha estado cuidando de mí. Asegurándose de que tengo lo que necesito. Asegurándose de que la bebé y yo tengamos un buen hogar cuando nazca.

Me mira y, por primera vez, noto la presencia del miedo en su expresión.

—Vamos a tener todo lo que necesitemos —me dice.

Y yo le digo:

—Kacey. Te creo.

No es que Kacey me lo pida, pero de pronto se me ocurre que debería llevarla a ver a Thomas.

Caminamos las dos en silencio hasta su habitación. Abro la puerta sin hacer ruido. Entra la luz suave del pasillo. Bajo esa luz, podemos distinguir su forma en la cama: un paisaje de mantas y sábanas y almohadas y, encogido dentro, mi hijo.

Kacey me mira, pidiendo permiso, y le digo que sí con la cabeza.

Camina hasta el pie de la cama y se arrodilla frente a ella. Se apoya las manos en las rodillas y lo contempla. Y se queda mucho rato así.

De niñas teníamos cinco libros en casa. Uno era la Biblia. Otro era una historia de los Phillies. Dos eran libros de Nancy Drew que habían sido de Gee cuando era pequeña. Y el último era un vetusto compendio de *Cuentos de los hermanos Grimm*, profusamente ilustrado y aterrador, lleno de brujas y bosques. El mismo que le he regalado este año a Thomas por Navidad.

De aquel volumen, el cuento que más me gustaba era el de *El flautista de Hamelín*. Me aterraba la forma en que salía de la nada para llevarse a los niños. Y me aterraba también que los padres no pudieran hacer nada, que las autoridades los abandonaran y ellos, a su vez, abandonaran a sus hijos.

«¿Adónde iban aquellos niños? —me preguntaba yo—. ¿Cómo era su vida después de que se marcharan? ¿Alguien les hacía daño? ¿Tenían frío? ¿Echaban de menos a sus familias?».

Cada día de mi vida que he trabajado de policía me he acordado de ese cuento. Me imagino que la droga es el flautista. Me imagino el trance que provoca: veo ese trance con mucha claridad cada día que trabajo, a todo el mundo caminando hechizado, embrujado, subyugado. Me imagino el pueblo de Hamelín después de que termine el cuento, después de que se hayan ido los niños y la música y el flautista. Oigo perfectamente el silencio terrible del pueblo.

Ahora, mirando a Kacey de rodillas al pie de la cama, arrepentida, veo la posibilidad, muy tenue, de que un día pueda regresar.

Luego miro a Thomas y, como siempre, me acuerdo de la amenaza omnipresente de la marcha, de la pérdida permanente. Está ahí flotando, ominosa, una melodía débil y aguda que solo pueden oír los niños.

Kacey y yo volvemos a mi dormitorio y al portátil que tenemos sobre la cama.

Ella vuelve a señalar a Eddie Lafferty.

—Este tipo solía venir todo el tiempo a vernos cuando yo vivía con Connor. Antes de que me desintoxicara. Todo es un poco nebuloso, pero me acuerdo de él porque hablaba conmigo. Era amigable. Me hablaba y se me comía un poco con los ojos. Pensé que quizás estuviera buscando una cita conmigo, pero nunca me la pedía. Normalmente, Connor y él se iban juntos a alguna parte. No sé qué hacían. Yo pensaba que él solo venía a colocarse. Connor vendía droga. Todavía la vende, supongo.

—Intenta acordarte de más —la animo.

Kacey levanta la vista al techo y luego la baja al suelo.

—No puedo.

—Vuelve a intentarlo.

—Hay muchas cosas en mi vida de las que no me acuerdo.

Las dos nos callamos un rato.

—Se lo podríamos preguntar a él, simplemente —propone Kacey.

La miro con incredulidad.

—¿A Connor? ¿A Dock? ¿Quieres pedir ayuda a Dock después de lo que te hizo?

—Sí. Sé que es difícil de creer, pero era bastante buen tío. O, por lo menos, me trató mejor de lo que me ha tratado ningún otro hombre.

—Kacey. Te atacó.

Se detiene un momento a pensarlo.

—Pero seguro que le podría hacer hablar.

Ahora niego con la cabeza.

—Ni hablar.

Kacey aparta la vista.

—Ya lo decidiremos por la mañana —decido—. Necesitamos dormir las dos.

Kacey asiente.

—Muy bien. Supongo que me iré yendo.

Pero no se mueve. Yo tampoco.

—¿Te importa si me echo una cabezadita aquí?

Apago la luz. Las dos nos acostamos, incómodamente, una junto a la otra. La habitación está en silencio.

—Mickey —dice Kacey de golpe. Me sobresalta.

—¿Qué? —le contesto demasiado deprisa—. ¿Qué?

—Gracias por cuidar de Thomas. No lo he dicho nunca.

Me quedo un momento callada. Avergonzada.

—De nada.

—Tiene gracia.

—¿El qué?

—Que todo el tiempo que te pasaste buscándome, yo me lo pasé intentando esconderme de ti.

—No sé si *gracia* es la palabra —opino al cabo de un rato.

Pero le oigo en la respiración que ya está dormida.

Hace dieciséis años, la mitad de nuestras vidas, que no dormimos la una junto a la otra en el cuarto trasero de la casa de Gee. Nos imagino de niñas, contándonos cuentos la una a la otra para ponernos a dormir, o leyendo libros, o contemplando una lámpara de pantalla sumida en las sombras del techo. Casi nunca tenía una bombilla que funcionara. Por debajo de nosotras resonaba la voz áspera de nuestra abuela quejándose por el teléfono, o salmodiando rabiosa para sí misma sobre las fechorías de alguien.

»—Ponme la mano en la espalda —me pedía Kacey.

Y yo obedecía, acordándome con ternura de la sensación que me había producido la mano de mi madre en la piel. Visto con perspectiva, es posible que estuviera intentando investir a mi hermana de alguna clase de dignidad; ser el vehículo por medio del cual se derramara el amor de nuestra madre póstumamente; inmunizar a mi hermana contra las muchas penurias del mundo. En esa posición, con mi mano en su espalda, nos quedábamos las dos dormidas. Encima teníamos un tejado plano de alquitrán mal acondicionado para el invierno. Y más allá del tejado, el cielo nocturno de Filadelfia. Y más allá del cielo ya no sabíamos qué había.

Cuando me despierto, hace sol y me está sonando el teléfono.

Kacey no está a mi lado.

Me incorporo hasta sentarme.

Me llevo el teléfono a las manos. Es mi padre.

—¿Michaela? ¿Está contigo Kacey?

Miro en todas partes. No hay ni rastro de Kacey. Me asomo por una ventana. Su coche ya no está frente a la casa.

—Quizás esté de camino a tu casa —le contesto.

Pero los dos nos quedamos callados. Sabemos que es poco probable.

—Voy a buscarla —digo—. Creo que sé dónde está.

Luego me acuerdo de Thomas.

Se lo prometí. Anoche le prometí que me quedaría con él. Me lo imagino tal como me lo describía la señora Mahon ayer, corriendo al baño, abriendo el grifo, fingiéndose enfermo en un intento desencaminado de hacer que su madre volviera con él a casa. A punto está de rompérseme el corazón.

Luego pienso en mi hermana, que en este mismo momento puede estar poniendo en jaque su vida— y la vida de su hija nonata— a fin de proteger a otras. Y pienso en todas esas mujeres incontables que hay en las calles de Kensington, cuyas vidas también están en peligro mientras Eddie Lafferty siga suelto.

De pronto, y sorprendentemente, me sobreviene en contra de mi voluntad una extraña y rápida compasión por Gee, por lo mucho que se esforzó por conseguirnos cuidados infantiles estables. Me pregunto cómo debió de ser para ella trabajar tanto y siempre con miedo de que nos cerraran las escuelas.

Pienso. Pienso.

Y, por fin, decido que lo que está pasando hoy parece más importante que nosotros dos, que las necesidades de nuestra pequeña familia. «Hay vidas en juego», me digo a mí misma, y me armo de valor para llamar a la señora Mahon.

En cuanto llega, entro en el dormitorio para despedirme de mi hijo.

Sigue durmiendo. Me lo quedo mirando un rato largo. Luego me siento a su lado. Abre los ojos. Los vuelve a cerrar bien fuerte.

—Thomas.

—No te vayas.

—Thomas —le repito—. Tengo que hacer unas cosas. La señora Mahon está aquí contigo.

Se pone a llorar. Sigue teniendo los ojos fuertemente cerrados.

—No. —Niega con la cabeza—. Estoy enfermo. Aún estoy muy enfermo. Me parece que voy a vomitar.

—Lo siento mucho. Tengo que irme. No me marcharía si no fuera muy importante. Lo sabes, ¿verdad?

No dice nada. Se ha quedado quieto, respirando superficialmente, como si estuviera haciéndose el dormido.

—Te prometo que volveré pronto. Te prometo que te lo explicaré algún día. La razón de que esté pasando tanto tiempo fuera. Cuando seas mayor, ¿vale? Te lo explicaré.

Se da la vuelta. Me da la espalda. No me quiere mirar.

Le doy un beso. Le pongo la mano en el pelo y se la dejo ahí un momento. Luego me pongo de pie. «¿Y si me estoy equivocando? —pienso—. ¿Y si estoy tomando la decisión equivocada?».

—Te quiero —le digo.

Y me marcho.

Cuando llego a Kensington, aparco en una calle que queda cerca de la vivienda donde está acampado Connor McClatchie.

Camino rápidamente en dirección este por Madison. Luego cojo el callejón que lleva a la parte de atrás de la casa de las tres letras B.

Cuando doblo la esquina, me encuentro con un grupito plantado a medio camino del final del callejón. Son tres hombres: dos con indumentaria de trabajadores de la construcción, botas de trabajo y cascos. El tercero con abrigo largo y vaqueros caros.

Veo la casa delante de la cual están: es la de McClatchie.

No sé qué están haciendo ahí esos hombres. Camino hacia ellos, un poco menos decidida que hace un momento.

—¿La puedo ayudar en algo? —me dice el hombre del abrigo, en tono amigable. Tiene mucho acento de Filadelfia, como si fuera del barrio. Pero se le ve pinta de haber ascendido en la vida hace poco.

—Estaba… —Pero no sé muy bien cómo seguir—. Estoy buscando a mi hermana. Creo que quizás esté ahí dentro.

Señalo con la cabeza la casa blanca que tenemos delante.

—No hay hermanas ahí dentro —dice el hombre en tono jovial. No tiene ni idea de cuántas veces he oído esa frase—.

O, por lo menos, espero que no las haya. La vamos a demoler mañana. Acabamos de hacer la última inspección.

Y, en efecto, la puerta de la casa está abierta.

—Eh, ¿estás bien? —me dice uno de los operarios después de que me quede un momento largo callada.

—Sí —contesto en tono distraído. Doy media vuelta y vuelvo a mirar hacia la calle Madison con los brazos en jarras, sin saber qué hacer a continuación. Detrás de mí, los hombres reanudan su discusión. Lo que van a construir son apartamentos de lujo. Para que pronto los pueblen, quizás, las Lauren Spright del mundo, los chavales que beben café en el Bomber. La ciudad está cambiando de forma imparable. Los desplazados y los adictos se mueven y se reorganizan y encuentran sitios nuevos para chutarse. Solo a veces mejoran.

Es entonces cuando me suena el teléfono.

Me lo saco del bolsillo y lo examino.

En la pantalla hay un mensaje: «Catedral de Ontario».

Quien me lo manda —el número lleva guardado en mi teléfono y sin usar desde noviembre, cuando lo conocí en la tienda del señor Wright— es Dock. Connor McClatchie.

La catedral de la calle Ontario se llama, técnicamente, Nuestra Señora de la Consolación. Pero, ya desde mi infancia, su tamaño y su grandiosidad hicieron que todo el mundo la llamara la *catedral*, a secas. Solo he estado dentro una vez, cuando tenía unos doce años. Nos llevó una amiga de Kacey después de quedarnos a dormir en su casa. Es gigantesca. Trajeron los materiales de Europa, según nos habían dicho siempre, y los techos altos del interior se construyeron así para que la gente se acordara de Dios. Cerró hace unos años. Lo leí en el periódico. Por entonces no le presté atención. Era una más de las muchas iglesias que habían cerrado en los últimos años en Filadelfia.

La catedral queda cerca en coche del sitio donde he aparcado. Entro en el vehículo y arranco.

Cuando paro el coche, miro la catedral de cerca por primera vez en bastante tiempo. Técnicamente forma parte del distrito 25, o sea, que no tengo muchas razones para pasar por delante cuando estoy patrullando. No se parece en nada a como era en sus buenos tiempos. La mayoría de los ventanales están rotos. Tiene avisos de demolición en las puertas de la fachada. En el lado oriental de la iglesia se levanta un campanario, pero la campana ha desaparecido. Me pregunto quién se la habrá llevado.

Aparco y subo la escalinata de entrada. Pruebo a abrir todas las puertas, pero están cerradas a cal y canto. Doy la vuelta por el costado del edificio, hasta que encuentro una de las puertas de atrás entreabierta, con una cadena precintándola de forma ineficaz. Me meto discretamente por debajo de la cadena y entro.

Nada más entrar, oigo un murmullo bajo y me detengo instintivamente a escuchar, por si puedo distinguir la cadencia ronca y estridente de Kacey. Pero no conozco ninguna de las voces que oigo. No hay nadie hablando en voz alta, y, sin embargo, las voces arrancan ecos vigorosos del suelo de baldosas rotas, de las paredes y de los techos altos. Me llegan flotando por el aire frío frases susurrantes:

«Solo será. Te lo dije. El otro día. Hasta que».

Hay dos olores. Uno lo reconozco de los años que pasé yendo a la iglesia: olor al papel fino de las biblias, al terciopelo polvoriento de los cojines que cubren los reclinatorios. Es un olor cálido, agradable. Olor a bazar navideño, a pesebre, a santiguarse. El segundo es el olor característico de los sitios que han sido ocupados por los vagabundos, por la gente sin recursos y sin más sitio al que ir. Es un olor que conozco bien. Con precisión de alfileres, dos haces afilados de luz procedente de sendos agujeros en el techo asaetan la zona central de la iglesia. La nave, se llama. La palabra me vuelve rápidamente a la cabeza junto con una imagen de la hermana Josepha, mi maestra favorita de la primaria, haciéndonos un diagrama de las partes de una iglesia. *Nave, altar, ábside, capilla, baptisterio.* Y mi favorita: *sagrario.* Me acuerdo de todas.

La luz de la iglesia se va difuminando poco a poco. Empiezo a ver gente en los bancos. Gente ahí sentada, con paciencia, como esperando a que empiece la misa. Hay gente dormida. Hay gente moviéndose. Hay gente de pie. Hay gente sentada en los asientos parecidos a tronos y reservados para el coro. Debe de haber veinte o treinta personas en la iglesia. Quizás más.

El berrido de un bebé atraviesa el recinto como un cuchillo y todo el mundo se calla. Al cabo de un momento, se reanudan los murmullos. Me distrae momentáneamente el deseo de encontrar y sacar de aquí a esa criatura, de cogerla en brazos y marcharme y no volver nunca más.

Una mujer pasa a mi lado rozándome y me sobresalta.

—Ten cuidado —me dice la mujer, y le pido perdón.

Y luego le digo:

—Disculpe, ¿le puedo hacer una pregunta?

La mujer se detiene, de espaldas a mí, y se queda un momento quieta antes de darse la vuelta.

—¿Ha visto a Kacey? —prosigo—. ¿O a Connie? ¿O a Dock?

Seguimos estando en la parte más oscura de la iglesia y apenas le distingo la cara a la mujer. Le puedo ver el cuerpo, eso sí. Y veo que se queda paralizada cuando le digo esos nombres. Me mira con expresión calculadora.

—Mira arriba —me indica por fin la mujer. Y me señala una puerta arrancada de sus goznes y apoyada a la derecha de un umbral a oscuras. Al otro lado puedo distinguir, a duras penas, unas escaleras.

Mientras subo las escaleras, las voces del recinto principal de la catedral se apagan. No sé adónde estoy yendo, pero el aire se va enfriando a medida que avanzo. Saco el teléfono y lo uso para iluminar los escalones que tengo delante. De vez en cuando veo pequeños movimientos a la derecha o a la izquierda de mis pies. Ratones, o cucarachas, o quizás simplemente cuatro años de polvo acumulado.

La escalera está cubierta por una moqueta podrida que me permite moverme en silencio. Voy contando los escalones mientras subo. Veinte. Cuarenta. Dejo atrás un rellano. Paso frente a una puerta cerrada con llave. Pruebo a abrirla varias veces y le doy un empujón con el hombro, por si acaso, pero no cede.

Después de sesenta escalones, una luz tenue empieza a bañar la escalera. A mi izquierda hay unas puertas dobles con sendas aberturas en la parte superior que doy por sentado que solían contener vidrieras de colores, porque ahora los cristales están desperdigados por el suelo. Y oigo voces al otro lado de las puertas.

Pruebo el pomo. Gira.

Cuando abro la puerta, intentando no hacer ruido, la primera persona a la que veo es Kacey.

Está apoyada en una barandilla alta hasta la cintura. Detrás tiene el recinto enorme de la catedral. Está de pie, por lo que veo, en la galería del coro: presumiblemente, han subido aquí en busca de privacidad.

Connor McClatchie está hablando con ella. Le veo la cara de perfil; no parece que él me vea a mí. También hay otra figura, un hombre, creo, de espaldas a mí.

Mi mirada encuentra la de mi hermana.

Sé que el otro hombre es Eddie Lafferty antes de que se dé la vuelta. Reconozco la calva, el porte, la altura. Me acuerdo de que siempre iba un poco encorvado. «Problemas de espalda», me contaba.

Tengo la mano sobre el arma. Antes de poder pensar, desenfundo. Encañono hacia delante.

—Las manos —digo en voz alta y clara—. Las manos donde las pueda ver.

Reconozco que estoy usando la voz de trabajar, esa cadencia particular que cogí prestada de Kacey, de Paula, de todas las chicas con las que crecí. Una dureza que les servía en la escuela, en el trabajo y en la vida. Y se me ocurre de golpe que quizás para ellas tampoco sea natural. Que es posible que ellas también la adoptaran, movidas por una clase distinta de necesidad.

Los dos hombres se giran hacia mí. Lafferty y McClatchie.

Me doy cuenta de que Lafferty tarda un segundo en ubicarme. No llevo uniforme y estoy fuera de contexto. No me he duchado y voy hecha unos zorros, con el pelo recogido y atado detrás de la cabeza. Cansada y tensa.

—Carajo —dice Lafferty. Sonríe, o lo intenta. Pone las manos obedientemente en alto—. ¿Eres Mickey?

—Las manos arriba —le ordeno a McClatchie, que, por fin, obedece—. Apártate de ella —le digo a McClatchie, señalando con la cabeza a Kacey.

No me gusta que esté tan cerca de ella, a dos pasos de mi hermana, que a su vez está apoyada en una cornisa. No sé a qué altura estamos del suelo de la nave, pero no quiero que se caiga por encima de la barandilla. Más abajo, se sigue oyendo un murmullo bajo de pasos, toses y voces, ahora sin sentido, que proyectan ecos indescifrables.

—¿Y adónde voy? —dice McClatchie en tono seco. Está todavía más flaco que la última vez que lo vi.

—Contra esa pared. —Le hago un gesto con la cabeza hacia mi derecha.

Camina hasta allí. Se apoya en ella. Levanta un pie.

Eddie Lafferty me sigue sonriendo febrilmente, como si estuviera dando vueltas a la cabeza en busca de una explicación graciosa, de una razón de que nos hayamos juntado todos aquí.

—¿A ti también te han mandado de paisano? —Eso es lo que se le ocurre.

No digo nada. No quiero mirarlo a los ojos. Tampoco quiero apartar la vista de él ni un momento. No estoy segura de en cuál concentrarme, si en McClatchie o en Lafferty. Kacey está de pie detrás de este último. Y me doy cuenta de golpe de que me está intentando decir algo con los labios.

Miro más allá de la oreja derecha de Lafferty y observo a mi hermana con los ojos entrecerrados. Kacey señala con la cabeza a McClatchie. Está moviendo los labios, formando palabras que no puedo descifrar: «Está», algo, «Yo».

Todavía estoy observando la boca de Kacey cuando me fijo en que a Lafferty se le tensa el cuerpo de esa forma típica de los agentes de policía cuando están a punto de salir en persecución de alguien. Y luego se me abalanza encima y me derriba. El arma se me dispara una vez, haciendo trizas una sección del techo, y luego sale dando tumbos por el suelo enmoquetado de la galería del coro.

Por debajo de nosotros, una mujer chilla, y luego la catedral se queda en silencio.

Lafferty está de pie encima de mí, con un pie a cada lado de mi torso. McClatchie deja su puesto y recoge la pistola del suelo.

Me quedo muy quieta. Estoy jadeando. Desde el suelo, examino los arcos del techo de la catedral. Distingo vagamente el sitio donde la bala ha dejado su marca. Una nubecilla de polvo de yeso desciende lentamente en un haz de luz. El techo, que antaño estaba pintado de azul celeste, se está desconchando. Me fijo en que un nido de pájaro ocupa la esquina más cercana.

El disparo me sigue retumbando en los oídos. Por lo demás, en la catedral reina un silencio sepulcral.

Me imagino a mi hijo. Me pregunto qué será de él si hoy se acaba todo para mí. Pienso en las decisiones que tomó mi madre, y me doy cuenta, con dolor, de que, a fin de cuentas, no soy tan distinta a ella. La única diferencia es la naturaleza de nuestras adicciones respectivas: la de ella era narcótica, bien delimitada y definida. La mía es amorfa, pero igual de malsana. Relacionada con la superioridad moral, o con la percepción de mí misma, o con el orgullo.

«Thomas —pienso inútilmente—. Siento mucho haberte abandonado».

Al cabo de unos segundos interminables, miro en dirección a McClatchie. Tiene agarrada mi arma, la que ha recogido del suelo, pero no la está cogiendo bien. Se me ocurre de golpe que no tiene ni idea de lo que está haciendo. Me estoy planteando cómo usar esto en mi favor cuando, de pronto, le dice a Lafferty:

—De rodillas.

Lafferty lo mira un momento.

—Estás de broma.

—No. De rodillas.

Con cierto grado de incredulidad, Lafferty obedece.

—Las manos en alto —ordena McClatchie.

Me echa un vistazo a mí, que sigo tumbada en el suelo.

—Es así, ¿no? —me pregunta.

Levanto la cabeza. Me he llevado un buen golpe en la frente cuando Lafferty se me ha echado encima y sigo viendo las estrellas. Me duele el cuello.

—Ponte de pie —me dice McClatchie.

Echo un vistazo a Kacey, que asiente rápidamente con la cabeza, y obedezco.

Luego McClatchie hace algo que no entiendo: sin dejar de apuntar a Lafferty, se acerca lentamente a mí hasta que estamos codo con codo, el uno junto al otro. Y me da el arma.

—Más te vale tenerla tú. Yo no tengo ni idea de lo que estoy haciendo.

En cuanto cojo el arma y la dirijo hacia Lafferty, McClatchie se lleva las manos a la nuca y suelta un suspiro enorme de alivio. Camina hasta la barandilla que hay al borde de la galería del coro, apoya los codos en ella y contempla la iglesia de debajo.

Oigo pasos que suben la escalera que tenemos detrás. Durante un momento de tensión, encañono alternativamente a Lafferty y las escaleras.

La puerta se abre de golpe. Veo emerger a Mike DiPaolo y a David Nguyen con las armas desenfundadas.

—Tira el arma —me dice DiPaolo con tranquilidad, y la dejo en el suelo.

No entiendo.

Por un momento, se me ocurre que quizás haya sido Lafferty quien ha pedido refuerzos, lo cual dificultaría la tarea de explicar mi posición.

—Es peligroso —aclaro refiriéndome a Lafferty, y Lafferty empieza a protestar, pero, de repente, Kacey levanta la voz por encima de las nuestras.

—¿Os ha enviado Truman Dawes? —les dice a DiPaolo y a Nguyen.

—¿Quién lo pregunta? —contesta DiPaolo. Nguyen y él todavía están empuñando las armas, apuntándonos a todos por turnos. Me imagino su confusión.

—Me llamo Kacey Fitzpatrick. Soy su hermana. —Me señala con la cabeza—. Soy quien se ha puesto en contacto con Truman Dawes. Y ese —señala con la cabeza a Eddie Lafferty— es el hombre al que buscáis.

Nguyen y DiPaolo llaman pidiendo refuerzos. Luego nos llevan a todos a comisaría —a mí, a Kacey, a Laffery y a Mc-Clatchie— en un coche distinto a cada uno.

Nos mantienen separados y nos interrogan.

Les cuento a ambos todo lo que sé, de principio a fin. No dejo nada fuera: les hablo de Cleare. Les hablo de Kacey. Les hablo de Thomas. Les hablo de Lafferty y les cuento lo que me ha dicho Kacey de él. Hasta les hablo de Truman y de mi embarazosa conducta con él.

Les cuento la verdad, toda la verdad, por primera vez en mi vida. Y luego se marchan los dos.

Pasan varias horas. Se me ocurre que me estoy muriendo de hambre, y que tengo que ir al baño, y que nunca en la vida he querido tanto un vaso de agua. Me muevo incómodamente. Jamás he estado a este lado de la situación.

Por fin, DiPaolo entra en la sala en la que me retienen. Se lo ve cansado. Me saluda con la cabeza, pensativo, con las manos en los bolsillos.

—Es él —me confirma—. Es Lafferty.

Sin decir nada, me enseña una foto impresa de una mujer sonriente y con un vestido bonito.

—¿La reconoces? —dice.

Tardo un momento, y de pronto vuelvo a estar en las Vías en octubre, inclinada sobre un tronco, contemplando a la primera víctima. A su lado, en mi recuerdo —me estremezco de pensarlo— está Eddie Lafferty. Me acuerdo de la cara de la víctima ese día: angustiada y sin paz. Me acuerdo de los puntitos rojos que le salpicaban las inmediaciones de los ojos. De la violencia con que murió. Me acuerdo de la reacción de Lafferty al verla. Impasible. Altivo.

—¿Quién es?

—Sasha Lowe Lafferty —dice DiPaolo—. La exesposa más reciente de Lafferty.

—No.

DiPaolo asiente.

Vuelvo a mirar la foto. Me acuerdo de lo que Lafferty me contaba de su tercera mujer, de lo joven que era. «Quizás ese fuera el problema, que era una inmadura».

—También estaba muy enganchada —dice DiPaolo—. Consumía todos los días. El resto de su familia había roto con ella hacía más de un año. Desde entonces, no tenía contacto con ellos. Su único contacto era con Lafferty. —Hace una pausa—. Por eso nunca se denunció la desaparición, supongo.

—Dios bendito.

Sigo mirando la foto. Me alegro de verla en un momento distinto de su vida. Cierro los ojos deprisa. Los vuelvo a abrir. Dejo que la imagen de la mujer sonriente que tengo delante reemplace en mi mente a la versión angustiada y muerta de Sasha Lowe Lafferty que he estado llevando conmigo desde que la encontré.

—Adivina dónde se conocieron —dice DiPaolo.

Lo sé antes de que lo diga.

—En Wildwood.

DiPaolo asiente.

—Dios bendito —repito.

DiPaolo parece estar vacilando un momento. Luego continúa.

—Preguntaste por Simon Cleare.

Hago de tripas corazón. Esta vez asiento yo.

—Quiero que sepas que lo investigué. No pasé de lo que me dijiste. Después de que nos viéramos, asigné a un tipo a que lo siguiera durante varios días seguidos. Y, en efecto, el segundo día se fue a Kensington en mitad de la jornada de trabajo y sin que le hubieran asignado ninguna misión allí.

—Ajá.

DiPaolo me mira.

—Tiene un problema, Mickey. Fue allí por la misma razón por la que va todo el mundo a Kensington. Le compró mil miligramos de oxicodona a un tipo al que conocemos. Nada de heroína, que sepamos, pero seguramente eso vendrá a continuación. Cómo puede permitirse tanta oxi con un sueldo de detective...

La voz de DiPaolo se apaga. Suelta un silbido.

Me quedo mirando la mesa.

—Ya veo —contesto—. Tiene lógica.

Me acuerdo de lo que me dijo Simon cuando era joven. Del tatuaje de su pantorrilla. «Yo también pasé por una fase así», me decía cuando yo pasaba miedo por Kacey.

Por entonces, aquello me daba mucho consuelo.

Después de que nos suelten, Kacey y yo salimos juntas por la puerta de la comisaría. El coche se me ha quedado en la catedral, a dos millas de allí. También el coche que Kacey le cogió prestado a nuestro padre.

Hablando de nuestro padre: lo llamo en cuanto puedo. Le digo que Kacey está bien y que estará pronto en casa.

—¿Y tú? —me dice.

—¿Perdón?

—¿Tú también estás bien?

—Sí —respondo—. Estoy bien.

De hecho, me siento bastante aliviada. Mientras Kacey y yo caminamos una al lado de la otra, contemplo el paisaje que nos rodea. El mismo Kensington se ve distinto, algo cambiado, o quizás simplemente me estoy fijando en cosas en las que no me había fijado nunca. Es un barrio encantador en muchos sentidos y tiene varias manzanas bastante bonitas, bien cuidadas. Manzanas que han conseguido mantener a raya el caos circundante. Manzanas con abuelas que nunca se han marchado y que nunca se marcharán, que barren todas las mañanas la entrada de su casa y luego las entradas de todos sus vecinos, y a veces la calle entera, por mucho que el Ayuntamiento no pase a limpiar. Pasamos frente a una calle a nuestra derecha que tiene luces navideñas colgadas de lado a lado.

Por fin, Kacey me cuenta su mañana.

Ella también ha ido primero a la casa de las tres letras B, el último lugar donde le constaba que vivía Connor McClatchie. Al encontrarse la casa vacía y a punto de ser demolida, se ha vuelto a la Avenida y se ha puesto a preguntar. No ha tardado en enterarse de adónde se había ido McClatchie.

Ha ido a buscarlo con el coche. Quería contarle lo que estaba pasando. Preguntarle qué sabía de Eddie Lafferty.

—No me puedo creer que hayas hecho eso —le digo, interrumpiéndola—. ¿Cómo se te ocurre?

—Ya te lo dije. Sabía que, cuando se enterara de que era seguramente Eddie Lafferty quien estaba matando a aquellas mujeres, no lo toleraría. Lo conozco.

Niego con la cabeza. Me fijo de pronto en que Kacey parece mareada y pálida. Tiene las manos sobre la barriga. Está embarazada de seis meses y, por lo visto, lo está notando. No sé si va a llegar hasta la catedral. No para de insistir en que está bien, pero va un poco inclinada hacia delante. Me pregunto cuántas horas hace de su última dosis de metadona.

—¿Estás bien? —le pregunto.

—Sí —me dice Kacey con voz tensa.

Caminamos un rato más en silencio. Luego sigue hablando.

—Connor puede hacer cosas malas, pero no es del todo malo. Casi nadie lo es.

No tengo nada que contestar. Me imagino a la señora Mahon moviendo la mano de un lado a otro por encima del tablero de ajedrez. «Todas las piezas son buenas y, al mismo tiempo, malas». Es posible admitir hasta cierto punto la verdad de esa afirmación. Y, sin embargo, odio a Connor McClatchie por lo que le hizo a mi hermana. Y sé sin lugar a dudas que no lo perdonaré nunca.

—En cualquier caso —prosigue Kacey—, Connor me ha contado que Lafferty se puso en contacto con él el verano pasado y le dijo que era policía. Y que lo mantendría protegido a cambio de una comisión. Por eso yo lo conocía. Y por eso se iban aparte a hacer sus negocios. Lafferty estaba cobrando mordida de Connor.

—Hijo de puta —digo de golpe.

—¿Cuál de los dos?

—Los dos. Los dos hijos de puta.

Se me ocurre una idea: ¿acaso Ahearn asignó a Lafferty a mi coche para que averiguara algo que usar en mi contra? Hace seis meses habría tachado la idea de absurda. Ahora ya no lo sé.

—Y Ahearn, otro hijo de puta —añado—. Seguro que lo sabía. Seguro que se llevaba comisión también.

Veo que Kacey se está riendo.

—¿Qué? ¿Qué?

—Creo que nunca te había oído decir palabrotas.

—Oh. Bueno, pues ahora las digo.

—En fin. Tienes razón. Connor me ha dicho que Lafferty no era el único. En cobrar sobornos, quiero decir. Me ha dicho que pasa más a menudo de lo que parece.

—Me lo creo.

—Connor no sabía lo de las mujeres. Es lo único que no sabía. No sabía que se había visto a Lafferty con cuatro de las víctimas. No sabía lo que estaba diciendo la gente en Kensington. Cuando se lo he dicho, ha flipado. Ha dado un puñetazo en la pared.

—Qué noble.

—Puede serlo —asiente Kacey en tono pensativo—. En cualquier caso, tenía el número de Lafferty y lo ha llamado de inmediato. Le ha dicho que tenía un negocio que proponerle y que lo quería ver en persona en la catedral. Nada más llegar Lafferty, te he mandado un mensaje desde el teléfono de Connor. Y otro a Truman Dawes.

—¿Cómo es que tenías el número de Truman?

—Oh, me lo dio hace años. Creo que tú ni siquiera estabas ese día. Me encontró en la Avenida cuando yo estaba bastante hecha polvo, sin sitio donde caerme muerta, y me dio su tarjeta. Me dijo que, si necesitaba algo, si quería desintoxicarme, le pegara un toque. Memoricé el número.

—Oh. Sí. Se dedica a eso.

—Es buena persona. ¿No?

—Sí, lo es.

Sonríe, distraída.

—Bueno, me alegro de que todo haya salido bien.

Y de pronto no me lo puedo creer. El peligro en que nos ha puesto a todos. A Truman. A Thomas. A sí misma. Al bebé que lleva dentro. A mí.

Dejo de andar y me giro hacia ella.

—Mierda —digo—. Mierda, Kacey.

Ella hace una pequeña mueca.

—¿Qué? No grites.

—¿Cómo me has podido hacer eso? Ponerme en la situación en la que me has puesto hoy. Tengo un hijo en el que pensar.

Kacey se queda callada. Las dos apartamos la vista de la otra y echamos a andar otra vez. Con el rabillo del ojo, veo que Kacey se echa a temblar y que le rechinan los dientes.

Llegamos a un cruce y me detengo en el paso de peatones para dejar pasar a los coches. Pero Kacey sigue andando. Se mete por entre el tráfico, a ciegas. Un coche derrapa para frenar. El que va detrás casi se lo come. Suenan bocinas en todas direcciones.

—¡Kacey!

Ella no se gira. Pongo la punta del pie delante de la acera. Los coches no frenan. Espero hasta tener por lo menos la luz verde y luego salgo al trote. Kacey está a quince metros de mí y camina deprisa. Dobla la esquina para coger la Avenida y la pierdo momentáneamente de vista.

Cuando por fin llego a la Avenida, giro a la izquierda, igual que Kacey, y la veo a veinte metros, en cuclillas, con los codos sobre las rodillas y la cabeza apoyada en las manos. Tiene la barriga apuntando hacia abajo, hacia la acera. Desde aquí no puedo verlo, pero parece que está llorando.

Aminoro la marcha hasta caminar. Me acerco a Kacey con cautela. Estamos en el cruce donde solían trabajar Paula y ella, justo delante de la tienda de Alonzo. Ahora me da la sensación de que, si digo o hago algo que no debo, la perderé. La Avenida se la quedará otra vez, me la quitará. A Kacey se la tragará la tierra y desaparecerá.

Me quedo un minuto de pie junto a mi hermana. Los sollozos la sacuden. Está llorando tan fuerte que le falta el aliento. No levanta la vista.

—Kacey.

Por fin, le pongo una mano en el hombro a mi hermana.

Kacey sacude el brazo con violencia.

Me agacho para mirarla a los ojos. Los peatones caminan a nuestro alrededor.

—¿Qué está pasando? ¿Kacey?

Levanta la cabeza y me mira. Me mira a los ojos. Me dice:

—No te me acerques, *joder*.

Me pongo de pie otra vez.

—¿Qué coño pasa, Kacey? ¿Qué he hecho?

Kacey también se pone de pie, sacando pecho y barriga. Me preparo.

—Lo sabías —me espeta—. Puede que no supieras lo de Lafferty, pero sí sabías que pasaba esta mierda. Debías saberlo. Te lo habían dicho.

Me enfurezco.

—No —digo—. Nadie me dijo nada.

Kacey suelta una risotada.

—Te lo dije *yo*. Yo. Tu propia hermana. Te dije que Simon Cleare se aprovechó de mí cuando yo no podía negarme. Y no me creíste. Me dijiste que estaba mintiendo.

—Eso es distinto. En eso me equivoqué. Pero es distinto.

Kacey sonríe con expresión triste.

—¿Y qué es Simon? ¿Qué es? ¿Es poli?

Cierro los ojos. Cojo aire.

—Porque yo pensaba que lo era.

Kacey me mira un momento muy largo, examinándome la cara.

Luego mira más allá de mí, hacia la esquina, hacia la tienda de Alonzo. Está paralizada. Por fin, me giro para ver lo que está viendo, pero no hay nadie. Y sé, sin necesidad de preguntarlo, que Kacey se está imaginando a Paula Mulroney allí de pie, con una pierna apoyada en la pared, bravucona, sonriente, en su pose de costumbre.

—Eran mis amigas —dice Kacey, ahora en voz baja—. Todas. Hasta las que no conocía.

—Lo siento.

No me contesta.

—Kacey, lo siento —repito.

Pero está pasando el tren Ele y no sé si mi hermana me puede oír.

LISTA

Sean Geoghehan; Kimberly Gummer; Kimberly Brewer, la madre y el tío de Kimberly Brewer; Britt-Anne Conover; Jeremy Haskill; dos de los hijos menores de la familia DiPaolantonio; Chuck Bierce; Maureen Howard; Kaylee Zanella; Chris Carter y John Marks (con un día de diferencia, víctimas de la misma remesa en mal estado, dijo alguien); Carlo, de cuyo apellido nunca me acuerdo; el novio de Taylor Bowes y la propia Taylor Bowes un año más tarde; Pete Stockton; la nieta de nuestros antiguos vecinos; Hayley Driscoll; Shayna Pietrewski; Pat Bowman; Sean Bowman; Shawn Williams; Juan Moya; Toni Chapman; Dooney Jacobs y su madre; Melissa Gill; Meghan Morrow; Meghan Hanover; Meghan Chisholm; Meghan Greene; Hank Chambliss; Tim y Paul Flores; Robby Symons; Ricky Todd; Brian Aldrich; Mike Ashman; Cheryl Sokol; Sandra Broach; Lisa Morales; Mary Lynch; Mary Bridges y su sobrina, que tenía su edad y era su amiga; el padre y el tío de Mikey Hughes; dos tíos abuelos a los que casi nunca vemos. Nuestra prima Tracy. Nuestra prima Shannon. Nuestra madre. Nuestra madre. Nuestra madre. Criaturas todos, todos muertos. Gente prometedora, gente dependiente y con dependientes, gente que amó y que fue amada, una tras otra, en fila, formando un río sin manantial y sin desembocadura, un largo y luminoso río de almas difuntas.

AHORA

Hay días en que me paso horas con el portátil, visitando en internet memoriales de gente que ha muerto. Siguen todos ahí: páginas de Facebook, páginas web de funerarias, blogs. Los difuntos son fantasmas digitales, con los últimos *posts* que colgaron sepultados bajo un maremoto de dolor, de mandatos de que descansen en paz, de rencillas entre amigos y enemigos que afirman que la mitad de las personas que hay en la página son *falsas*. A saber qué significa eso. Sus novias siguen posteando «feliz cumpleaños, cariño» dos años después de su muerte, como si internet fuera una bola de cristal, una güija, un portal al más allá. Y, en cierta manera, supongo que lo es.

He adoptado la costumbre de mirar esas páginas, y las páginas de los amigos y parientes de los difuntos, a primera hora de la mañana. Me pregunto cómo le irá a la madre. Y lo miro. ¿Cómo estará la mejor amiga? ¿El novio? (Normalmente son los novios los primeros en pasar página. Desaparecen las fotos de perfil de la pareja feliz posando ante el espejo; aparece una foto que se ha hecho a sí mismo, y lo siguiente que aparece es la nueva mujer de su vida). A veces, los amigos están resentidos. «Lo prometiste, kyle. como muera una sola persona más, no sé qué voy a hacer. por qué, kyle. dep». Las víctimas de la adicción son más duras con quienes son como ellos. «TODO EL SECTOR NORDESTE ESTÁ INFESTADO DE YONQUIS DE MIERDA», despotrica uno al que sé que he llevado a comisaría por traficar. En las fotos aparece adormilado y con los ojos vidriosos.

Cuando pienso en Kacey, cuando me pregunto si encontrará la fuerza y la suerte y la perseverancia necesarias para desintoxicarse y permanecer limpia, son estas almas en quienes pienso primero. En el hecho de que muy pocas consiguen salir. Me acuerdo del flautista y del pueblo entero de Hamelín en *shock* tras su marcha, abandonado y listo para ser demolido.

Pero luego miro a Kacey —que ahora viene a visitarme la mayoría de los domingos, que ahora mismo está sentada en mi sofá y que ya lleva 189 días limpia— y pienso que quizás ella será una de esas pocas personas. Una veterana de guerra, herida pero viva. Quizás Kacey nos sobreviva a todos. Quizás llegue a los ciento cinco. Quizás a Kacey no le pase nada malo.

Dejar la puerta abierta a la esperanza parece, al mismo tiempo, lo correcto y una equivocación. Como dejar dormir a Thomas en mi cama cuando en realidad debería estar durmiendo en la suya.

Como dejar que conozca a la mujer que lo trajo al mundo.

Como romper un juramento de lealtad cuando sabes que hay que contar un secreto.

Devolví el uniforme. Thomas estuvo feliz de verlo desaparecer. El día en que lo hice, reuní valor para llamar a Truman Dawes, conteniendo la respiración hasta que me cogió el teléfono.

—Soy Mickey —dije.

—Ya sé quién eres.

—Solo quería decirte que lo he dejado. He dejado la policía.

Truman hizo una pausa.

—Felicidades —me respondió por fin.

—Y pedirte perdón. —Cerré los ojos—. Siento mucho cómo te he tratado este año. Te mereces algo mejor.

Lo oí respirar.

—Te lo agradezco.

Pero luego me dijo que tenía que irse a atender a su madre y le oí en la voz que ya no quería saber nada más de mí, que lo había perdido para siempre.

«Esto pasa —me digo a mí misma—. Son cosas que pasan a veces».

El DPF, avergonzado a escala nacional, está negando que tenga un problema generalizado. Pero yo sé que sí lo tiene, y Kacey también lo sabe, y las mujeres de Kensington también. De manera que llamé a Lauren Spright y le dije que quería darle información a condición de mantenerme en el anonimato. La noticia salió por la radio pública al día siguiente. «Los ataques sexuales por parte de la policía en Kensington no son infrecuentes», empezó la periodista, y apagué la radio. No lo quise oír.

Hay días en que me sigo despertando con la sensación horrible de haber hecho algo espantoso. Me preocupa haber traicionado a la gente que me ha protegido durante todos estos años, que me ha guardado las espaldas. A veces literalmente.

Me acuerdo de la mucha gente honorable que trabaja para la organización. Truman estaba en el DPF. Mike DiPaolo sigue estando. David Nguyen. Gloria Peters. Hasta Denise Chambers, que hace poco me llamó en persona para disculparse.

Luego están los Lafferty, los malvados. Son una pequeña minoría, pero todo el mundo ha conocido a alguno.

Los casos más difíciles —quizás los más peligrosos— son los amigos de los Lafferty. La gente como el sargento Ahearn, que quizás lleve años sabiendo lo que pasa en Kensington. Quizás incluso participe él también, quién sabe. Y nunca lo van a despedir, nunca lo van a interrogar, nunca lo van a castigar. Seguirá con su rutina diaria, presentándose a trabajar, abusando despreocupadamente de su poder de formas que tendrán efectos duraderos en los individuos y en las comunidades, en la ciudad entera de Filadelfia, durante años.

Son los Ahearn del mundo los que me asustan.

Sigo sin tener trabajo. Seguramente podría haber contratado a un abogado y haber demandado al DPF teniendo en cuenta todo lo que ha pasado, pero no me apetece.

Lo que hago es vivir del desempleo. Trabajo en el concesionario de coches que tiene mi tío Rich en Frankford. Hago el papeleo y contesto el teléfono. Cobro en negro, todo en metálico. Ahora que tengo un horario más regular, he encontrado una canguro más estable, alguien de confianza, que me cuida a Thomas dos días por semana. Los lunes y los miércoles me llevo a Thomas al concesionario de Rich. Y los viernes me lo cuida la señora Mahon.

El sistema no es perfecto, pero de momento funciona. El año que viene, Thomas entrará en el parvulario y todo volverá a cambiar. Quizás me apunte a clases en la universidad de repesca. Quizás me acabe sacando un título y me haga profesora de Historia, como la señora Powell. Quizás.

Cuando me lo saque, me digo a mí misma, lo enmarcaré, y luego le mandaré una copia a Gee.

Una mañana de martes de mediados de abril, abro todas las ventanas de mi apartamento. Acaba de pasar una tormenta, y el aire de fuera tiene ese rico olor a primavera, a hierba mojada y a tierra nueva. Tengo la cafetera encendida en la cocina. Está a punto de llegar la canguro nueva de Thomas. Lo tengo en su habitación, jugando con el Lego. Me he tomado el día libre del concesionario.

Llega la canguro, me despido de Thomas y bajo a llamar al timbre de la señora Mahon.

—¿Lista? —le digo cuando abre la puerta.

Las dos entramos en mi coche. Conducimos hasta Wilmington.

Llevamos tiempo esperando esta excursión.

Las semillas se plantaron un día de enero en que tuve cenando en casa tanto a Kacey como a la señora Mahon. Aquella primera cena se convertiría en un evento semanal. Ahora, todos los domingos acostamos a Thomas y vemos la tele las tres juntas, alguna tontería, la comedia nueva que sea más popular. Otras veces vemos alguna serie de asesinatos —el término que Kacey sigue usando a pesar de los acontecimientos recientes—, y siempre trata de una mujer desaparecida a la que casi siempre ha asesinado su marido o su novio maltratador. El narrador cuenta la historia entera con una calma alarmante. «Fue la última vez que los Miller vieron a su hija».

—La mató él —suele decir Kacey, refiriéndose al marido—. Está clarísimo. Oh, Dios mío, míralo.

A veces, las víctimas son pobres. Otras veces son mujeres ricas, rubias e impecables, casadas con médicos o abogados.

Las mujeres ricas me parecen versiones adultas de las niñas de *El cascanueces,* de aquella vez que fuimos a verla, Kacey y yo, hace décadas. Todas aquellas niñas rubias con el pelo recogido en un moño. Todas con vestidos de colores distintos, como aves exóticas, como las bailarinas mismas. Todas queridas por sus familias.

En todas las cenas de los domingos, Kacey nos hace jurar a las dos que, cuando nazca su hija, la visitaremos en el hospital.

—Quiero visitas. Y me da miedo que no venga nadie. ¿Querréis visitarme vosotras dos?

—Que sí —le decimos.

Hoy la señora Mahon y yo entramos con el coche en el aparcamiento del hospital.

La criatura nació ayer. Todavía no tiene nombre.

Nuestro padre nos ha dicho que todavía está en la UCI neonatal hasta que se pueda evaluar mejor su estado.

Kacey la puede ver tanto como quiera. Ha estado cooperando con los médicos. A su llegada, ya todo el mundo sabía que tenían que monitorizar al bebé en busca de señales de abstinencia.

La señora Mahon me mira antes de que salgamos del coche. Me pone una mano sobre la mía. Me la sostiene ahí con firmeza.

—Esto te va a resultar difícil. Va a hacer que te acuerdes de Thomas y del dolor que sufrió. Y te vas a volver a enfadar con Kacey.

Asiento.

—Pero está haciendo lo que puede —me recuerda la señora Mahon—. Tú solo piensa: «Está haciendo lo que puede».

Hay un recuerdo que tengo de mi madre y que no le he contado nunca a Kacey. Cuando era pequeña, me parecía un recuerdo demasiado valioso; tenía miedo de que pudiera desaparecer si lo contaba en voz alta.

En ese recuerdo, no le puedo ver la cara a mi madre. Lo único que recuerdo de ella es una voz dulce que me hablaba mientras yo me estaba bañando. Estábamos jugando a un juego. Alguien nos había regalado huevos de plástico por Pascua, y yo tenía permitido llevármelos conmigo a la bañera. Eran amarillos y naranjas y azules y verdes y estaban partidos por el medio en dos mitades. Yo podía separar las mitades y juntarlas otra vez para que no casaran entre sí: amarillo con azul, verde con naranja. Todo mal puesto.

»—¡Oh, no! ¡Oh, no! —se lamentaba mi madre, tomándome el pelo—. ¡Vuelve a ponerlos bien, anda!

»Y por alguna razón, aquello me parecía lo más gracioso del mundo.

»—Tontita —me llamaba mi madre.

»La última vez que me llamaron algo de sonido tan infantil. Me acuerdo del olor de mi madre y del olor del jabón, como de flores al sol.

Cuando era pequeña, solía pensar que era ese único recuerdo lo que me salvaba del destino de Kacey, lo que me hacía ser como soy y a Kacey ser como es. El sonido de la voz de mi madre, que todavía puedo oír, y su gentileza, que siempre me pareció prueba de su amor por mí. El saber que una vez existió una persona en el mundo que me quiso más que a nada. En cierto sentido, me sigue pareciendo verdad.

En el hospital nos dan acreditaciones de visitantes a la señora Mahon y a mí. Llamamos a un timbrecito y nos dejan entrar en la maternidad. Seguimos a una enfermera que se llama Renee S.

Vemos primero a Kacey al final del pasillo. Ya está levantada. Nuestro padre está a su lado. Los dos están mirando a través de una ventana lo que imagino que es la UCI neonatal.

—Visitas —dice Renee S. en tono jovial.

Kacey se da la vuelta.

—Habéis venido.

Renee pasa su acreditación por un lector y abre la puerta. Un médico nos saluda brevemente al salir.

Dentro de la UCI neonatal reinan el silencio y la oscuridad. Hay un zumbido de fondo.

Hay dos lavabos a la derecha de la puerta con un letrero encima que nos indica que nos lavemos las manos.

Obedecemos todos. Mientras Kacey se está lavando, miro a mi alrededor. La sala tiene un pasillo central que va por entre dos hileras de cunas de plexiglás, cuatro a cada lado. Las máquinas y los monitores parpadean constantemente, pero sin hacer ruido. En la otra punta de la sala hay otra salita de enfermeras, un poco apartada y con más luz.

Hay dos enfermeras en la sala, las dos trabajando: una poniéndole pañales a un bebé y la otra tecleando algo en un ordenador situado sobre un podio con ruedas que llega a la altura de la cintura. Cerca de nosotros hay una mujer mayor, voluntaria o abuela de algún bebé, sentada en una mecedora, moviéndose despacio con una criatura en brazos. Nos sonríe, pero no dice nada.

Me pregunto cuál de estos bebés es el de Kacey.

Mi hermana cierra el grifo. Luego se da la vuelta y cruza la sala hasta una de las cunas.

«Bebé Fitzpatrick», dice una etiqueta en la cabecera de la cuna.

Dentro hay una bebé. Está dormida, con los ojos cerrados e inflados por el esfuerzo de nacer. Los párpados le tiemblan un poco y gira la carita perfecta de izquierda a derecha.

Estamos los cuatro a su alrededor, contemplándola.

—Aquí está —dice Kacey.

—Aquí está —repito yo.

—No sé qué nombre ponerle. —Levanta la vista para mirarme con expresión lastimera. Y me dice—: No paro de pensar: «Así es como se va a llamar durante el resto de su vida». Y eso me bloquea.

La sala está muy silenciosa. Todos los ruidos suenan muy lejanos, como si estuviéramos bajo el agua. Y luego, desde detrás, nos llega un chillido muy agudo, un aullido de dolor.

«Thomas», pienso automáticamente.

Todos nos giramos hacia el ruido. El chillido se repite.

Es un sonido que no olvidaré nunca: el chillido de mi hijo recién nacido. ¿Cuántas veces me sacaba del sueño cada noche? Incluso en las horas en que estaba despierto me estremecía, expectante, cada vez que se le arrugaba el ceño diminuto.

Echo un vistazo a Kacey y veo que se ha convertido en una estatua, inmóvil y con la vista fija.

—¿Estás bien? —le pregunto en voz baja, y me dice que sí con la cabeza.

La criatura que llora está a un metro y medio de nosotros. Vemos cómo una enfermera aparece, se inclina sobre la cuna y levanta en brazos a un bebé diminuto con gorrito y manta.

Me pregunto dónde estará su madre.

—Tranquilo —le dice la enfermera—. No pasa nada.

Se pone al bebé sobre el hombro y empieza a mecerse. Me acuerdo de mi madre. Me acuerdo de Thomas. Mi cuerpo recuerda tanto coger en brazos como ser cogida.

La enfermera le da unas palmaditas firmes al bebé en el pañal. Le pone un chupete en la boca minúscula.

Pero el llanto no cesa. Son unos berridos entrecortados, agudos como el canto de los pájaros, imposibles de calmar.

La enfermera lo vuelve a dejar en la cuna y lo desenvuelve. Le comprueba el pañal. Lo envuelve otra vez con la manta. Lo levanta en brazos. Y el bebé sigue llorando.

Pasa a su lado otra enfermera y comprueba el diagrama que hay en el extremo de la cuna.

—Oh —dice—. Le toca la dosis. Ya la traigo.

Y se aleja hacia la otra punta de la sala.

A mi lado, mi hermana sigue petrificada. La oigo respirar deprisa y entrecortadamente. Con suavidad, y por instinto, le pone una mano en la cabeza a su hija dormida y sin nombre.

La segunda enfermera vuelve con un cuentagotas.

La primera enfermera coloca a la criatura, que sigue llorando, en la cuna.

Le acercan el cuentagotas. La criatura gira la cabeza hacia él, hacia la medicina, buscándola. La recuerda.

Abre la boca. Bebe.

Agradecimientos

Gracias a quienes han hablado conmigo a lo largo de los años sobre su experiencia personal con varias de las cuestiones que trata esta novela, y en especial a India, Matt, David, José, Krista Killen y a las mujeres del Thea Bowman Center.

Gracias al fotógrafo Jeffrey Stockbridge, que ha dedicado gran parte de su vida a fotografiar Kensington, y que fue el primero en enseñarme el barrio en 2009. Sin su guía, esta novela no se habría escrito.

Gracias a Natalie Weaver, al padre Michael Duffy y al personal de la Saint Francis Inn por vuestra amistad, por vuestro servicio a la comunidad y por la oportunidad de dejarme conocer vuestra organización. Gracias también a Women in Transition y a Mighty Writers, otras dos organizaciones que ofrecen una ayuda indispensable a la ciudad de Filadelfia y a sus residentes.

Gracias a Zoe Van Orsdol, a Signe Espinoza, al doctor Charles O'Brien, a Nathaniel Popkin, a Marjorie Just y a Clarence por vuestra ayuda con la investigación que dio forma a esta novela y a otros proyectos de escritura asociados. Y a Jessica Soffer y a Mac Casey por leer y discutir los primeros borradores.

Gracias a los autores de los siguientes libros, que me proporcionaron información útil mientras escribía: *Voices of*

Kensington: Vanishing Mills, Vanishing Neighborhoods, de Jean Seder, con fotografías de Nancy Hellebrand; *Silk Stockings and Socialism: Philadelphia's Radical Hosiery Workers from the Jazz Age to the New Deal*, de Sharon McConnell-Sidorick; *Work Sights: Industrial Philadelphia, 1890-1950*, de Philip Scranton y Walter Licht; *Whitetown USA*, de Peter Binzen, y la *WPA Guide to Philadelphia*.

Gracias a Seth Fishman y al equipo de Gernert; a Sarah McGrath, Jynne Dilling Martin, Kate Stark y al equipo de Riverhead, y a Ellen Goldsmith-Vein y al equipo de Gotham por vuestra orientación profesional y también por vuestra amistad.

Gracias a los muchos parientes, amistades y personal de guarderías y escuelas que facilitasteis la escritura de este libro. Os estoy agradecida todos los días.